Ostatnie dochodzenie

ROBERT
CRAIS

Ostatnie dochodzenie

Z angielskiego przełożył
Andrzej Leszczyński

Świat Książki

Tytuł oryginału
THE LAST DETECTIVE

Projekt okładki
Anna Klos

Zdjęcie na okładce
Flash Press Media

Redaktor prowadzący
Ewa Niepokólczycka

Redakcja
Barbara Skawińska

Redakcja techniczna
Lidia Lamparska

Korekta
Maciej Korbasiński

Wszystkie postacie w tej książce są fikcyjne.
Jakiekolwiek podobieństwo do osób rzeczywistych – żywych
czy martwych – jest całkowicie przypadkowe.

Świat Książki
Warszawa 2004
Bertelsmann Media Sp. z o.o.
ul. Rosoła 10, 02-786 Warszawa

Skład i łamanie
Joanna Duchnowska

Druk i oprawa
Drukarnia Naukowo-Techniczna SA, Warszawa

ISBN 83-7391-178-2
Nr 4419

Dla Wayne'a Wargi,
który wytrwał na posterunku
mimo silnego ostrzału wroga i nie cofnął się
nawet wtedy, gdy został okrążony.

Podziękowania

Autor pragnie podziękować następującym osobom za ich pomoc:

Eliemu i Tarze Lucasom, właścicielom firmy „Emydon" z Petersburga na Alasce, za informacje dotyczące przemysłowych połowów ryb i alaskiego niedźwiedzia brunatnego oraz umożliwienie mi zasmakowania w ich bogatym życiu.

Kregg P.J. Jorgenson i Kenn Miller przybliżyli mi szczegóły organizacji i metod działania formacji Rangersów Armii Stanów Zjednoczonych, operacji zwiadowczych oraz misji typu LRRP prowadzonych podczas wojny wietnamskiej. Dodatkowych informacji udzielił Gary Linderer. Całkowita odpowiedzialność za swobodę interpretacji tych danych, jak też za wszelkie błędy, spoczywa wyłącznie na mnie.

Randy Sherman, profesor medycyny, kierownik Katedry Chirurgii Plastycznej i Rekonstrukcyjnej na Wydziale Medycyny Uniwersytetu Południowej Kalifornii, poświęcił wczesne ranki, by przedstawić mi wzbogacone ilustracjami wiadomości na temat różnych ran, urazów powypadkowych i rekonwalescencji. Joe Pike nie mógłby znaleźć lepszej pomocy chirurgicznej.

Elyse Dinh-McCrillis zatroszczyła się o tłumaczenie zwrotów wietnamskich.

John Petievich, emerytowany śledczy trzeciego stopnia z policji Los Angeles, uchylił rąbka tajemnicy procedur poszukiwania osób zaginionych, obowiązujących w tutejszym Departamencie Policji.

Dodatkowe wyrazy wdzięczności należą się Aaronowi Priestowi. Jason Kaufman, Steve Rubin oraz Gina Centrello poprawili tekst, okazując znacznie więcej cierpliwości, niż mógłbym od nich oczekiwać.

Wszystkim bardzo dziękuję.

Cicha przystań Pike'a
Angoon na Alasce

Lodowate wody oceanu napierały na łodzie uwiązane jedna przy drugiej wzdłuż nabrzeża i te szarpały cumy, jakby chciały się zerwać i odpłynąć z falami. Tu, w niewielkim porcie w Angoon, rybackiej wiosce na zachodnim brzegu Wyspy Admiralicji w południowo-wschodniej Alasce, morze miało głęboki czarny odcień hartowanej stali. Choć nakrapiane deszczem pod powłoką ołowianych chmur, i tak było dość spokojne, pośród umocnień z czarnych ze starości pali, tworząc okno na świat pomarańczowych rozgwiazd wielkich jak kubły na śmieci, meduz rozmiarów piłki do koszykówki i pąkli grubych niczym ramię dokera. Taka sama była cała Alaska, tętniąca nieposkromionym życiem, zaborcza i porywająca, niemalże zdolna przywołać człowieka zza grobu.

Elliot MacArthur, Indianin z plemienia Tlingit, przyglądał się, jak Joe Pike układa swoje rzeczy w pięciometrowym fiberglasowym skifie. Wynajął mu go i teraz nerwowo obracał w dłoni jego karabin w futerale.

– Nie mówiłeś, że wybierasz się w góry na niedźwiedzie. To niezbyt rozsądne zapuszczać się samemu w tutejsze lasy. Nie chciałbym stracić swojej łodzi.

Pike ustawił marynarski worek między ławkami i wziął od niego karabin. Wybrał na tę wyprawę remingtona 700 z komorą marki Holland & Holland Magnum kalibru 9,53 milimetra, mającego dużą moc przebicia, ale zarazem ciężkiego, żeby osłabić bardzo silny odrzut. Nieopatrznie wziął go zranioną ręką i poczuł ostry przeszywający ból w łopatce. Pospiesznie przełożył broń do drugiej ręki.

To MacArthurowi również się nie podobało.

– Posłuchaj. Tropienie niedźwiedzia z niepełnosprawną ręką to nie najlepszy pomysł. Będziesz tam całkiem sam, zmuszony do podróżowania łodzią, a niedźwiedź jest wielki. Musi być wielki, sądząc po tym, jak rozszarpał ludzi.

Pike przypiął karabin do plecaka i spojrzał na wskaźnik paliwa. Czekała go długa podróż z Angoon aż do zatoki Chaik, nad którą zginęli ludzie.

– Lepiej przemyśl to sobie. Niezależnie od tego, jak dużą nagrodę wyznaczyły rodziny zabitych, nie warto dla niej umierać.

– Nie martw się, nie stracisz łodzi.

MacArthur pomyślał, że powinien się chyba poczuć obrażony.

Skończywszy załadunek swoich rzeczy, Pike wyszedł na pomost. Wyjął z portfela dziesięć banknotów studolarowych i wyciągnął je w kierunku Indianina.

– Masz. Może nie będziesz się martwił.

MacArthur skrzywił się i wsunął ręce do kieszeni.

– Zapomnijmy o tym. Wynająłeś łódź, więc jest twoja. Przez ciebie czuję się podle, a strasznie tego nie lubię.

Pike schował pieniądze, wskoczył z powrotem do skifa i zręcznie balansując na ugiętych nogach, zaczął odwiązywać cumę.

– Tylko dobrze uwiąż łódź, jak już wpłyniesz w głąb zatoki, i oznakuj drzewo pomarańczową taśmą, żebym mógł ją łatwo odnaleźć, gdybym musiał szukać.

Pokiwał głową.

– Chcesz, żebym kogoś zawiadomił?... No, wiesz, gdybym musiał do kogoś zatelefonować?

– Nie.

– Na pewno?

Pike nie odpowiedział. Skierował łódź w stronę wyjścia z przystani i wyruszył w drogę, przyciskając zranioną rękę do ciała.

Kapuśniaczek stopniowo zmienił się w grubszy deszcz, później tuż nad wodą pojawiła się gęsta mgła. Zapiął kurtkę pod szyję. Z pobliskiej skały uważnymi spojrzeniami odprowadziła go parka fok. U wyjścia z kanału portowego strzelały w górę fontanny wody wyrzucanej przez humbaki, na krótko nad falami pojawiła się olbrzymia płetwa nurkującego wieloryba. Pike miał ochotę jak najszybciej wydostać się na spokojne wody oceanu.

Potarł obolałą łopatkę. Minęło już prawie osiem miesięcy od czasu, gdy został w nią dwukrotnie postrzelony. Kule roztrzaskały kość, a jej odłamki niczym szrapnele podziurawiły mu lewe płuco, pocięły mięśnie i nerwy. O mało wtedy nie zginął. Specjalnie przyjechał na północ, żeby dojść do siebie. Najpierw w Dutch Harbor pływał na kutrze do połowu skrzypłoczy, potem w Petersburgu zaciągnął się do załogi kutra rybackiego. Jeśli nawet ludzie, z którymi wyciągał sieci pełne dorsza i halibuta, zauważyli blizny na jego piersi i plecach, ani razu nie zapytali, skąd je ma. To też było charakterystyczne dla Alaski.

Przez cztery godziny płynął na północ ze stałą prędkością sześciu węzłów, aż wreszcie dotarł do półkolistej zatoki z dwiema wysepkami u wylotu. Sprawdził na mapie, po czym dwukrotnie odczytał wskazania ręcznego urządzenia GPS. Wszystko się zgadzało. To była zatoka Chaik.

Przedarłszy się przez wzburzone fale przyboju, wpłynął na wody gładkie jak tafla szkła, mącone tylko pojawiającą się od czasu do czasu głową samotnej białej foki. Dotarł na płyciznę bliżej brzegu i wkrótce dostrzegł pierwsze zdechłe ryby – metrowej długości łososie dryfowały w słabym prądzie wpadającego tu strumienia, ukazując nakrapiane boki i brzuchy rozdęte od ikry. Setki mew żerowały na padlinie wyrzuconej na ląd, na czubkach drzew siedziało kilka orłów bielików, łypiąc zawistnym okiem na ucztujące mewy. W powietrzu unosił się intensywny swąd zgnilizny.

Pike wyłączył silnik, pozwolił skifowi dobić do skalistej plaży i wyskoczył w sięgającą kostek wodę. Wyciągnął łódź daleko poza linię przypływu, przywiązał ją do grubego pnia choiny i oznakował jaskrawopomarańczową taśmą, spełniając prośbę MacArthura.

Olchy, świerki i choiny rosnące wzdłuż brzegu tworzyły zwartą, wręcz nieprzeniknioną ścianę zieleni. Pod zwieszającymi się nisko konarami rozbił obóz i zjadł kolację złożoną z chleba z masłem orzechowym oraz konserwowej marchewki. Później oczyścił kawałek plaży z grubszych kamieni i urządził sobie rozgrzewkę. Zaczął od przysiadów i pompek, nie zważając na kamyki wrzynające mu się w ręce. Nie oszczędzał się. Wyginał grzbiet i rozciągał mięśnie w najbardziej skomplikowanych pozycjach hatha-jogi. Później przeszedł do czysto choreograficznych układów tae kwon do kata, wymierzając w powietrze ciosy i kopniaki według własnego, ćwiczonego od wczesnej młodości układu, będącego połączeniem chińskich odmian kung-fu oraz wing-chun wzbogaconych o elementy koreańskie. Nie zważał, że pot ścieka mu na kark z krótko ostrzyżonych włosów, a gwałtowne ruchy płoszą orły. Wciąż przyspieszał rytm, nasilał obroty i salta w powietrzu, całkowicie zasłuchany w siebie, mając przed sobą tylko jeden cel: pokonać ból.

Pod tym względem niewiele jednak osiągnął. Lewa ręka była wyraźnie wolniejsza, opóźniała kolejne elementy ćwiczeń. Daleko mu jeszcze do dawnej formy.

Wieczorem zasiadł na brzegu, próbując odegnać narastające uczucie pustki w duszy. Tłumaczył sobie, że będzie wkładał więcej wysiłku i w końcu przewalczy słabość, odrodzi się na nowo, jak już raz się kiedyś odrodził przed laty. Ćwiczenia były jego modlitwą, poświęcenie wiarą, a ufność we własne możliwości jedynym życiowym kredo. Już w młodości nauczył się tego swoistego katechizmu. Nie miał nic oprócz niego.

Noc spędził pod nieprzemakalną płachtą, zasłuchany w szum

deszczu i stukot ciężkich kropli spadających z drzewa, rozmyślając o niedźwiedziu.

Nazajutrz rano wyruszył w las.

Alaski grizli to największy drapieżnik lądowy, większy od afrykańskiego lwa i tygrysa bengalskiego. To nie żaden Misiaczek czy Puchatek i nie wiedzie bynajmniej beztroskiego życia tresowanych niedźwiadków grających na banjo w Disneylandzie. Samiec może ważyć ponad pół tony, a mimo to potrafi bezszelestnie poruszać się po leśnej głuszy. Choć sprawia wrażenie masywnego i powolnego, w czasie łowów na sarny rozwija szybkość konia wyścigowego pełnej krwi. Jego szpony osiągają długość piętnastu centymetrów i są ostre jak brzytwy, szczęki bez trudu przegryzają kręgosłup łosia albo wyrywają z zawiasów drzwi samochodu. Kiedy grizli atakuje, wcale nie staje na tylnych łapach, jak to często widzi się na filmach; pochyla się ku ziemi z nisko spuszczonym łbem, z warkotem unosi wysoko wargi, obnażając kły, po czym skacze na ofiarę z szybkością atakującego lwa. Zabija, miażdżąc jej kark lub czaszkę. Jeśli człowiek ma osłoniętą głowę i szyję, niedźwiedź, nie zważając na histeryczne krzyki, potrafi zdzierać płaty ciała z pleców oraz nóg i połykać je bez gryzienia, aż dobierze się do wnętrzności. Starożytni Rzymianie urządzali w amfiteatrach krwawe pojedynki między uralskimi niedźwiedziami brunatnymi i afrykańskimi lwami. Jeśli nawet posyłali dwa lwy przeciwko jednemu niedźwiedziowi, ten i tak zazwyczaj wygrywał. Podobnie jak biały rekin ludojad, który w głębinach oceanu nie musi się niczego obawiać, amerykański grizli nie ma równych sobie przeciwników na lądzie.

Pike usłyszał o wypadkach nad potokiem Chaik od szypra, którego spotkał w Petersburgu. Trzej biolodzy z Wydziału Łowiectwa i Rybołówstwa wybrali się w górę potoku, żeby oszacować populację łososi wędrujących na tarło. Już pierwszego dnia zameldowali o znacznej liczbie napotkanych niedźwiedzi, co było rzeczą zupełnie normalną o tej porze roku. Później łączność z nimi się zerwała, a po czterech dniach kapitan przepływającego w pobliżu kutra odebrał przez radio ledwie zrozumiałe wezwanie o pomoc. Później inspektorzy z wydziału, korzystając z pomocy miejscowych traperów z plemienia Tlingit, ustalili, że nadzwyczaj okazały samiec grizli śledził trzech naukowców już w trakcie ich wędrówki w górę strumienia i przypuścił atak, kiedy zaczęli budować pułapkę na łososie. Byli uzbrojeni w karabiny, lecz gwałtowny atak zwierzęcia musiał ich całkowicie zaskoczyć, gdyż nawet nie zdążyli po nie sięgnąć. Dwóch członków wyprawy, doktor Abigail Martin, kierownik sekcji biologicznej, i Clark Aimes, inspektor leśny, zginęli na miejscu. Trzeci, Jacob Gottman, stażysta z Seattle, zdołał uciec. Niedźwiedź – sądząc po rozmiarach i głębokości śladów łap, ważący ponad pięćset pięćdziesiąt kilogramów – ruszył w pościg i dogonił go na żwirowej łasze przy brzegu strumienia, gdzie pociął go pazurami i oderwał mu prawą rękę w ramieniu, po czym wepchnął rannego w głąb jamy pod wielką skarpą przewróconej olchy. Gottman wciąż jeszcze żył. Kiedy grizli się oddalił, by pożreć zabitych wcześniej ludzi, zdołał się wydostać z jamy i dotrzeć na brzeg zatoki Chaik, skąd przez krótkofalówkę zaczął wzywać pomocy. Jeden z jego ostatnich komunikatów odebrał szyper „Emydona", dwudziestometrowego kutra do połowu łososi. Zanim jednak odnalazł rannego u ujścia strumienia, Gottman wykrwawił się na śmierć.

– Śmierć tylko ukróciła jego cierpienia – opowiadał mu później znajomy ze spuszczoną głową. – Zlitowała się nad biedakiem. Podobno wyprute bebechy ciągnęły się za nim jak wąż ogrodowy.

Pike słuchał opowieści, wyrozumiale kiwając głową. Nieraz już widywał gorsze rzeczy, które jedni ludzie robili drugim, ale wolał tego nie mówić.

Szyper dodał też, że badania przeprowadzone na zwłokach wykazały, iż grizli był wściekły. Z Wydziału Łowiectwa i Rybołówstwa wysłano dwie grupy myśliwych, którzy mieli go zabić, wrócili jednak z pustymi rękami. Kiedy rodzice Jacoba Gottmana wyznaczyli nagrodę, tropem niedźwiedzia wyruszył traper z Angoon, ale już nigdy go nie widziano. Gottmanowie podwoili nagrodę. Brat i teść zaginionego Indianina spędzili dwa tygodnie nad brzegami strumienia, ale jedynym ich znaleziskiem okazał się największy odcisk niedźwiedziej łapy, jaki kiedykolwiek odkryto: ślady pazurów miały rozmiary ostrza noża myśliwskiego. Mówili, że go wyczuwali, domyślali się obecności w głębi mrocznej kniei, lecz ani razu nie ujrzeli go na oczy. Zupełnie, jakby się czaił, obserwując ich z daleka.

– Czaił się? – spytał w zamyśleniu Pike.

– Tak przynajmniej mówili.

Tego samego wieczoru zadzwonił do znajomego w Los Angeles. A dwa dni później przyszedł pocztą jego karabin. I Pike przeniósł się do Angoon.

Zagłębił się w leśny gąszcz. Prastare drzewa wznosiły się wysoko, tworząc w górze zwartą powłokę zieleni, z której nieustannie spadały na ziemię krople deszczu. Szybko przemókł do suchej nitki. Strome zbocza wąwozu, którym płynął strumień, były tak gęsto porośnięte paprociami, młodymi drzewkami i alaskim żeń-szeniem*, że ześliznął się do wody i poszedł dalej korytem strumienia. Uwielbiał taką dzicz.

Biolodzy byli tu wcześniej, w czasie tarła, kiedy w strumieniu roiło się od ryb. Teraz zdechłe łososie walały się na żwirowych łachach, ich gnijące resztki zwieszały się z korzeni drzew niczym makabryczne ozdoby. Nie było już tak łatwo złowić coś do jedzenia. Pike podejrzewał, że wściekły niedźwiedź przegonił stąd samice z młodymi oraz mniejsze samce, żeby mieć cały ten teren łowiecki tylko dla siebie.

Do zmierzchu krążył nad strumieniem, ale niczego nie znalazł. Na noc wrócił do swojego obozowiska. Przez pięć dni bezskutecznie prowadził poszukiwania, codziennie zapuszczając się dalej w górę strumienia. Często musiał wypoczy-

* Alaski żeń-szeń – (*Oplopanax horridus*) powszechna w południowej Alasce roślina z rodziny araliowatych, zwana potocznie „diabelską pałką”, będąca udręką traperów ze względu na duże, mięsiste, omszałe i śliskie liście oraz płożące się cierniste pędy (przyp. tłum.).

wać, gdyż poranione płuco utrudniało mu swobodne oddychanie.

Szóstego dnia natknął się na ślady krwi.

Ześliznął się ze zbocza przy wielkiej skarpie powalonej olchy i od razu zauważył purpurowe smugi na kamieniach, przypominające plamy rozlanej farby. W tym miejscu aż kilkanaście łososi zostało wyrzuconych z wody, a ich porozrywane resztki także połyskiwały od czerwonych plam świeżej krwi. Niektóre były przegryzione na pół, inne miały poodrywane łby. Natychmiast zastygł bez ruchu. Zaczął się rozglądać po otaczającej go gęstwinie żeń-szenia, wypatrując błyszczących ślepi potwora, ale ich nie dostrzegł. Wyjął z kieszeni zapalniczkę i przez parę sekund obserwował płomyk. Lekki wiatr wiał z biegiem strumienia. Znajdujący się w górze niedźwiedź nie mógł go wyczuć z daleka.

W błocie na skraju żwirowej łachy widniały ślady łap wielkich jak talerze z pazurami długości sztyletów.

Ułożył karabin w rękach. Gdyby grizli niespodziewanie zaatakował, musiałby błyskawicznie wymierzyć i strzelić, nie chcąc, by półtonowy wściekły drapieżnik rzucił mu się do gardła. Jeszcze rok temu nie miałby żadnych wątpliwości, że to potrafi. Teraz z ociąganiem odbezpieczył broń, powtarzając w myślach, że dokoła nie ma niczego pewnego i może być pewien tylko siebie.

Ruszył dalej w górę strumienia.

Na ostrym zakręcie wąwozu widoczność przesłaniała wielka powalona choina, której grube korzenie sterczały na wszystkie strony jak łopaty ogromnego wiatraka. Zza niej doleciał go głośny plusk. Po chwili rozległ się po raz drugi. Nie był to delikatny odgłos ryby wyskakującej z wody, lecz donośny plusk czegoś ciężkiego uderzającego w powierzchnię strumienia.

Próbował ostrożnie wyjrzeć poprzez zator, ale plątanina korzeni, konarów oraz igliwia całkowicie przesłaniała widok.

Kolejne pluski rozległy się w odległości zaledwie paru metrów. Wreszcie szerokim łukiem spadła mu pod nogi zakrwawiona ryba.

Ostrożnie przestawiając stopy w spokojnym lodowatym nurcie, powoli obszedł zawał. Na brzegu w zakolu łopotał się tylko okaleczony łosoś z wyprutymi wnętrznościami, ale niedźwiedzia już nie było. Pięciusetkilogramowy olbrzym bezszelestnie wskoczył na porośniętą żeń-szeniem skarpę, przedarł się przez kępę olszyny i zniknął w gąszczu. Tylko świeże ślady olbrzymich łap w rozmiękłej ziemi znaczyły drogę ucieczki.

Pike przez dłuższy czas stał bez ruchu w korycie strumienia. Wiedział, że równie dobrze grizli mógł się przyczaić zaledwie trzy metry od brzegu. Dopiero po jakimś czasie wdrapał się na zbocze wąwozu. Szlak niedźwiedzia znaczyły szkielety i gnijące resztki pożartych ryb. Spojrzał z góry w głąb wąwozu. Wyłowiony łosoś przestał się już trzepotać na żwirze.

Powoli zanurzył się między olchy, gdzie gąszcz paproci i żeń-szenia sięgał mu do kolan. Nagle zamarł. Wyczuł, że coś wielkiego poruszyło się z przodu, zaczęło go obchodzić z prawej strony.

Grizli fuknął głośno.

Pike chciał poderwać karabin, ale pęd żeń-szenia, o który zaczepiła się kolba karabinu, był o wiele za mocny jak na jego osłabione ramię.

Niedźwiedź ponownie fuknął.

Wciągał nozdrzami powietrze, najwyraźniej łowiąc obcy zapach człowieka. Wiedział już, że coś jest pomiędzy drzewkami, ale chyba nie wyczuwał co. Pike zdołał w końcu unieść karabin do ramienia, ale nie miał pojęcia, w którym kierunku mierzyć.

Trzask!

Grizli ostrzegawczo kłapnął zębami. Ewidentnie szykował się do ataku.

Trzask! Trzask!

Mógł z łatwością przedrzeć się przez gęstwinę jak przez papierową dekorację i zaatakować w każdej chwili. Pike ułożył palec na spuście. Nie mógł się już wycofać, nie mógł odwrócić się plecami do dzikiej bestii. To było jedno z podstawowych praw jego osobistej wiary – zawsze należy odważnie stawać twarzą w twarz z niebezpieczeństwem.

Trzask! Trzask! Trzask!

Czuł, że siły go opuszczają. Ramię dygotało, tracił czucie w palcach. Zbierał w sobie wszystkie siły, lecz karabin ciążył coraz bardziej, jakby złowrogie pędy zarośli nadal ciągnęły go ku ziemi.

Trzask!

Powoli zaczął się wycofywać tyłem z gąszczu, aż znowu stanął w nurcie strumienia. Kłapanie zębami stopniowo zanikło w jednostajnym szumie deszczu.

Nie zatrzymywał się ani na chwilę w drodze powrotnej nad zatokę. Dopiero na brzegu przywarł plecami do masywnego pnia świerka, usiłując pokonać dokuczliwe uczucie zawodu i wstydu. Dręczyła go świadomość, że już nigdy nie odzyska sił.

Dwa dni później wrócił do Los Angeles.

CZĘŚĆ PIERWSZA

Pierwsze dochodzenie

We śnie widok nagrobka zwala mi się na barki ogromnym ciężarem, nie mogę od niego uciec. To wpuszczony w ziemię niewielki prostokątny blok z czarnego kamienia, który słońce o zachodzie omywa purpurowym blaskiem. Wpatruję się w gładki marmur, trawiony ciekawością, kto pod nim spoczywa. Ale na nagrobku nie ma żadnego napisu, nie wykuto nawet imienia człowieka. A ponieważ grób jest mały, mogę się tylko domyślać, że leżą w nim zwłoki dziecka.

Często miewam ten sen, prawie każdej nocy. Niekiedy wraca nawet po kilka razy. Dlatego krótko sypiam. Kiedy się budzę, siadam i spoglądam w ciemność wypełniającą mój pusty dom. Nawet wtedy czuję się więźniem tego snu.

Opiszę go dokładniej: Niebo ciemnieje i nad cmentarzem osiada mgła. Powykręcane konary wiekowego, porośniętego mchem dębu kołyszą się lekko na wietrze. Nie wiem, gdzie jestem i jak się tu znalazłem. Jestem sam, przepełniony lękiem. Na granicy światła przesuwają się jakieś cienie, rozlegają się szepty, ale nie mogę zrozumieć ani słowa. Domyślam się tylko w jednym z tych cieni mojej matki, a w drugim ojca, którego nigdy nie znałem. Chcę ich zapytać, czyj to grób, lecz gdy tylko zwracam się w ich stronę, zapada tam nieprzenikniona ciemność. Nikt nie może mi pomóc. Jestem zdany wyłącznie na siebie.

Tymczasem gładki nagrobek mnie przyzywa.

Kto pod nim leży?

Kto zostawił tutaj dziecko w zapomnieniu?

Mam straszną ochotę wynieść się stamtąd, wziąć nogi za pas, pierzchnąć, dać dyla, zmykać, zmiatać, zwiewać, czmychnąć, bryknąć, spadać, schrzaniać, spływać, ulotnić się, wyparować, uciec gdzie pieprz rośnie – po prostu wiać, ale jak to bywa we śnie, nie mogę ruszyć się z miejsca, moje ciało mnie nie słucha, a zamiast tego w mych rękach pojawia się łopata. Natrętny głos w głowie każe mi ją rzucić na ziemię, lecz nieodparta siła zmusza do działania. Jeśli rozkopię grób, dowiem się wszystkiego, a gdy poznam prawdę, będę ją znał na zawsze. Głos nakazuje mi natychmiast przestać, ale nie ma nade mną żadnej władzy. Ostrzega, że na pewno nie chcę znać tajemnicy strzeżonej przez nagrobek, ja jednak zaczynam rozkopywać grób.

Otwiera się mroczna jama w ziemi.

Ukazuje się trumna.

Głos krzyczy, bym się powstrzymał i odwrócił głowę, jeśli chcę ocalić siebie. Toteż zaciskam powieki. I wtedy rozpoznaję: to mój własny głos.

Boję się tego, co spoczywa u moich stóp, ale nie mam wyboru. Muszę znać prawdę.

Otwieram oczy.

Patrzę w dół.

1

Tej jesieni martwa cisza wypełniła kanion za moim domem. Zniknęły krążące w powietrzu jastrzębie, przestały wyć kojoty, nie pohukiwała na mnie więcej sowa mieszkająca dotąd w wielkiej sośnie na podwórzu. Ktoś bystrzejszy zapewne potraktowałby te oznaki jak ostrzeżenie, ale powietrze było tak klarowne i przejrzyste, jak potrafi być jedynie zimą, pozwalając mi dostrzec nie tylko domy rozrzucone na zboczach poniżej, ale i gigantyczny kocioł Los Angeles na dnie doliny. W takie dni, kiedy wzrok przyciąga odległa perspektywa, często się zapomina, by przyjrzeć się dobrze temu, co jest przed nosem, tak blisko, że stanowi wręcz cząstkę człowieka. Powinienem był uznać tę ciszę za ostrzeżenie, ale tego nie zrobiłem.

– Ilu już zabiła?

Z sąsiedniego pokoju dolatywały głośne stęknięcia, przekleństwa i odgłosy zadawanych ciosów.

– Co?! – krzyknął Ben Chenier.

– Ilu już zabiła?

Dzieliło nas najwyżej sześć metrów, ja siedziałem w kuchni, Ben w salonie, a mimo to musieliśmy do siebie krzyczeć na cały głos. Ja, Elvis Cole, znany także jako Największy Detektyw Świata, opiekowałem się dziesięcioletnim synem mojej przyjaciółki, ilekroć jego matka, Lucy Chenier, wyjeżdżała służbowo. To był nasz piąty i ostatni dzień tylko we dwóch.

Podszedłem do drzwi.

– Czy tego diabelstwa nie da się trochę ściszyć?

Ben był tak pochłonięty zabawką o nazwie Game Freak, że nawet na mnie nie spojrzał. W jednym ręku ściskał optyczny pistolet, drugą kręcił gałkami i wciskał klawisze, nie odrywając wzroku od wydarzeń rozgrywających się na wbudowanym ekranie komputerowym. Sprzedawca zapewniał mnie, że to urządzenie jest teraz najbardziej pożądane przez chłopców w wieku od dziesięciu do czternastu lat, nie uprzedził jednak, że jest ono głośniejsze od kanonady z broni maszynowej na zapchanej ulicy w godzinach szczytu.

Ben nie rozstawał się z grą od czasu, gdy mu ją wczoraj podarowałem, wiedziałem jednak, że niespecjalnie go ona bawi. I to mnie martwiło. Wcześniej wędrowaliśmy razem po wzgórzach, chętnie poznawał niektóre elementy sztuk walki, jeździł nawet ze mną do biura, sądząc widocznie, że prywatni detektywi mają więcej do roboty niż tylko rozmawiać przez telefon ze zgnuśniałymi klientami i wycierać portkami ptasie gówno z poręczy balkonów. Każdego ranka odwoziłem go do szkoły i odbierałem po południu, potem wspólnie pichciliśmy tajskie żarcie, oglądaliśmy filmy z Bruce'em Willisem, żartowaliśmy i zaśmiewaliśmy się razem. Teraz jednak tkwił z nosem w ekranie, próbując ukryć przede mną znudzenie. Domyślałem się powodu i widząc, co robi, miałem wyrzuty sumienia nie tylko za niego, ale także za swój udział w tym wszystkim. Okazało się, że ściganie płatnych zabójców Jakuzy może być łatwiejsze niż rozmowa z dorastającym chłopakiem.

Usiadłem obok niego na kanapie.

– Moglibyśmy się wybrać na Mulholland.

Jakby nie usłyszał.

– Nie wolisz poćwiczyć? Pokazałbym ci jeszcze parę chwytów tae kwon do kata, zanim mama zabierze cię do domu.

– Aha.

– Więc może chcesz porozmawiać o mnie i twojej mamie?

Jestem prywatnym detektywem, przez co stykam się z niebezpiecznymi ludźmi, i wczesnym latem ubiegłego roku owo niebezpieczeństwo dotarło do brzegów mojej wyspy, kiedy morderca, Laurence Sobek, zagroził Lucy i Benowi. Lucy bardzo ciężko to przeżyła, a chłopak słyszał sporo z naszych rozmów. Jego rodzice się rozwiedli, kiedy miał sześć lat, i teraz zapewne nie dawało mu spokoju, że znowu może dojść do czegoś podobnego. Oboje z Lucy próbowaliśmy przemówić mu do rozsądku, ale chłopcy, podobnie zresztą jak mężczyźni, niechętnie otwierają przed kimś swoje serce.

Nie odpowiedział. Wcisnął tylko parę klawiszy na konsoli, ruchem głowy wskazał ekran i rzekł:

– Tylko popatrz. To Królowa Zemsty.

Cudownie.

Na tle czegoś, co przypominało ruiny zbombardowanego miasta, skośnookie dziewczę o nastroszonych włosach, z piersiami wielkości dorodnych arbuzów i buzią wykrzywioną grymasem wściekłości, zręcznie przeskoczyło wielki pojemnik na śmieci, żeby stanąć oko w oko z trzema bysiowatymi mięśniakami na sterydach. Skromniutki top ledwie zakrywał jej sutki, a pośladki wypływały spod pękających w szwach szortów. Skrzekliwy elektroniczny głos syntezatora Game Freaka oznajmił butnie:

– *Jesteś moim kiblem!*

Dziewczę z półobrotu wymierzyło celne boczne kopnięcie znane we wszystkich odmianach sztuk walki i posłało pierwszego przeciwnika wysoko w powietrze.

– Niezła babka – mruknąłem.

– Aha. Bandzior o imieniu Modus sprzedał jej siostrę do niewoli i teraz Królowa każe mu za to słono zapłacić.

Królowa stanęła przed drugim osiłkiem, trzy razy większym od niej, i zasypała go błyskawiczną serią ciosów z lewej i prawej, aż pięści jej poczerwieniały. Trysnęła krew, posypały się zęby.

– *Masz za swoje, gnido!*

Odszukałem na konsoli klawisz z napisem „Pause" i zatrzymałem grę. Dorośli zawsze mają problem, co i jak powiedzieć w rozmowie z dzieckiem. Chcą się wykazać mądrością, ale przekonują się, że sami są dziećmi, tylko w trochę większym ciele. Nic nie wychodzi tak, jak by się chciało. Człowiek myśli, że coś wie, a tu nagle przestaje czegokolwiek być pewien. Teraz i ja znam to uczucie. Niestety, musiałem się o tym przekonać na własnej skórze.

– Wiem, że przeraża cię to, co jest między twoją mamą i mną – zacząłem. – Chcę cię zapewnić, że oboje zamierzamy kontynuować tę znajomość. Kochamy się z twoją mamą i pragniemy być razem.

– Wiem.

– Ona bardzo cię kocha. I ja również.

Ben jeszcze przez chwilę wpatrywał się w znieruchomiały obraz na ekranie, wreszcie spojrzał na mnie w zamyśleniu, z poważną miną. Chłopak nie był głupi. Wiedział przecież, że jego rodzice także bardzo go kochali, lecz nie powstrzymało ich to przed rozwodem.

– Elvis...

– Słucham.

– Bardzo mi było z tobą fajnie. Żałuję, że będę musiał wyjechać.

– Ja też żałuję, kolego, bo i mnie było fajnie z tobą.

Uśmiechnął się. Odpowiedziałem tym samym. To zabawne, jak wielka nadzieja w takich chwilach wstępuje w człowieka. Poklepałem go po kolanie.

– Mama niedługo przyjedzie. Powinniśmy tu trochę posprzątać, żeby nie pomyślała, że mieszkaliśmy jak prosiaki w chlewie, i rozstawić grilla, żeby ją przywitać gotowym obiadem. Co powiesz na hamburgery?

– A mogę najpierw skończyć grę? Królowa Zemsty już niedługo odnajdzie Modusa.

– Jasne. Tylko wyjdź z nią na werandę, dobrze? Jest strasznie głośna.

– W porządku.

Wróciłem do kuchni, a Ben wyniósł Królową z jej imponującym biustem przed dom. Ale nawet stamtąd doleciało mnie wyraźnie:

– *Zrobię ci z gęby naleśnika!*

Po chwili kolejna ofiara zaskomliła z bólu.

Powinienem był słuchać tego dłużej. Baczniej nastawiać uszu.

Niespełna trzy minuty później Lucy zadzwoniła z telefonu komórkowego. Było dwadzieścia dwie po czwartej. Ledwie zdążyłem wyjąć z zamrażalnika mięso na hamburgery.

– Cześć! – zawołałem. – Skąd dzwonisz?

– Z Long Beach. Na razie nie ma korków, więc powinnam szybko dojechać. A co u was?

Lucy Chenier pracowała jako reporterka sądowa dla lokalnej stacji telewizyjnej. Wcześniej prowadziła własną praktykę adwokacką w Baton Rouge, właśnie tam się poznaliśmy. Nadal mówiła z lekko wyczuwalnym francuskim akcentem z Luizjany, ale trzeba się było dobrze wsłuchać. Wracała z San Diego, skąd komentowała jakiś proces.

– Wszystko w porządku. Właśnie szykuję hamburgery na twój powrót.

– Jak się czuje Ben?

– Był dzisiaj odrobinę przygnębiony, ale porozmawialiśmy i trochę mu przeszło. Stęsknił się za tobą.

Zapadło kłopotliwe, przedłużające się milczenie. Dzwoniła codziennie wieczorem i choć często żartowaliśmy, rozmowy wciąż się jakoś nie kleiły, tylko oboje udawaliśmy, że nie zwracamy na to uwagi. Na pewno nie było jej łatwo w związku z Największym Detektywem Świata.

Wreszcie dodałem:

– Ja też się stęskniłem.

– Mnie również was brak. To był bardzo długi tydzień. Już mi ślinka cieknie na te hamburgery. Wolałabym jednak cheeseburgery. Z ogórkami konserwowymi.

W jej głosie pobrzmiewało zmęczenie, chociaż wyczuwałem, że się uśmiecha.

– To się chyba da załatwić. Mam wrażenie, że słoik ogórków też już na ciebie czeka.

Zaśmiała się krótko. Dla niej próbowałem być też Najzabawniejszym Detektywem Świata.

– Jak mogłabym odrzucić taką ofertę?

– Chcesz porozmawiać z Benem? Przed chwilą wyszedł na werandę.

– Nie trzeba. Powiedz mu tylko, że już jadę i że go kocham. A potem możesz powtórzyć także sobie, że cię kocham.

Odłożyłem słuchawkę i wyszedłem na werandę, żeby przekazać dobrą wiadomość, ale Bena nigdzie nie było. Stanąłem przy barierce i spojrzałem w dół. Lubił się bawić na zboczu za domem, włazić na rozłożysty czarny orzech rosnący parę metrów niżej. Domy były tu rozrzucone między drzewami, stały wzdłuż wąskich uliczek wijących się po stokach wzgórz. W najniżej położonych częściach kanionu dopiero zaczynały się rozkładać czerwonawe cienie, światła było jeszcze pod dostatkiem. Mimo to nigdzie go nie zauważyłem.

– Ben?

Nie odpowiedział.

– Hej, kolego! Mama dzwoniła!

Nadal nie było odpowiedzi.

Wyjrzałem za róg, po czym wróciłem do środka i znów zawołałem, podejrzewając, że poszedł albo do gościnnego pokoju, w którym nocował, albo do łazienki.

– Ben! Gdzie jesteś?!

Cisza.

Zajrzałem do sypialni, potem do łazienki, wreszcie wyszedłem przed dom na ulicę. Mieszkam przy wąskiej prywatnej uliczce, która biegnie zakosami nad zboczem kanionu. Rzadko jeżdżą nią samochody poza godzinami, gdy sąsiedzi wyruszają do pracy lub wracają, jest więc bezpieczna, można swobodnie jeździć na deskorolce.

– Ben?!

I tu go nie było. Wróciłem do domu.

– Ben! Mama czeka przy telefonie!

Myślałem, że może to wywoła jego reakcję. Strach przed matką.

– Jeśli się schowałeś, to lepiej już wyjdź. Nie mam ochoty na takie żarty.

Ruszyłem na górę do swego królestwa, ale i tu go nie było. Zbiegłem na dół i jeszcze raz wyjrzałem na werandę.

– Ben!

Mój sąsiad ma dwóch synów, ale Ben zawsze mnie uprzedzał, gdy szedł się z nimi trochę pobawić. Nigdy nie zapuszczał się samowolnie ani w dół zbocza, ani dalej w głąb ulicy. Prawdę mówiąc, nie chodził nawet za garaż, nie informując mnie o tym. To było do niego niepodobne. Zresztą nigdy dotąd nie bawił się też w Davida Copperfielda i nie rozpływał się w powietrzu.

Wróciłem do domu i zadzwoniłem do sąsiadów. Przez kuchenne okno widziałem dom Gonzalezów.

– Grace? Tu Elvis, wasz sąsiad.

Jakby w okolicy aż roiło się od Elvisów.

– Cześć, chłopie. Co słychać?

Grace zawsze mówi do mnie: chłopie. Była kaskaderką, dopóki, skacząc z dachu dwunastopiętrowego budynku, nie poznała innego kaskadera. Rzuciła pracę, wyszła za niego i urodziła dwóch sympatycznych urwisów.

– Czy jest u was Ben?

– Nie. A powinien być?

– Był koło domu jeszcze parę minut temu, a teraz nigdzie go nie mogę znaleźć. Myślałem, że może poszedł się pobawić z waszymi chłopakami.

Grace milczała przez chwilę, po czym odparła znacznie poważniejszym, zatroskanym głosem:

– Poczekaj, zapytam Andrew. Mogli niepostrzeżenie zejść na dół.

Andrew, jej starszy syn, miał osiem lat. Młodszy, Clark, dopiero sześć. Ben powiedział mi kiedyś, że Clark lubi dłubać w nosie i zjadać swoje gile.

Spojrzałem na zegarek. Lucy dzwoniła o czwartej dwadzieścia dwie, teraz była czwarta trzydzieści osiem. Wyszedłem z telefonem na werandę, mając nadzieję, że Ben pojawi się gdzieś na zboczu. Nadal go jednak nie było.

Grace odezwała się w końcu:

– Elvis?

– Tak, słucham.

– Moi chłopcy go nie widzieli. Wyjrzę jeszcze przed dom. Może jest gdzieś na ulicy.

– Dzięki, Grace.

Jej głos rozniósł się echem w płytkim zagłębieniu dzielącym nasze domy, kiedy donośnie zawołała kilka razy. Po chwili znów podniosła słuchawkę.

– Rozglądałam się wszędzie, ale nigdzie go nie widać. Chcesz, żebym przyszła i pomogła ci go szukać?

– I tak masz pełne ręce roboty ze swoimi chłopcami. Gdyby się pojawił, zatrzymaj go i zadzwoń do mnie, dobrze?

– Oczywiście.

Odłożyłem słuchawkę i zapatrzyłem się w głąb kanionu. Zbocze nie było specjalnie strome, ale Ben mógł się potknąć albo spaść z drzewa. Zostawiłem telefon na poręczy i ruszyłem w dół. Stopy zapadały się w pulchną glebę, łatwo tu było stracić równowagę.

– Ben! Gdzie jesteś, do diabła?!

Masywne konary orzechów rosnących na zboczu wyciągały się we wszystkie strony niczym powykręcane artretyzmem paluchy wyrastające z szorstkich ciemnoszarych pni. Stojąca między nimi samotna juka przypominała wielki korkociąg ze strzelającym na szczycie niczym zielono-czarny fajerwerk pióropuszem długich spiczastych liści. Z ziemi wyłaniały się zardzewiałe resztki starego siatkowego ogrodzenia. Tuż za nim rósł największy orzech z pięcioma znajdującymi się nisko konarami rozłożonymi niczym palce otwartej dłoni. Dwa razy wdrapywałem się na niego razem z Benem, rozmawialiśmy nawet o tym, że między tymi konarami łatwo byłoby zbudować domek.

– Ben!

Nadstawiłem ucha. Nabrałem głęboko powietrza, wypuściłem je i wstrzymałem oddech. Z oddali doleciał czyjś stłumiony głos.

– Ben!

Ujrzałem w wyobraźni, jak leży na dole ze złamaną nogą. Albo jeszcze gorzej.

– Już idę!

Pobiegłem dalej.

Skoczyłem między drzewa w kierunku, z którego dobiegał głos. Wypadłem na szczyt garbu, pewien, że zaraz go znajdę, lecz gdy tylko wynurzyłem się z gęstwiny zieleni, spostrzegłem, że to wcale nie był głos Bena. Na kępie sprężystej trawy leżał porzucony Game Freak. Chłopaka nigdzie nie było.

Zawołałem na całe gardło:

– Ben!!!

Odpowiedziała mi cisza, mącona jedynie kołataniem mego serca i cichym skrzekliwym głosem Królowej Zemsty. W końcu odnalazła Modusa, wielkiego spasionego olbrzyma o jajowatej głowie i małych błyszczących ślepkach. Okładała go energicznie, tańcząc wokół niego w zabryzganym krwią pomieszczeniu, wymierzała ciosy i kopniaki to z lewej, to z prawej, powtarzając w kółko z wściekłością:

– *Teraz zginiesz! Teraz zginiesz! Teraz zginiesz!*

Przyciskając Królową Zemsty do piersi, pobiegłem z powrotem w górę zbocza.

2

czas od zaginięcia: 0 godzin, 21 minut

Słońce chyliło się ku zachodowi. Cienie gęstniały w zagłębieniach między wzgórzami, jakby kanion wypełniał się atramentem. Na środku podłogi w kuchni zostawiłem notatkę: NIE RUSZAJ SIĘ STĄD – SZUKAM CIĘ, i pojechałem na dno kanionu.

Jeśli Ben skręcił nogę w kostce albo uraził się w kolano, mógł się stoczyć w dół zbocza, a wtedy nie dałby rady wdrapać się z powrotem do domu. Niewykluczone, że zapukał do któregoś z sąsiadów, szukając pomocy, albo kuśtykając, błąkał się ulicach. Wmawiałem sobie, że na pewno tak się stało. Dziesięcioletni chłopcy po prostu nie rozpływają się w powietrzu.

Kiedy skręciłem w uliczkę biegnącą dnem wąwozu za moim domem, zatrzymałem wóz i wysiadłem. Bardzo szybko robiło się ciemno, trzeba już było wytężać wzrok. Znów zawołałem:

– Ben!

Gdyby stoczył się aż na dno kanionu, musiałby, wracając, przejść obok któregoś z trzech stojących tutaj domów. W dwóch pierwszych nikt nie odpowiadał na pukanie, w trzecim drzwi otworzyła gospodyni. Pozwoliła mi zajrzeć na tylne podwórze, lecz cały czas obserwowała mnie z okna, jakby się bała, że ukradnę dziecięce zabawki rozrzucone wokół basenu kąpielowego. Bena tu nie było. Podciągnąłem się na mur z pustaków i zajrzałem na sąsiednią posesję, lecz i tam go nie znalazłem. Zawołałem ponownie:

– Ben!

Wróciłem do samochodu. Z łatwością mogliśmy się minąć w plątaninie uliczek rozrzuconego osiedla. Kiedy ja jechałem w jedną stronę, Ben mógł pójść w drugą. I wyjść na kolejną uliczkę parę sekund po tym, jak minąłem to miejsce. Nie wiedziałem jednak, co mógłbym innego zrobić.

Dwa razy zatrzymywałem mijane patrole ochrony, żeby zapytać, czy nie widzieli chłopca odpowiadającego opisowi Bena. Nie widzieli, ale zapisali mój adres i numer telefonu, obiecując natychmiast zadzwonić, gdyby tylko się na niego natknęli.

Przyspieszyłem, by objąć poszukiwaniami jak największy teren, zanim zajdzie słońce. Po kilka razy przejeżdżałem tymi samymi ulicami, kręciłem się po okolicach kanionu, jakbym to ja zgubił drogę, a nie Ben. W wyższych partiach osiedla było jeszcze dość jasno, lecz w niższych robiło się wyraźnie chłodno. Chłopak miał na sobie tylko dżinsy i bawełnianą koszulkę. Musiał zmarznąć po zmroku.

Po powrocie do domu zawołałem go już w progu, lecz nadal nie było odpowiedzi. Notatka na podłodze w kuchni leżała nietknięta. Licznik nagranych wiadomości na automatycznej sekretarce pokazywał zero.

Zadzwoniłem do biura prywatnej firmy ochroniarskiej strzegącej osiedla nad kanionem, do której należały oba napotkane przeze mnie wozy. Patrole krążyły po terenie przez całą dobę, tabliczki z emblematem firmy wisiały ku przestrodze prawie na każdej bramie na osiedlu. To jeden z uroków życia w wielkim mieście. Wyjaśniłem, że w okolicy kanionu zaginął chłopiec, i podałem opis Bena. Obiecali mi pomoc, chociaż nie należałem do grona ich klientów.

Ledwie odłożyłem słuchawkę, usłyszałem, jak otwierają się drzwi frontowe. Poczucie ulgi było tak przemożne, że aż zakłuło mnie w sercu.

– Ben!

– To ja.

Lucy weszła do salonu. Była ubrana w czarną wizytową garsonkę i kremową bluzkę, żakiet niosła przerzucony przez rękę. Spodnie miała wygniecione od długiej jazdy samochodem. Wyglądała na przemęczoną, lecz uśmiechnęła się blado.

– Dlaczego nie czuć zapachu hamburgerów?

Było dwie po szóstej. Ben zniknął dokładnie sto minut wcześniej. Dokładnie sto minut zajęła jej podróż do domu od czasu naszej rozmowy telefonicznej. I dokładnie tyle samo wystarczyło, żebym zgubił jej syna.

Dostrzegła moją przerażoną minę i błyskawicznie spoważniała.

– Co się stało?

– Ben zginął.

Rozejrzała się, jakby podejrzewając, że chowa się za kanapą i chichocze z dowcipu. Zaraz jednak pojęła, że wcale nie żartuję. Nie dało się ukryć, że mówię zupełnie poważnie.

– Jak to... zginął?

Wyjaśnienia nie chciały mi przejść przez gardło, jakbym od razu musiał ją prosić o wybaczenie.

– Wyszedł na werandę krótko przed tym, jak zadzwoniłaś, i od tamtej pory nigdzie nie mogę go znaleźć. Wołałem, ale nie odpowiada. Objechałem cały kanion dookoła, lecz bez rezultatu. Nie ma go u sąsiadów. Nie mam pojęcia, gdzie się podział.

Pokręciła głową, jakby nadal nie mogła uwierzyć, że to nie jest głupi kawał albo że coś mi się nie pomyliło.

– Po prostu wyszedł na werandę?

Pokazałem jej dowód, Game Freaka.

– Tak. Był pochłonięty grą. Wyszedł z nią na werandę. Znalazłem ją na zboczu kanionu.

Minęła mnie bez słowa i wyjrzała na zewnątrz.

– Ben! Benjamin, masz się natychmiast odezwać! Słyszysz, Ben?!

– Luce, już go wołałem.

Przemaszerowała z powrotem przez salon i wyszła do holu.

– Ben!

– Zrozum, tutaj go nie ma. Powiadomiłem już ochronę osiedla. Miałem właśnie dzwonić na policję.

Zawróciła i znowu wyjrzała na werandę.

– Do diabła, Ben! Masz się natychmiast odezwać!

Wyszedłem za nią i wziąłem ją pod rękę. Była roztrzęsiona. Rzuciła mi się w objęcia. Tuląc twarz do mojej piersi, zapytała cicho stłumionym głosem:

– Myślisz, że uciekł z domu?

– Nie. Był w pogodnym nastroju. Po naszej rozmowie odzyskał dobry humor. Zaśmiewał się z tej idiotycznej gry.

Powiedziałem jej, że moim zdaniem prawdopodobnie skręcił nogę, bawiąc się na zboczu, a potem, kuśtykając, zabłądził, wracając do domu.

– Trudno się zorientować w przebiegu uliczek na dole, są wąskie i kręte. Zapewne skręcił nie w tę stronę, a jest za bardzo przestraszony, by zapytać kogoś o drogę. Za często go ostrzegaliśmy, żeby nie rozmawiał z nieznajomymi. Jeśli skręcił w złym kierunku i poszedł przed siebie, mógł się jeszcze bardziej oddalić od domu. A teraz jest już tak przestraszony, że się chowa, słysząc nadjeżdżający samochód. Ale na pewno się znajdzie. Powinniśmy zawiadomić policję.

Lucy bez przekonania pokiwała głową i popatrzyła w głąb kanionu. W oknach zaczynały się zapalać światła.

– Niedługo będzie całkiem ciemno – mruknęła.

Ciemno. To jedno przeklęte słowo wydało mi się nagle kwintesencją wszystkich najgorszych rodzicielskich obaw.

– Chodź, zadzwonimy – odparłem. – Policja powiadomi wszystkich mieszkańców, każe pozapalać wszystkie światła i zorganizuje poszukiwania.

Gdy tylko się odwróciliśmy, żeby wejść do domu, zadzwonił telefon. Lucy aż się wzdrygnęła i zawołała:

– To Ben!

Podbiegłem i chwyciłem słuchawkę, ale głos, który się rozległ na drugim końcu linii, nie należał ani do Bena, ani do Grace Gonzalez, ani do pracownika firmy ochroniarskiej.

– Elvis Cole? – zapytał nieznajomy mężczyzna.

– Tak. Kto mówi?

– Pięć dwa – odparł lodowatym basem.

– Halo. Kto mówi?

– Pięć dwa, sukinsynu. Pamiętasz pięć dwa?

Lucy trąciła mnie w ramię, mając nadzieję, że rozmawiam z Benem. Pokręciłem głową, dając jej do zrozumienia, że to nie on. Jednocześnie z zakamarków mej pamięci zaczęły wypływać najgorsze wspomnienia.

Chwyciłem słuchawkę obiema rękami. Musiałem na czymś zacisnąć palce.

– Kto mówi? O co panu chodzi?

– Odpłaciłem ci się, łobuzie. Za to, co zrobiłeś.

Mimowolnie kurczowo zacisnąłem palce na słuchawce i krzyknąłem:

– Co takiego zrobiłem?! O czym pan mówi?!

– Dobrze wiesz, co zrobiłeś. Mam chłopaka.

Połączenie zostało przerwane.

Lucy szturchnęła mnie mocniej.

– Kto to był? Co powiedział?

Nawet nie poczułem tego uderzenia. Ledwie docierał do mnie jej głos. Byłem całkowicie pochłonięty przerzucaniem w wyobraźni pożółkłych kartek albumu ze starymi, zbrązowiałymi i ziarnistymi zdjęciami przedstawiającymi innego mnie, zupełnie innego, oraz gromadkę młodych ludzi o pomalowanych na zielono twarzach i szklistych oczach, od których zalatywało kwaśnym odorem strachu.

Lucy walnęła jeszcze mocniej.

– Dość tego! Zaczynasz mnie przerażać!

– Dzwonił jakiś mężczyzna. Nieznajomy. Powiedział, że ma Bena.

Chwyciła oburącz moją rękę.

– Ma Bena? Porwał go? Co dokładnie powiedział? Czego chciał?

W gardle mi zaschło, kark przeszył bolesny skurcz.

– Postanowił mnie ukarać za coś, co wydarzyło się bardzo dawno temu.

Chłopięca ciekawość

Drugiego dnia z tego pięciodniowego pobytu w domu Elvisa Cole'a Ben wykorzystał okazję i gdy gospodarz poszedł umyć samochód, zakradł się na piętro. Już od dłuższego czasu chciał przejrzeć jego rzeczy osobiste. Elvis był prywatnym detektywem, co samo w sobie wydawało mu się wystarczająco atrakcyjne, a poza tym miał w domu mnóstwo fajnych rzeczy: olbrzymią kolekcję kaset wideo i płyt DVD ze starymi filmami science fiction i horrorami, które pozwalał mu oglądać do woli, chyba z setkę superbohaterów na magnesikach przyczepionych do lodówki i kuloodporną kamizelkę w szafie w holu na dole. Takich rzeczy nie widywało się przecież na co dzień. Miał nawet wizytówki, według których był „największym kutasem w tym interesie". Kiedy pokazał jedną z nich kolegom w szkole, mieli wielki ubaw.

Dlatego Ben był przekonany – a raczej absolutnie, stuprocentowo pewny – że Elvis musi mieć cały skarbiec innych, równie wspaniałych rzeczy w szafie w sypialni na górze. Na przykład dobrze wiedział, gdzie gospodarz trzyma broń i amunicję, były jednak zamknięte w specjalnym sejfie, którego nie potrafił otworzyć. Nie szukał niczego konkretnego, sądził jednak, że jeśli dopisze mu szczęście, znajdzie chociażby parę numerów „Playboya" albo jakiś policyjny sprzęt do zabawy, kajdanki albo gumową pałkę (którą ku przerażeniu mamy wujek Rene z Saint Charles nazwał kiedyś „rózgą na czarnuchów").

Kiedy więc Elvis tamtego ranka poszedł umyć samochód, od razu podbiegł do okna i ujrzawszy, że szykuje wiadro wody z płynem, błyskawicznie popędził na górę.

Cole sypiał razem ze swoim kotem na antresoli nad salonem. Kocur najwyraźniej nie lubił ani Bena, ani jego mamy, ale chłopak nie brał sobie tego do serca. Wiedział, że głupie kocisko uznaje tylko Elvisa i jego wspólnika, Joego Pike'a. Ile razy Ben zbliżał się do niego, kot natychmiast stroszył sierść i zaczynał fukać. I nawet gdy się na niego tupnęło albo krzyknęło, wcale nie uciekał, tylko podchodził bliżej, bokiem, prężąc grzbiet. Prawdę mówiąc, Ben trochę się go bał.

Kiedy dotarł na szczyt schodów, ostrożnie wyjrzał zza balustradki, żeby sprawdzić, czy kot nie śpi na łóżku.

Na szczęście droga była wolna.

Nigdzie go nie było.

Z zewnątrz dolatywał szum płynącej wody.

Ben podbiegł do szafy. Kilka razy już tu zaglądał, jak choćby wtedy, gdy Elvis pokazywał jego mamie, że broń jest bezpiecznie zamknięta w sejfie. Stąd wiedział, że na najwyższej półce stoją jakieś plastikowe pudełka do przechowywania żywności, nie zdołał jednak dojrzeć, czy w środku są stare zdjęcia, kolorowe czasopisma czy może sprzęt detektywistyczny. Zaczął od leżących na dole pism, mając nadzieję znaleźć ostre pornosy w rodzaju tych, jakie Billy Toman przynosił do szkoły, ale rozczarował się, widząc, że są to same stare numery nudnego „Newsweeka" i „Los Angeles Times Magazine". Następnie wspiął się na palce, żeby zajrzeć na górę sejfu, wielkiego stalowego pudła jego wysokości, stojącego z boku szafy. Leżało tam tylko parę czapeczek baseballowych, zepsuty budzik i dwa zdjęcia w ramkach: pierwsze przedstawiało jakąś starszą panią stojącą na ganku wiejskiego domu, drugie Elvisa z jego mamą przy stoliku w restauracji. Nie było ani kajdanek, ani rózgi na czarnuchów.

Górna półka ciągnęła się przez całą długość szafy. Była poza jego zasięgiem, lecz z samego brzegu dostrzegł kilka par butów, kartonowe pudełka, zrolowany śpiwór, coś, co wyglądało na zestaw do czyszczenia obuwia, i czarną nylonową torbę sportową. Pomyślał, że właśnie do niej warto by przede wszystkim zajrzeć, ale musiałby jeszcze trochę podrosnąć, żeby ją stamtąd zdjąć. Znowu popatrzył na sejf. Gdyby się wdrapał na jego brzeg, na pewno sięgnąłby do torby. Starannie ułożył dłonie na krawędzi, podskoczył, wyprostował ręce w łokciach, klęknął jednym kolanem na sejfie i podciągnął się w górę. Zgniótł przy tym parę kapeluszy i zwalił na podłogę fotografię starszej pani, ale był zadowolony z rezultatu. Sięgnął do torby sportowej, ale była za daleko. Wychylił się bardziej na zewnątrz i trzymając się jedną ręką półki, drugą wyciągnął najdalej, jak tylko mógł, lecz stracił równowagę. W ostatniej chwili próbował się jeszcze czegoś złapać, ale było za późno. Spadł z sejfu, ściągając ze sobą torbę. Kiedy grzmotnął o podłogę, posypały się na niego koszule i majtki.

– Kurde! – jęknął.

Zbierając koszule, zauważył stare pudełko po cygarach. Musiało widocznie leżeć na torbie i spadło razem z nią. Wysypała się z niego garstka starych pożółkłych zdjęć, jakieś kolorowe paski tkaniny oraz pięć płaskich pudełeczek z niebieskiego plastiku. Spojrzał na nie pożądliwym wzrokiem. Od razu wiedział, że nie są to zwykłe pudełka. Wyglądały niezwykle. Miały w przybliżeniu po piętnaście centymetrów długości, pionowo wzdłuż lewej krawędzi biegł szeroki złoty pasek, a w dolnym prawym rogu znajdował się wytłoczony złoty napis: STANY ZJEDNOCZONE AMERYKI.

Szybko odsunął na bok ubrania i usiadł po turecku na podłodze, żeby obejrzeć niezwykłe znalezisko.

Na zdjęciach byli żołnierze w polowych mundurach i helikoptery. Jakiś facet siedział na brzegu polowego łóżka, szeroko uśmiechnięty, z cygarem zwisającym z kącika ust. Wysoko na lewym ramieniu miał wytatuowany niewyraźny napis. Ben przybliżył zdjęcie do oczu i z trudem odczytał zamazane litery: RANGER. Doszedł do wniosku, że człowiek pewnie nosił takie dziwne imię. Na drugiej fotografii pięciu żołnierzy pozowało na tle helikoptera. Wyglądali jak banda sadystycznych zabijaków. Twarze pomalowane w zielone i czarne plamy, obładowani wypchanymi plecakami, pasami z amunicją i ręcznymi granatami oraz czarnymi karabinami. Drugi od lewej trzymał tabliczkę z numerem. Przez kamuflażowe barwy na twarzach trudno było rozpoznać ich rysy, niemniej drugi od prawej wyglądał jak Elvis Cole. Rety.

Ben odłożył zdjęcia i otworzył pierwsze niebieskie pudełko. Do szarej wyściółki była przypięta czterocentymetrowej szerokości tasiemka w czerwone, białe i niebieskie pasy. Pod nią znajdował się metalowy znaczek na szpilce w takich samych kolorach i medal zawieszony na takiej samej, tylko węższej wstążce. Był w kształcie złotej pięcioramiennej gwiazdy zabezpieczonej dodatkową przezroczystą osłoną z plastiku. W jego środkowej części znajdowała się mała srebrna gwiazdka. Zamknął pudełko i otworzył następne, ale był w nim dokładnie taki sam medal.

Odsunął je wszystkie na bok i sięgnął z powrotem po zdjęcia. Na kolejnym ta sama banda w czarnych podkoszulkach stała przed namiotem z puszkami piwa w rękach. Następne ukazywało Elvisa Cole'a siedzącego na workach z piaskiem z karabinem ułożonym na kolanach (był nagi do pasa i wyglądał na strasznego chudzielca!). Dalej znów był facet z twarzą pomalowaną na zielono i czarno, wyglądający z tak gęstej kępy krzaków, że odnosiło się wrażenie, jakby wyłaniał się z litej zielonej ściany. Bena stopniowo ogarniało podniecenie. Przecież to było dokładnie to, na co liczył! Całkowicie pochłonięty przeglądaniem starych zdjęć nie usłyszał, jak Elvis stanął nad nim.

– Mam cię – rzucił półgłosem.

Chłopak aż podskoczył. Poczuł, że się czerwieni.

Cole wcisnął kciuki do kieszeni spodni i zapytał, unosząc wysoko brwi:

– Znalazłeś sobie ciekawą zabawę?

Ben poczuł się skrępowany i zawstydzony. Przestraszył się, że Elvis zaraz wpadnie w szał, ale ten tylko usiadł obok niego na podłodze i w zamyśleniu popatrzył na zdjęcia i niebieskie pudełka z medalami. Kiedy wreszcie podniósł głowę i spojrzał mu w oczy, Benowi przemknęło przez myśl, że na pewno znienawidzi go na zawsze.

– Przepraszam, że grzebałem w twoich rzeczach – wydukał, starając się powstrzymać łzy.

Ale Cole uśmiechnął się blado i swoim zwyczajem poczochrał mu włosy.

– Nic się nie stało, kolego. Przecież mówiłem ci, że możesz zaglądać wszędzie, gdzie chcesz. Nie podejrzewałem tylko, że wdrapiesz się na górną półkę mojej szafy. W każdym razie nie musisz robić tego po kryjomu. Jeśli chcesz obejrzeć moje rzeczy, wystarczy o to poprosić. Jasne?

Ben nie miał odwagi spojrzeć mu w oczy, ale paliła go ciekawość. Odszukał zdjęcie przedstawiające pięciu żołnierzy na tle helikoptera i zapytał:

– To ty, drugi od prawej?

Elvis tylko zerknął na fotografię, nie wziął jej od niego. Ben pokazał mu drugą, z facetem siedzącym na brzegu łóżka.

– A co to za gość, ten Ranger?

– Nazywał się Ted Fields. Ranger to pewien szczególny rodzaj żołnierza. Niektórzy byli tak dumni z tego, iż służą w oddziale Rangersów, że tatuowali sobie tę nazwę na ramionach. Ted był z tego bardzo dumny.

– Czym się zajmują Rangersi?

– Robią pompki.

Elvis wyjął zdjęcia z jego ręki i włożył z powrotem do pudełka po cygarach. Ben, obawiając się, że nie usłyszy już żadnej odpowiedzi, pospiesznie złapał niebieskie pudełko, otworzył je i zapytał:

– A co to jest?

Cole wziął od niego pudełko, zamknął je i także odłożył na miejsce.

– Nazywa się Srebrną Gwiazdą. Od tej małej srebrnej gwiazdki na środku złotego medalu.

– Masz dwa takie same.

– Armia robiła wyprzedaż.

Sięgnął po następne pudełko. Było jasne, że nie chce rozmawiać ani o tych zdjęciach, ani o odznaczeniach wojskowych, chociaż były to najfajniejsze skarby, jakie Ben dotąd widział na oczy. Chciał wiedzieć o nich wszystko. Chwycił kolejne niebieskie etui, otworzył je i zapytał:

– A dlaczego ten medal jest purpurowy, w kształcie serca?

– Może zostawmy to na razie. Chciałbym dokończyć mycie samochodu.

– Dostaje się coś takiego, jak jest się rannym na wojnie?

– Rany można odnieść na setki różnych sposobów.

Elvis pospiesznie schował pozostałe odznaczenia i zgarnął fotografie. Ben uświadomił sobie, jak mało jeszcze wie o nowym przyjacielu matki. Elvis na pewno musiał się kiedyś wykazać diabelną odwagą, skoro został odznaczony tyloma medalami, ale najwyraźniej nie chciał o tym rozmawiać. Jak można trzymać takie bombowe rzeczy ukryte na dnie szafy? Gdyby on miał tyle medali, nosiłby je codziennie!

– Za co dostałeś te dwie Srebrne Gwiazdy? Byłeś bohaterem wojennym?

Cole, z nisko pochyloną głową, ułożył z powrotem zdjęcia w pudełku po cygarach i zamknął je.

– Nie za bardzo, kolego. Po prostu nie było nikogo innego, komu mogliby je dać, dlatego odznaczyli mnie.

– Mam nadzieję, że i ja kiedyś dostanę Srebrną Gwiazdę.

Elvis niespodziewanie spiorunował go wzrokiem, aż Benowi ciarki przeszły po plecach. Jakby przez chwilę miał przed sobą zupełnie kogoś innego, nie tego Cole'a, którego dotąd znał. Na szczęście przerażające błyski w jego oczach szybko zgasły i mógł odetchnąć z ulgą.

Elvis wyjął z powrotem jedno pudełko ze Srebrną Gwiazdą i wyciągnął w jego kierunku.

– Wiesz co, kolego? Lepiej weź ją sobie ode mnie.

Tak po prostu, bez żadnej przyczyny, Cole dał mu jeden ze swoich medali.

Ben ostrożnie wyjął odznaczenie z pudełka i popatrzył na nie, jakby trzymał bezcenny skarb. Błyszcząca wstążka była gładka w dotyku, a medal okazał się dużo cięższy, niż na to wyglądał. Złota gwiazda naprawdę sporo ważyła i miała bardzo ostre czubki.

– Mogę ją zatrzymać?

– Pewnie. Skoro sam je dostałem, to mam prawo teraz przekazać tobie.

– Rety. Dzięki. I też będę mógł kiedyś zostać Rangersem?

Cole uśmiechnął się swobodnie. Powoli i uroczyście położył mu dłoń na ramieniu, jakby zamierzał go pasować na rycerza.

– Oficjalnie zaliczam cię do Rangersów Armii Stanów Zjednoczonych. W ten sposób najlepiej zostać Rangersem. Nie będziesz musiał ćwiczyć tylu pompek.

Ben zachichotał.

Elvis zamknął pudełko po cygarach, zgarnął ciuchy do torby sportowej i odłożył wszystko do szafy.

– Chcesz jeszcze coś obejrzeć? Mam tu kilka par nieźle zasmrodzonych butów i starych Smrodożerców.

– Och, nie. Może kiedy indziej.

Obaj się uśmiechnęli. Benowi spadł kamień z serca. Nie miał się już czego bać.

Elvis położył mu dłoń na karku i skierował go w stronę schodów. Takie gesty Benowi najbardziej się u niego podobały. Dzięki nim nie czuł się traktowany jak smarkacz.

– No, dobra, kolego. Najpierw skończymy myć samochód, a potem wybierzemy sobie jakiś film.

– Dasz mi polać wodę z węża?

– Dopiero gdy włożę płaszcz nieprzemakalny.

Zrobił przy tym taką minę, że obaj wybuchnęli śmiechem. Na schodach Ben włożył Srebrną Gwiazdę do kieszeni i przycisnął z wierzchu ręką. Czując pod palcami jej ostre czubki, pomyślał, że to najfajniejszy prezent, jaki mógł sobie wymarzyć.

Wieczorem miał ochotę zapytać, czy mógłby jeszcze raz obejrzeć tamte zdjęcia i pozostałe odznaczenia, lecz Elvis był wyraźnie w złym humorze, więc nie odważył się na to. Kiedy Elvis poszedł pod prysznic, ponownie wdrapał się na sejf z bronią, ale pudełka po cygarach już nie było na górnej półce szafy. Nie zauważył, gdzie Cole je schował, a był za bardzo zawstydzony, żeby o to spytać.

3

czas od zaginięcia: 3 godziny, 56 minut

Policja zjawiła się dwadzieścia po ósmej. Było już całkiem ciemno, a chłodne nocne powietrze niosło ze sobą przykry swąd miejskiego kurzu. Lucy poderwała się z miejsca, kiedy rozległ się dzwonek.

– Ja otworzę – powiedziałem. – To na pewno Lou.

Sprawy pełnoletnich prowadzi Wydział Osób Zaginionych mieszczący się w śródmiejskim Centrum Parkera, ale przypadkami zaginionych lub porwanych dzieci zajmują się detektywi z sekcji nieletnich komendy dzielnicowej. Gdybym zadzwonił na policję jak zwykły obywatel, musiałbym się dokładnie przedstawiać i opisywać ze szczegółami zniknięcie Bena najpierw znudzonej operatorce z centrali zgłoszeniowej, potem oficerowi dyżurnemu komendy dzielnicowej, wreszcie pełniącemu służbę śledczemu z sekcji nieletnich. Zaoszczędziłem sobie czasu, dzwoniąc do przyjaciela, Lou Poitrasa, porucznika w wydziale zabójstw komendy z Hollywood Station. Po moim telefonie sam przekazał sprawę dwojgu dyżurującym policjantom z sekcji nieletnich i przyjechał razem z nimi.

Z Poitrasa był kawał chłopa, w barach szeroki jak beczka, odznaczał się nalaną rumianą twarzą koloru świeżo gotowanej szynki. Nosił opiętą w ramionach czarną skórzaną kurtkę, pod którą dobrze się rysowały imponujące muskuły wyrobione przez lata podnoszenia ciężarów. Z posępną miną cmoknął Lucy w policzek.

– Cześć. Co u was słychać?

– Nie najlepiej.

Za nim z samochodu wysiadła para policjantów. Dyżurnym śledczym sekcji nieletnich był starszy facet o ziemistej pryszczatej cerze. Wóz prowadziła młodsza kobieta o pociągłej twarzy i rozbieganych oczach. Poitras przedstawił ich, kiedy weszli do domu.

– To Dave Gittamon. Jest sierżantem w sekcji nieletnich od niepamiętnych czasów. A to... Przepraszam, ale zapomniałem nazwiska.

– Carol Starkey.

To nazwisko wydało mi się znajome, ale nie potrafiłem go umiejscowić. Zalatywało od niej zatęchłym dymem papierosowym.

– Mieliście drugi telefon od czasu naszej rozmowy? – zapytał Poitras.

– Nie. Porywacz dzwonił tylko raz. Próbowałem się z nim jeszcze połączyć, wybierając numer zwrotny, ale bez skutku, widocznie korzystał z aparatu z zablokowanym numerem. Zgłosiła się centrala sieci komórkowej.

– Już się tym zająłem, kazałem sprawdzić w centrali dane rozmówcy.

Poitras wyjął swój aparat komórkowy i wszedł do kuchni.

Zaprosiliśmy Gittamona i Starkey do salonu. Opisałem im rozmowę z porywaczem i moje wcześniejsze poszukiwania Bena. Pokazałem Game Freaka, tłumacząc, że moim zdaniem chłopak zgubił go na zboczu, kiedy złapał go napastnik. Jeśli rzeczywiście został porwany w tym miejscu, gdzie odnalazłem grę elektroniczną, należało uznać ten rejon za miejsce przestępstwa. Słuchając moich wyjaśnień, Gittamon spoglądał przez oszklone drzwi od werandy w głąb kanionu. W oknach domów paliły się światła, ale poza tym trudno było cokolwiek dojrzeć.

– Jeśli do rana się nie pojawi, obejrzę miejsce, gdzie znalazł pan grę – powiedziała Starkey.

Byłem zdenerwowany i przestraszony, nie chciałem czekać do rana.

– Może pójdziemy tam od razu? Mam mocną latarkę.

– Gdyby chodziło o parking w mieście, chętnie bym na to przystała, ale takiego terenu nie zdołamy wystarczająco oświetlić, tym bardziej że strome zbocze jest porośnięte krzakami. Prędzej zniszczylibyśmy dowody porwania, jeśli jakieś pozostały. Dużo lepiej będzie pójść tam z rana.

Gittamon pokiwał głową.

– Carol ma duże doświadczenie w takich sprawach, panie Cole. Poza tym na razie miejmy nadzieję, że Ben do rana wróci jednak do domu.

Lucy także stanęła przy drzwiach werandy.

– Nie powinniśmy zawiadomić FBI? Wydawało mi się, że porwaniami zajmują się federalni.

Gittamon obejrzał się na nią i odparł łagodnym, miękkim tonem człowieka od wielu lat mającego do czynienia z przestraszonymi rodzicami i dziećmi:

– Zawiadomimy FBI, jeśli okaże się to konieczne, ale najpierw musimy ustalić, co się wydarzyło.

– Wiemy, co się wydarzyło. Ktoś porwał mojego syna.

Sierżant odwrócił się, podszedł do kanapy i usiadł obok swojej koleżanki. Starkey wyjęła z kieszeni notatnik i długopis.

– Rozumiem, że jest pani przerażona, pani Chenier. Ja też bym się bał na pani miejscu. Musimy jednak dokładnie poznać sytuację Bena i dowiedzieć się, jak doszło do jego zaginięcia.

– To nie jest żadne zaginięcie, Gittamon. Jakiś kretyn po prostu porwał dzieciaka.

Lucy, która sporo czasu spędzała w salach sądowych, potrafiła nawet w sytuacjach stresowych myśleć o wielu rzeczach naraz. Oczywiście, teraz sytuacja była najgorsza z możliwych, ale jak dotąd nie traciła zdrowego rozsądku. Trzymała się chyba dzielniej niż ja.

– Rozumiem, sierżancie – odparła – ale tu chodzi o moje dziecko.

– Tak, wiem. Dlatego im prędzej się z tym uporamy, tym prędzej je pani odzyska.

Zadał Lucy kilka podstawowych pytań niemających nic wspólnego z uprowadzeniem jej syna. Ja tymczasem spisałem na kartce przebieg rozmowy telefonicznej na tyle szczegółowo, na ile mogłem sobie przypomnieć, po czym poszedłem na górę po zdjęcie Bena i jedną ze starych fotografii z czasów mojej służby w wojsku, które znalazł na dnie szafy. Od wielu lat nie oglądałem tych zdjęć, w ogóle nie otwierałem pudełka po cygarach, dopóki Ben go nie znalazł. Nie chciałem wracać do tamtych wspomnień.

Kiedy wróciłem, Poitras siedział w fotelu w rogu salonu.

– W centrali PacBella już próbują zidentyfikować rozmówcę – powiedział. – Za kilka godzin powinniśmy znać jego numer.

Podałem fotografie Gittamonowi.

– To jest Ben. A to drugie to moje stare zdjęcie z wojska. Tutaj zapisałem, co porywacz mówił przez telefon. Mam wrażenie, że zapamiętałem wszystko, słowo w słowo.

Sierżant rzucił okiem na fotografie i podał je Starkey.

– A po co nam pańskie zdjęcie?

– Facet powtórzył kilka razy: „Pięć dwa". Widzi pani tę tabliczkę, którą trzyma żołnierz stojący obok mnie? Pięć dwa to był kryptonim naszego oddziału zwiadowczego. Nie mam jednak pojęcia, co ten człowiek miał na myśli.

Policjantka spojrzała na niego.

– Nie był pan za młody na udział w wojnie wietnamskiej?

– Byłem.

– W porządku – wtrącił Gittamon. – Co jeszcze powiedział?

Podetknąłem mu kartkę.

– Spisałem wszystko, słowo po słowie. W gruncie rzeczy niewiele tego, tylko numer oddziału i to, że ma Bena. No i że za coś mi się odpłacił, tylko nie wiem za co.

Gittamon popatrzył na kartkę i również podał ją Starkey.

– Nie poznałeś go po głosie? – zapytał Poitras.

– Nie mam najmniejszego pojęcia, kto to mógł być. Cały

czas łamię sobie nad tym głowę. W każdym razie nie rozpoznałem głosu.

Sierżant wziął zdjęcie z rąk koleżanki i popatrzył na nie ze zmarszczonymi brwiami.

– Sądzi pan, że mógłby to zrobić któryś z mężczyzn na tej fotografii?

– Nie, to niemożliwe. Kilka minut po zrobieniu tego zdjęcia wyruszyliśmy na patrol, z którego nie wrócił nikt poza mną. Wszyscy zginęli. Dlatego ten numer, pięć dwa, tak dobrze wrył mi się w pamięć.

Lucy westchnęła. Starkey przygryzła wargi, chyba miała ochotę zapalić. Gittamon nachmurzył się, jakby chodziło mu po głowie coś, czego nie chciał powiedzieć na głos. Ja także nie zamierzałem o tym rozmawiać.

– Czy... doszło do jakiegoś wypadku?

– Jeśli pyta pan, czy zginęli z mojej winy, to nie. Po prostu wypad się nie udał. Nie zrobiłem niczego poza tym, że uszedłem z życiem.

Czułem się winny, że Ben zaginął, tym bardziej że zaginął przeze mnie. Chcąc nie chcąc, musiałem do tego wracać, bo ktoś uczynny postanowił wysłać ten koszmar na adres Lucy.

– Naprawdę nie mam pojęcia, o co porywaczowi chodziło. Nic więcej nie umiem powiedzieć.

Starkey obejrzała się na sierżanta.

– Może powinniśmy rozesłać opis Bena do patroli na mieście?

Poitras pokiwał głową.

– Koniecznie. I skontaktujcie się z centralą telefoniczną, niech założą podsłuch na linii Elvisa.

Policjantka wzięła telefon komórkowy i wyszła do holu. Tymczasem Gittamon zaczął wypytywać o moje stosunki z Benem w ciągu ostatnich dni. Kiedy mu powiedziałem, że chłopak grzebał w mojej szafie, zmarszczył brwi.

– A zatem wiedział o tej historii z oddziałem pięć dwa?

– Nie mówiłem mu, że wszyscy zginęli. Widział tylko zdjęcia.

– Kiedy to było?

– Na początku tygodnia, jakieś trzy dni temu. Co to może mieć wspólnego z jego zaginięciem?

Gittamon zapatrzył się na trzymaną fotografię z taką miną, jakby dokonywał wiekopomnego odkrycia. Wreszcie zerknął na Lucy, potem przeniósł wzrok na mnie.

– Po prostu próbuję uporządkować fakty. Wniosek jest taki, że syn pani Chenier został porwany w odwecie za coś, co pan zrobił. Nie ona, tylko pan. Ale przecież Ben nie jest pańskim synem ani pasierbem, nie mieszka z panem na stałe, wyjąwszy kilka ostatnich dni. Zgadza się? Jeśli dobrze rozumiem, pan i pani Chenier mieszkacie oddzielnie?

Lucy oparła się ramieniem o gzyms kominka. Sierżant rozpatrywał inne ewentualności, które ewidentnie obudziły jej zaciekawienie.

– Tak, zgadza się.

Gittamon pokiwał głową i znów spojrzał na mnie.

– Więc dlaczego sprawca miałby porywać syna pani Chenier, skoro chciał się zemścić na panu? Dlaczego, na przykład, nie podpalił pańskiego domu, nie strzelił albo nie podał pana do sądu? Rozumie pan, do czego zmierzam?

Świetnie rozumiałem i coraz mniej mi się to podobało.

– Wykluczone. Ben by tego nie zrobił. Ma dopiero dziesięć lat.

Lucy popatrzyła na mnie, potem na Gittamona i znów na mnie. Na jej twarzy malowało się zdziwienie.

– Czego by nie zrobił?

– Lou, na miłość boską – mruknął Poitras, krzywiąc się z niesmakiem.

– Jestem pewien, Dave, że nigdy by tego nie zrobił. Dobrze znam tego dzieciaka.

– Czyżbyście zakładali, że Ben upozorował swoje porwanie? – zapytała Lucy.

Gittamon odłożył zdjęcie na stolik do kawy, jakby dość już się na nie napatrzył.

– Nie, proszę pani, jest za wcześnie na tego typu wnioski,

lecz wielokrotnie miałem do czynienia z pozorowanymi uprowadzeniami. Dzieciaki robią to z setek różnych powodów, zwłaszcza gdy brak im poczucia bezpieczeństwa. Wystarczyło poprosić starszego brata kolegi ze szkoły, żeby zadzwonił do pana Cole'a.

Byłem coraz bardziej poirytowany, ogarniała mnie wściekłość. Odwróciłem się i podszedłem do drzwi werandy. Przerażona cząstka mojej świadomości podsunęła mi myśl, że Ben faktycznie może nas teraz obserwować z zarośli na zboczu. Nigdzie go jednak nie dostrzegłem.

– Jeśli nie chce pan robić nam złudnych nadziei, proszę porzucić ten tok rozumowania. Spędziłem z Benem pięć ostatnich dni. Na pewno czuł się tu bezpiecznie. W żadnym wypadku nie wpadłby na taki pomysł.

Głos Lucy spadł na mnie od tyłu niczym uderzenie bicza:

– Wolałbyś, żeby naprawdę ktoś go porwał?

Tak bardzo chciała wierzyć, iż porwanie zostało upozorowane, że ogniki nadziei w jej oczach błyszczały niczym skry nad ogniskiem.

Poitras dźwignął się ciężko z fotela.

– Jeśli starczy ci tych informacji na początek, Dave, lepiej bierzmy się do roboty. Chciałbym porozmawiać z paroma ludźmi. Może mieszkańcy kanionu widzieli coś podejrzanego.

Gittamon ruchem ręki pokazał Starkey, że może schować notatnik, i także wstał z kanapy.

– Proszę mnie źle nie zrozumieć, pani Chenier. Wcale nie twierdzę, że Ben upozorował swoje porwanie. Jestem daleki od takich wniosków, panie Cole. Niemniej musimy się liczyć z taką ewentualnością. Prosiłbym o spis najbliższych kolegów Bena z numerami telefonów. Nie jest jeszcze tak późno, żeby nie można do nich zadzwonić.

Lucy wyprostowała się błyskawicznie, gotowa natychmiast spełnić tę prośbę.

– Spiszę je w domu. Nie mam tutaj swojego notesu z adresami.

– Naprawdę zamierza pan lekceważyć ten przeklęty telefon od porywacza, Gittamon? – syknąłem.

– Nic podobnego. Będziemy działali z założeniem, że faktycznie doszło do porwania, chyba że niezbicie stwierdzimy co innego. Czy pan mógłby ze swej strony przygotować listę ludzi powiązanych z pańską służbą wojskową i ewentualnie dołączyć wszelkie posiadane informacje?

– Przecież wszyscy zginęli.

– No cóż, zostały ich rodziny. Niewykluczone, że będziemy chcieli się z nimi skontaktować. Carol, bądź w tej sprawie w stałym kontakcie z panem Cole'em.

Starkey wręczyła mi swoją wizytówkę i gdy ruszyłem z nimi do wyjścia, powiedziała:

– Wpadnę jutro rano, żeby obejrzeć to miejsce, gdzie znalazł pan Game Freaka. Mam nadzieję, że zdąży pan do tej pory przygotować listę. O której godzinie panu odpowiada?

– O wschodzie słońca.

Bez mrugnięcia okiem przyjęła wściekłość przebijającą w moim głosie.

– Koło siódmej będzie wystarczająco widno.

– Dobrze.

– I proszę nas powiadomić, gdyby porywacz znów się odezwał – dodał Gittamon. – Może pan dzwonić o dowolnej porze.

– Jasne.

Powtórzył jeszcze Lucy, że będzie czekał na wiadomość od niej, i odjechali. W milczeniu odprowadziliśmy ich spojrzeniami, a gdy tylko wóz patrolowy zniknął nam z oczu, nieobecność Bena spadła na nas wręcz namacalnie, dała się odczuć tak samo, jakbym trzymał na strychu czyjeś zwłoki. Nadal w domu było nas troje. Lucy w końcu sięgnęła po swoją teczkę, która wciąż stała w holu przy drzwiach.

– Muszę jak najszybciej spisać te nazwiska i numery telefonów dla sierżanta Gittamona.

– Tak, wiem. Ja też zaraz usiądę do spisywania swojej listy. Zadzwoń, jak tylko dojedziesz do domu, dobrze?

Spojrzała na mnie i szybko zamknęła oczy.

– Jezu, muszę powiadomić Richarda. To będzie koszmar. Nie mam pojęcia, jak mu to powiedzieć.

Miała na myśli Richarda Cheniera, swojego byłego męża i ojca Bena, który mieszkał w Nowym Orleanie. Nie ulegało wątpliwości, że trzeba go zawiadomić. Wiedziałem jednak, że często kłócili się na mój temat, więc teraz zapewne dojdzie do kolejnej kłótni.

Wyjęła z kieszeni kluczyki od samochodu, lecz nagle spuściła głowę i zaczęła płakać. Objąłem ją i przytuliłem, ukrywając twarz w jej włosach, i także zacząłem szlochać.

– Wybacz – szepnąłem. – Nie wiem, co się stało, kto mógł to zrobić i dlaczego, ale przepraszam.

– Nie musisz.

Nie wiedziałem, co więcej mógłbym powiedzieć.

Odprowadziłem ją do samochodu i stałem na ulicy, patrząc, jak odjeżdża. Ujrzawszy zapalone światła w sąsiednim domu, pomyślałem o Grace i jej dwóch synach. Chłodne nocne powietrze działało orzeźwiająco, a i ciemność uznałem za sprzymierzeńca. Lucy była bardzo uprzejma i nie obarczyła mnie winą, ale Ben znajdował się pod moją opieką i zniknął sprzed mojego domu. Więc to ja byłem wszystkiemu winny.

Po jakimś czasie wróciłem do domu i z Game Freakiem na kolanach usiadłem na kanapie. Popatrzyłem na swoje stare zdjęcie w towarzystwie Roya Abbotta i pozostałych chłopaków z oddziału. Roy wyglądał na nim jak dwunastolatek. Ja zresztą niewiele starzej. Miałem wtedy osiemnaście lat, byłem tylko osiem lat starszy od Bena. Nie miałem pojęcia, co się z nim stało ani gdzie był, wiedziałem jednak, że sprowadzę go do domu. Nie odrywając wzroku od fotografii, mruknąłem pod nosem:

– Odnajdę go. I przyprowadzę z powrotem. Przysięgam na Boga.

Tamci ze zdjęcia wiedzieliby, że nie żartuję.

Żaden Rangers nigdy nie zostawi innego Rangersa w potrzebie.

4

Uprowadzenie – część pierwsza

Został mu przed oczyma obraz Królowej Zemsty wyłupującej oczy tępogłowemu osiłkowi. Ktoś nagle złapał go od tyłu, drugą ręką zakrywając oczy i usta, poderwał z ziemi i poniósł biegiem w dół zbocza, nim Ben zdołał się w czymkolwiek zorientować. Dopiero gdy otrząsnął się z zaskoczenia, pomyślał, że Elvis postanowił zrobić mu jakiś kawał. Ale trwało to za długo.

Zaczął się szarpać i wierzgać, ale ten ktoś trzymał go tak mocno, że ledwie mógł zaczerpnąć tchu. Wyczuł, że dotarli na dno kanionu, i po chwili znalazł się w samochodzie. Trzasnęły drzwi. Ktoś szybko zakleił mu usta taśmą samoprzylepną, potem wciągnięto mu kominiarkę na głowę. Tą samą taśmą unieruchomiono ręce przy biodrach i skrępowano nogi w kostkach. Próbował się szarpać, ale napastnik nie był już sam. Domyślił się, że leży na podłodze furgonetki. Cuchnęła ropą i takim samym sosnowym środkiem do mycia, jakiego mama używała w kuchni.

Samochód ruszył. Dokądś jechali.

Mężczyzna, który go teraz trzymał, zapytał:

– Ktoś cię widział?

Z przodu auta, zza kierownicy, doleciał ochrypły basowy głos:

– Poszło jak z płatka. Pilnuj, żeby mu się nic nie stało.

Ben doszedł do wniosku, że zachrypnięty mężczyzna, który prowadzi auto, musiał go porwać ze zbocza za domem. Drugi lekko ścisnął go za ramię.

– Możesz oddychać? Mruknij albo kiwnij głową.

Był za bardzo przerażony, żeby zareagować. Ale trzymający go napastnik odpowiedział za niego:

– Nic mu nie jest. Czuję, że serce mało nie wyskoczy mu z piersi. Zaraz, miałeś przecież zostawić jego but, a on ma na nogach oba.

– Bawił się grą elektroniczną. Zostawiłem ją zamiast buta. Pomyślałem, że tak będzie lepiej.

Droga przestała prowadzić w dół i zaczęła się wznosić. Ben postanowił przegryźć taśmę, lecz w ogóle nie mógł otworzyć ust.

Obcy poklepał go po kolanie.

– Spokojnie, mały.

Po kilku minutach jazdy stanęli. Miał nadzieję, że wysiądą, ale tak się nie stało. Kiedy drzwi się otworzyły, gdzieś z oddali doleciał warkot piły łańcuchowej. Do furgonetki wsiadł ktoś trzeci.

Po chwili mruknął:

– Wyszedł na werandę.

Ben wiele razy słyszał francuski akcent Kajunów z Luizjany i ten mężczyzna tak właśnie mówił, mimo że jego wymowa brzmiała trochę inaczej. Można było odnieść wrażenie, że angielskim posługuje się Francuz, choć jego mowa jest skażona jeszcze innym, obcym akcentem. W każdym razie znał już głosy wszystkich trzech mężczyzn, którzy go porwali.

Zachrypnięty zza kierownicy odparł:

– Zgadza się. Widzę go.

A ten, który go trzymał, mruknął:

– Ja stąd nic nie widzę. Co robi?

– Idzie w dół zbocza.

Uświadomił sobie, że mówią o Elvisie. Z samochodu musieli obserwować Cole'a, który już go szukał.

Siedzący nad nim rzucił ze złością:

– Tu, na budzie, jest do kitu. Nic nie widać.

– Znalazł zabawkę – wyjaśnił zachrypnięty. – Biegnie z powrotem do domu.

– Chciałbym zobaczyć jego minę.

– I tak byś jej stąd nie zobaczył, Eric, więc siedź spokojnie i nie marudź. Zaczekamy teraz na mamusię.

Uprowadzenie – część druga

Na samo brzmienie tego słowa Bena ogarnęło przerażenie. Bał się, że będą chcieli zrobić jej krzywdę. Łzy napłynęły mu do oczu, pociągnął nosem. Próbował uwolnić ręce spod taśmy, którą był owinięty, ale Eric tylko przycisnął go mocniej do podłogi.

– Spokojnie. Przestań się szamotać, do diabła.

Bardzo chciał przestrzec mamę, wezwać policję i nakopać tym trzem, aż będą błagali o litość, ale mógł o tym jedynie pomarzyć. Eric trzymał go mocno.

– Jezu, przestań się wreszcie wiercić, bo zrobisz sobie krzywdę.

Oczekiwanie przeciągało się w nieskończoność. Wreszcie zachrypnięty oznajmił:

– No dobra. Zadzwonię.

Stuknęły drzwi, któryś wysiadł. Mniej więcej po minucie znów się otworzyły i mężczyzna wrócił.

– Załatwione – mruknął zachrypnięty.

Ruszyli i znów pojechali krętą uliczką w dół zbocza. Po pewnym czasie furgonetka stanęła. Ben usłyszał metaliczny szczęk otwieranej bramy garażu. Wjechali do środka, silnik ucichł, brama się zamknęła.

– No, chodź, mały – odezwał się Eric.

Rozciął taśmę krępującą mu stopy, złapał go pod ręce i postawił na nogi.

– Śmiało, możesz chodzić. Powiem ci, gdzie jesteś.

Wziął go za rękę.

Byli w garażu. Brzeg kominiarki odsunął się na tyle, że zadarłszy głowę, Ben dostrzegł bok furgonetki – białej, brudnej, z jakimś granatowym napisem na karoserii. Eric gwałtownie obrócił go w przeciwnym kierunku, zanim zdążył odczytać napis.

– Zaraz będą schody. Uważaj... No, teraz... Dalej, podnieś tę cholerną nogę!

Ostrożnie wymacał czubkiem buta pierwszy stopień.

– Do cholery, w takim tempie to będzie trwało do jutra.

Eric podniósł go, ułożył na rękach jak niemowlaka i ruszył na górę. Ben poczuł się zirytowany. Mógł przecież chodzić o własnych siłach, nie trzeba go było nosić!

Zerkając spod brzegu kominiarki, dostrzegł, że minęli dwa mroczne, pozbawione mebli pokoje. Wreszcie Eric przechylił go, mówiąc:

– Uważaj, stawiam cię.

Ben znalazł się w pozycji pionowej.

– Dobra, teraz przysuwam ci krzesło. Możesz usiąść... Nie bój się, nie upadniesz.

Ostrożnie ugiął nogi w kolanach, poczuł za sobą krzesło i usiadł. Trudno jednak było siedzieć z rękoma unieruchomionymi wzdłuż boków. Taśma wrzynała mu się w ciało.

– No dobra. Możemy zaczynać. Mike jest przed domem?

Mike. Poznał także imię człowieka, który go porwał spod werandy. Eric czekał w furgonetce. Zanotował sobie w pamięci oba imiona.

Trzeci rzekł niespodziewanie:

– Chcę zobaczyć jego twarz.

Powtórzył w myślach to zdanie wypowiedziane ze śpiewnym francuskim akcentem, upiornie miękkim głosem.

– Mike'owi się to nie spodoba.

– Stań za krzesłem, jak się boisz.

Stań za krzesłem...

Głos dobiegał z odległości najwyżej jednego metra.

– Jezu. Jak sobie chcesz.

Ben nie wiedział, gdzie są i co zamierzają, lecz nagle obleciał go przemożny strach, jak wtedy, gdy mówili o mamie. Domyślił się, że zapewne będzie miał okazję ujrzeć trzech porywaczy, i chyba ta świadomość przepełniła go lękiem. Nie chciał ich widzieć. W ogóle nie chciał mieć z nimi do czynienia.

Z tyłu ktoś ściągnął mu kominiarkę z głowy.

Przed nim stał niewiarygodnie wysoki facet i przyglądał mu się z obojętną miną. Był tak wielki, że niemal dotykał głową sufitu, i do tego tak czarny, że jego skóra zdawała się pochłaniać całe światło z pokoju i połyskiwać przyćmionym blaskiem. Na czole nad linią brwi ciągnął się szereg kolistych blizn średnicy gumki ołówkowej. Dwa ciągi podobnych blizn biegły na szczytach policzków pod oczami. Każda była lekko wypukła, jakby coś powciskano mu pod skórę. Te blizny jeszcze bardziej przeraziły Bena. Wyglądały obrzydliwie, odrażająco. Chciał odwrócić głowę, lecz Eric trzymał ją mocno.

– To Afrykanin, chłopcze. Ale możesz się nie bać, nie zje cię, w każdym razie nie na surowo.

Murzyn ostrożnie odkleił mu taśmę z ust. Ben był tak przerażony, że aż zaczął dygotać. Za oknami zrobiło się całkiem ciemno, zapadła już noc.

– Chcę wracać do domu.

Eric zachichotał, jakby usłyszał coś zabawnego. Miał krótkie rude włosy i mlecznobiałą cerę. Szeroka szpara między przednimi zębami wyglądała jak otwarta brama garażu.

Znajdowali się w pozbawionym mebli pokoju z kamiennym kominkiem pod ścianą. Okna były zasłonięte prześcieradłami. Krzesło, na którym siedział, stało tyłem do drzwi. Murzyn cofnął się nagle o krok. Kiedy do pokoju wszedł trzeci mężczyzna, Eric wyjaśnił pospiesznie:

– Mazi robi swoje afrykańskie sztuczki. Mówiłem mu, żeby z tym zaczekał.

Mike błyskawicznie uderzył Maziego otwartą dłonią w piersi, aż ten poleciał do tyłu, zanim jeszcze Ben uzmysłowił sobie, co się stało. Mazi był wysoki i barczysty, ale Mike sprawiał wrażenie silniejszego, miał potężne łapska z sękatymi paluchami, a czarny podkoszulek opinał mu się na ramionach i bicepsach. Wyglądał na komandosa.

Mazi odzyskał równowagę, wyprostował się, ale pewnie przez myśl mu nawet nie przeszło, żeby oddać cios.

– Ty tu jesteś szefem – mruknął.

– No właśnie.

Mike odepchnął Murzyna jeszcze dalej i zajrzał Benowi w twarz.

– Jak się masz?

– Co zrobiliście mojej mamie? – zapytał.

– Nic. Czekaliśmy tylko na jej przyjazd, żeby była obecna przy rozmowie telefonicznej. Zależało mi, żeby wiedziała o twoim zniknięciu.

– Wolałbym nie znikać. Chcę wrócić do domu.

– Jasne. Załatwimy ci to najszybciej, jak będzie można. Chcesz na razie coś zjeść?

– Nie. Chcę wracać do domu.

– To może chcesz sikać?

– Odwieźcie mnie do domu. Chcę się zobaczyć z mamą.

Mike poklepał go po głowie. Na wierzchu prawej dłoni miał wytatuowany trójkąt. Tatuaż był stary, tusz rozmazał się pod skórą.

– Mam na imię Mike. To jest Mazi, a to Eric. Pobędziesz z nami przez jakiś czas, więc możemy się poznać. Tak będzie prościej.

Uśmiechnął się do niego, po czym spojrzał na kumpli.

– Zapakujcie go do pudełka.

Wszystko stało się równie szybko, jak na zboczu kanionu pod wielkim orzechem. Skrępowali go znowu, obwiązali taśmą nogi i ponieśli przez dom, trzymając tak mocno, że nie mógł nawet pisnąć. Kiedy wynieśli go na dwór, wciągnęli mu również kominiarkę na głowę, żeby nic nie widział. Szarpał się i wierzgał, gdy wkładali go do wielkiego plastikowego pojemnika rozmiarów trumny. Próbował usiąść, ale go przytrzymali i zamknęli ciężką pokrywę. Pojemnik zakołysał się, przesunął, wreszcie zaczął opadać, jakby spuszczali go do studni. Po chwili z hukiem wylądował na ziemi.

Ben znieruchomiał i zamienił się w słuch.

Coś z dudnieniem wylądowało na pokrywie pojemnika znajdującej się zaledwie parę centymetrów od jego twarzy. Po chwili znowu zabębniło.

Kiedy uświadomił sobie, co to oznacza, śmiertelnie się przeraził. Obrócił się na bok i zaczął tłuc kolanami w ściankę pojemnika, ale nic to nie dało. Tymczasem odgłosy bębnienia o pokrywę stopniowo coraz bardziej się oddalały, w miarę, jak zakrywała ją coraz grubsza warstwa ziemi. Ben Chenier został pogrzebany żywcem.

5

czas od zaginięcia: 6 godzin, 16 minut

Ted Fields, Luis Rodriguez, Cromwell Johnson i Roy Abbott zginęli trzy godziny po zrobieniu fotografii oddziału. Robiono takie zdjęcia przed wyruszeniem na każdą akcję, dlatego cała nasza piątka pozowała przed helikopterem niczym szkolna drużyna koszykówki przed najważniejszym meczem sezonu. Crom Johnson często żartował, że dowództwo gromadzi zdjęcia, by potem łatwiej identyfikować zwłoki. Ted nazywał je „fotkami cmentarnymi". Odwróciłem leżące na stoliku zdjęcie, które Ben znalazł w szafie, żebym nie musiał dłużej patrzeć na twarze chłopaków.

Zrobiłem kilkaset fotografii nagich czerwonych wzgórz, gęstej dżungli, plaż, pól ryżowych, błotnych bawołów oraz zapchanych rowerzystami uliczek i bazarów Sajgonu, ale po powrocie do Stanów Zjednoczonych uznałem je za pozbawione wartości i wyrzuciłem do śmieci. Tamte miejsca zupełnie przestały się dla mnie liczyć, w przeciwieństwie do ludzi. Dlatego zachowałem dwanaście zdjęć, z czego na trzech byłem ja.

Spisałem nazwiska osób widniejących na pozostałych fotografiach, po czym próbowałem sobie także przypomnieć innych, służących w mojej kompanii, ale okazało się to niewykonalne. Zresztą po pewnym czasie sam pomysł sporządzenia listy wydał mi się idiotyczny. Fields, Abbott, Johnson i Rodriguez nie żyli, a ktokolwiek inny z mojej kompanii nie miał żadnego powodu, aby mnie nienawidzić, a tym bardziej porywać dziesięcioletniego chłopca. Nikt, z kim służyłem w Wietnamie, nie miał takiego powodu.

Lucy zadzwoniła tuż przed jedenastą. W ciszy pustego domu dzwonek zabrzmiał tak donośnie jak wystrzał z rewolweru. Aż się wzdrygnąłem i zrobiłem długopisem dziurę w kartce.

– Przepraszam, ale nie mogę wytrzymać. Dzwonił drugi raz?

– Nie, jeszcze nie. Od razu bym cię zawiadomił. Natychmiast.

– Boże, to okropne. Prawdziwy koszmar.

– Wiem. Próbuję spisać tę listę i robi mi się niedobrze. A jak tobie idzie?

– Właśnie skończyłam rozmowę z Richardem. Przylatuje jeszcze dzisiaj.

– Jak to odebrał?

– Z wściekłością, przerażeniem, napastliwością, oskarżeniami. Jak można było oczekiwać. Cały Richard.

Jakby mało jej było jeszcze utraty syna, musiała znosić jego wymówki. Richard nie zgadzał się na jej przeprowadzkę do Los Angeles, a mnie po prostu nie znosił. Byłem często powodem ich kłótni, które teraz musiały jeszcze przybrać na sile. Odniosłem wrażenie, że Lucy zadzwoniła, szukając u mnie duchowego wsparcia.

– Powiedział, że zadzwoni z samolotu, kiedy będzie znał dokładnie godzinę lądowania, ale z nim nigdy nic nie wiadomo. Potrafi być prawdziwą zadrą w tyłku.

– Chcesz, żebym wpadł do ciebie jutro po wizycie Starkey? Chętnie przyjadę.

Wtedy Richard mógłby wrzeszczeć na mnie, a nie na nią.

– Sama nie wiem. Nie byłoby źle. Na razie lepiej już się rozłączę.

– Możemy rozmawiać tak długo, jak tylko zapragniesz.

– Nie, wciąż bym się martwiła, że zajmuję linię, kiedy porywacz Bena może dzwonić z ważnymi informacjami. Zatelefonuję jutro.

Ledwie zdążyłem odłożyć słuchawkę, rozległ się kolejny dzwonek. Spodziewając się tego podświadomie, odczekałem, próbując zarazem zebrać myśli, i odebrałem dopiero po drugim sygnale.

– Mówi detektyw Starkey. Mam nadzieję, że pana nie obudziłam.

– Jak mógłbym zasnąć w takiej sytuacji? Miałem nadzieję, że to znowu on.

– Przykro mi. Nie dzwonił po raz drugi, prawda?

– Jeszcze nie. Jest już późno. Co pani robi o tej porze w pracy?

– Czekam na wiadomości z centrali operatora sieci komórkowej. Według ich wykazu był do pana telefon o osiemnastej pięćdziesiąt dwa. Czy ta godzina się zgadza?

– Tak. To on wtedy dzwonił.

– Jasne. Dzwoniono z aparatu komórkowego zarejestrowanego na Louise Escalante pracującą w barze Diamond.

– Nie znam nikogo o tym nazwisku.

– Domyślałam się tego. Kobieta zeznała, że po południu skradziono jej torebkę, w której był telefon komórkowy. Utrzymuje także, że nie zna pana i nic nie wie o porwaniu, a w wykazie połączeń z jej aparatu wcześniej nie figuruje pański numer. Przykro mi, ale ten trop prowadzi donikąd.

– Nie przyszło pani do głowy, żeby zadzwonić pod ten numer?

– Owszem, przyszło, panie Cole – odpowiedziała lodowatym tonem. – Dzwoniłam pod niego już pięć razy, ale aparat jest wyłączony.

Kradzież telefonu sugerowała, że porywacz Bena ma doświadczenie w takich sprawach. A skoro przewidział, że policja sprawdzi wykazy połączeń telefonicznych, musiał zaplanować całą akcję. Sprytnych bandytów znacznie trudniej złapać niż głupich opryszków. Zarazem są dużo groźniejsi.

– Panie Cole?

– Tak, słucham. Tylko się zamyśliłem.

– Przygotował pan tę listę, o którą prosiłam?

– Właśnie nad nią siedzę. Ale przyszła mi do głowy inna ewentualność. Pewnie się pani domyśla, Starkey, że w mojej robocie nietrudno zaleźć komuś za skórę. Są tacy, którzy dzięki mnie trafili za kratki. Inni zostali wyłączeni z gry. Właśnie oni mogliby próbować się mścić. Czy gdybym spisał także ich nazwiska, zechciałaby pani sprawdzić tych ludzi?

– Jasne. Żaden kłopot.

– Dzięki. Będę wdzięczny.

– Zobaczymy się rano. Proszę spróbować się choć trochę zdrzemnąć.

– Nie sądzę, by coś z tego wyszło.

Mrok nocy zalegał długimi godzinami, ale w końcu niebo na wschodzie zaczęło się powolutku rozjaśniać. Ledwie to zauważyłem. Kiedy przyjechała Starkey, miałem gotowych dwanaście stron zapełnionych nazwiskami ludzi i różnymi uwagami. Spojrzałem na zegarek, idąc jej otworzyć. Była szósta czterdzieści dwie. A więc przyjechała wcześnie.

Trzymała pokrywkę od kartonowego pudełka z dwoma plastikowymi kubeczkami.

– Mam nadzieję, że lubi pan mokkę. Ja nią zaspokajam swoje zamiłowanie do czekolady.

– To bardzo miło z pani strony. Dziękuję.

Podała mi kubeczek. Światło poranka wypełniało kanion srebrzystym poblaskiem. Popatrzyła w dół zbocza i obejrzała się na Game Freaka, który leżał na stole obok moich notatek.

– Jak daleko od werandy znalazł pan tę grę?

– Jakieś pięćdziesiąt, może sześćdziesiąt metrów. Chce pani zejść tam już teraz?

– Tak nisko stojące słońce nie jest najlepszym oświetleniem. Kiedy znajdzie się trochę wyżej, łatwiej będzie znaleźć nawet drobne przedmioty i zrekonstruować wczorajsze wydarzenia.

– Mówi pani tak, jakby dokładnie pani wiedziała, co się stało.

– Kilka razy przeprowadzałam już oględziny miejsc przestępstwa. – Odstawiła kubeczek z kawą na stół. – Przejrzę sobie najpierw tę listę. Proszę wskazać ludzi, którzy pańskim zdaniem są najbardziej podejrzani.

Podsunąłem jej kartki z nazwiskami ludzi powiązanych z prowadzonymi przeze mnie sprawami. Im dłużej się nad tym zastanawiałem, tym bardziej byłem przekonany, że ktoś z nich stoi za porwaniem Bena. Popijając kawę, zaczęliśmy omawiać kolejnych podejrzanych. Przy każdym nazwisku zapisałem, jakiego przestępstwa dopuściła się dana osoba, czy została skazana na pobyt w więzieniu i czy ktoś z jej najbliższego otoczenia zginął z mojej ręki.

– Jezu, Cole – mruknęła Starkey. – Przecież to sami gangsterzy, zabójcy i ludzie mafii. Wydawało mi się, że prywatni detektywi zajmują się głównie zbieraniem dowodów do spraw rozwodowych.

– Mnie się trafiały niewłaściwe sprawy.

– Bez żartów. I ma pan podstawy sądzić, że ktoś z tych ludzi zna historię pańskiej służby wojskowej?

– Z tego, co mi wiadomo, nikt nie powinien znać mojego życia prywatnego, ale nie mogę wykluczyć, że ktoś zebrał informacje.

– W porządku. Wprowadzę te nazwiska do komputera i sprawdzę, czy któryś z nich nie wyszedł ostatnio na wolność. Porozmawiajmy teraz o czterech pańskich kolegach z oddziału, którzy zginęli. Czy ich rodziny mogą pana winić za to, co się stało?

– Naprawdę nie zrobiłem niczego, za co można by mnie winić.

– Zawsze pozostaje jakiś żal, że tamci zginęli, a pan nie.

– Świetnie to rozumiem i jeszcze raz powtarzam, że nie ma nic takiego. Po powrocie z akcji sam pisałem listy do ich rodzin. Z matką Luisa Rodrigueza korespondowałem aż do jej śmierci. Zmarła sześć lat temu. Rodzina Teddy'ego Fieldsa do dziś przysyła mi kartki z życzeniami świątecznymi. Po zakończeniu służby odwiedziłem Johnsonów i rodzinę Teda. Oczywiście wszyscy byli pogrążeni w żałobie, ale nikt mnie za nic nie winił.

Obrzuciła mnie podejrzliwym spojrzeniem, jak gdyby przekonana, że musi się za tym kryć coś więcej, co skrzętnie przed nią ukrywam. Kiedy przez chwilę patrzyliśmy sobie w oczy, znów przemknęło mi przez myśl, że skądś ją znam.

– Nie spotkaliśmy się kiedyś wcześniej? – zapytałem. – Już wczoraj odniosłem wrażenie, że skądś panią znam, tylko nie mogę sobie przypomnieć skąd.

Odwróciła głowę. Wyjęła z kieszeni jakieś tabletki, wyłuskała jedną z opakowania, połknęła ją i popiła łykiem kawy.

– Mogę tu zapalić?

– Może pani zapalić na werandzie. Na pewno nigdy się nie spotkaliśmy?

– Na pewno.

– A jednak kogoś mi pani przypomina.

Zapatrzyła się na drzwi od werandy, wreszcie głośno westchnęła.

– Niech ci będzie, Cole. Możesz mnie kojarzyć z doniesień prasowych i telewizyjnych. Byłam w K-bum.

Zrobiłem głupią minę, nie rozumiejąc, o czym mówi. Rozłożyła ręce, jakby miała do czynienia z półgłówkiem, i wyjaśniła:

– Nie lubisz grać w skojarzenia? Bomby. Zamachowcy. Kilka miesięcy temu w Silver Lake wydział saperski stracił technika.

– To byłaś ty?!

– Muszę zapalić. Dłużej nie wytrzymam.

Wyjęła z kieszeni paczkę papierosów i wyszła na werandę. Ruszyłem za nią.

Carol Starkey zapuszkowała Reda, seryjnego zabójcę gliniarzy, który konstruował bombowe pułapki na policyjnych saperów. Rozpisywała się o tym cała prasa w Los Angeles, znacznie więcej miejsca poświęcając samej Starkey. Trzy lata wcześniej, kiedy służyła jeszcze w brygadzie saperskiej, próbowała rozbroić bombę podłożoną na parkingu przyczep mieszkalnych, gdy wstrząs sejsmiczny uruchomił zapalnik. Jej kolega zginął na miejscu, ją zaś ledwie odratowano. Niemal dosłownie wróciła z tamtego świata, przez co zyskała sensacyjny przydomek Anioła Śmierci bądź Anioła Zniszczenia.

Przypaliła papierosa i jak gdyby czytając w moich myślach, skrzywiła się i szybko pokręciła głową.

– Tylko nie waż się nawet zapytać, Cole, czy już widziałam białe światło albo perłowe wrota raju. Mam powyżej uszu takich pytań.

– Nic mnie to nie obchodzi i wcale nie zamierzałem pytać. W tej chwili koncentruję się wyłącznie na odnalezieniu Bena.

– To dobrze, bo i dla mnie to jest teraz najważniejsze. Bomby i saperzy to dla mnie zamknięty rozdział. Teraz zajmuję się czym innym.

– Bardzo mnie to cieszy, Starkey, lecz od zakończenia tamtej sprawy minęło zaledwie parę miesięcy. Masz jakiekolwiek doświadczenie w poszukiwaniu zaginionych dzieci?

Wydmuchnęła kłąb dymu i spiorunowała mnie wzrokiem.

– Pytasz, czy w ogóle się nadaję do tej roboty?

Mnie także ogarnęła złość. Byłem rozdrażniony od wczorajszego wieczora i teraz po prostu wzbierała we mnie wściekłość.

– Tak, dokładnie to miałem na myśli.

– Zajmowałam się rekonstrukcjami bomb i punktów ich podłożenia w najbardziej niezwykłych miejscach, jakie mógłbyś sobie wyobrazić. Przygotowywałam sprawy zarówno przeciw tym idiotom podkładającym bomby, jak i tym, którzy sprzedają elementy do ich produkcji. No i wyśledziłam Reda. Więc chyba nie masz się czym martwić, Cole. Wiem, jak się zbiera dowody. Lepiej nie stawiaj za wcześnie zakładów, bo zamierzam odnaleźć twojego chłopaka.

Słońce stało już dość wysoko, zbocze było jasno oświetlone. Starkey pstryknęła niedopałek za balustradę werandy. Odprowadziłem go wzrokiem.

– Hej, to rejon o wysokim zagrożeniu pożarowym.

Obrzuciła mnie takim wzrokiem, jakby już cały kanion był objęty pożogą.

– Lepiej pokaż mi to miejsce, gdzie znalazłeś grę. Oświetlenie jest w sam raz.

czas od zaginięcia: 15 godzin, 32 minuty

Wróciła do samochodu, żeby zmienić obuwie, a gdy obeszła dom i stanęła pod werandą, miała na nogach mocno podniszczone tanie azjatyckie buty do biegania. Podwinięte do kolan nogawki odsłaniały jej białe łydki. Z rezerwą popatrzyła w dół zbocza.

– Stromo tu.

– Masz lęk wysokości?

– Matko Boska, Cole. Powiedziałam tylko, że jest stromo. Do tego gleba jest dość pulchna, łatwo się usuwa spod nóg, zostawiłeś w niej już mnóstwo śladów. To może mi utrudnić zadanie, bo nie chciałabym zatrzeć śladów porywaczy. W każdym razie trzeba bardzo uważać, poruszać się tylko tyle, ile to konieczne, co znaczy, że masz mi pokazać, gdzie znalazłeś Game Freaka, i trzymać się z dala. Jasne?

– Przepraszam, może faktycznie przesadziłem, ale także trochę się znam na tej robocie. Mógłbym ci pomóc.

– Wystarczy, jak będziesz się trzymał w zasięgu wzroku. No, ruszajmy.

Kiedy zeskoczyłem za balustradkę, ostrożnie ruszyła za mną, ale minę miała niepewną.

Ben tak często bawił się między rosnącymi tu orzechami, że aż wydeptał wąskie ścieżki biegnące w dół i w górę zbocza, które przypominały pozostałości po spływających w głąb kanionu strumykach. Poprowadziłem policjantkę, idąc równolegle do jednej z takich ścieżek, żeby nie zadeptać jego śladów. Rzeczywiście, stopy zapadały się głęboko w pulchną przesuszoną glebę. Zwróciłem uwagę, że Starkey idzie po ścieżce.

– Właśnie zadeptujesz ślady Bena. Lepiej idź za mną.

Popatrzyła pod stopy.

– Nie widzę tu żadnych śladów.

– Idź za mną, zejdź ze ścieżki.

Szlak Bena był łatwo czytelny do pierwszych drzew, pod którymi ziemia była twarda, ubita. Dla mnie nie miało to znaczenia, gdyż świetnie pamiętałem drogę z wczorajszego wieczoru. Kiedy dotarliśmy do jeszcze bardziej stromego fragmentu zbocza, Starkey dwukrotnie się obsunęła. Za każdym razem kwitowała to cichym przekleństwem.

– Chodź za mną. Staraj się stawiać stopy na moich śladach. To już niedaleko.

– Nie cierpię pracy w takim terenie.

– To widać.

Wskazałem jej kępkę rozmarynu, pod którą znalazłem Game Freaka. Wokół było sporo śladów butów Bena. Starkey spod przymrużonych powiek rozejrzała się uważnie, jakby chciała zapamiętać rozmieszczenie każdego kamienia i źdźbła trawy. Teraz już bardzo ostrożnie stawiała stopy.

W końcu popatrzyła na moje nogi.

– W tych samych butach byłeś tu wczoraj?

– Tak. Łatwo rozpoznać moje wczorajsze ślady.

Wskazałem jej najwyraźniejszy, po czym podniosłem stopę i pokazałem wzór wyżłobień na podeszwie. Coraz szersze trójkąty układały się w jodełkę, a na pięcie znajdowała się szeroka, pochylona litera N. Dokładnie taki sam wzór widać było wyraźnie w moich śladach. Starkey przyjrzała im się, a gdy podniosła głowę, mruknęła ze zmarszczonymi brwiami:

– Dobra, Cole. Pamiętam, co mówiłam parę minut temu na werandzie, ale w rzeczywistości jestem typowym mieszczuchem. Dla mnie otwarta przestrzeń to place wylane asfaltem lub betonem. Wygląda na to, że czujesz się lepiej w takim terenie, więc skorzystam z twojej pomocy. Tylko niczego nie schrzań, dobrze?

– Postaram się.

– Spróbujmy ustalić bieg zdarzeń, resztą zajmą się technicy z dochodzeniówki.

Owa reszta oznaczała identyfikację i zabezpieczenie ewentualnych dowodów przestępstwa.

Z grubsza podzieliła teren na kwadraty i zaczęliśmy je kolejno przeszukiwać. Ze względu na osypującą się spod nóg ziemię poruszała się bardzo powoli, ale pracowała metodycznie i starannie, znała się na rzeczy. Dwa znajdujące się blisko siebie ślady stóp Bena pozwalały wnioskować, że chłopak się odwrócił, jakby chciał wracać do domu, ale były dosyć zamazane. Potem odnalazłem inne jego ślady, prowadzące w dół zbocza.

– Dokąd idziesz? – zapytała Starkey.

– Za tropem Bena.

– Jezu, ja ledwie rozróżniam ślady butów. Jesteś traperem czy co?

– Kiedyś byłem.

– Kiedy? W dzieciństwie?

– W wojsku.

Spojrzała na mnie zdziwiona, chyba nie wiedząc, jak to rozumieć.

Ślady Bena prowadziły w trawie zaledwie trzy metry, dalej straciłem trop. Cofnąłem się do ostatniego i zacząłem powoli krążyć po rozszerzającej się spirali, ale nie znalazłem następnych. W ogóle nie było tam śladów niczyjej obecności. Można było odnieść wrażenie, że nagle dostał skrzydeł i wzbił się w powietrze.

– I jak? Masz coś? – zapytała.

– Gdyby ktoś rzeczywiście porwał stąd chłopaka, powinny być jakieś ślady walki albo przynajmniej odciski stóp porywacza, a niczego nie znalazłem.

– Może po prostu je przeoczyłeś, Cole.

– Nie ma tu nic, co można by przeoczyć. Trop Bena po prostu nagle się urywa, a w pobliżu nie ma żadnych śladów butów ani niczego, co by wskazywało, że stawiał opór.

Starkey ruszyła w dół zbocza ze wzrokiem utkwionym w ziemi. Przez kilka minut się nie odzywała, wreszcie zauważyła półgłosem:

– Więc może Gittamon miał rację, biorąc pod uwagę pozorowane uprowadzenie. Może nie ma śladów walki, ponieważ chłopak po prostu zwiał.

– Wykluczone.

– Jeśli nie został porwany i nie...

– Sama przyjrzyj się jego śladom. Prowadzą aż dotąd i tu

się urywają. Nie wrócił stąd do domu, nie poszedł dalej na dół ani trawersem zbocza. Ślady nagle się urywają. A przecież nie mógł rozpłynąć się w powietrzu. Gdyby nawet uciekł, i tak zostawiłby ślady w miękkiej ziemi. Skoro ich nie ma, to znaczy, że nigdzie dalej się stąd nie ruszył. Ktoś musiał go nieść.

– Więc czemu nie ma również śladów tego człowieka?

Pokręciłem głową, wciąż wpatrując się w ziemię.

– Nie mam pojęcia.

– To jakaś bzdura, Cole. Musi coś jeszcze być. Szukaj uważnie.

W odległości trzech lub czterech metrów ruszyła razem ze mną w dół zbocza. Po paru krokach zatrzymała się gwałtownie.

– Hej, a to ślad buta chłopaka czy twojego?

Podszedłem do niej. Niewyraźny odcisk znaczył półkolisty zarys pięty podeszwy, ale za dużej jak na Bena. Ślad był dość wyraźny, nierozmyty na obrzeżach i niezasypany grudkami ziemi. Szybko porównałem go z najbliższym odciskiem buta chłopaka. Musiały powstać mniej więcej w tym samym czasie. Stanąłem nad tym śladem i popatrzyłem wstecz, w kierunku wyznaczonym przez zarys obcasa. Wskazywał idealnie to miejsce, gdzie urywały się ślady Bena.

– To on, Starkey. Znalazłaś jego ślad.

– Jeszcze nic pewnego. Mógł się tu kręcić ktoś z sąsiedztwa.

– Nikt się tu nie kręci. Szukaj dalej.

Zerwała pęd rozmarynu z pobliskiej kępki i wetknęła go w ziemię obok, żeby zaznaczyć to miejsce. Oboje ruszyliśmy dalej po przeciwnych stronach spirali. Dokładnie przeczesałem teren między odnalezionym przez nią śladem a urywającym się tropem Bena, ale niczego nie zauważyłem. Zawróciłem i po raz drugi sprawdziłem ten odcinek, nadal bez efektu. Ślady obcego powinny się przecież krzyżować ze śladami Bena, znacząc jego drogę po zboczu i umożliwiając odtworzenie biegu zdarzeń niczym pasujące do siebie kawałki układanki. Musiał pozostawić za sobą chociażby przygniecioną trawę, nie mówiąc już o innych dowodach na to, że ktoś tędy przechodził. Niemniej jak dotąd znaleźliśmy tylko ten jeden, do tego niezbyt wyraźny odcisk buta. Wydawało się to niemożliwe, ale tak było. A im dłużej rozmyślałem nad przyczyną braku śladów, tym większy strach mnie ogarniał. Dowody są namacalnym świadectwem jakiegoś zdarzenia, ale ich brak stanowi również swego rodzaju dowód.

Przyjrzałem się uważniej ukształtowaniu terenu, rozmieszczeniu kęp krzaków i drzew, skupiskom zeszłorocznych suchych liści zalegających na trawie. Porywacz musiał się wdrapać na stromiznę właśnie między zaroślami, po terenie usłanym suchymi liśćmi, a mimo to zdołał się niepostrzeżenie podkraść do Bena. Przez krzaki na pewno nie mógł widzieć chłopaka z daleka, a to oznaczało, że zlokalizował go na podstawie dźwięków wydawanych przez Game Freaka. I kiedy go już namierzył, złapał zdrowego, dobrze rozwiniętego dziesięciolatka tak szybko, że Ben nie zdążył nawet pisnąć.

– Starkey – odezwałem się.

– Strasznie dużo tu robactwa, Cole. Nie znoszę tego pieprzonego paskudztwa.

Kręciła się z nosem przy ziemi parę metrów ode mnie.

– Możesz chyba zapomnieć o tej liście podejrzanych z prowadzonych przeze mnie spraw. Nikt z tamtych ludzi nie jest na tyle dobry, żeby zrobić coś takiego.

Spojrzała na mnie ze zdziwieniem.

– Nie przejmuj się tym, Cole. Jak zjawią się na miejscu technicy z dochodzeniówki, na pewno powiedzą, co tu się dokładnie stało.

– Ja już wiem, co się stało. Dlatego mówię, żebyś zapomniała o liście podejrzanych. Sprawdź tylko tych, którzy służyli ze mną w wojsku, a resztę możesz sobie darować.

– Przecież mówiłeś, że nikt z rodziny twoich zabitych kumpli nie miał powodów, by porywać Bena.

Oderwałem wzrok od ziemi i jeszcze raz powiodłem spojrzeniem po stromym terenie porośniętym krzakami, wspominając dawnych kolegów z wojska i zastanawiając się, czy byliby do czegoś takiego zdolni. Ciarki przeszły mi po grzbiecie.

Skupiska suchych liści i zwieszające się nisko gałęzie drzew wydały mi się nagle elementami skomplikowanej układanki. Doświadczony zwiadowca mógłby się nawet teraz kryć nie dalej niż trzy metry od nas, czaić się pośród tej mozaiki rozsypanych puzzli, a my nie mielibyśmy nawet pojęcia o jego obecności, dopóki nie pociągnąłby za spust. Podświadomie odezwałem się półgłosem:

– Porywacz ma doświadczenie zwiadowcy, Starkey. Może tego nie pojmujesz, ale dla mnie sprawa jest oczywista. Wiele razy musiał robić takie rzeczy. Jest wyszkolony w polowaniu na ludzi. Ma w tym olbrzymią wprawę.

– Nie strasz mnie. Odetchnij głęboko i spróbuj się rozluźnić. Zaraz ściągnę tu ekipę dochodzeniową.

Spojrzałem na zegarek. Bena nie było od szesnastu godzin i dwunastu minut.

– Czy Gittamon jest z Lucy?

– Tak. Chciał obejrzeć pokój Bena.

– Muszę się z nim zobaczyć. Powinien wiedzieć, z kim mamy do czynienia.

– Nie przesadzaj, Cole. Jeszcze nie wiadomo, z czym naprawdę mamy do czynienia. Nie lepiej zaczekać, aż technicy z dochodzeniówki obejrzą to miejsce?

– Dasz radę wrócić sama na górę?

– Jeśli zaczekasz minutkę, pójdziemy razem.

Ruszyłem z powrotem, nie czekając. Starkey poszła za mną, od czasu do czasu wołając, żebym zwolnił, ale choć zanadto nie pędziłem, i tak nie zdołała mnie dogonić. Miałem wrażenie, że poruszam się wśród cieni przeszłości, które już dawno temu powinny zniknąć w niebycie. Tłoczyły się wokół mnie, wiedziałem, że będę potrzebował pomocy w walce z nimi. Kiedy dotarłem do domu, poszedłem prosto do kuchni i zadzwoniłem do znajomego, prowadzącego sklep z bronią w Culver City.

– Chciałem rozmawiać z Joem.

– Nie ma go tu.

– Muszę się z nim jak najszybciej spotkać. Powiedz mu,

żeby zaraz przyjechał do mieszkania Lucy. Ben Chenier zniknął.

– W porządku. Coś jeszcze?

– Powiedz też, że mam poważne obawy.

Odłożyłem słuchawkę i poszedłem do samochodu. Uruchomiłem silnik, ale jeszcze przez chwilę siedziałem bez ruchu, zaciskając palce na kierownicy, żeby powstrzymać drżenie rąk.

Człowiek, który porwał Bena, zakradł się do niego bezgłośnie. Musiał wiedzieć, kiedy wyjeżdżamy z domu i kiedy wracamy. Dobrze znał okolicę kanionu. Wiedział, że chłopak lubi się bawić na zboczu pod werandą. Przeprowadził akcję w taki sposób, że niczego nie zauważyłem. A przecież musiał wcześniej obserwować nas przez kilka dni. Polowanie na ludzi wymaga specjalnego przeszkolenia i nie lada umiejętności. Kiedyś znałem specjalistów w tym zakresie i dlatego tak bardzo teraz się bałem. Kiedyś sam byłem jednym z nich.

6

czas od zaginięcia: 17 godzin, 41 minut

Beverly Hills kojarzy się powszechnie z okazałymi rezydencjami rozrzuconymi wśród malowniczych wzgórz, ale na równinie na południe od Wilshire ciągną się szeregi skromnych domków jednorodzinnych i stiukowych bloków, które nie zwróciłyby uwagi w żadnym mieście. Lucy i Ben mieszkali w dwupiętrowym budynku w kształcie litery U, zwróconym otwartą stroną do ulicy, z klatkami schodowymi na szczytach skrzydeł i znajdującym się między nimi dziecięcym placem zabaw pod dwiema strzelistymi palmami. Rzadko widywano tu luksusowe auta, teraz jednak obok hydrantu przed blokiem stała wielka czarna limuzyna.

Wjechałem na parking kilkadziesiąt metrów od budynku i poszedłem dalej chodnikiem. Szofer limuzyny ze szczelnie zamkniętymi oknami i pracującym silnikiem siedział za kierownicą i czytał jakieś pismo. Po drugiej stronie ulicy, przy niewiele mniejszym mercurym marquis zaparkowanym obok wozu należącego do Gittamona, dwóch mężczyzn paliło papierosy. Obaj byli koło czterdziestki, potężnie zbudowani, krótko ostrzyżeni, o rumianych policzkach, z obojętnymi minami ludzi, którzy znaleźli się w niewłaściwym miejscu i o niewłaściwej porze, ale nic ich to nie obchodzi. Wyglądali na gliniarzy.

Wbiegłem po schodach i nacisnąłem dzwonek. Drzwi otworzył facet, którego nigdy przedtem nie widziałem.

– O co chodzi?

To był Richard. Wyciągnąłem do niego rękę.

– Elvis Cole. Przykro mi, że poznajemy się w takich okolicznościach.

Nachmurzył się i zlekceważył moją dłoń.

– Żałuję, że w ogóle musimy się poznać.

Lucy przecisnęła się obok niego. Wyglądała na zmartwioną i zdenerwowaną. Zawsze dobrze mu wychodziło wprawianie jej we wściekłość.

– Nie zaczynaj, dobrze? – mruknęła.

– Ostrzegałem, że coś takiego się stanie, prawda? Ile razy ci to mówiłem, tylko w ogóle nie chciałaś mnie słuchać?

– Przestań, Richard. Proszę.

– To chyba rzeczywiście nie najlepsza pora na wymówki – wtrąciłem.

Z kwaśną miną odwrócił się i zniknął w głębi mieszkania. Był w wieku Lucy, ale włosy miał dość mocno przerzedzone i posiwiałe na skroniach. Ubrany w czarną elastyczną koszulkę, jasne bawełniane spodnie wygniecione pod kolanami od długiej podróży i mokasyny marki Bruno Magli, które kosztowały zapewne więcej, niż mogłem zarobić przez tydzień, nawet z podkrążonymi i zaczerwienionymi z przemęczenia oczyma wyglądał na bogacza. Był właścicielem firmy wydobywającej gaz ziemny w różnych rejonach świata.

Lucy zaprosiła mnie do środka i rzekła cicho:

– Niedawno przyjechał. Dzwoniłam, żeby cię uprzedzić, ale widocznie byłeś już w drodze.

W dużym pokoju Richard czekał u boku barczystego mężczyzny w eleganckim czarnym garniturze, o stalowoszarych włosach przystrzyżonych tak krótko, że wyglądał na całkiem łysego. Czarne błyszczące oczy przypominały szkła lornetki widziane z pewnej odległości. Wyciągnął rękę na powitanie.

– Leland Myers, szef służby bezpieczeństwa w firmie Richarda.

– Lee pomoże odnaleźć Bena, którego tak łatwo zgubiliście – wtrącił Richard.

Uścisnąłem Myersowi dłoń. Gittamon wszedł do pokoju, taszcząc dziecięcego maca w pomarańczowej obudowie. Z głośnym sapnięciem postawił go ostrożnie na stoliku przy drzwiach.

– Jeszcze dzisiaj wyciągniemy z niego całą pocztę elektroniczną. Będziecie zaskoczeni, co dzieciaki wypisują w mailach do kolegów.

Rozzłościło mnie, że sierżant kurczowo trzyma się swojej teorii spiskowej, ale nie chciałem przy Lucy opisywać ze szczegółami, co odkryliśmy za domem.

– Niczego pan nie znajdzie w tej poczcie, sierżancie. Starkey i ja przeszukaliśmy dziś rano zbocze kanionu. Znaleźliśmy tajemniczy ślad buta w miejscu, gdzie Ben porzucił Game Freaka. Prawdopodobnie zostawił go człowiek, który porwał chłopca, i wszystko wskazuje na to, że służył ze mną w Wietnamie.

Lucy pokręciła głową.

– Przecież mówiłeś, że twoi koledzy z oddziału zginęli.

– Zgadza się, ale doszedłem do przekonania, że sprawca musi mieć doświadczenie w akcjach zwiadowczych. Dałem Starkey listę z nazwiskami, ale spróbuję sobie przypomnieć, kto jeszcze służył w naszej kompanii. Starkey wezwała ekipę dochodzeniową do zabezpieczenia śladów. Przy odrobinie szczęścia specjaliści zdołają określić wzrost i wagę porywacza.

Goście z Luizjany wymienili znaczące spojrzenia. Richard skrzyżował ręce na piersi i rzekł ze zmarszczonym czołem:

– Lucy wspominała mi wczoraj wieczorem, że mógł to zrobić jakiś weteran z Wietnamu i że prawdopodobnie ma to związek z tobą. Czyżby do tej pory nie było to oczywiste?

– Ludzie czasem wygadują różne rzeczy. Dopiero teraz się przekonałem, że to prawda.

– Powiedział pan, że sprawca musi mieć doświadczenie w akcjach zwiadowczych. Jak należy to rozumieć? – zapytał Myers.

– Takich sposobów podkradania się do celu nie można się nauczyć w kole łowieckim czy na amatorskich obozach nauki przetrwania. Ten facet musiał działać między ludźmi, którzy by go zabili, gdyby tylko zdołali namierzyć, stąd wie, jak się przemieszczać, nie zostawiając śladów. Poza tym nie znaleźliśmy niczego, co by świadczyło o walce, a to oznacza, że Ben nie spostrzegł, jak porywacz się do niego podkradł.

Opowiedziałem im, że ślady chłopaka nagle się urywały, a dalej znaleźliśmy tylko jeden, niewyraźny odcisk buta napastnika. Myers robił notatki, gdy opisywałem zbocze kanionu, a Richard to krzyżował ręce na piersi, to znów je prostował, coraz bardziej poruszony. Zanim skończyłem, krążył już nerwowo po pokoju.

– To po prostu cholernie wspaniałe wiadomości, Cole. Twierdzisz, że mojego syna porwał jakiś popieprzony komandos w stylu Rambo?

Gittamon spojrzał na swój pager, krzywiąc się z niesmakiem.

– Nic jeszcze nie jest pewne, panie Chenier. Ekipa dochodzeniowa na miejscu szczegółowo zbada wszystkie ślady. Pan Cole zapewne wyciąga pochopne wnioski, nie mając ku temu dostatecznych podstaw.

– To nie są żadne pochopne wnioski, Gittamon – odparłem. – Przyjechałem tu, ponieważ chcę, żebyście sami to zobaczyli. Ekipa dochodzeniowa podobno jest już w drodze.

Richard spojrzał na Gittamona, a potem na Lucy.

– Jestem pewien, że pan Cole ma rację. Nie wątpię, że porywacz jest pod każdym względem tak groźny, jak to przedstawił Cole. W końcu nie od dzisiaj ma do czynienia z podobnymi ludźmi. Właśnie przez niego niejaki Rossier w Luizjanie omal nie zabił mojej byłej żony.

Lucy przygryzła wargi, aż pobladły, po czym rzuciła ostro:

– Dość już rozmawialiśmy na ten temat, Richard.

Ten jednak nie zamierzał przestać.

– A kiedy przeprowadziła się do Los Angeles, inny psychopata, Sobek, upatrzył sobie naszego syna. Sama powiedz, Lucille, ilu ludzi zabił? Siedmiu? Ośmiu? Przecież to był seryjny morderca.

Lucy stanęła tuż przed nim i syknęła ze złością:

– Dość tego, Richard. Zawsze musisz być takim upierdliwym dupkiem?

Chenier ciągnął histerycznie podniesionym głosem:

– Próbowałem tłumaczyć, że jej bliski związek z Cole'em stwarza dla niej zagrożenie. I co, zechciała mnie wysłuchać? Nie! Na nic nie zważała, ponieważ bezpieczeństwo naszego syna było dla niej mało ważne w porównaniu z tym, czego sama pragnęła.

Lucy wymierzyła mu policzek. Donośny trzask rozbrzmiał w niewielkim pomieszczeniu jak strzał z bicza.

– Powiedziałam, żebyś przestał!

Gittamon skrzywił się jeszcze bardziej, na pewno wolał w tej chwili być gdzie indziej. Myers złapał swojego szefa za rękę.

– Richard...

Ten stał jak skamieniały.

– Chodź, musimy brać się do roboty.

Richard kilkakrotnie otworzył usta, jakby chciał jeszcze coś powiedzieć, ale na szczęście ugryzł się w język. Tylko przelotnie spojrzał na Lucy, po czym szybko odwrócił wzrok, widocznie zawstydzony swoim wybuchem. W końcu rzekł cicho:

– Obiecywałem sobie, że się powstrzymam, Lucille. Wybacz.

Nie odpowiedziała. Nozdrza rytmicznie jej się rozszerzały, nawet w drugim końcu pokoju słyszałem wyraźnie szum, z jakim wciąga powietrze.

Richard nerwowo oblizał wargi, sprawiał wrażenie skruszonego chłopczyka, który został przyłapany na czymś brzydkim i niestosownym. Po chwili odsunął się od Lucy, spojrzał na Gittamona i wzruszył ramionami.

– Ona ma rację, sierżancie. Jestem upierdliwym dupkiem, ale kocham swojego syna i bardzo się o niego martwię. Zrobię wszystko, co w mojej mocy, żeby go odnaleźć. Tylko dlatego tu przyleciałem, zabierając ze sobą Lee.

Myers odchrząknął.

– Chcielibyśmy obejrzeć to zbocze kanionu opisane przez pana Cole'a. Debbie ma wprawę w takich działaniach. Powinien zobaczyć to miejsce.

– Co za Debbie? – zdziwił się Gittamon.

Richard jeszcze raz spojrzał na Lucy, po czym klapnął ciężko na krzesło w rogu pokoju i potarł twarz obiema dłońmi.

– DeNice. Jego imię to zdrobnienie od Debulona czy jakoś tak. Służył w policji nowoorleańskiej. Bodajże w wydziale zabójstw, prawda, Lee?

– Tak, był śledczym w wydziale zabójstw. Miał niewiarygodny wskaźnik wykrywalności sprawców.

Chenier poderwał się na nogi.

– To najlepszy fachowiec w mieście. Wszyscy moi ludzie są najlepsi. Odnajdę Bena, nawet gdybym miał zatrudnić cały pieprzony Scotland Yard.

Myers zerknął na Gittamona, po czym zwrócił się do mnie:

– Mam nadzieję, że zgodzi się pan na wizytę moich ludzi w swoim domu, Cole. Poza tym chciałbym dostać kopię sporządzonej przez pana listy.

– Oddałem ją Starkey. Później będzie można ją powielić.

Popatrzył na sierżanta.

– Jeśli ekipa dochodzeniowa jest już w drodze, to lepiej się zbierajmy. Chciałbym jeszcze z panem dokładnie ustalić, co wiadomo na pewno i co do tej pory zostało zrobione. Mogę liczyć na pańską pomoc w tym zakresie?

– Och, tak, oczywiście.

Podyktowałem swój adres. Myers wprowadził go do laptopa, po czym zaproponował, że zniesie komputer Bena do samochodu Gittamona. Wyszli razem. Richard ruszył za nimi, ale mijając Lucy, przystanął, spojrzał na mnie i zacisnął wargi, jakby poczuł gorycz w ustach.

– Idziesz? – burknął.

– Za chwilę.

Zerknął na Lucy i odrobinę się rozchmurzył. Delikatnie dotknął jej ręki i rzekł:

– Zatrzymałem się w hotelu Beverly Hills przy Sunset. Nie

powinienem był robić ci wyrzutów, Lucille. Bardzo tego żałuję i przepraszam, uważam jednak, że mam rację.

Zerknął jeszcze raz na mnie i wyszedł.

Lucy przyłożyła sobie dłoń do czoła.

– To koszmar.

czas od zaginięcia: 18 godzin, 05 minut

Słońce przypominało gigantyczną rozpaloną flarę, paliło tak mocno, że w jego blasku roztapiał się błękit nieba, a korony palm aż błyszczały. Kiedy wyszedłem na ulicę, Gittamona już nie było. Richard stał przy czarnej limuzynie w towarzystwie Myersa i dwóch ludzi z mercury'ego marquis. Prawdopodobnie byli to jego specjaliści z Nowego Orleanu.

Natychmiast zamilkli, gdy tylko obszedłem placyk zabaw na dziedzińcu. Richard zrobił parę kroków w moją stronę. Już nie musiał skrywać swoich uczuć. Wykrzywiając usta w grymasie wściekłości, rzekł ze zmarszczonym czołem:

– Muszę ci coś powiedzieć.

– Pozwól, że zgadnę. Nie zamierzasz pytać, gdzie kupiłem tę koszulę.

– To wszystko twoja wina. Wcześniej czy później któreś z nich zginie przez ciebie, ale ja nie dopuszczę, żeby do tego doszło.

Myers zbliżył się i położył mu dłoń na ramieniu.

– Szkoda czasu na kłótnie.

Richard gwałtownie strącił jego rękę.

– Muszę wreszcie powiedzieć, co mnie dręczy.

– Posłuchaj jego rady, Richard. Proszę.

Debbie DeNice i Ray Fontenot także podeszli bliżej. DeNice był atletycznie zbudowany, oczy miał koloru wody w zlewie po zmywaniu talerzy. Fontenot kiedyś służył razem z nim w policji nowoorleańskiej. Wysoki i kościsty, odznaczał się brzydką szramą na policzku.

– Bo jak nie, to co? – mruknął zaczepnie DeNice.

Miałem za sobą nieprzespaną noc. Bezustanne napięcie przyprawiało mnie o ból głowy, czułem pieczenie oczu. Odpowiedziałem, siląc się na spokój:

– Jest jeszcze wcześnie. Na pewno nieraz będziemy mieli okazję do rozmowy.

– Nie mielibyśmy, gdyby to tylko ode mnie zależało – syknął Richard. – Nie lubię cię, Cole. Nie ufam ci. Przyciągasz kłopoty jak padlina muchy. Dlatego życzyłbym sobie, żebyś się trzymał z dala od mojej rodziny.

Zaczerpnąłem głęboko powietrza. Ulicą szła starsza pani z bokserem na smyczy, który kręcił się wokół niej, jakby szukał miejsca, żeby się wysikać. Stanowczo powtórzyłem sobie w myślach, że to ojciec Bena i były mąż Lucy i że ich zranię, jeśli powiem lub zrobię mu coś złego. Poza tym, nie mieliśmy czasu na żadne przepychanki. Trzeba się było skupić na poszukiwaniach Bena.

– Zobaczymy się u mnie w domu.

Chciałem ich obejść, lecz DeNice zrobił krok w bok, zastępując mi drogę.

– Chyba nie wiesz, z kim masz do czynienia, śmieciu.

Fontenot uśmiechnął się lekko.

– O tak. To szczera prawda.

– Debbie. Ray – rzucił groźnie Myers.

Żaden z nich nawet nie drgnął. Richard obejrzał się na okna mieszkania Lucy i znów nerwowo oblizał wargi, tak samo jak na górze. Sprawiał wrażenie bardziej zakłopotanego niż rozwścieczonego.

– Postąpiła głupio i egoistycznie, przenosząc się do Los Angeles. Głupio, bo związała się z kimś takim jak ty, a egoistycznie, bo zabrała ze sobą Bena. Mam nadzieję, że odzyska zdrowy rozsądek, zanim dojdzie do jakiejś tragedii.

DeNice był zwalistym olbrzymem o nalanej woskowej twarzy z kilkoma drobnymi bliznami u nasady nosa. W Nowym Orleanie chyba nieraz dostał tęgi wycisk, ale wyglądał mi na tępaka, który lubuje się w bójkach. Mogłem go wyminąć, chodnik był dostatecznie szeroki, lecz nie zrobiłem tego.

– Zejdź mi z drogi.

Odchylił połę wiatrówki, odsłaniając kolbę wetkniętego za pasek rewolweru. Ciekawe, czy tak samo próbował robić wrażenie na ludziach spotykanych w Ninth Ward*.

– Ty naprawdę jeszcze nic nie łapiesz – mruknął.

Zanim ktokolwiek z nas zdążył się zorientować, wokół jego karku owinęło się masywne ramię z nabrzmiałymi żyłami, a spod prawej pachy wynurzył się oksydowany colt python kalibru 9,07 milimetra, którego odwodzony kurek strzelił jak łamana kość. Pociągnięty do tyłu DeNice zatupał w miejscu, próbując utrzymać równowagę, a Joe Pike złowieszczo syknął mu tuż nad uchem:

– A ty coś łapiesz?

Fontenot szybko wsunął rękę pod marynarkę i pochylił się lekko, ale lufa ciężkiego rewolweru błyskawicznie trafiła go w nos. Wyprostował się gwałtownie i uniósł ręce do twarzy. Kobieta z psem obejrzała się w tę stronę, ale mogła zobaczyć jedynie grupkę sześciu mężczyzn – dwóch obejmowało się ramionami, a trzeci zasłaniał sobie usta dłonią.

– Naprawdę nie mamy czasu, Richard – powiedziałem. – Musimy odnaleźć Bena.

Pike miał na sobie szarą koszulkę z krótkimi rękawami, dżinsy i ciemne okulary o lustrzanych szkłach. Jego muskuły wyglądały jak dwa wielkie kamienie pod brodą DeNice'a. Czerwona strzała wytatuowana na jego ramieniu omal nie wyłaziła spod skóry na napiętych mięśniach.

Myers obrzucił go jaszczurczym spojrzeniem, wzrokiem niewidzącym szczegółów, skoncentrowanym wyłącznie na szacowaniu możliwości własnej reakcji i dokonaniu błyskawicznego wyboru między atakiem a odwrotem.

Po chwili odezwał się cicho:

– To było idiotyczne, Debbie. Głupie i nieodpowiedzialne. Widzisz, Richard? Nie da się niczego załatwić z takimi ludźmi.

---

* Nadrzeczna dzielnica Nowego Orleanu słynąca z wysokiej przestępczości (przyp. tłum.).

Ten jakby się nagle ocknął. Zamrugał szybko, odpędzając mgłę sprzed oczu, z politowaniem pokręcił głową i mruknął:

– Matko Boska, Lee. Co DeNice wyprawia? Chciałem tylko zamienić parę słów z Cole'em. Nie możemy dopuścić do takich sytuacji.

Myers ani na chwilę nie spuszczał wzroku z Joego. Wziął DeNice'a za rękę, chociaż Pike wciąż trzymał go w uścisku.

– Przepraszam, Richard. Porozmawiam z nim. – Pociągnął gliniarza do siebie. – Już dobrze. Możesz go puścić.

Pike jeszcze bardziej naprężył muskuły.

– Posłuchaj, Richard – powiedziałem. – Wiem, że jesteś wściekły, ale i mnie to wkurzyło. Musimy się skupić na poszukiwaniach Bena. To w tej chwili najważniejsze. Postaraj się o tym pamiętać. A teraz wsiadaj do samochodu i jedźmy. Nie chciałbym więcej wracać do tej rozmowy.

Chenier bezgłośnie zazgrzytał zębami, odwrócił się i wsiadł do limuzyny.

Myers nadal wbijał spojrzenie w Pike'a.

– Puścisz go czy nie?

– Lepiej puszczaj, skurwysynu – wykrztusił DeNice.

– W porządku, Joe. Puść go – nakazałem.

– Jak sobie chcesz – odparł Pike.

DeNice mógł to rozegrać mądrze, ale chyba nie było go na to stać. Kiedy tylko Pike zwolnił uścisk, obrócił się na pięcie i szerokim zamachem wyprowadził cios. Był dużo szybszy, niż można by się spodziewać po takim olbrzymie, w dodatku umiejętnie zabalansował ciałem na lekko rozstawionych nogach. Pewnie wielu napastników zaskakiwał swoją szybkością i całkowicie na niej polegał. Ale Joe zrobił zgrabny unik, złapał jego ramię w kleszcze i pociągnął w bok, jednocześnie prawą nogą blokując stopy DeNice'a. Ten zwalił się jak długi i tyłem głowy grzmotnął o chodnik.

Richard wychylił się przez otwarte drzwi limuzyny.

– Do pioruna, Lee!

Myers zajrzał DeNice'owi w szkliste oczy, złapał go za rękę, pomógł mu wstać i pociągnął w stronę mercury'ego.

Fontenot siedział już za kierownicą, trzymając przy nosie zakrwawioną chusteczkę.

Szef ochrony obrzucił jeszcze przelotnym spojrzeniem Pike'a, popatrzył na mnie i mruknął przepraszająco:

– To zwykli gliniarze.

Wsiadł za Richardem do limuzyny i oba auta odjechały.

Kiedy odwróciłem się do Joego, dostrzegłem coś ciemnego w kąciku jego ust.

– Hej. Co to jest?

Przyjrzałem się uważniej. To była czarnopurpurowa kropla zakrzepłej krwi.

– Ty krwawisz. Czyżby jednak cię trafił?

Pike nigdy jeszcze nie przegrał w walce wręcz. Był zdecydowanie za szybki na to, by ktokolwiek choćby musnął go pięścią. Starł palcem zaschniętą krew i ruszył w kierunku mojego samochodu.

– Lepiej opowiedz mi o Benie.

Spotkanie z Królową

– Ratunku!

Ben przytknął ucho do maleńkiej dziurki wywierconej w pokrywie pojemnika, ale złowił jedynie odległy szum, taki sam, jaki słychać po przyłożeniu ucha do muszli.

Zbliżył usta do otworu i krzyknął:

– Czy ktoś mnie słyszy?!

Nie było odpowiedzi.

Rano na wprost jego twarzy pojawił się ten jasny punkcik przypominający samotną gwiazdę na niebie. Domyślił się, że to otwór zapewniający mu dopływ powietrza. Kiedy przyłożył do niego oko, dostrzegł maleńki krążek błękitu nieba na końcu rurki.

– Tu jestem! Ratunku! Pomocy!

Nadal nie było odpowiedzi.

– Ratunku!!!

Zdołał zerwać taśmę krępującą mu ręce i nogi, po czym przez całą noc dosłownie wychodził z siebie, kopał ścianki pojemnika jak smarkacz w napadzie histerycznego szału, łokciami i kolanami próbował unieść pokrywę. Miotał się bez ustanku, mając wrażenie, że robaki pożerają go żywcem. Był całkowicie, absolutnie przeświadczony, że Mike, Eric i Afrykanin siedzą sobie teraz w pospiesznym autobusie i jadąc do któregoś baru, myślą wyłącznie o chrupiących chipsach i coca-coli, podczas gdy nikt poza nimi nie wie, że on jest zamknięty w tej przeklętej trumnie, gdzie umrze z głodu i pragnienia, będzie wyglądał jak Buffy, Pogromca Wampirów.

Zatracił poczucie czasu, balansował na granicy snu i jawy. W końcu nie umiał nawet powiedzieć, czy to wszystko mu się nie śni.

– Pomocy!!! Tu jestem!!! Ratunku!!! Niech mnie ktoś uwolni!!!

Wciąż nie było odpowiedzi.

– Mamooo!!!

Coś kopnęło go w stopę. Podskoczył jak rażony prądem wysokiego napięcia.

– Jezu! Chłopcze! Przestań tak wyć!

W drugim końcu pojemnika Królowa Zemsty opierała się na łokciu. Była piękną dziewczyną o jedwabistych czarnych włosach, długich zgrabnych nogach i zmysłowych piersiach wypływających spod kusego topu. Wyglądała na rozzłoszczoną.

Ben wrzasnął ze strachu. Zatkała sobie uszy.

– Chryste. Ale masz głosik.

– Ty nie jesteś prawdziwa! Pochodzisz z gry!

– Więc to nie może cię boleć.

Wykręciła mu nogę. Mocno.

– Auuu!

Szarpnął się do tyłu, desperacko próbując znaleźć oparcie dla stóp na dnie plastikowego pojemnika. Nie miał dokąd uciekać. Ale przecież ona nie mogła być prawdziwa! Znalazł się we własnym koszmarze sennym!

Królowa uśmiechnęła się ironicznie i trąciła go czubkiem błyszczącego winylowego pantofelka.

– Nadal sądzisz, że nie jestem prawdziwa, olbrzymie? No, śmiało. Chcesz jeszcze?

– Nie!

Z uniesionymi brwiami przeciągnęła czubkiem buta po jego nodze.

– Wiesz, ilu chłopców chciałoby dotknąć tego bucika? Czujesz go? Sam się przekonaj, czy jestem prawdziwa.

Ben ostrożnie wyciągnął rękę i dotknął palcem czubka pantofla. W dotyku był gładki i śliski niczym maska świeżo umytego samochodu, i równie namacalny jak skrzynia, w której został uwięziony. Poruszył się i chłopak gwałtownie cofnął rękę.

Królowa zaśmiała się krótko.

– Nie wytrzymałbyś nawet dwóch sekund walki z Modusem!

– Mam dopiero dziesięć lat! Boję się i chcę wracać do domu!

Znudzonym wzrokiem popatrzyła na swoje paznokcie, ostre jak brzytwa i połyskujące szmaragdowo.

– Więc wracaj. Możesz iść, kiedy tylko zechcesz.

– Już próbowałem! Jesteśmy tu uwięzieni!

Znowu uniosła wysoko brwi.

– Czyżby?

Popatrzyła na niego z obojętną miną i przeciągnęła paznokciami po swoim brzuchu, płaskim jak terakota na podłodze. Ich czubki były tak ostre, że na skórze zostały wyraźne zaczerwienione ślady.

– Możesz stąd odejść, kiedy tylko zechcesz.

Pomyślał, że specjalnie się z nim drażni, i łzy napłynęły mu do oczu.

– To wcale nie jest śmieszne! Przez całą noc wzywałem pomocy i nikt mnie nie usłyszał!

Jej śliczna buzia wykrzywiła się w grymasie pogardy, a oczy powiększyły się do rozmiarów obranych ze skórki złocistych rajskich jabłuszek. Uniosła w górę dłoń z zakrzywionymi jak szpony palcami.

– To wydrap sobie drogę na wolność, kretynie! Zobacz, jak to się robi!

Przerażony Ben cofnął się jeszcze.

– Odejdź ode mnie!

Pochyliła się nad nim, jej paluchy zaczęły się wić niczym węże, a paznokcie zmieniły się w długie połyskliwe sztylety.

– Poczuj te ostrza! Zobacz, jak potrafią ciąć!

– Odejdź!

Rzuciła się na niego.

Zasłonił ramieniem twarz i wrzasnął z bólu, gdy wbiła mu paznokcie w nogę.

I wtedy się obudził.

Leżał zwinięty w kłębek, z kolanami podkulonymi do brzucha. Zamrugał szybko w ciemnościach i nastawił ucha. Wokół panowała jednak cisza, w pojemniku nikogo nie było. Królowa tylko mu się przyśniła, tyle że wciąż czuł jej ostre szpony zagłębione w swoim ciele.

Przekręcił się bardziej na bok, lecz ból tylko przybrał jeszcze na sile.

– Auuu!

Błyskawicznie sięgnął do bolącego miejsca na nodze i wymacał w kieszeni Srebrną Gwiazdę Elvisa Cole'a. Wyciągnął ją i ostrożnie powiódł palcem po czubkach ramion. Były twarde i ostre, jak czubki noży. Przycisnął jeden z nich do plastikowej pokrywy nad sobą i kilka razy przeciągnął medalem w przód i w tył. Przesunął dłonią po gładkiej powierzchni. Powstała w niej cienka rysa.

Zrobił to samo jeszcze raz i wyczuł, że rysa się pogłębia. Zaczął drapać szybciej i mocniej, energicznie machając ręką, jakby robił pompki. Drobne okruchy plastiku w ciemności spadały mu na twarz niczym krople deszczu.

7

Operator

Michael Fallon miał na sobie tylko spłowiałe niebieskie spodenki. Przy szczelnie zasłoniętych oknach i wyłączonej klimatyzacji, żeby nikt z sąsiedztwa nie nabrał podejrzeń, w domu było jak w piecu. Ale jemu to jednak nie przeszkadzało. Wystarczająco dużo razy bywał w różnych dziurach Trzeciego Świata, gdzie taka temperatura oznaczała łyk świeżego powietrza.

Ibo i Schilling wyruszyli, żeby ukraść jakiś samochód, dlatego wykorzystał okazję i rozebrany do spodenek zaczął ćwiczyć. Starał się codziennie dbać o formę, pamiętając, że jeśli zaniedba ćwiczenia, wcześniej czy później komuś będzie musiał ulec. A jak dotąd nikt jeszcze nie pokonał Mike'a Fallona.

Zrobił dwieście pompek, dwieście podnoszeń, dwieście stójek i dwieście skłonów, nie odpoczywając między kolejnymi cyklami, po czym powtórzył cały zestaw jeszcze dwa razy, a następnie przez dwadzieścia minut podskakiwał w miejscu, wysoko zadzierając kolana do piersi. Pot spływał mu po skórze strumykami i kapał na podłogę, mimo to nie zmęczył się zanadto. Regularnie biegał po piętnaście kilometrów z plecakiem ważącym trzydzieści kilogramów.

Wycierał się właśnie, kiedy doleciał go stuk drzwi garażu. Był pewien, że to Ibo i Schilling, ale na wszelki wypadek sięgnął po rewolwer.

Weszli do kuchni z dwoma papierowymi torbami z supermarketu i Schilling, niczym gryzipiórek po powrocie z pracy witający rodzinkę gdzieś na przedmieściach, zawołał głośno:

– Hej, Mike! Gdzie jesteś?!

Fallon wyszedł zza drzwi za ich plecami i stuknął Schillinga w plecy lufą rewolweru. Ten podskoczył jak oparzony.

– Kurwa mać! Ale mnie wystraszyłeś!

– Na drugi raz bardziej uważaj. Gdyby na moim miejscu był ktoś inny, nie miałbyś nawet szansy mnie zobaczyć.

– Dobra, dobra.

Mamrocząc jeszcze coś pod nosem, postawił torbę z zakupami na stole. Ibo rzucił Fallonowi zielone jabłko i wyciągnął dla siebie butelkę oranginy. Uznawał tylko napoje i soki pomarańczowe, nie pijał nic innego. Mike puścił oko do Schillinga, chcąc, żeby się rozchmurzył. Obaj świetnie wiedzieli, że jest dobry w swojej robocie. Nawet bardzo dobry. Tak się tylko składało, że Mike był jeszcze lepszy.

– Z samochodem wszystko w porządku? – zapytał.

– Mazi zgarnął go błyskawicznie. Pojechaliśmy aż do Inglewood. Połowa ludzi jeździ tam skradzionymi wozami, więc gliny nie reagują, nawet jeśli właściciel zgłosi kradzież.

– To dobry wóz – wtrącił Ibo. – Duży, wygodny.

Schilling wyjął z torby dwa telefony komórkowe i rzucił je kolejno Fallonowi. Pierwsza była nokia, druga motorola. Samochód i telefony były im niezbędne do następnego etapu akcji.

Mike przyglądał się przez chwilę, jak rozpakowują zapasy żywności, po czym rzucił poważnym tonem:

– Posłuchajcie.

Obaj się odwrócili. Dość dawno już zaplanowali całą tę akcję, ale teraz wszystko miało się rozstrzygnąć. W ciągu najbliższych paru godzin klamka musiała ostatecznie zapaść.

– Wiecie, że jak już wyrolujemy tego gościa, nie będzie drogi odwrotu. Dlatego chciałem się upewnić, czy nadal jesteście zdecydowani to zrobić.

– A jak inaczej, do diabła? – rzucił Schilling. – Zależy mi

na forsie. Tak samo Maziemu. Chłopie, wszystko powinno pójść jak po maśle. Nie takie rzeczy się robiło. Dziwię się, że w ogóle pytasz.

Ibo stuknął go pięścią w ramię i obaj wyszczerzyli zęby w uśmiechu. Fallon był prawie pewien, że usłyszy właśnie taką odpowiedź, ale i tak przyjął ją z radością. W końcu byli zawodowcami, wszystkim chodziło wyłącznie o forsę.

– Hej, ho.

Ibo i Schilling odpowiedzieli równocześnie:

– Hej, ho.

Fallon usiadł na podłodze, żeby włożyć skarpetki i buty. Miał ochotę wziąć prysznic, ale musiał odłożyć kąpiel na później.

– Powinienem poszukać drugiej kryjówki. Przygotujcie żarcie, a potem zajrzyjcie do dzieciaka. Sprawdźcie, czy jest dobrze unieruchomiony.

Druga kryjówka miała im posłużyć za bezpieczne schronienie po zakończeniu głównego etapu akcji.

– Jak ma nie być unieruchomiony metr pod ziemią?

– Ale i tak sprawdźcie, Eric. Jak wrócę po zmroku, wyciągniemy go, żeby wykonać drugi telefon. Pewnie trzeba mu będzie dać słuchawkę, żeby przekonać ludzi.

Wsunął rewolwer za pasek spodni i ruszył do drzwi prowadzących do garażu. Schilling zapytał w ostatniej chwili:

– A co z nim zrobimy, jeśli nie dostaniemy forsy?

Fallon nawet się nie obejrzał ani nie zwolnił kroku, tylko rzucił przez ramię:

– Wsadzimy z powrotem do pudła i zatkamy rurkę.

8

czas od zaginięcia: 18 godzin, 38 minut

Laurence Sobek zabił siedem osób. Joe Pike miał być ósmy. Jego ofiary w niczym nie zawiniły, ale Sobek obarczał je odpowiedzialnością za to, że Leonard DeVille, pedofil winny brutalnego gwałtu na pięcioletniej Ramonie Annie Escobar, trafił do więzienia i – jak to się często przydarza tego typu przestępcom – zginął tam z rąk współwięźniów. Wszystko to wydarzyło się piętnaście lat wcześniej. Pike, który służył wówczas w policji, aresztował DeVille'a, a siedem ofiar Sobeka było w czasie procesu świadkami oskarżenia. Joe, dwukrotnie postrzelony przez Sobeka, zanim w końcu położył go trupem, omal sam nie wyzionął ducha. Później bardzo długo wracał do zdrowia i chyba nie wierzył, że kiedykolwiek jeszcze odzyska siły. Prawdę mówiąc, ja też czasami w to wątpiłem. Z nim jednak nigdy nic nie było oczywiste i teraz miałem niekiedy wrażenie, że przy nim historia Feniksa to bajeczka dla grzecznych dzieci.

W drodze do domu opowiedziałem mu o zniknięciu Bena i telefonie od porywacza.

– Nie postawił żadnych żądań? – zdziwił się Pike.

– Powiedział, że to rodzaj odpłaty dla mnie. Nic więcej. Odpłaty za to, co zdarzyło się w Wietnamie.

– Myślisz, że mówił prawdę?

– Nie wiem.

Joe mruknął z dezaprobatą. Wiedział o tym, co się stało w Wietnamie. Był jedynym człowiekiem, któremu o wszystkim opowiedziałem, nie licząc przełożonych z wojska i rodzin czterech zabitych chłopaków z mojego oddziału. Może wszyscy powinniśmy się niekiedy wczuć w rolę Feniksa.

Kiedy dotarliśmy na miejsce, na podjeździe stała niebieska furgonetka policyjnej ekipy dochodzeniowej, Starkey pomagała wysokiemu, tykowatemu Johnowi Chenowi wyładowywać sprzęt. Gittamon w otwartych tylnych drzwiach swojego auta zmieniał buty. Richard i jego ludzie stali przed wejściem do domu, byli bez marynarek, z podwiniętymi rękawami koszul. Pod okiem Fontenota już ciemniał duży fioletowy siniak. DeNice zmierzył nas wrogim spojrzeniem.

Zaparkowałem na uliczce za podjazdem i obaj z Pikiem ruszyliśmy w kierunku furgonetki. Starkey wydmuchnęła kłąb dymu z papierosa, zerknęła w kierunku Gittamona i zapytała półgłosem:

– Widzieliście już tych przyjezdnych? Sierżant zgodził się, żeby zeszli razem z technikami w dół zbocza.

– To mój wspólnik, Joe Pike. On też pójdzie z nami.

– Matko Boska, Cole. Przecież to miejsce zbrodni, a nie jakieś cholerne safari.

John Chen wyłonił się z furgonetki z dużą nylonową torbą i blaszaną skrzynką na dowody rzeczowe. Skinął nam głową i rzucił szybko:

– Hej, my się znamy. Cześć, Elvis. Cześć, Joe. Pracowaliśmy razem przy dochodzeniu w sprawie Sobeka.

Starkey zaciągnęła się głęboko, mierząc wzrokiem Pike'a.

– A więc to ty? Słyszałam, że Sobek wpakował ci dwie kule, a potem jeszcze nieźle cię poturbował.

Najwyraźniej wrażliwość nie należała do jej atutów. Kiedy wydmuchnęła dym prosto przed siebie, Joe natychmiast przesunął się bliżej Chena, stając do niej pod wiatr.

Zbliżył się Myers i zapytał o wyniki sprawdzania podejrzanych z mojej listy.

– Przedyktowałam ją telefonicznie, czekając tu na ekipę – odparła. – Przy odrobinie szczęścia jeszcze dzisiaj dostaniemy odpowiedź.

– Cole powiedział, że będę mógł dostać kopię tej listy. Rozpocząłbym sprawdzanie na własną rękę.

Zerknęła na mnie, mrużąc oczy od dymu, wyjęła kartkę, ale podała ją mnie, ja zaś przekazałem Myersowi.

– Na co jeszcze czekamy? – zapytał.

Starkey obejrzała się na Gittamona, wyraźnie poirytowana, że się tak guzdrze. Po chwili zawołała:

– Jesteśmy gotowi, sierżancie.

– Jeszcze chwila.

Długo siedział pochylony i krew napłynęła mu do twarzy. Myers wrócił do swoich kolegów, a Starkey skoncentrowała się na papierosie.

– Kutas – mruknęła.

Zza rogu wyjrzał czarny kot, którym się opiekowałem. Stary i zaniedbany, chodził z przekrzywionym łebkiem, bo ktoś go kiedyś postrzelił z wiatrówki. Pojawił się prawdopodobnie zwabiony zapachem Pike'a, ale zobaczywszy gromadę ludzi przed domem, wyprężył grzbiet i głośno fuknął. Nawet DeNice obejrzał się na niego.

– Coś mu nie pasuje? – zapytała Starkey.

– Nie lubi obcych. Tylko nie bierz tego do serca. On nie lubi nikogo poza mną i Joem.

– Więc może polubi to.

Pstryknęła w kierunku kota niedopałkiem, który uderzył w ziemię i w powietrze wzbił się snop iskier.

– Matko Boska. Odbiło ci, Starkey? – zapytałem.

Kot jednak nie uciekł, jak zrobiłaby większość jego pobratymców, tylko nastroszył sierść i fuknął jeszcze głośniej, a następnie bokiem zaczął się do nas podkradać.

– Jezu. Tylko popatrzcie, jaki groźny – warknęła Starkey.

Pike kucnął i zanurzył palce w sierści kota. Ten natychmiast się położył, a chwilę później obrócił się brzuchem do góry. Naprawdę uwielbiał Pike'a. Starkey skrzywiła się z pogardą, jakby była świadkiem odrażającej sceny.

– Nie cierpię kotów.

Gittamon skończył wreszcie zmieniać obuwie i wygramolił się z samochodu.

– No, dobra, Carol. Chodźmy zobaczyć, co tam znaleźliście. John, jesteś gotowy?

– Tak, sierżancie.

– Panie Chenier?

– Idź przodem, Cole – rzuciła Starkey. – Pokażesz drogę.

Obeszliśmy z Pikiem róg werandy i ruszyliśmy w dół, tak jak rano posuwając się wzdłuż ścieżki wydeptanej przez Bena. Starkey radziła już sobie dużo lepiej, wzięła nawet od Chena część sprzętu, ale Gittamon i DeNice z trudem utrzymywali równowagę. Myers uśmiechał się skrycie, jakby rozbawiony tym, że musi specjalnie zwalniać kroku.

Minęliśmy pas rozłożystych orzechów, obeszliśmy wystający grzbiet i dotarliśmy do miejsca, gdzie znalazłem Game Freaka. Pędy rozmarynu, którymi Starkey oznakowała ślady butów, z daleka wyglądały jak miniaturowe nagrobki na cmentarzu. Wskazałem im miejsce, gdzie urywały się ślady Bena, i stanąłem nad ledwie widocznym odciskiem buta porywacza. Znowu ustawiłem się tyłem do kierunku, w którym się poruszał, i pokazałem, że prowadzi dokładnie od miejsca, gdzie widnieje ostatni ślad chłopca. Chen otworzył skrzynkę na dowody rzeczowe i oznakował odcisk pomarańczową chorągiewką. Pike kucnął obok mnie, przez chwilę przyglądał się śladowi, po czym bez słowa ruszył dalej w dół zbocza.

– Tylko ostrożnie – rzuciła za nim Starkey. – Proszę nie zatrzeć innych śladów na miejscu przestępstwa.

Gittamon i Richard stanęli tuż przy niej, aby również przyjrzeć się odciskowi. DeNice i Fontenot zatrzymali się tuż za nimi. Myers popatrzył na ślad z obojętną miną i zapytał:

– Nie znaleźliście żadnych innych dowodów?

– Jeszcze nie – odparła Starkey.

Richard tak intensywnie wbijał wzrok w ziemię, jakby odcisk buta go zahipnotyzował. Wreszcie kucnął, ostrożnie musnął palcem sypką glebę w pobliżu, po czym rozejrzał się po okolicznych kępkach rozmarynu i mącznicy, jakby chciał dokładnie zapamiętać ich rozmieszczenie.

– Właśnie tutaj zginął mój syn? Stąd został porwany?

Nie odpowiedziałem. Spojrzałem na odcisk i ruszyłem powoli w kierunku ostatniego śladu Bena. Dzieliła je odległość około trzech i pół metra. Co najmniej trzy razy penetrowałem już ten odcinek. Gleba była tu sucha i pylista, powinny w niej zostać inne ślady.

– Ben siedział tutaj – wskazałem palcem, tłumacząc bardziej samemu sobie niż tamtym – przodem do kanionu, i grał w Game Freaka.

Duch chłopca zbliżył się ścieżką zza garbu, stawiając stopy dokładnie w śladach odciśniętych w ziemi. Był całkowicie pochłonięty elektroniczną grą, z głośnika urządzenia dolatywały skrzekliwe okrzyki i głuche odgłosy ciosów. Inny duch, ciemniejszy, przeszedł przeze mnie, zmierzając w kierunku Bena. Jego stopa ledwie musnęła glebę w miejscu, gdzie pozostał niewyraźny ślad.

– Ben nawet się nie domyślał, że ktoś tu jeszcze jest. Nie dostrzegł wcześniej napastnika. Może usłyszał coś w ostatniej chwili albo odwrócił się z jakiegoś innego powodu, trudno to teraz ocenić, ale porywacz na pewno się bał, że gdy chłopiec go zobaczy, zacznie krzyczeć.

Ciemniejszy duch gwałtownie przyspieszył, wykonał długiego susa, przez co zostawił ten ślad w glebie. Niemalże widziałem na własne oczy, jak to się stało.

– Ben nadal nie miał pojęcia, co się dzieje, w każdym razie nie zdawał sobie sprawy z zagrożenia, w przeciwnym razie widać by to było po jego śladach. Porywacz zaszedł go od tyłu, złapał i poderwał z ziemi. Na pewno też zasłonił mu usta dłonią, żeby chłopak nie mógł krzyczeć.

Mroczny duch z chłopcem w ramionach rzucił się w zarośla. Kiedy zniknął, aż się trząsłem z podniecenia.

– Właśnie tak to się zdarzyło.

Starkey i Chen patrzyli na mnie z niedowierzaniem. Podobnie jak Myers, tyle że z jego kamiennej twarzy nie można było nic wyczytać. Pokręcił głową i zapytał:

– Więc gdzie są dalsze ślady porywacza?

– Ich brak świadczy tylko o tym, że jest bardzo dobry.

Po prostu nie zostawił za sobą śladów. Ten jeden to wynik błędu.

Richard z kwaśną miną pokręcił głową i wyprostował się. Myers poszedł w jego ślady.

– Aż nie chce mi się wierzyć, że nie macie żadnych dowodów poza tym niewyraźnym dołkiem w ziemi i potraficie tylko tłumaczyć, że mojego syna porwał jakiś cholerny Rambo. Jezu.

DeNice rozejrzał się dookoła.

– Może po prostu za słabo szukali.

Fontenot skwapliwie przytaknął.

– Wyjąłeś mi to z ust.

Myers dał im znak ruchem głowy i obaj ruszyli po trawersie zbocza.

Gittamon pochylił się, żeby obejrzeć odcisk buta.

– Możesz zrobić jego odlew, John? – zapytał.

Chen podniósł szczyptę gleby i roztarł ją w palcach, po czym zmarszczył brwi i skrzywił się z niesmakiem.

– Ziemia jest sucha jak pieprz, całkiem się osypuje. Takie podłoże nie utrzyma kształtu. Na odlewie nie wyjdą żadne szczegóły, bo ciężar żywicy zdeformuje odcisk buta.

– Wszędzie widzisz same przeszkody – burknęła Starkey. – Pracowaliśmy razem w pięćdziesięciu miejscach eksplozji podłożonych bomb i za każdym razem słyszałam to samo.

Chen obrzucił ją gniewnym spojrzeniem.

– Tylko tłumaczę, jak jest. Mogę umocnić ziemię wokół śladu, żeby zwiększyć jej spoistość, i nawilżyć przed wylaniem żywicy, ale nie ręczę za rezultaty.

Starkey się podniosła.

– Na pewno wyjdzie dobrze. Przestań marudzić i bierz się do roboty, John.

Richard popatrzył na DeNice'a i Fontenota uwijających się na skraju zarośli, jeszcze raz pokręcił głową i spojrzał na zegarek.

– Lee, w tym tempie to będzie trwało do końca świata. Wiesz, co robić. Wynajmij więcej ludzi, jeśli będzie trzeba, ściągnij każdego fachowca według własnego uznania. Koszty nie grają roli.

Starkey zerknęła na Gittamona, jakby się łudziła, że ten coś powie, szybko jednak sama odparła:

– Kiedy zjawi się tu jeszcze więcej ludzi, będziemy mieć prawdziwy cyrk. I bez tego sytuacja jest wystarczająco kiepska.

Chenier wsadził ręce do kieszeni.

– To już nie moje zmartwienie, pani detektyw. Ja chcę tylko odnaleźć syna. Jeśli zamierza mnie pani aresztować za przeszkadzanie policji czy też pod jakimś innym, równie idiotycznym zarzutem, na pewno tutejsza prasa przedstawi pani wyczyn w odpowiednim świetle.

– Nikt nie zamierza pana aresztować – odezwał się Gittamon. – Zależy nam wyłącznie na zabezpieczeniu miejsca przestępstwa.

Myers położył dłoń na ramieniu Richarda i zaczął mu coś szeptać na ucho. Po krótkiej wymianie zdań zwrócił się do sierżanta:

– Ma pan całkowitą rację, nam również zależy na zabezpieczeniu śladów, bo tylko dzięki nim będzie można zaskarżyć porywacza. W tym świetle obecność Cole'a jest zbyteczna.

Spojrzałem na niego, ale Myers wciąż miał nieodgadniony wyraz twarzy. Gittamon sprawiał wrażenie zmieszanego.

– Nie rozumiem, o co wam chodzi, Myers. Przecież byłem tu już nieraz. Schodziłem całe zbocze kanionu w poszukiwaniu Bena.

Richard poruszył się nerwowo.

– Właściwie czego nie rozumiesz, Cole? Nigdy nie występowałem w sprawach kryminalnych, ale znam prawo na tyle dobrze, by wiedzieć, że niezależnie od wszystkiego będziesz głównym świadkiem w tej sprawie. A może nawet będziesz w niej stroną. Tak czy inaczej, twoja obecność na miejscu przestępstwa jest kłopotliwa.

– Dlaczego miałby być stroną w tej sprawie? – zdziwiła się Starkey.

– Przecież on ostatni widział mojego syna żywego.

W kanionie było gorąco. Pot sączył mi się wszystkimi porami skóry, a w rękach i nogach czułem pulsowanie krwi. Przez jakiś czas tylko Chen się poruszał. Parę centymetrów od krawędzi odcisku buta ostrożnie wbijał w ziemię pasek sztywnego białego plastiku. Chciał w ten sposób zwiększyć spoistość gleby, żeby później spryskać cały ślad szybkoschnącą żywicą podobną do lakieru do włosów. Tylko w ten sposób mógł w miarę dokładnie oddać na odlewie rzeczywisty wygląd odcisku. Przede wszystkim musiał uzyskać stabilność ziemi, w której porywacz zostawił ślad.

– O co ci chodzi, Richard? – zapytałem.

Myers znowu delikatnie położył mu dłoń na ramieniu, w taki sam sposób jak na ulicy przed domem Lucy.

– O nic cię nie oskarżamy, Cole. Nic w tym rodzaju. Ale jest oczywiste, że człowiek, z którym rozmawiałeś przez telefon, żywi jakąś urazę do ciebie. Kiedy wszystko się wyjaśni, może wyjść na jaw, że kiedyś go znałeś i żywisz do niego taką samą urazę, jak on do ciebie.

– Nie mam pojęcia, do czego zmierzasz, Myers.

– Lee ma rację – wtrącił Richard. – Jeśli jego adwokat zdoła wykazać, że chodziło o wzajemne porachunki, może wnioskować, że celowo zniszczyłeś dowody świadczące o winie porywacza. Może nawet sugerować, że celowo podsunąłeś je policji. Przypomnij sobie sprawę Simpsona.

– To jakaś bzdura – mruknęła Starkey.

– Z wykształcenia jestem prawnikiem, pani detektyw, i mogę panią zapewnić, że na sali sądowej każda bzdura musi być brana pod uwagę.

Gittamon znowu skrzywił się boleśnie.

– Przecież nikt tu nie robi niczego niewłaściwego.

– Jestem po pańskiej stronie, sierżancie. Jestem nawet po stronie Cole'a, chociaż z trudem przychodzi mi to wyznać otwarcie. Niemniej mamy do czynienia z jawnym konfliktem. Proszę, niech pan zapyta swoich przełożonych czy też kogoś z biura prokuratora. Zobaczy pan, co oni myślą na ten temat.

Gittamon obejrzał się w stronę zarośli, wśród których kręcił się Pike i gliniarze przywiezieni przez Cheniera. Później popatrzył na Starkey, lecz ona tylko wzruszyła ramionami.

– No cóż, panie Cole – mruknął. – Może faktycznie powinien pan zaczekać w domu.

– I co to da, Gittamon? Wcześniej chodziłem tu i tam po całym zboczu, chyba teraz nie zrobi to większej różnicy, jeśli będę się przyglądał waszej pracy?

Sierżant nerwowo podreptał w miejscu. Przypominał mi tamtego boksera kręcącego się przy chodniku w poszukiwaniu miejsca, gdzie mógłby się wysikać.

– Porozmawiam z kapitanem z Hollywood. Niech on zadecyduje.

Richard i Myers nie czekali dłużej, ruszyli w kierunku Fontenota i DeNice'a krążących ze wzrokiem wbitym w ziemię. Gittamon pospiesznie kucnął obok Chena, żeby nie musieć dłużej patrzeć na mnie.

Starkey obrzuciła spojrzeniem jednych, potem drugich, i znów wzruszyła ramionami.

– Za kilka godzin powinnam już coś wiedzieć o tych ludziach, których wyszczególniłeś na swojej liście. Przeciętny mieszkaniec, powiedzmy Des Moines, nie zdecydowałby się na porwanie dzieciaka pod wpływem nagłego impulsu. Ten, kto to zrobił, musi być prawdziwym dupkiem, a tacy zazwyczaj figurują w policyjnych kartotekach. Jeśli trafimy na coś podejrzanego przy sprawdzaniu ludzi, których spisałeś, będziemy wreszcie mieli nad czym pracować. Więc zaczekaj spokojnie na górze. O wszystkim cię powiadomię.

Pokręciłem głową.

– Całkiem wam odbiło, jeśli sądzicie, że mógłbym czekać z założonymi rękami.

– Na razie i tak nie mamy żadnych poszlak. W czym mógłbyś nam tu pomóc?

– Powinniście myśleć tak jak on.

Ruchem ręki przywołałem Pike'a i razem ruszyliśmy z powrotem pod górę.

9

czas od zaginięcia: 19 godzin, 08 minut

Kiedy ludzie patrzą na Pike'a, widzą byłego gliniarza albo byłego komandosa, jego imponujące muskuły i tatuaże, ciemne okulary maskujące rysy twarzy. Wychowywał się na obrzeżu małego miasteczka, dzieciństwo spędził w dzikich leśnych ostępach. Ukrywał się tam przed ojcem, który lubił okładać go pięściami aż do krwi, nim w końcu wyładowywał się na swojej żonie. Wstąpił na ochotnika do wojska, doszedłszy do wniosku, że komandosi nie boją się agresywnych pijaków. Tam szybko odkryto jego umiejętności poruszania się po lesie, zaczęto więc go szkolić na zwiadowcę. I teraz Pike był najlepszym tropicielem, jakiego w życiu spotkałem, a wszystko tylko dlatego, że jako mały chłopak często musiał ze strachu uciekać z domu i ukrywać się w lesie. To najlepszy dowód na to, że gdy próbuje się kogoś ocenić po wyglądzie, bierze się pod uwagę tylko to, co ten ktoś pozwala nam zobaczyć.

Joe wpatrywał się w głąb kanionu z mojej werandy. Dolatywały stamtąd stłumione słowa Starkey i pozostałych, nie dało się ich jednak dostrzec. Ukształtowanie terenu nasilało ludzkie głosy. Wiedziałem, że tak samo wzmocniłoby głos Bena, gdyby tylko miał okazję krzyknąć.

– Nie mógł wiedzieć, kiedy Ben będzie wychodził z domu albo zostanie sam – powiedziałem – dlatego potrzebował jakiejś bezpiecznej kryjówki, skąd mógłby nas obserwować.

Czekał spokojnie i zbliżył się dopiero wtedy, gdy zobaczył chłopaka wychodzącego przed werandę.

Pike pokiwał głową i wskazał przeciwległe zbocze kanionu.

– Z ulicy nie widać twojego domu, zasłaniają go drzewa. Musiał się przyczaić gdzieś tam, z lornetką albo lunetką.

– Też tak sądzę.

Tamten grzbiet był jak masywny paluch, nierówny i sękaty, najeżony skalistymi szczytami, urywający się nagle na skraju doliny. I tam ciągnęły się zabudowania wzdłuż biegnących trawersem uliczek, ale więcej było połaci nieużytków ze względu na mało stabilny grunt albo zbyt dużą stromiznę.

– Skoro on mógł was swobodnie obserwować – rzekł Joe – to znaczy, że i my teraz musimy mieć na widoku jego kryjówkę.

Wszedłem do pokoju po lornetkę i książkowy plan miasta. Odnalazłem stronę ukazującą okolicę kanionu i obróciłem plan zgodnie z biegiem grzbietu wzniesienia. Było tam mnóstwo miejsc nadających się na bezpieczną kryjówkę.

– No dobra. Gdybyś to ty planował porwanie, gdzie byś się zaczaił?

Pike popatrzył na mapę i zmierzył wzrokiem przeciwległe zbocze.

– Możemy sobie darować tereny gęsto zabudowane. Wybrałbym takie miejsce, gdzie okoliczni mieszkańcy nie mogliby mnie zauważyć, a stojący samochód nie wzbudzałby niczyich podejrzeń.

– Jasne. Nie parkowałbyś przed czyimś domem. Skręcałbyś w jakąś alejkę przeciwpożarową albo po prostu wjechał w zarośla.

– Tak, ale musiałbym być blisko samochodu, żeby po zobaczeniu Bena natychmiast wskoczyć za kierownicę, zjechać na dół, zaparkować i ruszyć po niego w górę zbocza.

Musiało to trochę zająć. Istniało duże prawdopodobieństwo, że przez ten czas chłopak zdąży wrócić do domu.

– Nie sądzisz, że raczej było ich dwóch? Jeden prowadził obserwację, a drugi już czekał po tej stronie z telefonem komórkowym.

Pike wzruszył ramionami.

– Tak czy inaczej, ktoś musiał z tamtego zbocza obserwować dom. Jeśli chcesz znaleźć jakiekolwiek ślady, właśnie tam należałoby szukać.

Wybraliśmy na punkty orientacyjne duży pomarańczowy dom przypominający świątynię Marsjan oraz sześć wyniosłych palm stojących rzędem na czyimś frontowym podwórku. Zaznaczyliśmy je na planie. Następnie kolejno penetrowaliśmy przez lornetkę widoczny odcinek grzbietu, wypatrując remontowanych domów czy większych kęp drzew na obszarach niezabudowanych, jednym słowem takich miejsc, gdzie człowiek mógłby się niepostrzeżenie ukryć i godzinami prowadzić obserwację. Zaznaczyliśmy ich orientacyjne położenie na planie w stosunku do wybranych obiektów.

Tymczasem pod werandą zjawił się Gittamon, ale tylko skinął nam głową i poszedł dalej. Pewnie pomyślał sobie, że patrzymy przez lornetkę dla zabicia czasu. Później wrócili Myers i DeNice, ci także bez pożegnania wsiedli do limuzyny. Szef ochrony mruknął coś gliniarzowi na ucho i ten pokazał nam pięść z wyprostowanym środkowym palcem. Szczeniak. Kiedy po paru minutach pojawił się również Fontenot, DeNice przesiadł się do mercury'ego marquis i obaj odjechali. Myers wrócił na zbocze, żeby dotrzymać towarzystwa Richardowi.

Oglądaliśmy przeciwległe zbocze prawie przez dwie godziny, gdy wreszcie Joe mruknął:

– Ruszajmy na łowy.

Bena nie było już od dwudziestu jeden godzin.

W pierwszej chwili chciałem powiadomić Starkey o naszych zamiarach, ale doszedłem do wniosku, że lepiej jej nie wtajemniczać. Pomyślałem, że Richard znów zacznie narzekać i Starkey poczuje się w obowiązku przypomnieć nam, że Gittamon kazał nie wtrącać się w tę sprawę. Nic mnie nie obchodziły ich sprawy i dochodzenia, zależało mi jedynie na odnalezieniu Bena.

Niezauważenie przekradliśmy się przez kanion na przeciwległe zbocze. Dzieci były jeszcze w szkole, dorośli w pracy, a ci, co siedzieli w domach, nie wychylali nosa na ulicę. Życie toczyło się dalej, niezależnie od tego, że komuś ukradziono dziecko.

Z odległości kilometra wszystko wyglądało inaczej. Z bliska kępy drzew i domy stawały się nierozróżnialne. Raz za razem sprawdzaliśmy zaznaczone na planie rozmieszczenie punktów orientacyjnych, próbując zlokalizować wybrane miejsca.

Pierwszym z nich, na które udało nam się trafić, był niezagospodarowany teren na końcu drogi przeciwpożarowej. Takie bite trakty ciągną się przez całe pasmo wzgórz Santa Monica jak naczynia krwionośne w ludzkim organizmie i służą głównie do tego, by lokalne władze zdążyły wyplenić zielsko i wypalić limit benzyny przed nastaniem sezonu pożarów. Zaparkowaliśmy na uliczce między dwoma ostatnimi podjazdami i popatrzyliśmy na bramę zagradzającą wjazd na drogę przeciwpożarową.

Jeszcze zanim zdążyłem wyłączyć silnik, Pike mruknął:

– Tu go nie było. Gdyby parkował tak jak my, przed tymi domami, natychmiast wzbudziłby zainteresowanie.

Mimo to ruszyliśmy dalej polną drogą, rozglądając się za punktem zapewniającym dogodny widok na mój dom. Ale po obu stronach ciągnęły się tak gęste zarośla i kępy młodej dębiny, że ani razu nie dojrzeliśmy ani domu, ani nawet sąsiedniego grzbietu. W ogóle nie było stąd nic widać poza skrawkiem nieba, droga biegła wąskim zielonym tunelem w zbitej roślinności. Jeszcze szybszym truchtem wróciliśmy do samochodu.

Aż siedem miejsc wybranych przez nas z werandy okazało się narażonych na ciekawość tutejszych mieszkańców. Szybko wykreśliliśmy je na planie. Do czterech innych można było dotrzeć jedynie po zaparkowaniu auta pod oknami zabudowań. Je także wykreśliliśmy. Trafiając na dom wystawiony na sprzedaż, sprawdzaliśmy, czy ktoś w nim mieszka. Jeśli był pusty, furtką albo przez płot przedostawaliśmy się na jego tyły, żeby sprawdzić, czy widać stamtąd moją werandę. Dwa z opuszczonych domów mogły posłużyć za kryjówkę porywaczy, ale wokół nich nie znaleźliśmy żadnych śladów niedawnej bytności ludzi.

Joe Pike był moim przyjacielem i wspólnikiem od wielu lat. Świetnie się rozumieliśmy i dobrze nam się razem pracowało, ale teraz słońce zdawało się gnać po niebie sprintem. Odszukiwanie wybranych miejsc ciągnęło się w nieskończoność, a ich sprawdzanie trwało jeszcze dłużej. Wkrótce na ulicach zrobił się ruch, matki wychodziły z maluchami na spacer, starsze dzieci wracały ze szkoły. Jeżdżące na deskorolkach nastolatki z posklejanymi żelem włosami przyglądały nam się ciekawie z podwórek. Dorośli wracający z pracy i parkujący auta przed domem odprowadzali nas podejrzliwymi spojrzeniami.

– Zwróć uwagę na ludzi – powiedziałem. – Na pewno ktoś z nich musiał coś zauważyć.

Pike wzruszył ramionami.

– Pytanie tylko, czy coś zapamiętali.

Z niepokojem spojrzałem na niebo, obawiając się nadchodzącego zmierzchu.

– Zwolnij – mruknął Joe. – Wiem, że jesteś zdenerwowany, ale zwolnij. Powinniśmy działać szybko, lecz bez pośpiechu. Chyba nie muszę ci tego tłumaczyć.

– Nie.

– W pośpiechu łatwo coś przeoczyć. Jeśli dziś nie sprawdzimy wszystkich miejsc, wrócimy tu jutro.

– Powiedziałem, że nie musisz mi przypominać.

Większą część tutejszego osiedla tworzyły klasyczne domki jednorodzinne postawione w latach sześćdziesiątych dla inżynierów i techników budowy rakiet oraz projektantów dekoracji filmowych. Ale przy kilku uliczkach ciągnęły się dłuższe połacie nieużytków, gdzie teren był zbyt stromy albo grunt za mało stabilny pod zabudowę. Z trzech takich miejsc rozciągał się doskonały widok na mój dom.

Pierwsze dwa stanowiły niemal pionowe urwiska otwierające się tuż za krawędzią biegnącej zakosami drogi. Można tam było swobodnie urządzić punkt obserwacyjny, pod warunkiem że miało się haki i liny oraz wprawę alpinisty. Trzecie okazało się dużo bardziej obiecujące. Ulica biegła tu trawersem wysuniętej grani opadającej stromo niemal do podnóża grzbietu. Dom stojący przed wjazdem na łuk drogi był w remoncie, gromadka dalszych zabudowań znajdowała się na drugim końcu serpentyny, z niej samej jednak roztaczał się doskonały widok. Zjechaliśmy na pobocze i wysiedliśmy. Łatwo było stąd dostrzec Starkey i Chena przypominających barwne drobiny na zielonym zboczu poniżej mojej werandy. Gołym okiem nie mogłem rozróżnić postaci, ale przez lornetkę nie stanowiłoby to najmniejszego kłopotu.

– Piękny widok – rzekł Pike.

Obok mojego wozu na poboczu stały dwa małe auta osobowe i brudny pikap. Prawdopodobnie należały do ludzi remontujących pobliski dom. Ale jeszcze jeden samochód już by się tu nie zmieścił.

– Będzie szybciej, jeśli się rozdzielimy – zaproponowałem. – Ty sprawdź po tej stronie grzbietu. Ja obejrzę sam szczyt i zejdę na ulicę na drugim końcu urwiska.

Joe zawrócił bez słowa. Na zakręcie zszedłem z ulicy i ruszyłem pod górę, wypatrując śladów butów czy też gleby obsuniętej pod ciężarem człowieka, ale niczego nie znalazłem.

Szarawe kępy zielska porastające grzbiet przypominały skupiska pleśni rzednącej wokół karłowatych dąbków i rachitycznie powykręcanych sosenek. Ruszyłem w dół przeciwległego zbocza zakosami, zwracając baczniejszą uwagę na zagłębienia erozyjne i naturalne szlaki wymyte przez wodę między sztywnymi zeschniętymi kępami bylicy. Dwa razy zauważyłem ślady czyjejś bytności, ale odciski butów były zbyt niewyraźne, by mogły powstać w ostatnim czasie.

Wysunięty szczyt grzbietu oddalał się od ulicy, nie było z niego widać ani samochodów na poboczu, ani zabudowań po obu stronach serpentyny, co oznaczało, że i okoliczni mieszkańcy nie mogli dostrzec przebywającego tu człowieka. Spojrzałem ponad dnem kanionu. W oknach Grace Gonzalez paliły się już światła. Mój dom wyrastał ze zbocza, a wysunięta weranda przypominała skocznię na brzegu wyschniętego basenu.

Gdybym to ja miał prowadzić obserwację, wybrałbym właśnie to miejsce.

Pike bezgłośnie wyłonił się z krzaków na skraju szczytu.

– Zszedłem tak nisko, jak tylko mogłem, ale dalej grunt urywa się nagle. Po tamtej stronie jest za stromo, żeby urządzić punkt obserwacyjny.

– W takim razie pomóż mi przeszukiwać tę stronę.

Spenetrowaliśmy kawałek odsłoniętego terenu na szczycie między dwiema sosnami i ruszyliśmy w dół, w kierunku samotnego dębu. Szliśmy równolegle do siebie w odległości dziesięciu metrów, żeby jak najszybciej skontrolować cały teren. Czas odgrywał decydującą rolę. Dookoła gęstniały czerwonawe cienie, słońce chowało się już za krawędź wzniesienia. Gdy zajdzie, szybko zrobi się tu zupełnie ciemno.

– Tutaj – odezwał się Pike.

Zastygłem z nogą uniesioną w górze. Joe klęknął na ziemi, ostrożnie pomacał grunt, po czym zsunął okulary na czoło, żeby lepiej widzieć w słabym oświetleniu.

– Co tam masz?

– Kilka niewyraźnych odcisków butów prowadzących w twoim kierunku.

Dłonie zaczęły mi się nagle pocić. Bena nie było już od dwudziestu sześciu godzin. Ponad dobę. Słońce chowające się szybko za wzgórza skojarzyło mi się z gasnącą nadzieją.

– To takie same ślady, jak pod moją werandą? – zapytałem.

– Tamtemu nie zdążyłem się dokładnie przyjrzeć.

Zrobił duży krok, przestępując nad odciskami butów. Ruszyłem dalej w stronę drzewa, tłumacząc sobie, że mógł je zostawić jakiś tutejszy dzieciak czy choćby jeden z robotników remontujących pobliski dom, pragnący się wysikać w krzakach. Ale w głębi ducha byłem przekonany, że to ślady człowieka, który porwał Bena. Podpowiadał mi to szósty zmysł.

Przestępując gładki pas ziemi wymytej przez deszcze pośród kęp bylicy, i ja spostrzegłem częściowy ślad stopy między dwiema płytami łuszczka. Był skierowany od dębu ku szczytowi grzbietu.

– Joe.

– Znalazłem następne.

Zbliżyliśmy się do samotnego drzewa, Pike od lewej, a ja od prawej. Karłowaty dąb był prawie całkiem uschnięty, na kruchych gałązkach wisiały tylko pojedyncze liście. Wokół pnia, wykorzystując trochę lepsze nasłonecznienie tej części zbocza, rosła rzadka trawa. Od strony szczytu była mocno ugnieciona, jakby ktoś na niej siedział.

Nie musiałem podchodzić bliżej.

– Joe.

– Widzę. Po tej stronie jest mnóstwo śladów. Tutaj i tutaj...

– Widzę je.

– Jak chcesz, mogę je lepiej zbadać.

Już tylko rąbek słońca wystawał znad krawędzi grzbietu. Cienie gęstniały coraz szybciej, w oknach domów na przeciwległym zboczu kanionu zapalały się światła.

– Nie teraz. Wracajmy zawiadomić Starkey. Chen zrobi odlewy i porówna je z tamtym odciskiem, a potem będziemy mogli zacząć wypytywać okolicznych mieszkańców. Ale ja nie mam już żadnych wątpliwości. On tu był. Właśnie stąd obserwował mnie i Bena.

Wycofaliśmy się po własnych śladach na górę i pojechaliśmy do mnie, żeby jak najszybciej zadzwonić do Starkey. Mniej więcej dwie godziny wcześniej widzieliśmy, jak wychodzi z kanionu, ale gdy dotarliśmy na miejsce, jej wóz wciąż stał na moim podjeździe, a policjantka siedziała za kierownicą i paliła papierosa.

Zajechałem przed garaż, wyskoczyłem z auta i podbiegłem do niej.

– Chyba znaleźliśmy miejsce, z którego porywacz obserwował nasz dom – powiedziałem. – Pełno tam śladów butów i zgniecionej trawy. Trzeba ściągnąć Chena, żeby porównał odciski, potem będziemy mogli zacząć rozpytywać tamtejszych mieszkańców. Niewykluczone, że zwrócili uwagę na samochód, może nawet zapamiętali tego faceta.

Wyrzuciłem to z siebie jednym tchem, podświadomie oczekując wyrazów uznania. Ale nie zareagowała. Popatrzyła na mnie z zasępioną miną i zmarszczonym czołem, jakby chciała urządzić awanturę.

– To naprawdę miejsce warte uwagi, Starkey – dodałem. – Czemu jesteś taka nachmurzona?

Po raz ostatni zaciągnęła się papierosem, rzuciła niedopałek na ziemię i rozgniotła go obcasem.

– Dzwonił po raz drugi.

Od razu się domyśliłem, że Starkey zna treść rozmowy. Obleciał mnie nagle irracjonalny strach, że zaraz się dowiem, iż Ben nie żyje.

Chyba domyśliła się, co czuję, gdyż obojętnie wzruszyła ramionami, jakby miało to być odpowiedzią na wszelkie natrętne pytania cisnące mi się do głowy.

– Nie dzwonił do ciebie, tylko do matki chłopaka.

– I co powiedział?

Pospiesznie odwróciła wzrok, jak gdyby sądziła, że naprawdę potrafię czytać w myślach i nie będzie musiała niczego tłumaczyć.

– Sam sobie posłuchasz. Pani Chenier od razu wcisnęła klawisz zapisu automatycznej sekretarki i nagrała prawie wszystko. Jedźmy, musisz potwierdzić, czy to ten sam mężczyzna.

Stałem jak wmurowany.

– Powiedział coś o Benie?

– Ani słowa. No chodź, wszyscy czekają na komendzie. Jedź własnym samochodem, żebym nie musiała cię potem odwozić.

– Starkey, czy coś się stało Benowi? Do cholery, wyduś wreszcie, co powiedział.

Starkey wyprostowała się za kierownicą, jeszcze przez chwilę uparcie milczała.

– Powiedział, że zabiłeś dwudziestu sześciu cywilów, a później wystrzelałeś kolegów z oddziału, żeby się pozbyć świadków. Sam się prosiłeś, więc już wiesz, co powiedział. A teraz jedź za mną. Musisz wysłuchać tego nagrania.

Wyjechała tyłem z podjazdu. Kiedy światła jej wozu zniknęły za zakrętem ulicy, nie tylko dosłownie znalazłem się w ciemnościach.

czas od zaginięcia: 27 godzin, 31 minut

Komenda policji w Hollywood mieści się w starym gmachu z czerwonej cegły na południe od Hollywood Boulevard, w połowie drogi między studiami wytwórni Paramount a Hollywood Bowl. O tej porze ulice były zapchane, kierowcom nigdzie się nie spieszyło, ruch odbywał się w tempie zsuwającego się lodowca. Wzdłuż Alei Gwiazd i przed Chińskim Teatrem stały sznurem piętrowe autobusy wyładowane turystami, którzy zapłacili po trzydzieści pięć dolarów za oczekiwanie w korku. Było już całkiem ciemno, gdy zajechałem na parking za komendą. Limuzyna Richarda stała przy samym ogrodzeniu. Starkey czekała w swoim wozie, paląc następnego papierosa.

– Nosisz przy sobie broń?

– Nie, trzymam w domu.

– Bo tu nie wolno wchodzić z bronią.

– Czyżbyś podejrzewała, że chcę zamordować jakichś świadków?

Z całej siły pstryknęła niedopałkiem w najbliższy wóz patrolowy. Trafiła w błotnik, aż wokoło posypały się iskry.

– Nie bądź taki dowcipny. Gdzie jest Pike?

– Podrzuciłem go do Lucy. Jeśli ten dupek zna jej numer, to pewnie wie również, gdzie mieszka. Myślisz, że i to może stanowić ingerencję w prowadzone przez was dochodzenie?

Wolała nie poruszać tego tematu.

– O tym rozmawiaj z Gittamonem, nie ze mną.

Weszliśmy do środka przez dwuskrzydłowe szklane drzwi i dalej wyłożonym terakotą holem do sali oznaczonej tabliczką DETEKTYWI ŚLEDCZY. Sięgające do piersi przepierzenia dzieliły ją na odrębne stanowiska pracy, ale większość była pusta, albo wszyscy ścigali zbrodniarzy, albo już poszli do domu. W drugim końcu sali Gittamon rozmawiał półgłosem z Myersem, który trzymał cienką skórzaną teczkę. Na nasz widok sierżant przeprosił go i ruszył w naszym kierunku.

– Carol wyjaśniła, co się stało?

– Mówiła, że dzwonił porywacz. Gdzie jest Lucy?

– W pokoju przesłuchań. Chcę pana ostrzec, że zapis jest dość irytujący. Zawiera pewne szczegóły...

– Zanim do tego przejdziemy – przerwała mu Starkey – powinieneś się dowiedzieć o najnowszym odkryciu Cole'a. Wygląda na to, że znalazł coś bardzo interesującego.

Opisałem mu ślady butów i zgniecioną trawę, którą odkryliśmy z Pikiem na szczycie grzbietu, wyjaśniając, co to według nas oznacza. Gittamon słuchał z taką miną, jakby nie bardzo wiedział, co z tym fantem począć, toteż Starkey pospiesznie wtrąciła:

– Cole doszedł do logicznego wniosku, że porywacz musiał obserwować jego dom z przeciwległego zbocza kanionu. Jutro z samego rana zabiorę Chena i obejrzymy sobie to miejsce. Możliwe, że odciski podeszew butów będą się zgadzały.

Myers podszedł bliżej, chcąc słyszeć naszą rozmowę, i spoglądał na mnie spod zmarszczonych brwi niczym Papuas gapiący się na słońce.

– To następny zdumiewający zbieg okoliczności, Cole – mruknął w końcu. – Jak widzę, odkrywasz kolejne ślady seryjnie. Mam wierzyć, że dopisuje ci szczęście?

Odwróciłem się do niego plecami z obawy, że nie zdołam się opanować i zdzielę go po pysku.

– Gittamon, przesłuchamy w końcu to nagranie czy nie?

Wprowadzili mnie do pokoju przesłuchań, gdzie przy wyjątkowo czystym szarym metalowym stoliku siedzieli Lucy i Richard. Ściany były pomalowane na beżowo, gdyż policyjny psycholog uznał, że ten kolor działa uspokajająco, tyle że nikt nie wyglądał na spokojnego.

– No, wreszcie – burknął Chenier. – Ten sukinsyn dzwonił do Lucy. Miał czelność zadzwonić do jej mieszkania.

Położył jej dłoń na ramieniu, lecz ona pospiesznie ją strąciła.

– Twoje złośliwe uwagi doprowadzają mnie do szału.

Richard przygryzł wargi i odwrócił głowę. Przesunąłem krzesło, usiadłem obok niej i zapytałem półgłosem:

– Jak się czujesz?

Na krótko się rozchmurzyła, lecz zaraz w jej oczach pojawiły się dzikie błyski.

– Chciałabym sama odnaleźć tego sukinsyna, wyjaśnić wszystko, i gdybym zyskała pewność, że Benowi już nic nie grozi, pokazałabym mu, co znaczy cierpienie.

– Rozumiem. Ja też tego pragnę.

Jeszcze raz spojrzała na mnie z dzikimi błyskami w oczach, pokręciła głową i zapatrzyła się na magnetofon. Gittamon usiadł naprzeciwko niej. Starkey i Myers zostali przy drzwiach.

– Panie Chenier, nie musi pan tego słuchać po raz kolejny – rzekł sierżant. – Nie ma takiej potrzeby.

– Chcę posłuchać tego nagrania. I tak będę je odtwarzał w myślach przez całą noc.

– Jak pan chce. Dla porządku dodam, panie Cole, że pani Chenier odebrała telefon o siedemnastej czterdzieści. Zdążyła nagrać prawie całą rozmowę, brakuje tylko samego początku, więc nagranie zaczyna się w połowie zdania.

– Starkey już mi to mówiła. Czy porywacz dzwonił z tego samego aparatu?

– Jeszcze nie mamy informacji z centrali telefonicznej. Nagranie, którego za chwilę pan wysłucha, to kopia, jakość nie jest najlepsza. Oryginał wysłaliśmy już do laboratorium. Może uda się wyodrębnić jakieś charakterystyczne dźwięki w tle, chociaż to mało prawdopodobne.

– W porządku. Rozumiem.

Gittamon wcisnął klawisz odtwarzania. Z głośnika magnetofonu popłynął głośny szum i nagle rozległ się męski głos:

– *...wiedzieć, że nie ma z tym nic wspólnego, ale ten kutas musi zapłacić za to, co zrobił.*

– Proszę nie robić mu krzywdy! Proszę go wypuścić!

– Zamknij się i słuchaj! I to uważnie! Cole ich zabił! Wiem, co się naprawdę stało, a ty nie wiesz, więc słuchaj!

Gittamon zatrzymał taśmę.

– Czy to ten sam mężczyzna, który dzwonił do pana wczoraj?

– Tak, to on.

Wszyscy w pokoju patrzyli na mnie, lecz Richard i Lucy dosłownie wbijali we mnie spojrzenia. Chenier siedział rozparty na krześle, z rękoma skrzyżowanymi na piersi i posępną miną, natomiast przygarbiona Lucy kurczowo zaciskała palce na brzegu stołu jak pływak przed startem do wyścigu. Jeszcze nigdy aż tak nie świdrowała mnie wzrokiem.

Gittamon zapisał moją odpowiedź w notatniku.

– W porządku. Czy teraz, gdy słyszy pan głos rozmówcy po raz drugi, nadal go pan nie kojarzy?

– Nie. Nie znam tego człowieka. Nie mam pojęcia, kto to może być.

– Na pewno? – wtrąciła Lucy.

Pod skórą jej dłoni uwypukliły się wszystkie żyły i ścięgna, oddychała płytko i szybko, jakby dźwigała ciężar ponad jej siły.

– Naprawdę go nie znam, Luce.

Gittamon położył palec na klawiszu odtwarzania.

– Jasne. W takim razie proszę posłuchać dalej.

Głosy porywacza i Lucy rozbrzmiały nadzwyczaj donośnie, oboje niemal wzajemnie się przekrzykiwali.

– Proszę! Błagam pana...

– Ja tam byłem, droga pani, i wiem o wszystkim! Zamordowali dwadzieścia sześć osób...

– Ben to jeszcze dziecko! Nigdy nikogo nie skrzywdził! Proszę!

– Byli na akcji w dżungli, z dala od innych, więc doszli do wniosku, że mogą sobie poużywać, bo i tak nikt się nie dowie, jeśli sami o tym nie powiedzą. Zaprzysięgli się nawzajem, że dochowają tajemnicy, tyle że Cole im nie ufał...

– Niech pan powie, czego pan chce! Proszę! Jak wypuści pan mojego syna...

– Abbotta, Rodrigueza i pozostałych... Po prostu zamordował, żeby się pozbyć świadków! Wystrzelał do nogi własny oddział zwiadowczy!

– To jeszcze dziecko...!

– Przykro mi, że wypadło na pani syna, ale Cole musi za tamto zapłacić. To wszystko przez niego.

Nagranie dobiegło końca.

Jeszcze przez kilka sekund z głośnika dobiegał monotonny szum, wreszcie Gittamon zatrzymał odtwarzanie i przewinął taśmę do początku. Ktoś poruszył się nerwowo za moimi plecami, Starkey albo Myers, a sierżant głośno odchrząknął.

– Jezu – mruknąłem. – Jeśli on wie, co się zdarzyło, to znaczy, że nie wszystkich zabiłem.

Lucy zamrugała szybko.

– Jak możesz w ten sposób żartować?

– A jak inaczej mam potraktować ten stek bzdur? Co mam na to odpowiedzieć? To wierutne kłamstwa. On to sobie wymyślił.

Richard zabębnił palcami po stole.

– Skąd mamy wiedzieć, co się naprawdę zdarzyło i czy jesteś winien śmierci swoich kolegów?

Lucy posłała mu karcące spojrzenie. Otworzyła usta, żeby coś powiedzieć, ale najwyraźniej się rozmyśliła.

– Nie naszym zadaniem jest stawiać oskarżenia, panie Chenier – odezwał się Gittamon.

– To ten dupek, który dzwonił, rzuca oskarżenia, a nie ja. Prawdę mówiąc, nic mnie nie obchodzi, czy Cole naprawdę wybił cały swój oddział, czy nie. Zależy mi tylko na odzyskaniu Bena, a ten sukinsyn... – postukał palcem w obudowę magnetofonu – ...tak bardzo nienawidzi Cole'a, że z chęci zemsty przetrzymuje gdzieś mojego syna.

– Uspokój się, Richard – wtrąciła Lucy. – Tylko niepotrzebnie pogarszasz sytuację.

Chenier przygarbił się nagle, jakby już mu zbrzydło i zmęczyło go ciągłe mówienie na jeden temat.

– Jak możesz być tak ślepa w stosunku do Cole'a, Lucille? Przecież w gruncie rzeczy nic o nim nie wiesz.

– Wiem, że nie mam powodów, aby mu nie wierzyć.

– To wspaniale. Po prostu wspaniale. I pewnie opowiadał ci o swoich wyczynach? – Ruchem ręki przywołał swojego szefa ochrony. – Daj mi teczkę, Lee.

Myers podał mu ją szybko. Richard otworzył ją, wyjął ze środka kartonowy skoroszyt i z trzaskiem położył go na stole.

– Skoro tyle wiesz, to chyba nie jest dla ciebie tajemnicą, że Cole zaciągnął się do wojska, bo sędzia dał mu do wyboru, Wietnam albo więzienie. Wiedziałaś o tym, Lucille? Opowiadał ci o tym? Na miłość boską, przez związek z tą szumowiną wystawiłaś siebie i naszego syna na niebezpieczeństwo, a do tego zachowujesz się tak, jakby mnie to nie dotyczyło. Zatem przyjmij do wiadomości, że teraz to jest moja sprawa, ponieważ chodzi o mojego syna.

Lucy patrzyła na skoroszyt takim wzrokiem, jakby bała się go dotknąć. Chenier przeniósł spojrzenie na mnie, lecz dalej mówił do niej:

– Nie obchodzi mnie, jak to przyjmiesz, czy będziesz na mnie wściekła, ale kazałem go sprawdzić. I co się okazało? Twój przyjaciel ściągał na siebie kłopoty od wczesnego dzieciństwa. Napady, rabunki, pobicia, kradzieże samochodów. Proszę bardzo, sama sobie poczytaj.

Poczułem, że krew uderza mi do twarzy. Czułem się jak dziecko przyłapane na kłamstwie, bo faktycznie kiedyś byłem zupełnie innym człowiekiem, ale tak bardzo się zmieniłem, tak dalece odciąłem od swojej przeszłości, że niemal całkiem o niej zapomniałem. Próbowałem sobie przypomnieć, czy mówiłem o niej Lucy, ale po wyrazie jej twarzy szybko odgadłem, że jest zaskoczona.

– A co powiesz o moich ocenach maturalnych, Richard? Powinieneś je także znać.

On jednak, wciąż patrząc na mnie, mówił dalej do niej:

– Wiedziałaś o tym, Lucille? Zapytałaś go o przeszłość, zanim zostawiłaś pod jego opieką naszego syna? A może do tego stopnia byłaś skupiona na własnych pragnieniach, że nic cię nie obchodziło? Na miłość boską, Lucille. Ocknij się wreszcie.

Wstał i nie czekając na czyjąkolwiek reakcję, wyszedł z pokoju. Myers jeszcze przez chwilę przestępował z nogi na nogę przy drzwiach, obrzucając mnie lodowatym gadzim spojrzeniem. Popatrzyłem mu prosto w oczy. Czułem własny puls na końcach uszu, które musiały być mocno zaczerwienione. Bardzo chciałem, żeby się odezwał. Nie obchodziło mnie, że znajdujemy się na komendzie policji. Zależało mi, by coś powiedział. Ale w końcu i on spuścił głowę i wyszedł.

Lucy spoglądała na skoroszyt, ale chyba go nawet nie widziała. Miałem ochotę wziąć ją za rękę, lecz bałem się nawet poruszyć. W grobowej ciszy rozlegał się chrapliwy świszczący oddech Gittamona.

Wreszcie Starkey przerwała milczenie.

– Przykro mi, pani Chenier. To musi być dla pani szczególnie niezręczna sytuacja.

Lucy pokiwała głową.

– Tak. Bardzo.

– Rzeczywiście, jako szesnastolatek popadłem w kłopoty – mruknąłem. – Co miałbym teraz o tym powiedzieć?

Nikt nawet na mnie nie spojrzał. Gittamon pochylił się i poklepał Lucy po ręce.

– Wiem, jak ciężko się przeżywa stratę dziecka. Wszyscy tak samo to odbierają. Chce pani, żeby ktoś odwiózł panią do domu?

– Ja się tym zajmę – odparłem.

– Rozumiem, że i panu jest ciężko, panie Cole, ale chcielibyśmy jeszcze zadać panu kilka pytań.

Lucy wstała, wciąż spoglądając na kartonowy skoroszyt.

– Mam tu swój samochód. Poradzę sobie sama.

Dotknąłem jej ręki.

– W jego ustach zabrzmiało to znacznie groźniej niż w rzeczywistości. Byłem wtedy głupim szczeniakiem.

Pokiwała głową. Odwzajemniła uścisk dłoni, lecz nie spojrzała na mnie.

– W porządku. Na razie to już wszystko, sierżancie?

– Tak, oczywiście, proszę pani. Na pewno da pani sobie radę sama? Może wolałaby pani przenocować w hotelu albo u przyjaciółki?

– Nie, chcę być w domu, gdyby jeszcze raz zadzwonił. Dziękuję. Bardzo doceniam waszą troskliwość.

– W takim razie do widzenia.

Lucy okrążyła stół, ale przystanęła przed drzwiami. Obejrzała się wreszcie na mnie, wyczułem jednak, że przyszło jej to z wielkim trudem.

– Przykro mi. To było żałosne widowisko.

– Później do ciebie wpadnę.

Wyszła bez pożegnania. Starkey odprowadziła ją wzrokiem, po czym podeszła i usiadła przy stoliku.

– Nie wytrzymałabym, gdybym miała takiego kutasa za męża.

Zakłopotany Gittamon znów głośno odchrząknął.

– Może napilibyśmy się kawy przy dalszej rozmowie? Nie chce pan skorzystać z toalety, panie Cole? Pokażę panu drogę.

– Nie, dziękuję.

Wyszedł po kawę. Starkey westchnęła i zaszczyciła mnie skąpym uśmiechem, dając do zrozumienia, że mi współczuje.

– Ciężko, prawda?

Przytaknąłem.

Przysunęła sobie skoroszyt, otworzyła go i przebiegła wzrokiem pierwszą stronę.

– Widzę, Cole, że faktycznie za młodu było z ciebie niezłe ziółko.

Znów bez słowa przytaknąłem ruchem głowy.

Zapadło milczenie i trwało aż do powrotu Gittamona.

Opowiedziałem im o okolicznościach śmierci Abbotta, Rodrigueza, Johnsona i Fieldsa. Nawet myślami nie wracałem do tamtych wydarzeń od chwili, gdy po powrocie do kraju rozmawiałem z rodzinami zabitych, ale nie dlatego, że się wstydziłem czy było to dla mnie zbyt bolesne. Uważałem, że trzeba szybko zapomnieć o zmarłych, bo inaczej pamięć o nich może zaciążyć na życiu człowieka. Kiedy teraz ich wspominałem, nie mogłem się oprzeć wrażeniu, że patrzę przez odwróconą lornetkę na życie kogoś innego, a nie własne.

– W porządku – rzekł Gittamon. – Zatem mężczyzna, który dzwonił, zna numer kodowy waszego oddziału zwiadowczego, nazwiska co najmniej dwóch innych jego członków i wie też, że wszyscy poza panem zginęli. Kto mógłby znać te wszystkie szczegóły?

– Rodziny zabitych, żołnierze, którzy w tamtym czasie służyli w tej samej kompanii, dowództwo...

– Cole spisał mi wcześniej listę podejrzanych – wtrąciła Starkey. – Kazałam Hurwitzowi sprawdzić te nazwiska w policyjnych bazach danych, nie wyłączając zabitych kolegów Cole'a. Musimy zaczekać na wyniki.

– Któryś z nich mógł mieć młodszego brata albo syna. Ten facet powiedział przez telefon: „Zamienił moje życie w piekło". To znaczy, że cierpiał z powodu tamtych wydarzeń.

– Powiedział też, że tam był – odparłem – ale na zwiad wyruszyło tylko pięciu ludzi, a czterech zginęło w czasie akcji. Wojsko może to potwierdzić. Na pewno zachowały się meldunki i raporty z tamtych czasów.

– Już je dostałam – rzekła Starkey. – Będę miała dziś co czytać do poduszki.

Gittamon pokiwał głową i spojrzał na zegarek. Zrobiło się późno.

– Dobra. Jutro porozmawiamy z rodzinami zabitych. Może dowiemy się czegoś więcej. Coś jeszcze, Carol?

– Czy mógłbym dostać kopię tego nagrania? – zapytałem. – Chciałbym je przesłuchać drugi raz.

– Idź do domu, Dave – mruknęła Starkey. – Ja się tym zajmę.

Gittamon podziękował mi za współpracę i wstał. Zawahał się jeszcze, jakby nie mógł zdecydować, czy powinien zabrać skoroszyt Richarda. Spojrzał na mnie.

– Chciałbym ze swej strony również przeprosić za tę nieprzyjemną scenę. Gdybym wiedział, że do niej dojdzie, w ogóle nie dopuściłbym do tego spotkania.

– Tak, wiem. Dziękuję.

Zerknął jeszcze raz na skoroszyt i wyszedł. Starkey wyjęła taśmę z magnetofonu i zostawiła mnie samego. Po kilku minutach jakiś inny, nieznany mi policjant przyniósł kopię nagrania, po czym odprowadził mnie do wyjścia z komendy.

Stanąłem na chodniku, coraz bardziej żałując, że nie zabrałem również skoroszytu. Chciałem się przekonać, ile Richard o mnie wiedział, ale niezręcznie mi było wracać po te papiery. Chłodne nocne powietrze działało otrzeźwiająco. Zaraz za mną z komendy wyszedł detektyw mieszkający na moim osiedlu. Przystanął tuż za drzwiami, żeby przypalić papierosa.

– Cześć – rzuciłem.

Spojrzał na mnie spod zmarszczonych brwi, próbując sobie przypomnieć, skąd się znamy. Kilka lat temu trzęsienie ziemi zniszczyło mu dom. Nie znaliśmy się wtedy, nie wiedziałem, że pracuje w policji. Któregoś dnia podczas joggingu, kiedy mijałem go sprzątającego gruz na swojej posesji, zauważyłem, że ma na ramieniu wytatuowanego szczura. To oznaczało, że służył w Wietnamie w oddziałach „tunelowych szczurów". Przystanąłem wtedy, żeby się przedstawić i zamienić parę słów. Chyba właśnie z powodu tej łączącej nas, wojennej przeszłości.

– Ach, cześć – odpowiedział po chwili. – Co słychać?

– Podobno to rzuciłeś.

Spojrzał na papierosa, zaciągnął się głęboko, po czym wyrzucił go do rynsztoka.

– Owszem, rzuciłem.

– Nie chodziło mi o palenie, tylko o robotę w policji.

– A tak, zgadza się. Musiałem przyjechać, żeby podpisać papierki.

Powinniśmy się pożegnać i rozejść, ale żaden się nie ruszył. Miałem ochotę opowiedzieć mu o Abbocie i Fieldsie, o tym, jak po ich śmierci udawałem śmiertelnie przerażonego, bo bałem się wziąć udział w kolejnej akcji. Chciałem mu wyznać, że nikogo nie zamordowałem, że wściekłe błyski w oczach Lucy napawały mnie lękiem. Pragnąłem zdradzić mu wiele innych rzeczy, o których dotąd nie miałem odwagi rozmawiać, pewnie dlatego, że był starszy i dobrze znał wietnamskie piekło, więc powinien mnie zrozumieć. Ale zapatrzyłem się tylko w niebo.

– No cóż – mruknął w końcu. – Wpadnij kiedyś. Napijemy się piwa.

– Chętnie. Ty również możesz wpaść do mnie.

Odszedł i po chwili zniknął za rogiem budynku. Zastanawiałem się przez chwilę, dlaczego jest taki skryty i małomówny, dopóki nie uświadomiłem sobie, że pod tym względem mamy wiele wspólnego.

Kiedyś z Joem Pikiem i dwiema naszymi znajomymi wybraliśmy się aż na sam koniec Półwyspu Kalifornijskiego. Łowiliśmy ryby w Baja i obozowaliśmy pod gołym niebem na plaży w Cortez. Tak daleko na południu kąpiel w ciepłych falach zatoki była niczym kąpiel w wannie z gorącą wodą, do tego tak słoną, że po wyjściu trzeba było koniecznie wziąć prysznic, bo gdy człowiek wysechł, ze skóry sypały się białe płatki. Dzięki silnemu zasoleniu nie można było utonąć, woda sama wypychała na powierzchnię, a jednocześnie napełniała błogim spokojem, poczuciem bezpieczeństwa, nawet jeśli było ono złudne.

Już pierwszego popołudnia trafiliśmy na całkiem bezwietrzną pogodę, morze było gładkie jak stół. Całą czwórką poszliśmy pływać i gdy reszta wyszła już na brzeg, ja zostałem jeszcze w błogiej ciepłej wodzie. Godzinami można było w niej leżeć na plecach. Czyniłem to więc z rozkoszą, zapatrzony w nieskazitelny lazur nieba.

Na wpół drzemałem, ogarnięty beztroskim spokojem.

Leżałem całkiem bez ruchu w morskiej toni, gdy nagle coś gwałtownie wypchnęło mnie ku górze. Znalazłem się w powietrzu. Wierzgnąłem kilka razy nogami, potem bezskutecznie próbowałem przekręcić się na brzuch, ale byłem jak piórko unoszone na szczycie potężnej, wciąż narastającej fali. W ułamku sekundy zdałem sobie sprawę, że mogę zginąć, pójść na dno albo równie dobrze wyjść z tego cało, ale nie mam na to żadnego wpływu. Byłem całkowicie zdany na los tej nieznanej, potężnej siły, której nie byłem w stanie się przeciwstawić.

Dziwne zjawisko minęło, fala zniknęła.

Pike i obie kobiety dokładnie wszystko widzieli. Kiedy dotarłem na brzeg, wyjaśnili mi, że w Zatoce Kalifornijskiej żyją rekiny długoszpary, które nie są groźne dla ludzi, lecz osiągają gigantyczne rozmiary, dochodzą do dwudziestu metrów długości i wielu ton wagi. W ciepłych wodach krążą tuż pod powierzchnią i przypadkiem znalazłem się na drodze jednego z nich. Olbrzym, zamiast mnie ominąć, po prostu zanurkował pode mną, a fala wywołana jego ruchem uniosła mnie i rzuciła w powietrze.

Szybko zapomniałem tamtą chwilową panikę, uczucie skrajnej bezradności i osamotnienia, gdy człowiek jest całkowicie zdany na łaskę wielokrotnie potężniejszej od niego siły.

Dzisiaj to sobie przypomniałem.

10

Szczur tunelowy

Pot zalewał Benowi oczy. Co jakiś czas przekręcał głowę w jedną lub drugą stronę i wycierał czoło o rękaw koszulki. W bezdennej czerni wypełniającej skrzynię próbował pracować z zamkniętymi oczami, ale same otwierały się odruchowo jakby w nadziei na ujrzenie promyka światła. Całe ubranie miał wilgotne od potu, ręce go bolały, a dłonie były już mocno otarte, ale ogarniało go podniecenie. Wyobrażał sobie, że zaczęły się ferie, nadchodzą święta Bożego Narodzenia, a on zdobywa decydujące punkty w ważnym meczu. Zbliżał się właśnie z piłką do końcowej linii boiska i był niezmiernie szczęśliwy.

– Wyjdę stąd! Wydostanę się!

W ciężkim plastikowym nieboskłonie jego więzienia głębokie rozcięcie poszerzało się niczym rana, na której źle założono szwy. Pracował bez wytchnienia całą noc i większą część dnia. Srebrna Gwiazda systematycznie wgryzała się w pokrywę, zza której grudki suchej ziemi spadały niczym coraz intensywniejszy deszcz.

– Tak! O to chodzi! Właśnie tak!

Całkiem stępił trzy z pięciu ostrych ramion medalu, lecz po południu pierwszego dnia szerokie postrzępione rozcięcie ciągnęło się niemal przez całą długość pokrywy pojemnika. Wsunął w nie palce i zaczął pchać z całej siły. Posypały się na niego kamyki, powietrze wypełnił drobny pył, ale klapa trzymała mocno, nie dała się bardziej odgiąć.

– Cholera!

Kiedy usłyszał stłumione mamrotanie i głośny stuk, naszły go obawy, że znowu zapadł w sen. Ale nie bał się już powrotu Królowej Zemsty, była seksowną babką. Przerwał pracę i zaczął nasłuchiwać.

– Odezwij się, dzieciaku. Słyszę, że tam jesteś.

To był Eric! Jego głos, dudniący, niemal bezdźwięczny, dobiegał przez rurkę w pokrywie.

– Odpowiedz, do diabła!

Drobny jasny punkcik nad jego głową przygasł, Eric widocznie był tak blisko, że zasłonił dostęp światła słonecznego.

Ben wstrzymał oddech, jeszcze bardziej przerażony niż wtedy, gdy pakowali go do tej trumny. Jeszcze kilka godzin wcześniej modlił się w duchu, żeby wrócili, ale teraz był już prawie na finiszu swojego dzieła. Gdyby odkryli, że próbuje się wydostać, na pewno zabraliby mu medal, ponownie związali ręce i zakopali z powrotem, jeszcze głębiej, a wtedy zostałby tu uwięziony na zawsze!

Światło znów się pojawiło, a głos Erica doleciał z większej odległości:

– Ten gnojek w ogóle się nie odzywa. Myślisz, że nic mu nie jest?

Odpowiedź Maziego rozległa się bardzo wyraźnie:

– To nieważne.

Eric podjął jeszcze jedną próbę:

– Słyszysz mnie, chłopcze? Chcesz trochę wody?

Ben miał wrażenie, że w ciemności skrzyni jest dobrze przed nimi ukryty. Chcąc się przekonać, czy jeszcze żyje, musieliby go odkopać, a nie chcieli tego robić za dnia. Musieli zaczekać do zmroku. Tylko po ciemku można ukryć złe uczynki.

– Słyszysz mnie?

Bał się nawet poruszyć.

– Ty przeklęty gówniarzu!

Wylot rurki znów się rozjaśnił, Eric odszedł. Ben odliczył do pięćdziesięciu, lecz natychmiast się przestraszył, że to za mało. Drugi raz odliczył do pięćdziesięciu i dopiero wtedy podjął przerwaną pracę. Pomyślał, że teraz ważna jest każda sekunda. Musiał się stąd wydostać, nim zaczną odkopywać skrzynię. Słowa Afrykanina wciąż brzmiały mu w uszach: To nieważne.

Przeciągnął palcami po całym rozcięciu, wybrał punkt mniej więcej w połowie jego długości i zaczął je poszerzać na krótkim odcinku. Szorował Srebrną Gwiazdą drobnymi, pospiesznymi ruchami, jakby składał podpis na dokumentach. Nie potrzebował dużo, tylko tyle, by głębiej wsunąć dłoń w szczelinę.

Ostre ramię medalu skutecznie ścinało na wióry krawędź plastikowej pokrywy. Kiedy uznał, że wystarczy, wydłubał palcem nieco ziemi znad poszerzonego miejsca, ułożył w nim dłonie i zaczął napierać. Od razu posypał się na niego strumień sypkiej gleby. Kichnął od kurzu kręcącego w nosie i otarł go z oczu. Wyczuł, że w wybranym miejscu pokrywa nadpękła i powstała w niej podłużna trójkątna dziura.

– Super!

Nogą zgarnął osypaną ziemię w sam koniec pojemnika i schował Srebrną Gwiazdę do kieszeni. Naciągnął sobie koszulkę na głowę, żeby osłonić twarz przed pyłem, i zaczął wygrzebywać glebę przez dziurę. Szybko wykopał tunel aż do łokcia. Usiłował sięgać ręką jak najdalej, pogłębiając i poszerzając jamę. Potem znów zacisnął palce na rozciętej krawędzi i tym razem szarpnął do siebie, wkładając w to wszystkie siły, jakby się podciągał na drążku. Ale płyta nie pękła dalej.

– Ty małpo! – krzyknął w kierunku otworu. – Ty przeklęta dziwko! Ty fiucie!

Czuł się tak, jakby stał przed drzwiami, które trzeba było tylko otworzyć. Musiał je otworzyć!

Skulił się, podciągając kolana do brzucha. Zaparł się nimi o pokrywę na lewo od wycięcia, a prawą krawędź chwycił oburącz i zaczął ciągnąć, napinając wszystkie mięśnie aż do bólu.

Klapa wygięła się i po chwili trzasnęła, aż palce ześliznęły mu się z gładkiej powierzchni.

Wyprostował się.

– Tak! Właśnie tak!

Otarł spocone ręce o ubranie i zaparł się po raz drugi. Ciągnął tak mocno, że aż zaszumiało mu w głowie, ale w końcu pokrywa rozłamała się do końca. Przywaliła go masa sypkiej ziemi, lecz nie zważał na to. Ostatecznie udało mu się otworzyć trumnę!

Znowu zgarnął nogami piasek i kamienie w koniec pojemnika i jeszcze bardziej odchylił odłamany kawał plastikowej płyty. Posypała się znad niej kolejna porcja ziemi. Energicznie pracując rękoma, rozgarnął ją na boki, po czym znów zaczął powiększać jamę, aż wreszcie wetknął w nią głowę i usiadł. Świeżo nasypana warstwa gleby dała się łatwo rozgarniać. Pracując z jeszcze większym zapałem, niczym pływak rozgarniający wodę ramionami, pogłębił jamę do tego stopnia, że był przysypany aż do pasa. Stwierdził w końcu, że im dalej się wkopuje, tym bardziej jest unieruchomiony. I z każdym następnym ruchem odczuwał narastające przerażenie. Wyciągał ręce najdalej, jak tylko mógł, usiłując się przebić do powierzchni, lecz sypka ziemia zdawała się zamykać wokół niego niczym lodowate wody wciągające go w głąb morskiej toni.

Zaczynało mu brakować oddechu!

Masa ziemi przygniatała go coraz większym ciężarem!

Śmiertelnym przerażeniem napełniała go myśl, że nigdy nie wydostanie się z tej pułapki...

Nagle jego dłoń wynurzyła się na powierzchnię, twarz owiało chłodne nocne powietrze. Chwilę później ujrzał nad głową niebo roziskrzone gwiazdami. Był wolny!

Do jego uszu znów doleciał szept Królowej:

– Wiedziałam, że cię na to stać.

Wychylił się z jamy i rozejrzał. Była noc, znajdował się na tylnym podwórku jakiejś posesji wśród wzgórz. Nie wiedział, które to pasmo, lecz w oddali dostrzegł skupisko świateł miasta.

Pospiesznie wygrzebał się do końca z ziemi pośrodku kwiatowej grządki na skraju patio dużego, eleganckiego domu. Ale ogród na jego tyłach był zniszczony i zaniedbany. Porośnięty bluszczem mur po obu stronach oddzielał sąsiednie posesje.

Przestraszył się, że usłyszy go Mike albo któryś z pozostałych dwóch, ale w domu było ciemno, wszystkie okna zostały szczelnie zasłonięte. Podbiegł do rogu budynku i wśliznął się w zalegający tam mrok z taką ulgą, jakby się przebrał w luźne, wygodne ciuchy.

Chodnik przy ścianie domu prowadził na podwórze od frontu. Ben ruszył nim powoli na palcach, starając się stąpać tak cicho, żeby nawet samemu nie słyszeć własnych kroków. Kiedy dotarł do siatkowej furtki, ledwie się powstrzymał, żeby nie otworzyć jej gwałtownie i nie ruszyć biegiem przed siebie. Bał się, że porywacze go dogonią i złapią. Dlatego uchylił ją powoli. Zawiasy cicho skrzypnęły, lecz otworzyła się bez trudu. Znowu nadstawił ucha, gotów rzucić się do panicznej ucieczki, ale w domu panowała cisza.

Prześliznął się i stanął przy rogu budynku. Popatrzył na jasno oświetlony dom po przeciwnej stronie ulicy, na podjeździe przed nim stały dwa samochody. Przemknęło mu przez myśl, że w środku musi być cała rodzina, oboje rodzice z dziećmi, którzy z pewnością by mu pomogli. Wystarczyło przekraść się przez ulicę i zapukać do ich drzwi.

Ostrożnie wyjrzał zza rogu na frontowe podwórko. Krótki, opadający ku ulicy podjazd był pusty, drzwi garażu zamknięte. I od tej strony we wszystkich oknach było ciemno.

Uśmiechnął się szeroko, zadowolony, że udało mu się odzyskać wolność. Zrobił krok w stronę podjazdu, gdy nagle znalazł się w czyimś stalowym uścisku. Masywna dłoń zasłoniła mu usta, stracił grunt pod nogami.

Próbował krzyczeć, ale nie mógł. Szarpał się i wierzgał, lecz napastnik tylko przycisnął go mocniej. Nie wiadomo skąd pojawił się za jego plecami.

– Przestań kopać, mały fiutku.

Od razu rozpoznał chrapliwy szept Erica. Dostrzegł też

czarną rękę Maziego, który złapał go za nogi. Łzy napłynęły mu do oczu. Miał ochotę błagać, żeby nie pakowali go z powrotem do plastikowego pojemnika i nie zakopywali w ziemi, ale z powodu dłoni niemal miażdżącej mu usta nie mógł wydobyć z siebie głosu.

Z mroku wyłonił się również Mike i złapał Erica za rękę. Ben poczuł, jak nieco słabnie ucisk na jego twarzy.

– Dziesięciolatek wyrolował cię bez trudu. Powinienem ci skopać dupsko.

– Jezu. Przecież go złapałem. Przynajmniej zaoszczędził nam kłopotu z odkopywaniem skrzyni.

Mike przesunął dłonią po nogach Bena, sięgnął do kieszeni jego spodni i wyciągnął Srebrną Gwiazdę. Wziął ją delikatnie dwoma palcami za wstążkę i uniósł ku górze.

– Cole ci to dał?

Chłopak przytaknął ruchem głowy.

Mike pomachał medalem przed nosem Maziego, potem Erica.

– Wyciął sobie drogę na wolność ze skrzyni. Widzicie, jak stępił ramiona? Schrzaniliście sprawę. Czemu go nie przeszukaliście?

– To tylko zasrany medal, a nie nóż.

Mike złapał Erica za gardło tak błyskawicznie, że Ben nawet nie spostrzegł ruchu jego ręki. Ich twarze znalazły się tuż naprzeciwko siebie zaledwie parę centymetrów przed jego oczyma.

– Jak jeszcze raz coś schrzanisz, to cię załatwię.

– Tak jest – ledwie wykrztusił z siebie Eric.

– Weź się w garść. Wiem, że stać cię na więcej.

Eric otworzył usta, żeby odpowiedzieć, ale tylko zacharczał, gdy został ściśnięty jeszcze mocniej.

Mazi złapał Mike'a za rękę.

– Przestań, bo go udusisz.

Mike puścił Erica. Jeszcze raz popatrzył na Srebrną Gwiazdę i wetknął ją z powrotem do kieszeni chłopaka.

– Masz. Zasłużyłeś na nią.

Odwrócił się i zniknął. Ben jeszcze na krótko zobaczył rozświetlone okna domu po drugiej stronie ulicy, dostrzegł cienie mieszkających tam ludzi. Znowu łzy zapiekły pod powiekami. Tak niewiele brakowało.

Mike wrócił po chwili.

– Wnieście go do domu. Najwyższa pora, żeby porozmawiał przez telefon.

Trzydzieści metrów dalej rodzina Gladstone'ów siedziała przy stole i nad pieczenią opowiadała sobie o wydarzeniach mijającego dnia. Głową rodziny był Emile, jego żona miała na imię Susse, dwaj synowie Judd i Harley. W salonie i jadalni paliły się wszystkie światła, przy obiedzie panowała radosna atmosfera. Żadne z nich nie widziało ani nie słyszało trzech mężczyzn oraz małego chłopca. Nie zwróciło też uwagi, jak dziwnie wolno posuwają się prace remontowe w sąsiednim domu, którego nowi właściciele czekali jeszcze na wycofanie bankowego depozytu. Byli przeświadczeni, że dom po drugiej stronie ulicy stoi pusty i od pewnego czasu nikt do niego nawet nie zagląda.

CZĘŚĆ DRUGA

Diabeł na wolności

11

czas od zaginięcia: 28 godzin, 02 minuty

Joe Pike

Pike siedział bez ruchu wśród grubych konarów i omszałych liści kauczukowca rosnącego na wprost okien mieszkania Lucy Chenier. Przerwa w listowiu zapewniała mu doskonały widok na schody, nieco gorzej widział chodnik i ulicę w dole. Na prawym biodrze miał w kaburze kolta pythona magnum kalibru 9,07 milimetra oraz wojskowy nóż o piętnastocentymetrowym ostrzu, oprócz tego w drugiej kaburze nad kostką prawej nogi lekką damską berettę kalibru 6,35 milimetra oraz małą pałkę obciągniętą skórą. Wiedział jednak, że całe to uzbrojenie jest mu niepotrzebne, ponieważ Lucy nic nie groziło.

Kiedy późnym popołudniem Cole podrzucił go na osiedle, Pike wysiadł dużo wcześniej i przeszedł kilkaset metrów na piechotę. Porywacz Bena mógł obserwować mieszkanie Lucy, toteż po drodze uważnie rozglądał się po oknach i dachach sąsiednich budynków oraz stojących przed nimi samochodach. Zyskawszy przekonanie, że nikt nie zwraca na niego uwagi, okrążył cały kwartał i wyłonił się na tyłach szeregu domków jednorodzinnych stojących po drugiej stronie ulicy. Wślizgnął się w otaczającą je gęstą roślinność, wtapiając się w zalegające tam mroczne cienie. Ciekawiło go, co się teraz dzieje na komendzie policji w Hollywood, ale jego zadaniem było czekać tu i obserwować, toteż musiał się z niego wywiązać.

Mniej więcej godzinę później nadjechał ulicą biały lexus. Lucy zaparkowała wóz przy krawężniku i pobiegła na górę. Nie widział jej od paru miesięcy, od czasu wyjścia ze szpitala, toteż ze zdumieniem spostrzegł, że jest drobniejsza, niż mu się wydawało, w dodatku poruszała się wyraźnie usztywniona, co świadczyło, jak bardzo jest zdenerwowana.

Dziesięć minut po niej przed budynkiem zatrzymała się czarna limuzyna Richarda. Kierowca tyłem ustawił wóz tuż przed lexusem. Chenier wysiadł i także ruszył na piętro. Kiedy Lucy otworzyła mu drzwi, Pike ujrzał ją w złocistej poświacie światła padającego z głębi mieszkania. Byli małżonkowie zamienili parę słów i Richard wszedł do środka. Drzwi zamknęły się za nim.

Mercury marquis nadjechał z przeciwnego kierunku. Prowadził Fontenot, DeNice siedział obok niego. Zatrzymali się w pewnej odległości, nie gasząc silnika. Myers wysiadł z limuzyny, podszedł i zaczął z nimi rozmawiać. Joe wytężył słuch, ale nie zdołał wyłowić ani słowa. Myers był wyraźnie wściekły, ze złością uderzał otwartą dłonią w dach auta.

– ...to bzdura! – doleciało go w końcu. – Bierzcie się do roboty i odszukajcie tego dzieciaka!

Szef ochrony zawrócił i pobiegł schodami na górę. DeNice wysiadł z wozu i zniknął we wnętrzu limuzyny, a Fontenot odjechał. Skręcił jednak w alejkę prowadzącą na parking przed sąsiednim blokiem, zawrócił i ustawił samochód w głębokim cieniu pod dwoma rosnącymi blisko drzewami. Jeszcze zanim na dobre stanął, Richard i Myers zbiegli na dół, wsiedli do limuzyny i odjechali. Pike czekał, aż Fontenot ruszy za nimi, ten jednak wciąż siedział za kierownicą. Teraz zatem we dwóch obserwowali mieszkanie Lucy. No, może nie całkiem było ich dwóch, raczej półtora.

Odznaczał się wyjątkową cierpliwością, za co w wojsku zbierał tak liczne pochwały. Potrafił długimi godzinami czekać bez ruchu, w ogóle nie odczuwając znużenia, jakby upływ czasu się dla niego nie liczył. Według niego czas był jedynie esencją wypełniającą chwile życia, więc jeśli w danej sytuacji owe chwile były puste, czas nie miał żadnego znaczenia. Bo pustka ani nie upływa, ani nie przemija, po prostu jest. Dopuszczenie jej do siebie równało się z przestawieniem życia na bieg jałowy. I Pike potrafił to czynić.

Wreszcie przy krawężniku zatrzymała się żółta corvette'a Cole'a. Jak zawsze domagała się natychmiastowego mycia. Joe trzymał swojego czerwonego dżipa cherokee w idealnej czystości, podobnie jak cały swój dom, broń, ubrania. Odnajdywał spokój ducha w utrzymywaniu porządku wokół siebie i nie potrafił zrozumieć, jak przyjaciel może jeździć tak brudnym samochodem. Czystość była elementem porządku, a porządek oznaczał kontrolę nad codziennością. Większą część życia Pike poświęcał właśnie utrzymywaniu kontroli nad wszystkim.

Elvis Cole

W mętnym blasku ulicznych latarń rosnące wzdłuż ulicy palisandry wydawały się uschnięte i pożółkłe ze starości. Powietrze było wyraźnie chłodniejsze niż w Hollywood, za to przesiąknięte wonią jaśminu. Wiedziałem, że Pike obserwuje budynek z ukrycia, ale nawet nie próbowałem go zlokalizować. Natomiast Fontenota dostrzegłem z daleka, skulonego za kierownicą i udającego kogoś w rodzaju Sama Spade'a. Domyśliłem się, że to Richard kazał mu czuwać w trosce o bezpieczeństwo Lucy.

Wszedłem po schodach i dwa razy zapukałem cicho w drzwi. Miałem własny klucz, ale nie czułem się wystarczająco pewnie, by z niego skorzystać.

– To ja.

Rygiel zasuwki odskoczył z cichym stukiem.

Lucy otworzyła mi w białym frotowym szlafroku. Mokre włosy miała zaczesane do tyłu. Zawsze bardzo mi się taka podobała, nawet teraz, choć była śmiertelnie poważna, z zaciśniętymi wargami.

– Długo cię tam trzymali – powiedziała.

– Musieliśmy omówić kilka spraw.

Odsunęła się, wpuściła mnie do środka i znowu zamknęła drzwi na zasuwę. W lewym ręku trzymała bezprzewodowy aparat telefoniczny. W telewizji trwała dyskusja na temat zagrożenia osteoporozą u wegetarian. Lucy zgasiła telewizor i stanęła przy stole w jadalni, wciąż na mnie nie patrząc, unikając mojego wzroku tak samo, jak podczas spotkania z Gittamonem w pokoju przesłuchań.

– Chciałem ci to wyjaśnić – zacząłem.

– Domyślam się. Chcesz kawy? Nie jest świeżo parzona, ale mam wrzątek i śmietankę.

– Nie, dziękuję.

Położyła słuchawkę na stole, ale nie zdjęła z niej dłoni. Wpatrywała się w nią uporczywie.

– Cały czas siedzę z telefonem w ręku. Od powrotu do domu boję się go odłożyć nawet na chwilę. Policja założyła w nim jakieś dodatkowe urządzenie elektroniczne na wypadek, gdyby porywacz znowu zadzwonił, ale nie jestem pewna takich wynalazków. Mówili mi, że mogę z niego korzystać normalnie, niczym się nie przejmując. Łatwo powiedzieć.

Odnosiłem wrażenie, że łatwiej jest jej wpatrywać się w telefon, niż choćby zerknąć na mnie. Położyłem rękę na jej dłoni.

– Luce, to, co ci mówił, to nieprawda. Nic takiego się nie zdarzyło. To kłamstwa.

– Masz na myśli porywacza czy Richarda? Zresztą, nie musisz mi się tłumaczyć. Wiem, że nie byłbyś zdolny do czegoś takiego.

– Nikogo nie zamordowaliśmy. Nie byliśmy zwykłymi bandytami.

– Tak, wiem. Świetnie to rozumiem.

– A to, co powiedział Richard...

– Nic nie mów. – Wyraz jej twarzy sprawił, że zabrzmiało

to jak rozkaz. – Nie chcę słuchać żadnych wyjaśnień. Nigdy cię nie pytałam o twoją przeszłość, a skoro sam nie chciałeś o niej mówić, nie mów i teraz.

– Lucy...

– Daj spokój. Nic mnie to nie obchodzi.

– Posłuchaj...

– Słyszałam twoje rozmowy z Joem. Widziałam, co trzymasz w pudełku po cygarach. To są twoje sprawy, nie moje. Zachowujmy się jak starzy kochankowie, dla których głupie rzeczy popełnione w młodości...

– Nie zamierzałem niczego przed tobą ukrywać.

– Do tej pory tłumaczyłam sobie, że sam zaczniesz o tym mówić, kiedy poczujesz taką potrzebę, ale teraz są sprawy znacznie ważniejsze...

– Naprawdę nie mam przed tobą tajemnic. Po prostu pewnych spraw lepiej nie wspominać, bo należą do przeszłości. Na każdym kroku staram się tak postępować. Więc tu nie chodzi tylko o wydarzenia z wojny.

Wysunęła dłoń spod mojej i usiadła.

– To, że Richard kazał ludziom rozgrzebywać twoją przeszłość, jest niewybaczalne. Przepraszam za niego. W dodatku sposób, w jaki rzucił tę teczkę na stół...

– Rzeczywiście, za młodu popadłem w spore kłopoty. Ale to nie było nic strasznego. Nie zamierzałem tego przed tobą ukrywać.

Pokręciła głową, znów każąc mi zamilknąć, wzięła telefon ze stołu i ułożyła go w dłoniach, jakby nigdy wcześniej nie miała okazji mu się przyjrzeć.

– Ściskam ten przeklęty aparat tak mocno, że aż mnie bolą ręce, i bez przerwy się zastanawiam, czy jeszcze kiedyś zobaczę mojego synka. Wydaje mi się, że gdybym tylko potrafiła prześliznąć się przez te małe dziurki nad mikrofonem i wyjść na drugim końcu linii...

Zesztywniała od ciągłego napięcia sprawiała wrażenie kruchej i bezbronnej. Pochyliłem się, chcąc ją objąć, ale się uchyliła.

– ...Żeby odzyskać swoje dziecko, zrobiłabym to bez wahania. Widzę to jak we śnie, że oto z wysiłkiem wyłaniam się z tamtego aparatu, a Ben leży w łóżku, w czystej pościeli i śpi słodko, całkiem bezpieczny, z tą wspaniałą słodką buzią dziesięciolatka tak błogo uśmiechniętą, że nie mam sumienia go budzić. Patrząc na niego, próbuję sobie wyobrazić, jak będzie wyglądał w twoim wieku...

Spojrzała na mnie tak smutnym wzrokiem, że aż zakłuło mnie w sercu.

– ...Ale nie mogę. Bo nigdy nie widziałam twojego zdjęcia z dzieciństwa. Nigdy nie mówiłeś o swojej rodzinie, nie wiem nawet, skąd pochodzisz. Tylko czasami rzuciłeś jakiś żart na ten temat. Pewnie pamiętasz, ile razy sama żartowałam na temat Joego, jak nazywałam go „Kamienną Twarzą", ale ty mówisz o sobie niewiele więcej niż on. Zawsze wydawało mi się dziwne, że w rozmowie unikasz najważniejszych życiowych spraw. Dlatego doszłam do wniosku, że pewnie uciekłeś z domu.

– Moja rodzina nie była całkiem normalna, Luce...

– Nie chcę, żebyś teraz o niej opowiadał.

– ...Wychowywał mnie głównie dziadek, trochę opiekowała się mną ciotka, ale zdarzały się takie okresy, że byłem całkiem sam...

– Naprawdę nie chcę znać twoich tajemnic.

– To nie są żadne tajemnice. Kiedy jeszcze byłem z matką, często się przeprowadzaliśmy. Bardzo mi wtedy zależało na czymś stabilnym, czego nigdy nie zaznałem. Chciałem mieć przyjaciół, których ze względu na ten koczowniczy tryb życia nie miałem, dlatego później źle wybrałem i wpadłem w kiepskie towarzystwo...

– Przestań.

– Potrzebowałem kogoś bliskiego i uczepiłem się takich znajomości, które akurat mi się nadarzyły. Cała gromada przyjechała po mnie skradzionym samochodem i wyruszyłem z nimi na przejażdżkę. Prawda, że to czysta głupota?

Przytknęła mi palec do warg.

– Mówię poważnie. Przeszłość człowieka jest ukryta głęboko w nim, jak stado małych tajemniczych stworzonek. Każdy ma swoje. Ale teraz sytuacja jest odmienna. My zostaliśmy odmienieni. I znaczenie twoich sekretów ma dla mnie odmienne znaczenie. – Opuściła dłoń i przyłożyła ją do mojej piersi na wysokości serca. – Ile takich tajemniczych stworzonek tam ukrywasz?

– Odnajdę Bena, Luce. Przysięgam na Boga, że go odnajdę i przyprowadzę do domu.

Ledwie zauważalnie pokręciła głową.

– Nie.

– Tak. Zobaczysz, że go znajdę. I przyprowadzę do domu.

Jej smutek przeradzał się w bezgraniczną rozpacz. Serce mi się ściskało na ten widok.

– Nie winię cię za to, co się stało, chociaż to nie ma żadnego znaczenia. Dla mnie liczy się tylko to, że Ben został porwany. Powinnam była przewidzieć, że coś takiego może się wydarzyć.

– O czym ty mówisz? Skąd mogłaś wiedzieć?

– Richard ma rację, Elvis. Nie powinnam była się z tobą wiązać. I nie powinnam zostawiać dziecka pod twoją opieką.

Ścisnęło mnie w dołku. Chciałem, żeby przestała w ten sposób myśleć.

– Posłuchaj...

– Naprawdę o nic cię nie obwiniam. Mówię szczerze. Ale takie rzeczy... to, co się stało w Luizjanie, i ta historia z Sobekiem rok temu... Nie powinnam dopuszczać, by coś takiego mi się przytrafiało.

– Lucy, daj spokój.

– Zanim cię poznałam, mój syn miał normalne dzieciństwo. I ja miałam normalne życie. Dałam się zaślepić miłości do ciebie i teraz straciłam syna...

Łzy nabrzmiały w kącikach jej oczu i spłynęły po policzkach. Rzeczywiście nie winiła mnie za nic. Obwiniała tylko siebie.

– Nie mów tak, Luce.

– Nie obchodzi mnie, co ten facet powiedział przez telefon,

ale wyraźnie słyszałam w jego głosie urazę do ciebie. On cię nienawidzi i dlatego porwał mojego syna. Nienawidzi cię tak bardzo, że cokolwiek zrobisz, może to tylko pogorszyć sytuację. Zostaw poszukiwania policji.

– Nie mogę usunąć się w cień. Muszę go odnaleźć.

Złapała mnie za rękę i mocno ścisnęła, wbijając paznokcie w skórę.

– Nie jesteś jedynym człowiekiem, który może go odnaleźć. Wcale nie musisz go szukać.

– Nie rozumiesz, że nie mogę tak zostawić tej sprawy?

– Przez ciebie zginie! Nie jesteś ostatnim detektywem w Los Angeles. Zostaw to innym. Obiecaj mi, że nie będziesz szukał.

Chciałem ją uciszyć, przytulić do siebie i poczuć, że ona też mnie obejmuje. Ale mnie samemu łzy napłynęły do oczu. Pokręciłem głową.

– Przyprowadzę go do domu, Luce. Nie mógłbym się teraz zająć niczym innym.

Odepchnęła mnie i otarła łzy z twarzy. Zachmurzyła się, jakby przybrała pośmiertną maskę.

– Idź stąd.

– Ty i Ben jesteście moją rodziną.

– Nieprawda. Nie jesteśmy twoją rodziną.

Stałem jak skamieniały, jakby ktoś nalał mi ołowiu do nóg.

– Jesteście.

– Wynoś się!

– Odnajdę go.

– Przez ciebie Ben zginie!

Wyszedłem bez pożegnania i zbiegłem do samochodu. Nie czułem już orzeźwiającego chłodu w powietrzu, a i zapach jaśminów gdzieś zniknął.

Joe Pike

Elvis wsiadł do auta, ale siedział nieruchomo za kierownicą. Pike ostrożnie odsunął liść przesłaniający mu widok. W blasku latarni dostrzegł, że przyjaciel płacze. Zaczerpnął głęboko powietrza. Bardzo się starał zachować pustkę w takich momentach, ale czasem przychodziło mu to z trudem.

Kiedy Cole wreszcie odjechał, zsunął się po pniu kauczukowca i przekradł z powrotem za szeregiem domków jednorodzinnych na sąsiednie podwórko. Skręcił w alejkę biegnącą kilkanaście metrów za posterunkiem Fontenota i dopiero tam przeszedł na drugą stronę ulicy. Mimo tak niewielkiej odległości od samochodu były policjant go nie zauważył. Przemknął na tyłach dziecięcego placu zabaw i wbiegł schodami na piętro. Tutaj mógł się już niczego nie obawiać. Skrzydło budynku zasłaniało go przed wzrokiem Fontenota.

Stanął przed drzwiami mieszkania i zrobił krok do tyłu, żeby być dobrze widocznym przez wizjer. Od czasu sprawy Sobeka Lucy czuła się przy nim nieswojo, dlatego wolał, żeby nie była zaskoczona. Zapukał cicho.

Drzwi się otworzyły.

– Przykro mi z powodu Bena – powiedział.

Była silną, odporną kobietą, umiała się pozbierać nawet w tak trudnej sytuacji. Jeszcze zanim przeprowadziła się z Benem z Luizjany, zanim wynikła sprawa z Sobekiem, razem z Cole'em grywali z nią w tenisa. Nie mieli żadnego pojęcia o grze, toteż stawali we dwóch przeciwko niej jednej, podziwiając jej zręczność i precyzję. Odbijane przez nią piłki przemykały tuż nad siatką, daleko poza ich zasięgiem. Zaśmiewając się głośno, ogrywała ich bez litości. Ale teraz sprawiała wrażenie całkowicie zagubionej.

– Gdzie jest Elvis?

– Wyszedł. – Spojrzała ponad jego ramieniem na ulicę i zapytała: – Kiedy wróciłeś z Alaski?

– Parę tygodni temu. Mogę wejść?

Wpuściła go do środka, zamknęła drzwi, ale została z ręką na klamce. Widać było, że czuje się niezręcznie. Nie chciała, by zostawał na dłużej.

– Jestem po drugiej stronie ulicy. Pomyślałem, że powinnaś o tym wiedzieć.

– Richard zostawił kogoś na posterunku przed domem.

– Tak, wiem. Tylko on nie wie o mojej obecności.

Zamknęła oczy i oparła się plecami o drzwi, jakby pragnęła zasnąć i obudzić się dopiero wtedy, gdy będzie już po wszystkim. Rozumiał to. Domyślał się, jak bolesna jest dla niej strata Bena. Jego matka każdego wieczoru zbierała razy przeznaczone dla niego.

Czuł mętlik w głowie. Nie był pewien, po co tu przyszedł i co zamierzał powiedzieć. Zależało mu, by postawić sprawę jasno. Przynajmniej tę jedną, skoro tak wielu rzeczy ostatnio nie był pewien.

– Widziałem, jak Elvis wychodził.

Pokręciła głową, nadal nie otwierając oczu i nie odrywając się od drzwi.

– Nie chcę, żebyście się do tego mieszali. Tylko pogorszycie sytuację Bena.

– On cierpi.

– Matko Boska. Ja też cierpię, ale to nie twoja sprawa. Wiem, że cierpi. Nic na to nie poradzę. Przykro mi.

Pike usiłował dobrać w myślach właściwe słowa.

– Chcę ci coś powiedzieć.

Przedłużające się milczenie kazało jej otworzyć oczy.

– Co takiego?

Wciąż nie miał pojęcia, jak to wyrazić.

– Chcę, żebyś wiedziała.

Wyraźnie poirytowana, wyprostowała się wreszcie.

– Jezus Maria. Nigdy się przy mnie nie odzywasz, ale teraz zjawiasz się znienacka. Jeśli chcesz mi coś powiedzieć, to mów.

– On cię kocha.

– No, tak, cudownie. Bóg jeden wie, co się dzieje z Benem, a ty w takiej chwili troszczysz się tylko o niego.

Przez chwilę spoglądał jej w oczy.

– Ty mnie nie lubisz, prawda?

– Nie lubię przemocy, która towarzyszy ci na każdym kroku. Jemu zresztą także. Znam niejednego policjanta, ale żaden nie wiedzie takiego życia jak wy dwaj. Znam agentów federalnych i prokuratorów, którzy latami ścigają morderców i mafijnych bosów, ale nikt nie porywa ich dzieci, na Boga, nawet w Nowym Orleanie. Życie żadnego z nich nie jest tak pełne brutalności jak wasze. Naprawdę musiałam postradać zmysły, że się z wami związałam.

Pike jeszcze przez chwilę patrzył na nią, w końcu wzruszył ramionami.

– Nie słyszałem tego nagrania. Wiem tylko tyle, ile powiedziała Starkey. Ty w to uwierzyłaś?

– Nie. Oczywiście, że nie. Tłumaczyłam to Elvisowi. Jezu, czy naprawdę muszę przerabiać tamtą rozmowę od początku? – Zamrugała szybko i skrzyżowała ręce na piersiach. – Do cholery, nie znoszę płaczu.

– Ja też – mruknął.

Silnie potarła dłonią policzek.

– Nie wiem, czy to miał być żart. Chyba nie znam się na żartach.

– Jeśli w to nie wierzysz, to czemu nie chcesz mu zaufać?

– Bo tu chodzi o Bena – wykrzyknęła ze złością. – Nie o mnie ani o niego czy ciebie. Muszę dbać o bezpieczeństwo własne i syna. Nie mogę wypełnić swojego życia tym szaleństwem. Jestem normalna! Chcę być normalna! Czyżbyś był do tego stopnia zboczony, że uważasz swoje życie za normalne? Nie jest. To czyste szaleństwo!

Uniosła zaciśnięte pięści, jakby chciała go uderzyć. Nawet by się nie bronił. Ale zastygła z rękoma w górze i zaczęła szlochać.

Nie miał pojęcia, jak zareagować. Przyglądał jej się przez chwilę, po czym zgasił światło.

– Zapalisz je, jak wyjdę.

Przecisnął się obok niej, zbiegł na dół i ruszył przez zarośla, zastanawiając się nad tym, co usłyszał. Odpędził od siebie smutne myśli dopiero wtedy, gdy znalazł się w pobliżu mercury'ego marquis. Okna były otwarte. Fontenot siedział przygarbiony i zerkał znad kierownicy jak tchórz wyglądający ze swojej nory. Stanął trzy metry od niego, a gliniarz nawet o tym nie wiedział. Poczuł wzbierające obrzydzenie. Tamten na pewno spostrzegł Elvisa wychodzącego z mieszkania Lucy, więc tym bardziej było obrzydliwe, że widział go w stanie rozpaczy. Joe poczuł wzbierającą złość. Ciężar spoczywający na barkach z sekundy na sekundę stawał się nie do zniesienia. Dziesięć minut wcześniej przemknęło mu przez myśl, że mógłby bez trudu zabić Fontenota, i teraz ta myśl powróciła ze zdwojoną mocą.

Podszedł jeszcze bliżej i położył dłoń na klamce tylnych drzwi auta. Gliniarz i tego nie zauważył. Więc Joe z wściekłością huknął dłonią w dach samochodu. Donośny trzask rozległ się echem na ulicy niczym huk wystrzału. Fontenot z gardłowym okrzykiem podskoczył na siedzeniu i szybko wetknął rękę pod połę marynarki.

Kiedy Pike przystawił mu lufę do skroni, błyskawicznie znieruchomiał. Zerknął kątem oka w tę stronę i odetchnął z ulgą, rozpoznawszy Joego. Wciąż jednak był za bardzo przestraszony, żeby się poruszyć.

– Matko Boska. Co ty wyczyniasz?

– Pilnuję cię.

Powoli odwrócił głowę i zajrzał trwożliwie w otwór lufy wymierzonego w siebie rewolweru. Pike otworzył usta, ale wściekłość tak silnie ściskała go za gardło, że nie mógł wydobyć z siebie głosu. Bał się, że opanuje go bez reszty.

– Chcę ci coś powiedzieć.

Fontenot zerknął pospiesznie na boki, jakby spodziewał się zobaczyć jeszcze kogoś.

– Przestraszyłeś mnie, popaprańcu. Skąd się wziąłeś? Co tu robisz, do cholery?

Pike z wysiłkiem zapełniał pustką kolejne chwile, chcąc się uwolnić od fali wściekłości.

– Chcę ci coś powiedzieć.

– Co?

Znów czas wypełnił się pustką. Odzyskał nad nim kontrolę. Opuścił broń.

– No więc co mi chcesz powiedzieć, do diabła? – syknął rozwścieczony Fontenot.

Ale Pike nie odpowiedział.

Bez słowa rozpłynął się w ciemności. Kilka minut później zajął swoje stanowisko na konarze kauczukowca, o czym gliniarz także nie miał pojęcia.

Wrócił myślami do Lucy i Elvisa. Jemu Cole także nie mówił zbyt wiele o sobie, ale często nie trzeba było o nic pytać, wystarczyło przyjrzeć mu się uważnie. Prywatne światy, które ludzie tworzą na własny użytek, są jak otwarte księgi, z których można wyczytać historię ich życia. Bo każdy zapełnia ten swój własny świat tym, czego mu brakuje i czego bardzo pragnie. Pod tym względem wszyscy jesteśmy tacy sami.

Joe Pike podjął cierpliwe oczekiwanie. Był na posterunku.

Dla niego znowu upływały jedynie puste chwile.

12

Na łonie rodziny

Nazywał się Philip James Cole – do czasu, aż skończył sześć lat. Wtedy matka, uśmiechając się szeroko, jakby miała dla niego najcudowniejszy prezent świata, oświadczyła:

– Zamierzam dać ci nowe imię, Elvis. Jest dużo bardziej niezwykłe niż Philip i James, nie sądzisz? Od tej pory będziesz się nazywał Elvis.

Sześcioletni Jimmie Cole nie wiedział, czy to jakiś rodzaj nowej zabawy. I tak niepewność wzbudziła w nim lęk.

– Jestem Jimmie.

– Nie, od teraz nazywasz się Elvis. To piękne imię, nie uważasz? Najpiękniejsze imię na świecie. Nadałabym ci je, jak tylko się urodziłeś, ale wtedy jeszcze o nim nie słyszałam. Idź i powtarzaj sobie: Nazywam się Elvis.

Matka uśmiechnęła się zachęcająco, ale Jimmie pokręcił głową.

– Nie podoba mi się ta zabawa.

– No, powiedz: Elvis. To twoje nowe imię. Czyż nie jest wspaniałe? Jutro powiem o tym wszystkim.

Zaczął płakać.

– Jestem Jimmie.

Uśmiechnęła się do niego najczulej, jak potrafiła. Ujęła jego twarz w dłonie i pocałowała go w czoło. Poczuł ciepły, kojący dotyk jej warg.

– Nazywasz się Elvis. Od teraz tylko tak będę cię nazywać i powiem wszystkim, żeby nie używali innego imienia.

A potem zniknęła na dwanaście dni. Zdarzało jej się to od czasu do czasu. Po prostu wychodziła z domu bez słowa. Taka już była. Mówiła, że jest niespokojnym duchem, chociaż nieraz słyszał, jak dziadek nazywał ją wariatką. Kiedy znikała, on zwyczajnie budził się nazajutrz w pustym domu, pokoju motelowym czy też przyczepie mieszkalnej, w zależności od tego, gdzie w danym miesiącu przebywali. Zawsze musiał prosić kogoś z sąsiedztwa, żeby zadzwonił do jego dziadka albo do starszej siostry matki, którzy wtedy po niego przyjeżdżali i opiekowali się nim aż do jej powrotu. Za każdym razem, gdy znikła, ogarniała go złość na siebie, że doprowadził ją do tego. I każdego dnia pod jej nieobecność przysięgał Bogu, że się poprawi i będzie lepszym synem, jeśli tylko matka wróci.

– Będziesz szczęśliwy, gdy ludzie zaczną cię nazywać Elvisem. Sam się przekonasz.

Jeszcze tego wieczoru jego dziadek, starszy pan o poszarzałej skórze, wiecznie śmierdzący naftaliną, ze złością pomachał trzymaną w ręku gazetą.

– Nie możesz ot, tak sobie, zmieniać imienia dziecka. Przecież on ma dopiero sześć lat, na miłość boską. Dostał już swoje imię.

– Oczywiście, że mogę je zmienić – odparła stanowczo. – Jestem jego matką.

Dziadek wstał, ale zaraz usiadł z powrotem w wielkim, powyginatanym fotelu. Zawsze był rozdrażniony i zły.

– To szaleństwo, dziewczyno. Co ci się nagle stało?

Matka zaczęła nerwowo splatać i wyginać palce.

– Nic mi się nie stało! Nie mów do mnie w ten sposób!

Dziadek trzepnął się dłonią w kolano.

– Co z ciebie za matka, jeśli znikasz bez słowa na wiele dni i zostawiasz go bez opieki? Co ci strzeliło do głowy, żeby akurat zmieniać mu imię? Przecież on ma już imię! Lepiej poszukałabyś sobie jakiejś pracy, na miłość boską, bo mam już dość płacenia twoich rachunków! Powinnaś też skończyć szkołę.

Matka z taką gwałtownością wyginała sobie palce, aż Jimmie zaczął się obawiać, że je powyłamuje.

– Nic, ale to absolutnie nic mi się nie stało! To z tobą coś jest nie w porządku!

Kiedy wybiegła z małego rodzinnego domku, Jimmie rzucił się za nią, przerażony, że już nigdy jej nie zobaczy. Później, gdy wrócili do ich mieszkania, wyciągnęła zestaw olejnych farb i pędzli, który wcześniej kupiła w supermarkecie, i przez cały wieczór malowała obraz przedstawiający czerwonego ptaka.

Jimmie bardzo chciał, żeby była szczęśliwa, dlatego powiedział:

– Jest bardzo ładny, mamo.

– Kolory są nieodpowiednie. Nigdy nie mogę dobrać właściwych odcieni. Czy to nie smutne?

Nie spał tej nocy ze strachu, że matka znowu zniknie na dłużej.

Ale następnego dnia zachowywała się tak, jakby nic się nie stało. Zaprowadziła go do szkoły, trzymając za rękę, wmaszerowała do klasy i oznajmiła zdumionym pierwszakom:

– Pragnę wszystkich powiadomić, że Jimmie dostał nowe imię. Chcę, żebyście wszyscy nazywali go Elvis. Czy to nie wspaniałe imię? Uważajcie wszyscy. Oto przedstawiam wam Elvisa Cole'a.

Pani Pine, miła i sympatyczna nauczycielka Jimmiego, popatrzyła na jego matkę z dziwną miną. Część dzieci zaczęła chichotać. Tylko Carla Weedle, słynąca ze swej głupoty, postąpiła tak, jak jej kazano. Powiedziała głośno:

– Cześć, Elvis.

Klasa wybuchnęła gromkim śmiechem. Jimmie przygryzł język, żeby powstrzymać łzy cisnące się do oczu.

Nauczycielka zagadnęła:

– Pani Cole, czy możemy porozmawiać na osobności?

Tego dnia w czasie przerwy na lunch Mark Toomis z drugiej klasy, który miał głowę owalną jak wielki kartofel i czterech starszych braci, zaczął się z niego wyśmiewać.

– Za kogo ty się uważasz? Za gwiazdę rock and rolla? Dla mnie jesteś zwykłą ciotą.

Pchnął go i przewrócił na podłogę, a wszyscy dokoła zaczęli się śmiać.

Trzy miesiące wcześniej, w środku wakacji, matka zniknęła z domu. Jak zawsze w takich sytuacjach nie było jej, gdy się rano obudził. I jak zawsze nie zostawiła żadnej kartki z wiadomością, nie uprzedziła, dokąd się wybiera. Po prostu nagle zniknęła. Zajmowali wtedy garaż przerobiony na pokój gościnny, sąsiadujący z dużym domem, lecz Jimmie bał się zapytać starszych ludzi, którzy w nim mieszkali, czy nie wiedzą, gdzie podziała się jego matka, gdyż wiele razy słyszał, jak na nią krzyczeli, że zalega z zapłatą czynszu. Przez cały dzień czekał z nadzieją, że nie zniknęła na dłużej, ale o zmierzchu zapłakany pobiegł do domu dziadka.

Tego wieczoru ciotka Lynn, która najpierw bardzo długo szeptem rozmawiała ze swoim ojcem przez telefon, podała mu na kolację placek z brzoskwiniami, a potem pozwoliła oglądać telewizję, tuląc go do siebie na kanapie. Pracowała w domu towarowym w śródmieściu i umawiała się na randki z facetem o imieniu Charles.

Wreszcie powiedziała:

– Ona cię bardzo kocha, Jimmie. Tylko ma swoje problemy.

– Starałem się być grzeczny.

– Dobry z ciebie chłopiec, Jimmie. To nie ma z tobą nic wspólnego.

– Więc dlaczego mnie zostawia?

Ciotka Lynn uściskała go mocniej. Z głową wtuloną między jej wydatne piersi czuł się bezpieczny.

– Nie wiem. Po prostu tak robi i już. Wiesz, co o tym myślę?

– Nie.

– Że wciąż próbuje odnaleźć twojego ojca. Czyż nie byłoby wspaniale, gdyby kiedyś wróciła razem z nim?

Od razu poczuł się lepiej, nawet ogarnęło go podniecenie. W ogóle nie znał swojego ojca, nie widział go nawet na zdjęciu. Nikt nie chciał o nim mówić, także matka, nikt nie znał choćby jego imienia. Jimmie zapytał kiedyś dziadka, czy wie, kto jest jego ojcem. Staruszek przyglądał mu się przez dłuższą chwilę, po czym mruknął:

– Chyba nawet twoja głupia matka tego nie wie.

Wtedy nie było jej przez pięć dni, po czym jak zwykle pojawiła się nagle, nie mówiąc ani słowa na temat swojej nieobecności.

Trzy miesiące później, po jej powrocie z dwunastodniowej nieobecności i przedstawieniu wobec całej klasy jego nowego imienia, kiedy przy małym kuchennym stoliku jedli wieczorem hamburgery, odezwał się:

– Mamo?

– O co chodzi, Elvis?

– Dlaczego zmieniłaś mi imię?

– Postanowiłam nazwać cię jakoś szczególnie, ponieważ jesteś niezwykłym chłopcem. To imię tak bardzo mi się podoba, że sama bym je sobie nadała, gdyby to było możliwe. Wtedy oboje bylibyśmy Elvisami.

Przez większą część minionych dwunastu dni samotności zastanawiał się nad tym, co latem powiedziała ciotka Lynn – że mama szuka jego ojca, ilekroć na dłużej znika z domu. Bardzo pragnął, żeby to było prawdą. Chciał, żeby go odnalazła i zmusiła do przyjścia do domu, bo wtedy mogliby być taką samą rodziną, jak wszystkie inne. I ona nie musiałaby dłużej znikać bez słowa. Zbierał w sobie odwagę, by o to zapytać.

– Naprawdę próbujesz odnaleźć mojego ojca? Dlatego zostawiasz mnie samego?

Zastygła z kawałkiem hamburgera przy ustach. Przez dłuższą chwilę mierzyła go srogim wzrokiem, wreszcie odłożyła widelec.

– Oczywiście, że nie, Elvis. Po co miałabym to robić?

– A kto jest moim tatą?

Z niewyraźnym uśmieszkiem odchyliła się na oparcie krzesła.

– Wiesz, że nie mogę ci tego powiedzieć. To tajemnica. Nigdy nikomu nie zdradziłam nawet imienia twojego ojca i nigdy tego nie zrobię.

– Czy miał na imię Elvis?

Zaśmiała się w głos.

– Skądże, głuptasie.

– To może Jimmie?

– Nie. I nie Philip. Jeśli zamierzasz pytać mnie o jeszcze

inne imiona, będę powtarzała tylko: nie, nie i nie. Ale mogę ci zdradzić jeden drobny sekret.

Obleciał go strach. Nigdy wcześniej niczego mu nie mówiła o jego ojcu i wcale nie był pewien, czy cokolwiek chciałby usłyszeć. Uśmiechała się jednak, więc nie mogło to być nic złego.

– Jaki?

Obiema dłońmi uderzyła o brzeg stołu i rozpromieniła się nagle, rozbłysła jak zapalona żarówka. Z oczami pełnymi radosnych błysków pochyliła się w jego stronę i zapytała:

– Naprawdę chcesz wiedzieć?

– Tak!

Zdawała się kipieć energią, nad którą nie była w stanie zapanować. Coraz szybciej przebierała palcami po krawędzi stołu.

– To będzie mój prezent dla ciebie. Wyjątkowy prezent, którego nie mógłbyś dostać od nikogo innego, tylko ode mnie.

– Proszę, powiedz mi, mamo.

– Tylko ja znam ten sekret. Tylko ode mnie możesz go dostać w prezencie. Rozumiesz?

– Tak! Jasne!

– Będziesz grzeczny, jeśli ci powiem? Nie tak jak zwykle, tylko wyjątkowo grzeczny i zachowasz to w tajemnicy?

– Będę grzeczny!

Matka westchnęła głośno i musnęła palcami jego twarz tak delikatnie, z taką czułością i miłością, że miał zapamiętać ten dotyk na długie lata.

– W porządku. Więc zdradzę ci ten wyjątkowy sekret dla szczególnie wyjątkowego chłopca, jeśli pozostanie tylko między nami, na zawsze, aż do końca.

– Zostanie, mamo, tylko powiedz mi, proszę!

– Twój ojciec jest żywą kulą armatnią.

Spojrzał na nią z niedowierzaniem.

– A co to jest żywa kula armatnia?

– Człowiek tak bardzo odważny, że pozwala się wystrzeliwać z armaty, żeby szybować w powietrzu. Tylko pomyśl, Elvis: szybuje w powietrzu, całkiem sam, ponad całym światem, ponad głowami ludzi, którzy chcieliby być tam, w górze, razem z nim, zupełnie wolni i tak samo odważni. Taki jest twój ojciec. I bardzo kocha nas oboje.

Jimmie nie wiedział, co powiedzieć. Patrzył w oczy matki wypełnione niezwykłym blaskiem, jakby czekała całe życie na to, by wreszcie wyznać mu prawdę.

– Dlaczego to ma być tajemnicą? Dlaczego nie możemy o tym wszystkim powiedzieć?

Posmutniała nagle i po raz drugi musnęła jego twarz z tą niezwykłą czułością i delikatnością.

– To nasz sekret, bo jest taki wyjątkowy, Elvisie. To zarazem przekleństwo i błogosławieństwo. Ludzie pragną wieść normalne życie. Nikt nie lubi tych, co się wyróżniają. Nikt nie lubi, gdy ktoś wzbija się w powietrze, podczas gdy reszta musi normalnie stąpać po ziemi. Ludzie nie znoszą, jeśli ktoś jest wyjątkowy, bo przypomina im o tym, czego im brakuje, dlatego zachowaj w tajemnicy nasz mały sekret, żeby zaoszczędzić innym zmartwień. Pamiętaj tylko, że on bardzo cię kocha, tak samo jak ja. Nigdy o tym nie zapominaj, niezależnie od tego, dokąd pójdę, jak długo mnie nie będzie i jak ciężko będzie ci w tym czasie. Będziesz pamiętał?

– Tak, mamo.

– Doskonale. Więc teraz chodźmy już spać.

Ale w nocy obudził go jej płacz. Podkradł się do drzwi jej sypialni i patrzył, jak miota się w pościeli, mamrocząc do siebie coś, z czego nie mógł zrozumieć ani słowa.

– Ja też cię bardzo kocham, mamo – szepnął.

Cztery dni później znowu zniknęła.

Ciotka Lynn zawiozła go do dziadka, który natychmiast wyszedł ze swoją gazetą przed dom, żeby móc dalej czytać w spokoju. Wieczorem przygotował dla nich obu kanapki z pieczoną szynką, mnóstwem majonezu i słodkimi ogórkami konserwowymi, które podał na papierowych serwetkach. Przez całe popołudnie w ogóle się do niego nie odzywał, dlatego Elvis bał się cokolwiek powiedzieć, lecz tak bardzo pragnął się z kimś podzielić tajemnicą na temat ojca, że w końcu nie wytrzymał.

– Pytałem ją o mojego tatę – zaczął.

Dziadek odgryzł wielki kęs kanapki, aż majonez pociekł mu po brodzie.

– On jest żywą kulą armatnią!

– Tak ci powiedziała?

– Pozwala się wystrzeliwać z armaty, żeby móc latać w powietrzu. I bardzo mnie kocha. Mamę też kocha. Ciągle o nas myśli.

Dziadek popatrzył na niego spod zmarszczonych brwi, kończąc kolację. Elvis zauważył, że w jego wzroku czai się głęboki smutek. Wreszcie staruszek zgniótł serwetkę w kulkę i cisnął ją w kąt.

– Wymyśliła to sobie. Całkiem jej się we łbie pomieszało.

Nazajutrz dziadek zadzwonił do Wydziału Opieki Socjalnej i po południu przyjechali po Elvisa ludzie z sierocińca.

13

czas od zaginięcia: 31 godzin, 22 minuty

Wróciłem z kopią nagrania do domu i puściłem je bez zwłoki. Technicy w laboratorium musieli je przetworzyć na cyfrowe i przepuścić przez program analizujący w komputerze, by na podstawie odgłosów w tle spróbować ustalić lokalizację rozmówcy. Zapewne mieli też określić charakterystykę jego głosu, by w późniejszym czasie porównać ją z głosem podejrzanego. Na razie byłem pewien tylko tego, że go nie rozpoznaję, postanowiłem więc posłuchać w skupieniu, by zdobyć jakiekolwiek pojęcie o tym człowieku.

– Zamordowali dwadzieścia sześć osób... całkiem niewinnych ludzi! Nie wiem dokładnie, jak do tego doszło...!

Mówił bez wyraźnego akcentu, zatem prawdopodobnie nie pochodził z Południa czy z Nowej Anglii. Rodriguez był z Brownsville w Teksasie, a Crom Johnson z Alabamy. Obaj mówili z silnym południowym akcentem, toteż ich przyjaciele z dzieciństwa czy krewni także powinni go mieć. Roy Abbott wychowywał się w północnej części stanu Nowy Jork, Teddy Fields był z Michigan. Jeśli dobrze pamiętałem, żaden z nich nie mówił z akcentem, chociaż Abbott w sposób typowy dla farmerów z prowincji połykał końcówki wyrazów i często używał archaicznych wyrażeń, na przykład „jejku!".

– Byli na akcji w dżungli, z dala od innych...

Sądząc po brzmieniu głosu, rozmówca był młodszy od

mnie, wydawał się zdecydowanie za młody na to, żeby być w Wietnamie. Crom Johnson i Luis Rodriguez mieli młodszych braci, ale rozmawiałem z nimi po powrocie do kraju. Nie chciało mi się wierzyć, żeby byli zdolni do porwania. Abbott miał same siostry, a Fields był jedynakiem.

– *Zaprzysięgli się nawzajem, że dochowają tajemnicy, tyle że Cole im nie ufał...*

Mówił lekko napiętym, teatralnym tonem, jak gdyby wcześniej spisał sobie tekst, żeby osiągnąć maksymalnie dramatyczny efekt w jak najkrótszym czasie.

– *Abbotta, Rodrigueza i pozostałych... Po prostu zamordował, żeby się pozbyć świadków! Wystrzelał do nogi własny oddział zwiadowczy!*

Ten opis wydarzeń ewidentnie przypominał filmy sensacyjne. Raził sztucznością.

– *Ja tam byłem, droga pani, i wiem o wszystkim!*

Nie mógł tam być. Na zwiad w głębi dżungli wyruszyło nas tylko pięciu, z czego czterech zginęło. Zwłoki Croma Johnsona nawet nie wróciły do kraju, a jego głowa rozprysła się na moich oczach.

Puściłem nagranie od początku.

– *Wiem, co się naprawdę stało, a ty nie wiesz, więc słuchaj!*

Odniosłem wrażenie, że złość wyczuwalna w jego głosie jest udawana. Gdyby faktycznie pałał nienawiścią do mnie, powinna emanować z każdego słowa, dźwięczeć w każdym tonie, jak linia wysokiego napięcia brzęczy od przepływającej nią energii. Tymczasem on wypowiadał każde zdanie tak, jakby sam nie wierzył w to, co mówi.

Zaparzyłem świeżej kawy i wysłuchałem nagrania po raz kolejny. Owa sztuczność przebijająca w jego głosie nasuwała mi przeświadczenie, że mężczyzna nic nie wiedział o mnie i chłopakach z oddziału, krótko mówiąc, blefował. Przez cały wieczór bezskutecznie zachodziłem w głowę, kim może być, aż w końcu doszedłem do wniosku, że rąbka tajemnicy uchyli zapewne wyjaśnienie sposobu, w jaki wszedł w posiadanie cytowanych informacji. Bo jeśli nie służył razem ze mną w wojsku, to skąd mógł znać nazwiska Rodrigueza i Abbotta? Skąd znał oznaczenie kodowe naszego oddziału zwiadowczego i wiedział, że jako jedyny wróciłem żywy z tamtej akcji?

Dom wypełnił się cichymi trzaskami, jakby bestia układała się do snu. Schody prowadzące na moją antresolę zaczynały grozić zawaleniem, a w korytarzu przed pokojem Bena było zdecydowanie za ciemno. Porywacz obserwował mój dom, żeby wiedzieć, kiedy jesteśmy i kiedy wyjeżdżamy. Po namyśle poszedłem więc na górę po moje pudełko po cygarach i usiadłem z nim na podłodze.

Kiedy żołnierz kończy służbę w wojsku, otrzymuje dokument zwany formularzem 214. Są w nim wyszczególnione okresy służby, przydziały do poszczególnych jednostek, przebieg szkolenia oraz wszelkie wyróżnienia i odznaczenia. To rodzaj skróconej historii wojskowej kariery, pozbawionej szczegółów. Jednakże gdy żołnierz otrzymuje order bądź pochwałę, dostaje także kopię rozkazu przyznającego mu to wyróżnienie, w nim zaś wymienia się dokładnie powody wyróżnienia. Rod, Teddy i Crom zginęli, a ja zostałem odznaczony pięcioramienną Srebrną Gwiazdą na czerwono-biało-niebieskiej wstążce. Nigdy jej nie nosiłem, zachowałem jednak kopię rozkazu. Przeczytałem go teraz. Zawierał raczej lakoniczny opis tamtej akcji, w którym padało tylko jedno nazwisko innego żołnierza mojego oddziału, Roya Abbotta. Nikt więcej nie został w nim wymieniony. Zatem porywacz mógł w moim domu znaleźć tylko część cytowanych informacji.

Było dziesięć minut po piątej nad ranem, kiedy w końcu złożyłem papiery i schowałem je z powrotem. Bena nie było od ponad trzydziestu sześciu godzin. Ja nie spałem prawie od pięćdziesięciu. Umyłem zęby, wziąłem prysznic i przebrałem się w świeże ciuchy. Punktualnie o szóstej zadzwoniłem do Wydziału Osobowego Armii Stanów Zjednoczonych. W Saint Louis była już ósma, wszystkie wojskowe biura zaczynały pracę o tej porze.

Poprosiłem o połączenie z archiwum. W słuchawce rozległ się głos starszego mężczyzny.

– Archiwum. Stivic.

Przedstawiłem się jako weteran wojenny, podałem datę zakończenia służby i numer ubezpieczenia społecznego.

– Chciałbym się dowiedzieć, czy ktoś żądał udostępnienia moich akt dwieście jeden. Przechowujecie w archiwum tego typu informacje?

Podczas gdy formularz 214 zawierał tylko zarys wojskowej kariery, akta 201 były pełnym, szczegółowym opisem przebiegu służby. Podejrzewałem, że są w nich nazwiska wszystkich zabitych kolegów z oddziału. Niewykluczone, że porywacz jakimś sposobem zdobył ich kopię, stąd znał nazwiska Rodrigueza i Johnsona.

– Owszem, byłoby to zaznaczone, gdyby dokądś je wysyłano.

– Jak mógłbym to sprawdzić?

– Musiałby pan o tym wiedzieć. Formularz dwieście czternaście jest ogólnie dostępny, lecz pełne akta dwieście jeden są objęte tajemnicą wojskową. Nie udostępniamy ich nikomu bez pisemnego rozkazu, chyba że nakazuje to prawomocny wyrok sądowy.

– A gdyby ktoś podszył się pode mnie?

– Jak choćby teraz, gdyby podawał się pan za kogoś innego, niż jest w rzeczywistości?

– Tak, dokładnie.

– O co panu naprawdę chodzi? – syknął Stivic ze złością. – To ma być jakiś żart?

– Ktoś włamał się do mojego domu i ukradł moją kopię formularza dwieście czternaście, mam jednak uzasadnione podejrzenia, że zyskał również dostęp do akt dwieście jeden, chcąc je wykorzystać w niegodziwych celach.

Poniewczasie przemknęło mi przez myśl, że używam nieodpowiedniego słownictwa, jakbym cytował dialog z podrzędnego filmu kryminalnego.

– Aha, rozumiem – mruknął Stivic. – Ale z aktami dwieście jeden sprawa nie jest taka prosta. Gdyby chciał pan dostać kopię swoich akt, musiałby pan wystąpić o nią na piśmie, uwierzytelniając żądanie odciskiem prawego kciuka. Gdyby ktoś obcy pragnął zyskać do nich dostęp, powiedzmy, w celu dołączenia do wniosku o zatrudnienie albo czegoś w tym rodzaju, i tak musiałby zdobyć pańską pisemną zgodę. Jak już mówiłem, jedynym sposobem uzyskania tych akt bez wiedzy zainteresowanego jest zdobycie prawomocnego wyroku sądowego. Więc jeśli włamywacz nie ukradł panu prawego kciuka, nie ma się pan czym martwić.

– I tak chciałbym wiedzieć, czy ktoś nie występował o ich udostępnienie, a nie mam czasu, żeby czekać osiem tygodni na oficjalną odpowiedź.

– W naszej sekcji pracują trzydzieści dwie osoby, a codziennie wysyłamy ponad dwa tysiące listów. Sądzi pan, że ktokolwiek mógł zapamiętać pańskie nazwisko?

– Był pan komandosem?

– Owszem, jestem emerytowanym starszym sierżantem. Jeśli naprawdę zależy panu na tej informacji, proszę mi podyktować numer swojego faksu. Zobaczę, co się da zrobić. A jeśli nie, to miło mi się z panem gawędziło.

Podyktowałem mu numer faksu, chcąc przede wszystkim podtrzymać rozmowę.

– Mam jeszcze jedno pytanie, sierżancie.

– Słucham.

– Czy może pan w tej chwili wczytać do komputera moje akta?

– Proszę to sobie wybić z głowy. Nie podam panu przez telefon żadnych zapisanych tam informacji.

– Chcę tylko wiedzieć, czy jest w nich wzmianka o jednej konkretnej akcji. Nie oczekuję od pana żadnych informacji, proszę tylko o potwierdzenie, czy figurują w nich dwa nazwiska. Jeśli tak, wystąpię oficjalnie o kopię akt, dołączając odciski tylu palców, ilu będzie trzeba. W przeciwnym razie tylko niepotrzebnie marnowałbym pański czas.

Zawahał się na krótko.

– Chodzi o akcję bojową?

– Tak.

Znowu zamilkł, nie mogąc podjąć decyzji.

– Co to za nazwiska? – zapytał w końcu.

Podałem mu je. Doleciało mnie stukanie w klawisze komputera, a po chwili ciche gwizdnięcie pod nosem.

– Czy nazwiska Cromwella Johnsona i Luisa Rodrigueza występują w moich aktach?

Odpowiedział dziwnie spiętym półgłosem:

– Tak, występują. I nadal chce pan wiedzieć, czy ktoś żądał dostępu do pańskich akt?

– Jak najbardziej, sierżancie.

– Proszę mi podyktować swój numer telefonu, sprawdzę to osobiście. Nie wiem, jak długo to potrwa, lecz tyle mogę dla pana zrobić.

– Bardzo dziękuję, sierżancie. Będę naprawdę wdzięczny.

Podałem mu numer telefonu i chciałem już odłożyć słuchawkę, kiedy odezwał się jeszcze:

– Panie Cole... Widzę, że był pan wzorowym komandosem. Byłbym dumny, mogąc służyć razem z panem.

– Na pewno w aktach jest dużo więcej pochwał, niż na to zasłużyłem.

– Niemożliwe, takich rzeczy się nie robi. – Mówił coraz bardziej tajemniczym szeptem. – Przez trzydzieści dwa lata służyłem w korpusie Marines, a teraz siedzę za biurkiem, bo podczas Wojny w Zatoce straciłem stopę. Dobrze wiem, za co się chwali żołnierzy. Znam procedury na wylot. Dlatego osobiście spełnię pańską prośbę, panie Cole, skoro nic więcej nie mogę dla pana zrobić.

Przerwał połączenie, zanim zdążyłem mu jeszcze raz podziękować. Pomyślałem, że starzy komandosi potrafią być niesamowici.

Dochodziło wpół do siódmej, a zatem w Nowym Jorku była prawie dziewiąta trzydzieści. Skoro porywacz nie mógł mieć dostępu do moich pełnych akt wojskowych, zacząłem podejrzewać, że poznał szczegóły od rodziny tego, którego nie wymienił, czyli Roya Abbotta. W gospodarstwie rolnym do tej pory musiała już minąć prawie połowa dnia roboczego. Po śmierci Roya napisałem list do jego rodziców i raz z nimi rozmawiałem. Nie mogłem sobie przypomnieć imienia pana Abbotta, ale w informacji nowojorskiej centrali telefonicznej dowiedziałem się, że w Middletown mieszka tylko siedmiu abonentów o tym nazwisku. Uprzejma telefonistka zgodziła się odczytywać kolejno ich imiona, gdy powiedziałem, że na pewno sobie przypomnę, gdy tylko je usłyszę. Tak też się stało. Podyktowała mi numer i odłożyłem słuchawkę. Zacząłem się zastanawiać, co i jak miałbym powiedzieć. „Cześć, tu Elvis Cole. Czy ktoś z państwa rodziny nie pragnie przypadkiem mojej śmierci?". Czułem się niezręcznie, żadne stosowne słowa nie przychodziły mi na myśl. „Czy pamiętacie tamten dzień, kiedy Roy wrócił z Wietnamu w trumnie?". Zrobiłem sobie jeszcze jedną kawę i zmusiłem się do tego, by mimo wszystko zadzwonić.

Odebrała starsza kobieta.

– Pani Abbott?

– Tak. Kto mówi?

– Nazywam się Elvis Cole. Służyłem razem z Royem. Przed laty rozmawiałem z państwem o jego śmierci. Przypomina sobie pani?

Ręce mi się trzęsły. Pewnie od nadmiaru kawy.

Głośno powtórzyła komuś moje pytanie i po chwili rozległ się w słuchawce głos ojca Roya.

– Mówi Dale Abbott. Z kim rozmawiam?

Oczyma wyobraźni ujrzałem go takim, jakiego opisywał Roy: prostolinijnego, szczerego, uczciwego. Podobnie jak syn połykał ostatnie głoski wyrazów.

– Nazywam się Elvis Cole. Byłem z Royem w Wietnamie. Dawno temu opisałem państwu w liście, co się tam wydarzyło, a później raz rozmawialiśmy przez telefon.

– Och, tak, pamiętam. Matka, to ten zwiadowca, który dobrze znał Roya! Co u ciebie słychać, synu? Wciąż trzymamy ten list od ciebie, bo bardzo wiele dla nas znaczy.

– Panie Abbott, czy ostatnio nikt nie dzwonił do państwa, nie wypytywał o Roya i o to, co się wtedy zdarzyło?

– Nie. Ale zapytam jeszcze matkę. Czy nikt nie dzwonił i nie pytał o Roya?!

Nie zakrywał dłonią słuchawki, rozmawiał z żoną na głos, nie mając przede mną nic do ukrycia. W tle rozbrzmiał jej stłumiony głos.

Dale powtórzył:

– Nie, ona też nie odbierała żadnego telefonu. A miał ktoś dzwonić?

Jeszcze kiedy wybierałem numer, nie wiedziałem, co powiedzieć. Nie chciałem ich wtajemniczać w rzeczywiste powody mojego zainteresowania, opowiadać o Benie. Teraz jednak niemal odruchowo zacząłem mówić o porwaniu. Może sprawiła to moja bliska znajomość z Royem, a może otwartość przebijająca w głosie jego ojca, w każdym razie słowa same popłynęły mi z gardła, jakbym przed tym człowiekiem musiał szczerze wyznać, że straciłem oddanego mi pod opiekę Bena Cheniera i teraz śmiertelnie się boję, że nie zdołam go odszukać ani uratować przed śmiercią.

Dale Abbott wysłuchał mnie w skupieniu. Niemal przez godzinę rozmawialiśmy o Benie, Royu i wielu innych rzeczach, nawet o ich czterech młodszych córkach, które powychodziły za mąż i założyły własne rodziny, trzy z farmerami z sąsiedztwa, a jedna z dostawcą ciągników marki John Deere, przy czym trzy nadały swoim synom imię zabitego brata, a jedna moje. Nie wiedziałem, że siostrzeniec Roya nosi moje imię. Nie podejrzewałem nawet, że ktoś je zapamiętał.

W pewnym momencie Dale znowu oddał słuchawkę żonie, a sam poszedł szukać tamtego listu ode mnie. Odnalazł go zdumiewająco szybko, przerwał nam rozmowę i rzekł:

– Właśnie mam przed sobą twój list. Czy wiesz, że musieliśmy zrobić jego kopie dla wszystkich dziewczynek? Bardzo chciały go mieć.

– Nie, proszę pana. O tym też nie wiedziałem.

– Poczekaj, coś ci przeczytam. Ty pewnie tego nie pamiętasz, ale dla nas to miało olbrzymie znaczenie. O, już mam. Tak napisałeś: „Nie mam własnej rodziny, dlatego zawsze z zainteresowaniem słuchałem opowieści Roya. Powiedziałem mu, że jest szczęściarzem, skoro ma taką wspaniałą rodzinę, a on przyznał mi rację. Chcę, żeby państwo wiedzieli, że odważnie walczył do końca. Był zwiadowcą z krwi i kości, nawet nie myślał o tym, żeby się wycofać. Bardzo mi przykro, że nie mogłem przyjechać razem z nim do państwa. Żałuję, że zawiodłem". – Głos mu się załamał. Urwał na chwilę, lecz zaraz dodał: – Wcale nie zawiodłeś, synu. Przyprowadziłeś Roya do domu. Dzięki tobie nasz chłopak wrócił.

Oczy mnie zapiekły.

– Naprawdę się starałem, panie Abbott. Robiłem, co w mojej mocy.

– Nie wątpię. Najważniejsze, że przyprowadziłeś Roya do domu i wcale nie zawiodłeś. Teraz musisz tak samo odnaleźć tego chłopca i jego też przyprowadzić do domu. Nikt cię za nic nie wini, synu. Rozumiesz? Nikt nie ma do ciebie żalu i nigdy nie miał.

Próbowałem odpowiedzieć, ale wzruszenie ściskało mnie za gardło.

Dale Abbott odchrząknął i podjął mocnym, pewnym głosem:

– Mogę ci tylko rzec jedno: To, co napisałeś w liście, że nie masz własnej rodziny, to nieprawda. Uważamy cię za członka naszej rodziny od dnia, kiedy matka otworzyła twój list. Nie możemy mieć do ciebie żalu, synu, bo wszyscy cię kochamy. Jak w każdej zgodnej rodzinie, prawda? Kochamy się niezależnie od tego, co się stało. A tam, gdzieś w niebie, Roy na pewno także kocha cię jak brata.

Wreszcie wydusiłem z siebie, że muszę kończyć. Odłożyłem słuchawkę, wziąłem kubek z kawą i wyszedłem na werandę. W głębi kanionu powoli gasły światła w oknach, niebo na wschodzie było już całkiem jasne.

Kot siedział na skraju werandy z łapami naprężonymi pod brzuchem, gotów do skoku, i wpatrywał się w coś na zboczu w dole. Usiadłem obok niego, zwiesiwszy nogi na zewnątrz, i przeciągnąłem dłonią po jego grzbiecie.

– Czego tam wypatrujesz, kolego?

Jego wielkie czarne ślepka o rozszerzonych źrenicach nawet na moment nie odwróciły się od wybranego punktu. W rannym powietrzu jego sierść wydawała się zimna, ale w głębi ciepłego ciała rytmicznie biło serduszko.

Kupiłem ten dom kilka lat po powrocie do kraju. W ciągu pierwszego tygodnia po podpisaniu aktu własności zerwałem wszystkie podłogi, wyszpachlowałem ściany i przystąpiłem do mozolnego procesu przekształcania budynku w swój dom. Wtedy też zdecydowałem się zmienić konstrukcję balustradki otaczającej werandę, żeby można było siedzieć na jej brzegu z nogami spuszczonymi na zewnątrz. I któregoś dnia, gdy pracowałem tu na świeżym powietrzu, z krzaków na werandę wskoczył ten kot. Nie był zachwycony, kiedy mnie zobaczył. Zwiesił uszy i pochylił łebek, zerkając na mnie podejrzliwie, jakbym skojarzył mu się z czymś złym. Na boku pyszczka miał wielką krwawiącą ranę.

– Cześć, kolego. Co ci się stało? – zapytałem wtedy.

Fuknął na mnie i zjeżył sierść, ale najwyraźniej nie był przestraszony. Chyba rozdrażniła go tylko obecność kogoś obcego w domu, który wcześniej musiał sobie wybrać na schronienie. Przyniosłem mu miseczkę wody i wróciłem do pracy. Początkowo udawał, że jej nie widzi, ale po jakimś czasie się napił. Zauważyłem, że sprawia mu to trudność, domyśliłem się więc, że z jedzeniem musi mieć jeszcze większy kłopot. Był zaniedbany i wychudzony, pewnie nic nie jadł od paru dni. Rozdrobniłem kanapkę z tuńczykiem, którą naszykowałem sobie na lunch, po czym roztarłem ją na pastę z dodatkową porcją tuńczyka, majonezem i odrobiną wody. Wygiął grzbiet w pałąk, gdy stawiałem jedzenie obok miseczki z wodą. Usiadłem oparty plecami o ścianę i prawie przez godzinę obserwowaliśmy się nawzajem. Po pewnym czasie zaczął łowić zapach ryby, wreszcie podkradł się i ostrożnie polizał pastę, nie spuszczając ze mnie wzroku. Rana z boku pyszczka była mocno zażółcona od infekcji, wyglądała na ślad po kuli. Wyciągnąłem do niego rękę, ale znowu groźnie fuknął. Zastygłem. Po paru minutach rozbolały mnie mięśnie naprężonej ręki, wiedziałem jednak, że jeśli ją cofnę, zniszczę tę wątłą więź, jaka zaczynała się tworzyć między nami. Kot prychnął, ale podszedł nieco bliżej. Mój zapach mieszał się z aromatem tuńczyka, którym musiały także pachnieć moje palce. Miauknął cichutko. Nadal siedziałem bez ruchu. Wybór należał do niego. W końcu ostrożnie obwąchał mi palce, po czym szybko obrócił się do mnie bokiem. Jak na kota był to olbrzymi postęp. Musnąłem koniuszkami palców jego sierść. Nie cofnął się. Od tamtej pory zostaliśmy przyjaciółmi. Kot był jedyną żywą istotą niezmiennie obecną w moim życiu od czasu zakupu tego domu. Przez lata nic się nie zmieniło, jeśli nie liczyć Joego Pike'a, który wkrótce stał się drugą taką istotą.

Pogłaskałem go jeszcze raz.

– Strasznie mi przykro, że straciłem Bena – powiedziałem. – Kiedy wróci, już nigdy więcej go nie stracę.

Kot wyprężył się, trącił łebkiem moją dłoń, wreszcie spojrzał na mnie swoimi wielkimi ślepkami podobnymi do czarnych okrągłych lusterek. I zaraz zaczął radośnie mruczeć.

Nie ma to jak przebaczenie.

Kiepski dzień w biurze

Pięciu żołnierzy oddziału 5-2 siedziało na stalowej podłodze przedziału transportowego helikoptera, którego wirnik wzbijał w powietrze tumany czerwonego pyłu. Cole uśmiechał się szeroko, patrząc na rumianego Abbotta, niskiego i barczystego chłopaka z Middletown, podejrzewając, że lada chwila podmuch powietrza zerwie mu filcowy kapelusz z głowy.

Wreszcie trącił go w kolano.

– Kapelusz.

– Co?

Pochylili się blisko ku sobie, żeby się słyszeć przez ogłuszający ryk silnika. Stali jeszcze na lądowisku w bazie Fire, wirnik wciąż nabierał obrotów, podczas gdy pilot szykował się do startu.

Cole jak zwykle siedział na swoim wygniecionym i wyblakłym od słońca przepisowym nakryciu głowy Rangersów.

– Zdmuchnie ci kapelusz!

Abbott dopiero teraz zauważył, że żaden z kolegów nie siedzi w kapeluszu, toteż pospiesznie zerwał go z głowy. Dowódca ich oddziału, sierżant Luis Rodriguez, dwudziestolatek z Brownsville w Teksasie, puścił do Cole'a oko. Zaledwie tydzień wcześniej podpisał zgodę na przedłużenie służby wojskowej.

– Myślisz, że jest zdenerwowany?!

Abbott przygryzł wargi.

– Ja jestem zdenerwowany.

Jego zdaniem Abbott wyglądał jednak tak, jakby miał się za chwilę porzygać. Był nowy w oddziale. Do tej pory tylko trzy razy uczestniczył w akcjach w dżungli, i to w szkoleniowych, w pobliżu bazy, gdzie spotkanie z wrogiem było mało prawdopodobne. Po raz pierwszy wyruszał na daleki zwiad bojowy.

Cole poklepał go po kolanie i uśmiechnął się szeroko do Rodrigueza.

– Bez obaw, sierżancie. Przecież to superman w przebraniu Rangersa. Niebezpieczeństwo łyka na śniadanie, szukając następnego na obiad. Kule łapie w powietrzu zębami, a dla rozrywki żongluje granatami. Nie potrzebuje helikoptera, żeby latać nad ziemią. Po prostu spodobało mu się nasze towarzystwo...

Ted Fields, również osiemnastolatek, pochodzący z East Lansing w Michigan, dla dodania sobie animuszu krzyknął:

– Hej, ho!

Rodriguez i dziewiętnastoletni radiooperator drużyny, Cromwell Johnson, syn ubogiego rolnika spod Mobile w Alabamie, chórem podchwycili zawołanie Rangersów:

– Hej, ho!

Wszyscy uśmiechnęli się do Abbotta, wyszczerzając zęby, które odcinały się bielą na twarzach pomalowanych pastą maskującą. Cała piątka – czterech ze sporym bojowym doświadczeniem z dżungli i jeden kocur – była w polowych mundurach, z odsłoniętymi częściami ciała umazanymi w zielone i czarne pasy, uzbrojona w karabiny M 16, z takim zapasem amunicji, ręcznych granatów i min przeciwpiechotnych, ile tylko byli w stanie zabrać, za to z wyposażeniem ograniczonym do niezbędnego minimum, pozwalającym na przetrwanie tygodniowej akcji w samym sercu „krainy dzikich".

Wszyscy usiłowali dodać odwagi wyraźnie przestraszonemu żółtodziobowi.

Dowódca hueya wychylił się z fotela, poklepał Rodrigueza po głowie i dał mu znak kciukiem uniesionym ku górze. Chwilę później helikopter poderwał się z ziemi.

Cole znowu pochylił się do ucha Abbotta, osłonił usta dłońmi i nakazał głośno:

– Wszystko będzie dobrze. Tylko siedź spokojnie i bądź cicho.

Roy z poważną miną energicznie pokiwał głową.

– Hej, ho! – powtórzył Cole.

– Hej, ho!

Roy Abbott zjawił się w ich kompanii trzy tygodnie wcześniej i zajął sąsiednie łóżko w tym samym baraku. Cole od razu go polubił, jak tylko zobaczył zdjęcia. Abbott był małomówny, nie przechwalał się, jak wielu innych kotów, nie starał się niczym imponować, ale największe wrażenie na Elvisie zrobiły jego fotografie. Gdy tylko dostał przydział, od razu zaczął je przypinać na ścianie nad łóżkiem. Nie były to powycinane z pism obrazki sportowych samochodów czy nagich dziewcząt, ale rodzinne zdjęcia ukazujące jego rodziców i cztery młodsze siostry – staruszka o pomarszczonej twarzy w odświętnym, jasnozielonym garniturze, przysadzistej pani Abbott w prostej długiej sukience oraz czterech dziewczynek, młodych jasnowłosych kopii matki, z zaplecionymi warkoczykami, piegowatymi nosami i pryszczami na czole.

Cole, który leżał na swoim łóżku z rękami założonymi pod głową, przyglądał im się z fascynacją. W końcu nie wytrzymał i zapytał nowego o jego rodzinę.

Abbott spojrzał na niego podejrzliwie, jakby się obawiał, że lada chwila stanie się obiektem drwin kolegi. Elvis gotów był postawić dziesięć dolarów, że nowy będzie na głos odmawiał modlitwę przed każdym posiłkiem.

– Naprawdę chcesz wiedzieć?

– Jasne. Inaczej bym nie pytał.

Roy zaczął opisywać mu życie na rodzinnej farmie będącej częścią zwartej społeczności, w której wszystkie ciotki i wujkowie, młodsi kuzyni i dziadkowie żyją obok siebie od dwustu lat, uprawiają tę samą ziemię, chodzą do tych samych szkół, modlą się na tych samych nabożeństwach i wspólnie wyjeżdżają na mecze futbolowe drużyny Buffalo Bills. Ojciec Roya, który był świeckim urzędnikiem parafialnym, w czasie drugiej wojny światowej walczył w Europie, a teraz syn poszedł w jego ślady.

Kiedy Abbott skończył opowieść, zapytał Cole'a:

– A jaka jest twoja rodzina?

– To zupełnie inna historia.

– Jak to?

– Moja matka zwariowała.

Roy zrobił zdziwioną minę i chyba chcąc szybko zmienić temat, zapytał:

– Twój tata też służył w wojsku?

– W ogóle go nie znam. Nie wiem, kto jest moim ojcem.

– Aha.

Zamilkł na dobre. Skończył rozkładać swoje rzeczy i wyszedł z baraku poszukać latryny.

Cole wstał z łóżka, żeby dokładniej obejrzeć poprzypinane zdjęcia. Pomyślał, że pani Abbott zapewne piecze domowe ciasta, a jej mąż w sezonie zabiera syna na polowania na sarny. Posiłki musieli jadać wspólnie przy wielkim stole, jak wszystkie prawdziwe rodziny. W każdym razie on zawsze tak to sobie wyobrażał.

Resztę popołudnia spędził na ostrzeniu noża i marzeniach o tym, by mieć taką rodzinę.

Helikopter zanurkował za szczytem wzniesienia, pochylił się na bok nad zbitą powłoką dżungli, zawisł na chwilę, jakby miał wylądować, po czym wzbił się z powrotem w górę.

Abbott zaciskał palce na swoim M 16 i oczyma rozszerzonymi ze zdziwienia spoglądał na wzgórza przesuwające się za otwartymi drzwiami.

– Dlaczego nie wylądowaliśmy?! Były tam żółtki?!

– Zrobimy dwa albo trzy pozorowane podejścia, zanim wreszcie wylądujemy! W ten sposób żółtki nie będą wiedziały, dokąd naprawdę lecimy!

Roy wyciągnął szyję, żeby lepiej widzieć teren na zewnątrz.

Rodriguez krzyknął do Cole'a:

– Trzymaj tego dupka, żeby nie wypadł!

Elvis złapał Abbotta za pasek od plecaka. Od tamtej pierwszej rozmowy w baraku starał się opiekować żółtodziobem. Uczył go, co można zostawić z wyposażenia, żeby plecak był lżejszy, i jak umocować sprzęt, aby nie dzwonił przy każdym kroku. Na ochotnika wyruszył z nim na dwie akcje szkoleniowe, chcąc się przekonać na własne oczy, jak kocur daje sobie radę w dżungli. Bardzo lubił słuchać opowieści o jego rodzinie. Johnson i Rodriguez także mieli liczne rodziny, ale ojciec Roda był pijakiem i wyżywał się na swoich dzieciach.

Prognoza pogody na ten ranek zapowiadała jedynie przelotne deszcze i nieco ograniczoną widoczność, ale bardzo mu się nie podobały ciemne chmury nadciągające znad gór. Deszcz często bywał sprzymierzeńcem zwiadowcy, ale z pewnością nie gwałtowne burze. W wypadku poważniejszych kłopotów oddział powinien wezwać przez radio wsparcie śmigłowców szturmowych, zażądać sanitariuszy i ewakuacji, tyle że w czasie burzy helikoptery nie mogły startować. A powrót na piechotę był nadzwyczaj ryzykowny ze względu na dużą odległość i wielokrotnie liczniejsze siły wroga.

Pilot jeszcze dwa razy markował podejście do lądowania. Następne musiało być prawdziwe.

– Przygotować się!

Cała piątka naszykowała i odbezpieczyła broń. Cole pomyślał, że Abbott będzie się bał, toteż przysunął się bliżej niego.

– Patrz na Rodrigueza! Rzuci się biegiem do lasu, jak tylko wyskoczy ze śmigłowca! Obserwuj dżunglę, ale nie strzelaj, chyba że znajdziemy się pod ostrzałem! Rozumiesz?!

– Tak!

– Rangersi zawsze torują drogę!

– Hej, ho!

Helikopter zawrócił ciasno pod wiatr i zadarł dziób ku górze. Ryk silników wyraźnie przycichł. Maszyna zawisła nad wyschniętym korytem strumienia na dnie wąwozu. Elvis pociągnął Roya za rękę, chcąc mieć pewność, że wyskoczy ze śmigłowca. Całą piątką wylądowali w wysokiej trawie. Wycie silnika znów narosło, maszyna zaczęła się wznosić, jeszcze zanim dotknęli stopami ziemi. Ruszyli biegiem do lasu, Rodriguez przodem, Cole na końcu. Ledwie wskoczyli między drzewa, rzucili się na ziemię w formacji pięcioramiennej gwiazdy, stopami do siebie i karabinami wymierzonymi na zewnątrz. W ten sposób mogli pokryć ogniem cały teren wokół siebie. Nikt się nie odzywał. Czekali, wypatrując jakiegokolwiek poruszenia.

Upłynęło pięć minut.

Potem dziesięć.

Wreszcie dżungla ożyła. Ptaki podjęły przerwany śpiew, małpy znów zaczęły pokrzykiwać. Na ziemię spadały wielkie krople deszczu przesączającego się przez zwartą powłokę listowia w górze i grożącego przemoczeniem mundurów.

Od zachodu doleciał stłumiony huk. Cole pomyślał, że zapewne trwa tam bombardowanie. Dopiero po chwili uzmysłowił sobie, że to odgłos grzmotu. Nadciągała burza.

Rodriguez uklęknął, wreszcie podniósł się na nogi. Elvis klepnął Roya po tyłku. Trzeba było ruszać. Wszyscy wstali. Nadal nikt się nie odzywał. Bardzo wiele zależało od zachowania całkowitej ciszy.

Poszli w górę zbocza. Cole znał ze szczegółami przydzielone im zadanie. Szczytem pasma mieli dostać się na północ, do często wykorzystywanego szlaku przerzutowego partyzantów, i odszukać w jego pobliżu duży kompleks bunkrów, w którym według wywiadu miał się schronić cały batalion regularnej armii północnowietnamskiej – batalion liczący tysiąc żołnierzy. Stąd też dla pięcioosobowej drużyny zwiadowczej 5-2 stosunek sił wynosił jak dwieście do jednego.

Rodriguez szedł na szpicy, Fields posuwał się jego śladami tuż za nim. Zadaniem Roda było wybieranie jak najkorzystniejszej drogi przemarszu, Ted koncentrował się natomiast na wypatrywaniu wroga między drzewami. Za nimi szedł Johnson objuczony radiostacją. Abbott kroczył za nim, a Cole był w ariergardzie. Podczas wcześniejszych misji zdarzało się, że to on był na szpicy, Rod go ubezpieczał, a Fields zamykał pochód, ale tym razem sierżant kazał mu mieć oko na kota.

Szli gęsiego w odległości trzech lub czterech metrów, zbliżając się po cichu do szczytu wzgórza. Elvis obserwował Abbotta, krzywiąc się, ilekroć ten plecakiem zawadził o zwisające pnącza, w gruncie rzeczy uważał jednak, że chłopak całkiem nieźle radzi sobie w dżungli.

Po niebie przetoczył się kolejny grzmot, między drzewami zalegała mgła. Po jakimś czasie weszli w chmurę.

Pół godziny intensywnego marszu zajęło im dotarcie na szczyt, gdzie Rodriguez zarządził krótki odpoczynek. Dookoła zrobiło się ciemno, otoczył ich półmrok. Sierżant kolejno nawiązał z nimi kontakt wzrokowy, z kwaśną miną zerkając w niebo, co oznaczało, że jego zdaniem kiepska pogoda pomiesza im szyki. Nie mieli co liczyć na wsparcie z powietrza, nawet gdyby go potrzebowali.

Zeszli kilka metrów w dół zbocza po przeciwnej stronie grzbietu, kiedy nagle uniósł w górę zaciśniętą pięść. Cała piątka natychmiast opadła na kolana według wyznaczonych pozycji, wymierzając broń na przemian w lewo i w prawo, żeby osłonić oba skrzydła. Rod popatrzył na zabezpieczającego tyły Cole'a i zaczął sygnalizować – najpierw pokazał palce rozłożone w kształcie litery V, potem skulił dłoń w literę C, wskazał na ziemię, wreszcie trzykrotnie rozwarł i zacisnął pięść: pięć, dziesięć, piętnaście. Oszacował siły partyzantów Wietkongu na piętnastu ludzi.

Po chwili skulony ruszył dalej, a cała czwórka podążyła za nim. Elvis dostrzegł w końcu wąską ścieżkę pokrytą licznymi, nakładającymi się wzajemnie śladami. Były to bardzo świeże odciski sandałów o podeszwach wyciętych ze starych opon, jego zdaniem zostawiono je na mokrej ziemi nie dalej, jak dziesięć albo piętnaście minut temu. Wróg był zatem blisko.

Abbott obejrzał się na niego. Strugi deszczu spływały mu po twarzy, oczy miał szeroko rozwarte. Cole także odczuwał strach, ale zmusił się do uśmiechu. Grunt to wzajemne zaufanie. Trzeba tylko trzymać się razem, a wszystko pójdzie gładko.

Oddział 5-2 był w dżungli dopiero od pięćdziesięciu sześciu minut. Zostało im niespełna dwanaście minut życia.

Uszli wzdłuż szczytu wzniesienia jeszcze około stu metrów, gdy natknęli się na główną ścieżkę. Pełno było na niej śladów, zarówno partyzanckich sandałów, jak i butów regularnej armii z Północy, do tego wiele bardzo świeżych. Rod zatoczył palcem kółko nad głową, co oznaczało, że wróg jest wszędzie dookoła. Mimo padającego deszczu Elvisowi zaschło w gardle.

Dokładnie trzy sekundy później rozpętało się piekło.

Sierżant wyłonił się zza grubego pnia bananowca, kiedy nagle wzdłuż niego strzeliła zygzakowata błyskawica, dosięgnęła jego plecaka i zdetonowała minę przeciwpiechotną umocowaną na górnej klapie. Cały korpus idącego tuż za nim Teda Fieldsa zniknął w gęstym krwawym obłoku, strzępy tkanek i odłamki kości spadły na Johnsona, Abbotta i Cole'a. Ciało Rodrigueza rozpłaszczyło się na pniu. Podmuch eksplozji spadł na Cole'a ponaddźwiękową falą uderzeniową i zwalił go z nóg. W uszach mu dzwoniło, a przed oczyma miał postrzępiony zygzak błyskawicy niezależnie od tego, w którą stronę patrzył.

Johnson zaczął wrzeszczeć przez radio:

– Kontakt! Mamy kontakt!

Elvis poderwał się na nogi, przeskoczył nad Abbottem i zakrył Johnsonowi usta.

– Cicho bądź! Wszędzie dokoła pełno żółtków. Przestań krzyczeć. To była błyskawica.

– Jaka tam błyskawica?! Granat z moździerza! Nie po to przepłynąłem tysiące mil, żeby teraz zginąć od uderzenia pioruna!

– Mówię ci, że to była błyskawica. Zdetonowała minę Roda.

Ile wynosiło prawdopodobieństwo takiego trafienia? Milion do jednego? A może miliard? Znaleźli się w sercu dżungli, otoczeni przez wietnamskich partyzantów, a tymczasem dwóch spośród nich zginęło od uderzenia pioruna.

– Nic nie widzę – mruknął Johnson. – Oślepiło mnie.

– Dostałeś?

– Nic nie widzę. Tylko kolorowe plamy latają mi przed oczami.

– To skutek eksplozji, chłopie. Jakby ci ktoś przed nosem trzymał zapaloną żarówkę. Uspokój się. Fields i Rod zginęli.

On sam powoli odzyskiwał wzrok. Dostrzegł na głowie Johnsona krwawiącą ranę. Obejrzał się na Abbotta.

– Roy?

– Nic mi nie jest.

Z powrotem wetknął Johnsonowi w dłoń słuchawkę radiostacji.

– Połącz się z bazą. Powiedz, żeby nas stąd w cholerę zabrali.

– Dobra.

Poczołgał się dalej, do Fieldsa. Nawet trudno było rozpoznać człowieka w tej bezładnej stercie okrytej zakrwawionymi strzępami posiekanego odłamkami munduru. Rodriguez jeszcze żył, ale miał tylko pół głowy, spod rozerwanej czaszki wystawał jego mózg.

– Sierżancie? Rod?

Nie odpowiadał.

Nie ulegało wątpliwości, że wkrótce zjawią się tu żółtki, żeby sprawdzić przyczynę wybuchu. Trzeba było jak najprędzej się oddalić, jeśli chcieli ujść z życiem. Cofnął się do Johnsona.

– Powiedz, że mamy jednego zabitego i jednego z poważną raną głowy. Będziemy musieli się wycofać przez szczyt do tego wąwozu, gdzie wyskoczyliśmy.

Johnson półgłosem powtórzył jego słowa przez radio, po czym wyciągnął zza pazuchy laminowaną plastikiem mapę, żeby podać koordynaty. Cole ruchem ręki przywołał Abbotta.

– Pilnuj ścieżki.

Roy nawet nie drgnął. Nieruchomym wzrokiem wpatrywał się w to, co zostało z Teda Fieldsa, miarowo otwierając i zamykając usta jak ryba wyciągnięta z wody. Elvis złapał za pasek jego plecaka i szarpnął mocno.

– Do cholery, Abbott! Uważaj na żółtków! Nie mamy czasu!

Kot wreszcie oprzytomniał i uniósł karabin.

Ciasno owinął głowę sierżanta bandażem elastycznym, uwijając się jak w ukropie. Rod szarpał się i próbował go odepchnąć, lecz Elvis ułożył go na ziemi i przycisnął ręce kolanami, żeby spokojnie ułożyć drugą warstwę bandaża. Deszcz padał nieustannie, szybko zmywając z nich krew.

Johnson doczołgał się pod drzewo.

– Pieprzona burza uniemożliwia im start. Wiedziałem, że kiedyś wdepniemy w takie gówno. Szlag by trafił tych speców od pogody, którzy pozwolili nam wyruszyć na akcję w takich warunkach. Żółtki nawet nie musiały się wysilać, wystarczyła jedna kurewska błyskawica. A teraz jeszcze nie przylecą po nas. Jesteśmy zdani tylko na siebie.

Skończył opatrywać Rodrigueza i wysupłał z pakietu dwie ampułki morfiny. Wiedział, że morfina może zabić człowieka z raną głowy, ale musiał nieść rannego, w dodatku tak szybko, jak to tylko możliwe. Gdyby żółtki ich dopadły, zginęliby wszyscy. Dlatego bez wahania wbił obie igły naraz w udo sierżanta.

– Myślisz, że we trzech damy radę ponieść Roda i Fieldsa?

– Czyś ty zwariował? Fieldsa musimy zostawić. Przecież nic z niego nie zostało.

– Rangersi nie zostawiają innych Rangersów na polu walki.

– Nie słyszałeś, co powiedziałem? Nie mogą wysłać po nas helikopterów. Wystartują dopiero wtedy, jak przejdzie burza.

Jedna noga Teda jeszcze podrygiwała, lecz Cole wolał nie patrzyć w tamtym kierunku. Może Johnson miał rację co do Fieldsa, ostatecznie później mogli wrócić po jego zwłoki. Na razie trzeba było jak najszybciej się stąd ewakuować. A przecież dwóch musiało nieść sierżanta.

– Dobra, zostawimy tu Teddy'ego. Abbott, pomożesz mi nieść Rodrigueza. Crom, trzymaj się z tyłu i melduj przez radio o naszych poczynaniach.

– Jasne.

Zanim razem z Abbottem ułożyli sobie bezwładnego kolegę na rękach, Johnson przekazał do bazy ich plany. Ledwie skończył, gdy z piersi Roya strzeliła krwawa fontanna. Jednocześnie rozległ się charakterystyczny terkot AK-47.

– Żółtki! – wrzasnął Johnson.

Bez namysłu zaczął zasypywać dżunglę strugami pocisków.

Abbott puścił Rodrigueza i zwalił się na ziemię.

Ze wszystkich stron posypały się kule. Pośród gęstwiny w dziesiątkach miejsc rozbłysły ogniki wystrzałów.

Cole także zaczął strzelać, chociaż nie widział wroga. Prowadząc karabin po szerokim łuku, dwoma długimi seriami opróżnił magazynek.

– Gdzie oni są?!

– Mam was! No, chodźcie tu, kutasy!

Johnson załadował drugi magazynek, ale teraz już puszczał krótsze serie, cztero- albo pięciostrzałowe. Elvis także przeładował i zaczął dalej pruć bez opamiętania. Nadal nie widział wroga, ale wszędzie dookoła pociski ryły ziemię, siekały liście i zarośla. Huk kanonady był ogłuszający, lecz on ledwie go słyszał. W walce zawsze tak było. Szum adrenaliny w żyłach głuszył wszelkie dźwięki i otumaniał każdego.

Opróżnił drugi magazynek, załadował trzeci, puścił na oślep krótką serię między drzewa i przetoczył się nad nieruchomym Rodriguezem, żeby sprawdzić Abbotta, który przyciskał ręce do krwawiącego brzucha.

– Dostałem. Chyba jestem ranny.

Odsunął jego rękę, żeby obejrzeć ranę, i ujrzał na wierzchu szary zwój jelit. Przytknął mu z powrotem dłonie do brzucha.

– Przyciskaj! Z całej siły!

Puścił kolejną serię w gąszcz i zawołał do Johnsona:

– Gdzie oni są?! Nikogo nie widzę!

Crom nie odpowiedział, tylko niczym automat wystrzelił trzy krótkie serie: trach! trach! trach!

Cole popatrzył na wyrwę w ścianie zieleni, jaką zrobiły jego kule. Nieco dalej na prawo dojrzał ogniki wystrzałów. Wymierzył w tamtym kierunku i opróżnił kolejny magazynek. Przeładował, a następnie szarpnięciem odczepił od pasa ręczny granat. Krzyknął, żeby ostrzec Johnsona, i rzucił go przed siebie. Donośny huk eksplozji rozniósł się echem po dżungli. Bez wahania odbezpieczył i rzucił drugi granat. Bum! Crom poszedł za jego przykładem. Bum!

– Wycofujemy się! Ruszaj, Johnson!

Tamten skoczył na nogi i nisko pochylony, strzelając za siebie, pobiegł w stronę szczytu. Cole szarpnął Roya za ramię.

– Możesz chodzić o własnych siłach?! Musimy uciekać, żołnierzu! Wstawaj!

Abbott przetoczył się na bok i dźwignął na kolana. Wciąż przyciskając lewą rękę do brzucha, głośno jęknął z bólu.

Elvis puścił następną serię w zarośla i rzucił jeszcze jeden granat. Johnsonowi nie trzeba było mówić, co ma robić. Sam dobrze wiedział. Fieldsa musieli zostawić, ale Rodriguez wciąż żył. Trzeba było go stąd zabrać.

Strzelając krótkimi seriami przed siebie, złapali sierżanta za szelki plecaka i dźwignęli z ziemi. Cole krzyknął:

– Ruszaj, Abbott! Biegiem! Na górę! Tam, skąd przyszliśmy!

Roy zrobił parę chwiejnych kroków.

Obaj z Johnsonem powlekli Rodrigueza między sobą, strzelając na oślep z trzymanych pod pachą karabinów. Kanonada ucichła, gdy zaczęli rzucać granaty, ale teraz jeszcze się nasiliła. Z gąszczu dolatywały krzyżujące się okrzyki Wietnamczyków:

– *Minh dang duoi bao nhieu dua?*

– *Chung dang chay ve phia bo song!*

Jakaś kula świsnęła Elvisowi koło ucha. Johnson jęknął, zachwiał się, ale zaraz odzyskał równowagę.

– Wszystko w porządku.

Ale nie było w porządku. Dostał w pośladek.

Cole poczuł nagle dwa silne szarpnięcia, które wstrząsnęły ciałem Rodrigueza, i uzmysłowił sobie, że ich dowódca także dostał.

– Skurwysyny! – syknął Crom.

– Nie zatrzymuj się!

Z ust sierżanta bluznęła krew, ogarnęły go konwulsje.

– Matko Boska!

– To na nic! On nie żyje!

Ułożyli Rodrigueza pod pniem drzewa. Johnson zaczął puszczać kolejne serie w dół zbocza i opróżnił dwa magazynki, zanim Cole zdążył sprawdzić tętno dowódcy. Nie wyczuł go.

Ogarniała go coraz większa wściekłość. Najpierw Fields, a teraz Rodriguez. I on opróżnił swój magazynek, po czym zaczął odczepiać granaty od pasa sierżanta. Rzucił dwa jeden za drugim – bum! bum! Johnson zabrał magazynki Roda i pobiegli dalej. Cole osłaniał długi skok Croma, potem sam się wycofywał pod osłoną kolegi. Dręczyło go, że nadal nie widział ani jednego nieprzyjacielskiego żołnierza.

Dogonili Abbotta na szczycie wzgórza i skoczyli za osłonę zwalonego drzewa. Padało coraz mocniej, zewsząd otaczała ich szarawa mgła.

– Johnson, połącz się jeszcze raz. Powiedz, że koniecznie muszą nas stąd zabrać.

Wyciągnął z plecaka Roya pakiet sanitarny i szarpnięciem rozerwał opakowanie.

– Nie patrz w dół, kocie. Lepiej patrz na drzewa. Albo wypatruj żółtków, dobra? Uważaj, czy nie nadchodzą.

Po twarzy Abbotta spływały łzy.

– Strasznie piecze! Boli jak diabli! Nie wytrzymam!

Cole'a ogarnęła dziwna mieszanina miłości i nienawiści. Kochał tego chłopaka za niewinność i jawnie okazywany strach, ale nienawidził go za to, że dał się trafić, przez co spowalniał ich ucieczkę i narażał na większe niebezpieczeństwo.

Johnson przytrzymał Abbotta za rękę.

– Nie umrzesz, do pioruna. Nikt nie pozwala kotom ginąć już na pierwszej akcji. Najpierw musisz sobie zasłużyć na śmierć.

– Rangersi zawsze torują drogę – mruknął Cole. – No, powiedz to, Roy. Rangersi zawsze torują drogę.

Abbott przełknął łzy i posłusznie wymamrotał:

– Rangersi zawsze torują drogę.

Jego wnętrzności wylewały się przez szeroką ranę niczym skłębiona masa węży. Elvis wepchnął je z powrotem do środka i mocno owinął elastycznym bandażem cały brzuch. Jeszcze nim skończył zakładać opatrunek, bandaże doszczętnie przesiąknęły krwią. Na pewno została też uszkodzona jakaś tętnica. Przemknęło mu przez myśl, żeby uciekać stąd pędem, jak najdalej od tych zakrwawionych bebechów i zbliżających się żółtków. Powściągnął jednak te zapędy, wyjął z pakietu ampułkę morfiny i wbił igłę w udo Abbotta.

– Johnson, owiń go jeszcze jedną warstwą bandaża, a potem podłącz kroplówkę.

Rangersi, którzy wyruszali na zwiad bojowy, mieli na wyposażeniu pojemniki z albuminowym roztworem surowicy. Elvis wyrzucił ampułkę po morfinie i gdy Johnson zajął się rannym, wziął do ręki słuchawkę radiostacji.

– Pięć-dwa, pięć-dwa, pięć-dwa. Trafiliśmy na ciężki kontakt. Mamy dwóch zabitych i jednego rannego w stanie krytycznym. Odbiór.

W słuchawce rozległ się słabo słyszalny, z trudem przebijający się przez zakłócenia głos dowódcy kompanii, kapitana Williama „Zeka" Zekowskiego. Burza uniemożliwiała im nawet łączność.

– Powtórz, pięć-dwa.

Cole miał ochotę walnąć słuchawką o pień drzewa, ale szybko się opanował i powtórzył meldunek. Panika zabija. Spokój przede wszystkim. Rangersi zawsze torują drogę.

– Zrozumiałem, pięć-dwa. Mamy w powietrzu transportowiec i dwie maszyny szturmowe pięć kilometrów od was, synu, ale muszą zaczekać, aż przejdzie burza. Wiatr jest za silny. Wytrzymajcie jeszcze trochę.

– Wycofujemy się. Odbiór.

Odpowiedź utonęła w serii trzasków. Deszcz bębnił już tak mocno, jakby siedzieli pod prysznicem.

– Czy ktoś mnie słyszy?!

Szum i trzaski.

– Kurwa mać!

Nie było łączności. Nie było transportu. Byli zdani tylko na siebie.

Kiedy Johnson skończył podłączać kroplówkę do igły wbitej w przedramię Abbotta, obaj dźwignęli go na nogi. Ulewa stała się nagle ich sprzymierzeńcem, osłaniała odwrót, zacierała ślady, utrudniała żółtkom pościg. Za kurtyną lejącej się z nieba wody byli bezpieczni, co dawało nadzieję doczekać przybycia pomocy.

Ledwie Crom wstał, zza zasłony deszczu padł pojedynczy strzał i jego głowa rozprysła się na kawałki. Zwalił się na ziemię jak kłoda.

Roy głośno krzyknął.

Cole odwrócił się błyskawicznie i zaczął strzelać na oślep. Kiedy opróżnił magazynek, chwycił karabin Johnsona i zrobił to samo.

– Strzelaj, Abbott! Strzelaj!

Roy także zaczął pruć na oślep.

Cole'a bez reszty opanowała jedna myśl: musiał strzelać bez przerwy, ponieważ ktoś chciał go zabić, więc trzeba go uprzedzić. Rzucił swój ostatni granat, Bum! Zerwał ostatni granat z pasa Johnsona. Bum! Wyszarpnął jego magazynki, a następnie odpiął radiostację.

– W nogi! Biegiem, do cholery!

Popchnął Abbotta w dół zbocza i opróżnił jeszcze jeden magazynek w gęstą kurtynę deszczu. Przeładował, puścił kolejną serię i zaczął przypinać sobie radio do pasa. Kilka pocisków zaryło się w zwalony pień, odłupując kawałki kory i drzazgi drewna.

Rzucił się do ucieczki. Kiedy dogonił Roya, objął go ręką pod ramię i pociągnął dalej.

– Biegiem!

Pognali zboczem w dół, nurkując między błyszczące od deszczu, grube jak podeszwa liście. Pędy pnączy zdawały się łapać ich za nogi, szarpać za kolby karabinów. Ścigał ich monotonny terkot pistoletów maszynowych, niemal deptał im po piętach.

Elvis pociągnął kolegę w kierunku większej stromizny, do rowu, którym spływał dość głęboki strumień deszczówki. Wolał się trzymać jego koryta, żeby nie zostawiać wyraźnych śladów. Miał nadzieję, że doprowadzi ich na dno wąwozu, w którym wyskoczyli z helikoptera. Ścigały ich też okrzyki partyzantów:

– *Rang chan phia duoi chung!*

– *Toi nghe thay chung no o phia duoi!*

Gdzieś z lewej padła długa seria.

Abbott huknął głową o pień i zwalił się w zarośla, wyrywając kroplówkę z igły wbitej w przedramię. Cole dźwignął go z ziemi, pomógł uklęknąć i szeptem rozkazał mu wstawać.

Mokre krzaki starły farbę maskującą z połowy twarzy Roya, spod smug przeświecała biała skóra.

– Zaraz się porzygam.

– Wstawaj, żołnierzu. Ruszaj dalej.

– Brzuch mnie boli.

Już nie tylko bandaże, ale cały mundur na piersi i spodnie do kolan były przesiąknięte krwią.

– Wstawaj!

Cole wetknął głowę pod jego ramię i objął go wpół. Zachwiał się pod ciężarem rannego i dwóch plecaków, razem to było około stu pięćdziesięciu kilogramów. Ale przed nimi dżungla już się przerzedzała. Byli blisko polany, na której wyskoczyli z helikoptera.

Sunąc z wysiłkiem po kostki w wodzie, odczepił słuchawkę i włączył radiostację.

– Pięć-dwa, pięć-dwa, pięć-dwa. Odbiór.

Znowu doleciał go urywany, niewyraźny głos kapitana:

– Słyszę cię, pięć-dwa.

– Johnson także nie żyje. Wszyscy zginęli.

– Tylko spokojnie, synu.

– Trzech zabitych, jeden ranny w stanie krytycznym. Żółtki depczą nam po piętach. Słyszycie? Są tuż za nami.

– Musicie wytrzymać.

– Nie mów mi, że musimy wytrzymać, skoro my tu giniemy!

Nie był w stanie opanować płaczu. Krótkimi gwałtownymi haustami łapał powietrze jak stara maszyna parowa i czuł tak przemożny strach, że serce wyrywało mu się z piersi.

Kapitan odezwał się po chwili:

– To ty, Cole?

– Reszta zginęła. Abbott wykrwawia się na śmierć.

– Pilot pierwszej maszyny mówi, że da radę podejść do was od południa. Kończy mu się paliwo, ale chce spróbować.

Z tyłu znowu padło kilka pojedynczych strzałów, potem długa seria. Elvis nie miał pojęcia, czy żółtki ich widzą, nie miał nawet siły się obejrzeć. Ledwie trzymał się na nogach. Abbott zaczął krzyczeć.

– Jesteśmy już prawie na polanie.

– Leci wzdłuż wąwozu nad chmurami. Będziesz musiał odpalić świecę dymną, synu. Bez tego nie zdoła cię namierzyć. Odbiór.

– Odpalę świecę.

– Ta przeklęta burza odcięła nasze maszyny szturmowe. Nie będą mogły was osłaniać.

– Zrozumiałem.

– Musicie sobie radzić sami.

Cole wypadł z dżungli na polanę. Jeszcze niedawno suchym korytem płynął teraz szeroki rwący strumień. Już po paru krokach znalazł się po pas w wodzie, ledwie poruszając nogami w silnym nurcie. Ostatkiem sił dobrnął na drugi brzeg i wyszedł ze strumienia. Ułożył Abbotta w wysokiej trawie i zaczął się rozglądać za helikopterem. Zdawało mu się, że za kurtyną deszczu dostrzega rozmazaną ciemną plamę w powietrzu. Zapalił świecę, jaskrawopurpurowy dym zawirował wokół niego.

Ciemna plama skręciła w jego kierunku i zaczęła się wolno powiększać.

Elvis chlipnął raz i drugi.

Przybywali na ratunek.

Osunął się na kolana obok Abbotta.

– Trzymaj się, Roy. Zaraz nas stąd zabiorą.

Tamten otworzył usta i zachłysnął się krwią.

Kule znów zaczęły świstać dookoła, między drzewami na drugim brzegu strumienia zaterkotał karabin maszynowy. Cole rzucił się plackiem na ziemię. Ogniki wystrzałów zatańczyły wśród zieleni jak chmara świetlików.

Opróżnił magazynek w ich kierunku i załadował następny. Puścił krótką serię i wrzasnął:

– Abbott!

Roy ospale przekręcił się na brzuch, podciągnął karabin do ramienia, ale oddał tylko pojedynczy strzał.

Dżungla roziskrzała się coraz bardziej, z każdą chwilą przybywało śmiercionośnych rozbłysków. Błoto na brzegu strumienia strzelało gejzerami w powietrze, trawa dookoła kładła się niczym pod ciosami niewidzialnej kosy. Jedną długą serią opróżnił magazynek, potem następny. Lufa jego karabinu była już rozgrzana prawie do czerwoności.

– Strzelaj, Abbott! Strzelaj!

Roy znowu oddał pojedynczy strzał.

Z góry spłynął wyraźny łoskot wirnika helikoptera.

Cole jeszcze raz przeładował i puścił kilka krótkich serii. Został mu już ostatni ładunek czterech magazynków, a wśród drzew za strumieniem aż roiło się od wrogich żołnierzy.

– Strzelaj, do cholery!

Abbott przekręcił się na bok i mruknął ledwie słyszalnie:

– Nie myślałem, że tak się to skończy.

Helikopter nagle znalazł się tuż nad nimi, trawa zaczęła falować pod naporem wyrzucanego powietrza. Cole puścił jeszcze jedną serię w kierunku masy rozbłysków, gdy w górze zahuczał karabin maszynowy strzelca pokładowego. Strugi pocisków kalibru 7,62 milimetra spadły na dżunglę za strumieniem.

Przekręcił się na wznak i popatrzył na ciężką maszynę siadającą na ziemi. Cały bok miała posiekany kulami, z silnika sączyła się strużka dymu. W otwartych drzwiach tłoczyli się żołnierze z pierwszej dywizji kawalerii powietrznej, którzy wyglądali jak banda rozbitków. Natychmiast zaczęli z broni ręcznej wspomagać strzelca pokładowego. Helikopter musiał przejść niezłe piekło, a mimo to pilot zdecydował się zejść pod chmury i wystawić go na zmasowany ostrzał. Lotnicy z kawalerii powietrznej mieli jaja z żelaza.

– Chodź, Roy. Idziemy.

Abbott nawet nie drgnął.

– Rusz się!

Cole rzucił karabin na ziemię, złapał kolegę wpół i dźwignął go na nogi. Coś gorącego szarpnęło go za spodnie, chwilę później rozległ się głośny brzęk. Kula roztrzaskała radio. Na miękkich nogach dotarł do helikoptera i wsadził Abbotta do przedziału transportowego. Żołnierze ścisnęli się, żeby zrobić im miejsce.

Kiedy sam zaczął się wdrapywać do środka, kule z AK zabębniły o poszycie kadłuba nad jego głową.

Dowódca śmigłowca wrzasnął:

– Mówili, że mamy zabrać tylko jednego!

Elvisowi tak dzwoniło w uszach, że ledwie usłyszał jego głos.

– Co?

– Mówili, że będzie tylko jeden! Jesteśmy za bardzo obciążeni! Nie damy rady wystartować!

Silnik zawył na najwyższych obrotach, pilot próbował poderwać maszynę. Helikopter trząsł się i ryczał jak ranny wieloryb.

Dowódca złapał za pasek plecaka Abbotta.

– Zepchnijcie go! Inaczej nie odlecimy!

Cole wymierzył M 16 w jego pierś. Tamten cofnął się szybko.

– Przecież on nie żyje! Zepchnijcie go! Przez niego wszyscy zginiemy!

– Leci z nami!

– Mamy za duże obciążenie! Nie wystartujemy!

Wycie silnika jeszcze przybrało na sile. Przez otwarte drzwi do środka wdzierał się oleisty cuchnący dym.

– Zepchnijcie go!

Elvis podniósł karabin nieco wyżej. Rod, Fields i Johnson zginęli, za nic w świecie nie mógł dopuścić, żeby i Abbott tu został. Członkowie rodziny muszą się troszczyć o siebie nawzajem.

– Powiedziałem, że leci z nami!

Żołnierze z kawalerii powietrznej nie mieli wątpliwości, że naprawdę jest gotów pociągnąć za spust. Wściekłość i strach emanowały od niego na kilometr. Było mu już wszystko jedno, mógł nawet strzelać do swoich, byle tylko zakończyć tę akcję. Zrozumieli go bez słów. Zaczęli w pośpiechu wyrzucać puste skrzynki amunicyjne i plecaki, żeby maksymalnie zmniejszyć obciążenie śmigłowca.

Silnik zawył na najwyższych obrotach. Wirnik w końcu znalazł trochę oparcia w gęstym od wilgoci powietrzu i helikopter powoli wzbił się w niebo. Cole opuścił karabin, przyłożył go do piersi nieruchomego Abbotta, gotów bronić swego przybranego brata aż do końca.

Burza odeszła znad gór cztery godziny później. Oddział interwencyjny złożony z Rangersów z ich kompanii wrócił na miejsce akcji, żeby zabrać ciała zabitych kolegów. Starszy szeregowiec Elvis Cole poleciał razem z nimi.

Przywieźli do bazy zwłoki sierżanta Luisa Rodrigueza i starszego szeregowca Teda Fieldsa. Ciała starszego szeregowca Cromwella Johnsona nie odnaleźli, prawdopodobnie zostało zabrane przez wroga.

Za tę akcję, „za odwagę i męstwo", starszy szeregowiec Elvis Cole został odznaczony Srebrną Gwiazdą, trzecim co do ważności orderem Armii Stanów Zjednoczonych.

Było to jego pierwsze odznaczenie.

W przyszłości miał zasłużyć na następne.

Rangersi nigdy nie zostawiają innych Rangersów na polu walki.

14

czas od zaginięcia: 41 godzin, 00 minut

Po rozmowie z Abbottami zadzwoniłem jeszcze do rodzin pozostałych zabitych kolegów, żeby powiadomić o przyczynach, dla których mogą się spodziewać wizyty policji. Od połączenia ze starszym sierżantem Stivikiem spędziłem przy telefonie prawie trzy godziny.

Starkey zadzwoniła do drzwi za kwadrans dziewiąta. Kiedy otworzyłem, ujrzałem też Johna Chena stojącego w otwartych drzwiach furgonetki.

– Rozmawiałem dziś rano z rodzinami zabitych kolegów – rzekłem. – Nie mają z porwaniem nic wspólnego, nikt nie wie, kto mógłby to zrobić. Znalazłaś coś ciekawego w policyjnych bazach danych na temat tych osób, które spisałem?

Popatrzyła na mnie bykiem. Oczy miała podkrążone, a zachrypnięty głos świadczył wyraźnie, że sporo już dzisiaj wypaliła.

– Piłeś coś? – zapytała podejrzliwie.

– Nie spałem całą noc. Rozmawiałem z rodzinami kolegów, a wcześniej przesłuchiwałem na okrągło to przeklęte nagranie. Więc znalazłaś coś czy nie?

– Już ci mówiłam wczoraj wieczorem, Cole. Przeszukiwanie komputerowych baz danych nic nie dało. Już zapomniałeś?

Poczułem się zirytowany, że wyleciało mi to z głowy. Rzeczywiście mówiła o tym, kiedy siedzieliśmy na komendzie w Hollywood. Złapałem kluczyki od samochodu i przecisnąłem się obok niej.

– Chodźmy. Pokażę wam, co znaleźliśmy. Może John zidentyfikuje ślady butów.

– Odstaw kawę. Wyglądasz jak ćpun na pograniczu jawy i halucynacji.

– Ty też nie jesteś królową piękności.

– Pieprz się, Cole. To pewnie dlatego, że komendant ściągnął nas z Gittamonem już o szóstej i koniecznie chciał się dowiedzieć, dlaczego pozwalamy ci ingerować w dochodzenie.

– Richard mu się poskarżył?

– Cholerny dupek skarży się na wszystko. Zrobimy tak: Pokażesz nam to miejsce, w którym odkryliście ślady, a potem będziesz się trzymał z daleka. Nieważne, że jesteś chyba jedyną osobą oprócz mnie, która zna się na tej robocie. Zostajesz wykluczony.

– Gdybym nie znał prawdy, pomyślałbym, że usłyszałem od ciebie komplement.

– Tylko nie bierz sobie tego do serca. Okazało się, że Richard miał rację, możesz być kluczowym świadkiem oskarżenia. Wykluczając cię ze śledztwa, mam po prostu takie wrażenie, jakbym kopała leżącego. I to mi się nie podoba.

Aż zrobiło mi się jej żal.

– Domyślam się, że nie rozpoznałeś nagle porywacza po głosie i nie przypomniałeś sobie niczego, co mogłoby nam pomóc – dodała.

W pierwszej chwili chciałem powiedzieć, do jakich wniosków doszedłem, przesłuchując nagranie, ale pomyślałem, że zabrzmiałoby to jak próba usprawiedliwiania samego siebie.

– Nie. Nigdy wcześniej nie słyszałem tego głosu. Odtwarzałem nawet przez telefon to nagranie rodzinom kolegów, ale nikt z nich go też nie rozpoznał.

Starkey przekrzywiła głowę na ramię, jakby ją to zaskoczyło.

– Odtworzenie nagrania przez telefon to był niegłupi pomysł, Cole. Pozostaje tylko wierzyć, że nikt cię nie okłamał.

– Dlaczego wczoraj wieczorem kazałaś Hurwitzowi przynieść mi tę kopię, a nie zjawiłaś się sama?

Odwróciła się i bez słowa ruszyła do samochodu.

– Jedź własnym wozem, żebyś miał czym wrócić do domu.

Zamknąłem drzwi na klucz, wsiadłem do auta i poprowadziłem ich na drugą stronę kanionu, na skraj grzbietu, przy którym poprzedniego dnia zatrzymaliśmy się z Pikiem. Zajęło to około dwunastu minut. Starkey włożyła sportowe obuwie, a Chen wypakował swój sprzęt. Wczoraj na tym odcinku ulicy było prawie całkiem pusto, lecz dzisiaj przed remontowanym domem stał sznur wozów osobowych i półciężarówek. Poprowadziłem gliniarzy przez szczyt grzbietu na porośnięte krzakami przeciwległe zbocze. Minęliśmy dwie sosny, przeskoczyliśmy nad korytem wymytym przez deszcze i zbliżyliśmy się do samotnego karłowatego dębu. Poczułem dziwną mieszaninę podniecenia i lęku. Miałem wrażenie, jakbym znalazł się blisko Bena, ale zarazem naszły mnie obawy, że odciski butów nie będą do siebie pasowały. W takiej sytuacji nadal nie mielibyśmy żadnego punktu zaczepienia.

Wskazałem im pierwszy ślad, doskonale czytelny odcisk podeszwy zostawiony w pylistej ziemi między dwiema płytami łupka.

– Ten jest bardzo wyraźny. Tam, niżej, znajdziecie ich więcej.

Chen uklęknął, żeby przyjrzeć mu się dokładniej. Stałem bardzo blisko, niemal opierałem się o niego.

– Odsuń się, Cole – mruknęła Starkey. – Cofnij się.

Chen zerknął na mnie i wyszczerzył zęby w uśmiechu.

– To identyczny ślad – rzekł. – Nie muszę robić dokładnych pomiarów, żeby to stwierdzić. Buty marki Rockport, rozmiar jedenaście, z takim samym groszkowym wzorem na podeszwie.

Serce zabiło mi mocniej, a świat dookoła jak gdyby pojaśniał. Starkey trąciła mnie w ramię.

– Ty cholerniku – mruknęła.

Chyba nie tylko mnie potrafiła zaskoczyć swoimi odzywkami.

Chen oznakował chorągiewkami osiem śladów, zanim dotarł do drzewa. Co silniejsze źdźbła zdołały się rozprostować pod wpływem rannej rosy, ale wielki placek powyżej drzewa wciąż był mocno wygnieciony.

– Zgadza się, tu, pod drzewem, urządził sobie punkt obserwacyjny. Widzicie tę połamaną trawę?

Starkey dotknęła mojej ręki.

– Zostań tu.

Podeszła bliżej, odwróciła się i popatrzyła spod najniższych konarów dębu na mój dom, a potem rozejrzała się po całym kanionie.

– W porządku, Cole. Trafiłeś w dziesiątkę. Nie wiem, jak odnalazłeś to miejsce, ale wszystko pasuje. Namierzyłeś punkt obserwacyjny tego łobuza. John, chciałabym mieć schematyczną mapę całej tej okolicy.

– Będzie mi potrzebna pomoc. Czeka mnie tu znacznie więcej roboty niż wczoraj.

Starkey zmarszczyła brwi, pochyliła się na skraju wygniecionej trawy i popatrzyła na coś leżącego na ziemi.

– Daj mi pęsetę, John.

Chen otworzył skrzynkę, wyjął z niej plastikową torebkę na dowody rzeczowe i pęsetę. Starkey podniosła niewielką brunatną grudkę, przybliżyła ją do oczu, po czym wrzuciła do torebki. Popatrzyła na drzewo i jeszcze raz rozejrzała się uważnie dookoła.

– Co znalazłaś? – spytałem.

– Początkowo myślałam, że to mysie bobki, ale się pomyliłam. Wszędzie tego pełno.

Ściągnęła kolejną taką grudkę z liścia dębu i roztarła ją na dłoni. Chen zrobił przerażoną minę.

– Nie bierz dowodów palcami!

Podszedłem bliżej, mimo obaw, że każe mi się odsunąć. Nic jednak nie powiedziała. Rzeczywiście, na skraju wygniecionego obszaru walało się co najmniej kilkanaście takich grudek wielkości pocisku z pistoletu. Były poprzyklejane do źdźbeł trawy. Od razu się domyśliłem, co to jest. W czasie służby wojskowej wielokrotnie widywałem takie grudki.

– To tytoń do żucia.
– Skąd wiesz? – zaciekawił się Chen.
– W czasie akcji zwiadowczych palacze żuli go, żeby zaspokoić głód nikotyny. Dym z papierosa mógłby zdradzić ich pozycję. A po przeżuciu wypluwali takie grudki tytoniu na ziemię.
Starkey zerknęła na mnie. Od razu się domyśliłem, co jej chodzi po głowie. Był to kolejny element łączący porwanie Bena z wojną wietnamską. Podała torebkę Chenowi, wyłuskała z kieszeni swoją białą tabletkę, połknęła ją i zapatrzyła się na mnie ze zmarszczonym czołem.
– Chciałabym cię do czegoś wykorzystać.
– Do czego?
– Na zboczu pod twoją werandą porywacz nie zostawił żadnych śladów, nie licząc pojedynczego odcisku buta, zresztą niewyraźnego, ledwie widocznego. Tu natomiast zostawił po sobie istny śmietnik.
– Bo tutaj czuł się bezpieczny.
– Niewykluczone. Miał stąd doskonały widok, podczas gdy sam był niewidoczny, więc może rzeczywiście nie troszczył się o to, żeby nie zostawiać śladów. W każdym razie jeśli tutaj zachowywał się swobodnie, pewnie tak samo swobodnie zachowywał się na ulicy. W sąsiedztwie nie ma zbyt wielu domów, w dodatku tuż za zakrętem stoi remontowany budynek. Muszę wezwać Gittamona i patrol z miejscowego posterunku, żeby zorganizować wypytywanie okolicznych mieszkańców, ale ponieważ jest ich niewielu, moglibyśmy się sami z tym uporać, zanim Gittamon zdąży tu ściągnąć miejscowych.
– Zdawało mi się, że mam zakaz ingerowania w śledztwo.
– Nie pytałam cię o zdanie w tej sprawie. Chcesz mi pomóc czy wolisz marnować czas?
– Pewnie, że chcę.
Spojrzała na Chena.
– Jak komuś o tym powiesz, to skopię ci dupsko.
Zostawiliśmy go wzywającego przez telefon do pomocy innego kryminologa i ruszyliśmy z powrotem w stronę remontowanego domu. Prowizoryczna parterowa przybudówka była

bez dachu, najwyraźniej szykowano dobudowę piętra. Przed bramą posesji stał wielki niebieski pojemnik na śmieci, wypełniony już do połowy połamanymi deskami i gruzem. W istniejącej części na piętrze wstawiano nowe okna, na parterze elektrycy przeciągali nowe kable. Mimo późnej jesieni wszyscy pracowali rozebrani do pasa, w samych szortach.

W garażu starszy mężczyzna w powypychanych spodniach dresowych pochylał się nad planami i tłumaczył coś zaspanemu młodzieńcowi trzymającemu skrzynkę narzędziową. Wewnętrzne ściany garażu, podobnie jak w budynku głównym, były odarte z tynku, odsłonięte belki nośne przypominały żebra monstrualnego stwora.

Starkey nie czekała, aż mężczyźni zwrócą na nas uwagę. Bez zbędnych ceregieli machnęła im odznaką przed nosem i powiedziała:

– Śledcza Starkey z komendy policji w Los Angeles, a to detektyw Cole. Pan kieruje tą budową?

Starszy mężczyzna przedstawił się jako Darryl Cauley, główny wykonawca. Spoglądał na nas z jawną podejrzliwością.

– Przysłał was Urząd Zatrudnienia? Jeśli sądzicie, że znajdziecie na mnie haka, to wiedzcie, że mam podpisane umowy o pracę ze wszystkimi ludźmi. Nie zatrudniam nikogo na czarno.

Elektryk chciał odejść, ale Starkey go zatrzymała.

– Proszę zaczekać. Chcieliśmy porozmawiać ze wszystkimi.

Cauley nachmurzył się jeszcze bardziej.

– O co chodzi?

Najwyraźniej rozmowy z ludźmi nie były mocną stroną Starkey, szybko postanowiłem więc wziąć sprawy w swoje ręce, nim facet zacznie wzywać swojego adwokata.

– Mamy uzasadnione podejrzenia, że w tej okolicy działał porywacz, panie Cauley. W ubiegłym tygodniu musiał często przechodzić albo przejeżdżać tą ulicą. Chcieliśmy zapytać pańskich pracowników, czy nie zwrócili uwagi na podejrzanego mężczyznę albo podejrzany samochód.

Elektryk przełożył ciężką skrzynkę do drugiej ręki i zapytał z wyraźnym ożywieniem:

– Poważnie? Ktoś tu został porwany?

– Dziesięcioletni chłopiec – odparła Starkey. – Uprowadzono go przedwczoraj.

– O rety...

Cauley wyjaśnił pospiesznie, że chętnie by pomógł, ale musi dzielić swój czas między trzy podobne budowy, więc rzadko przebywa tutaj dłużej niż kilka godzin dziennie.

– Sam nie wiem, co powiedzieć. Ludzie wciąż odchodzą, zatrudniam nowych, nie mam stałej ekipy. Macie może zdjęcie albo... Jak to się nazywa?... Portret pamięciowy?

– Nie. Jeszcze nie wiemy, kim jest porywacz ani jak wygląda. Nie wiemy także, czym jeździ, podejrzewamy tylko, że spędzał w tej okolicy dużo czasu. Urządził sobie punkt obserwacyjny zaraz za zakrętem, tam, gdzie parkujecie swoje auta.

Elektryk popatrzył w tamtym kierunku.

– W mordę... To niesamowite...

– Naprawdę chętnie bym pomógł – powtórzył Cauley – ale nic nie wiem. Do moich chłopaków czasami przyjeżdżają znajomi, ich dziewczyny. Prowadzę drugi remont w Beachwood i miesiąc temu zajechała tam wielka limuzyna z jakimiś szychami z Capitol Records. Z pracującym dla mnie cieślą podpisali kontrakt płytowy na trzy miliony dolarów. Chcę przez to powiedzieć, że nigdy nie wiadomo, kogo się zatrudnia.

– Czy możemy porozmawiać z pańskimi ludźmi? – zapytała Starkey.

– Tak, oczywiście. James, mógłbyś zawołać wszystkich chłopaków? Powiedz Frederico i jego szklarzom, żeby również zeszli na dół.

W sumie tego dnia na budowie pracowało dziewięciu ludzi. Dwóch szklarzy ledwie dukało po angielsku, lecz Cauley płynnie dogadywał się z nimi po hiszpańsku. Wszyscy chcieli pomóc, gdy się dowiedzieli, że chodzi o porwanie dziecka, nikt jednak nie przypominał sobie niczego podejrzanego. Kiedy skończyliśmy z nimi rozmawiać, miałem wrażenie, że zapada zmierzch, chociaż nie minęło jeszcze południe.

Po wyjściu na ulicę Starkey natychmiast zapaliła papierosa.

– Dobra, chodźmy dalej.

– Nie mógł parkować dalej niż pięć albo sześć posesji po jednej lub drugiej stronie zakrętu. Im dłuższą drogę miałby do pokonania pieszo, tym większe byłoby ryzyko, że komuś wpadnie w oko.

– Jasne. I co z tego?

– Rozdzielmy się. Ty pytaj ludzi mieszkających po tej stronie, a ja pójdę na drugi koniec serpentyny. Tak będzie szybciej.

Zgodziła się bez oporu. Zostawiłem ją, łapczywie zaciągającą się dymem, i ruszyłem wzdłuż wozów zaparkowanych przed zakrętem w kierunku domów po drugiej stronie. W pierwszym drzwi otworzyła gosposia pochodząca z Ekwadoru. Nikogo nie widziała, nie zauważyła nic podejrzanego i w niczym nie mogła mi pomóc. W następnym nikogo nie było. W trzecim wyjrzał staruszek w wyświechtanym szlafroku i kapciach. Był tak chudziutki, z zaawansowaną osteoporozą, że przypominał usychający kwiat. Opowiedziałem mu o mężczyźnie przesiadującym na szczycie grzbietu i zapytałem, czy nie zwrócił na kogoś uwagi. Zapatrzył się na mnie z rozdziawionymi ustami. Dodałem, że zostało porwane dziecko. Także się nie odezwał. Wsunąłem mu do kieszonki na piersi swoją wizytówkę, prosząc o telefon, gdyby coś sobie przypomniał, i zamknąłem drzwi. Zastałem jeszcze jedną młodą kobietę z trójką małych dzieci, w pozostałych domach nikt nie odpowiadał. W południe roboczego dnia większość mieszkańców była w pracy.

Przez chwilę zastanawiałem się, czy nie podejść do następnego skupiska domów w wyższej części osiedla, lecz gdy wróciłem zza serpentyny, Starkey już na mnie czekała, oparta o dach swego samochodu.

– Masz coś? – zapytałem.

– Nie żartuj, Cole. Czy wyglądam na taką, która wpadła na trop przestępcy? Rozmawiałam z tyloma osobami, które niczego nie widziały i nie słyszały, że w końcu zapytałam jednego faceta, czy w ogóle wychodzi z domu.

– Przeprowadzanie wywiadów nie jest twoją specjalnością, prawda?

– Muszę powiadomić Gittamona, żeby ściągnął tu więcej ludzi. Chcę przepytać śmieciarzy, listonosza, ochroniarzy strzegących tego osiedla, każdego, kto mógł coś widzieć. Ale nie będę mogła dłużej korzystać z twojej pomocy. Musimy się rozstać.

– Daj spokój, jest przecież mnóstwo roboty, mogę się na coś przydać. Chyba nie chcesz odstawić mnie teraz na boczny tor.

Zamyśliła się na krótko i odparła cicho, łagodnym tonem:

– To żmudne i niewdzięczne zajęcie, a ty potrzebujesz odpoczynku. Wracaj do domu. Dam ci znać, gdy na coś trafimy.

– Może z domu zadzwonię do firmy ochroniarskiej?

Nawet jak dla mnie w moim głosie przebijała zbytnia desperacja. Starkey pokręciła głową.

– Kojarzysz ten film szkoleniowy, który puszczają w samolotach przed startem, żeby pasażerowie wiedzieli, jak się zachować w razie wypadku?

W głowie mi szumiało, czułem się tak, jakbym jednocześnie był trochę wstawiony i śmiertelnie głodny.

– Co to ma do rzeczy?

– Tłumaczą na tym filmie, że gdy w kabinie zacznie spadać ciśnienie, powinieneś najpierw włożyć swoją maskę tlenową, nim zaczniesz pomagać swoim dzieciom. Kiedy pierwszy raz to zobaczyłam, pomyślałam, że to idiotyzm, że gdybym leciała ze swoimi dziećmi, na pewno im włożyłabym maski w pierwszej kolejności. To naturalny odruch, prawda? Każdy chce najpierw ratować swoje dzieci. Ale jeśli się nad tym zastanowić, taka kolejność jest zupełnie logiczna. Najpierw trzeba pomyśleć o sobie, bo bez tlenu nikomu się już nie pomoże. Jesteś dokładnie w takiej sytuacji, Cole. Musisz najpierw sam łyknąć tlenu, jeśli chcesz pomóc Benowi. Jedź do domu. Zadzwonię, jak będzie coś nowego.

Odwróciła się i ruszyła w kierunku Chena czekającego przy furgonetce.

Usiadłem za kierownicą. Nie umiałem rozstrzygnąć, czy faktycznie powinienem wracać do domu, nie wiedziałem, czy w ogóle dam radę zasnąć. W każdym razie odjechałem. Kiedy minąłem zakręt, dostrzegłem jasnożółtą furgonetkę z firmy kateringowej stojącą przy niebieskim pojemniku na śmieci. Jej obecność ani trochę mnie nie zdziwiła. Robotnicy na budowie też muszą mieć przerwy.

Furgonetka dopiero co przyjechała.

Może gdybym nie był aż tak zmęczony, od razu bym o tym pomyślał: przecież ta sama firma kateringowa musiała dostarczać robotnikom jedzenie dwa razy dziennie, śniadanie i lunch. Minęła jedenasta pięćdziesiąt. Bena nie było prawie od czterdziestu czterech godzin.

Zostawiłem wóz na środku ulicy, wyskoczyłem i podbiegłem do furgonetki. Tylne drzwi były otwarte na oścież, ze środka buchało gorąco. Dwóch chłopaków w białych T-shirtach pochylało się nad grillem, niska przysadzista kobieta rzucała im chrapliwe polecenia w mieszaninie angielskiego i hiszpańskiego, wołając to o kanapkę z pieczonym kurczakiem, to znów o tacos; rozkładała surówki na papierowe tacki i podawała gotowe porcje robotnikom stojącym w kolejce do okienka w bocznej ścianie furgonetki. Zobaczyła mnie w otwartych tylnych drzwiach, ruchem głowy wskazała okienko i powiedziała:

– Musisz się ustawić w kolejce.

– Porwano małego chłopca. Podejrzewamy, że porywacz spędził bardzo dużo czasu przy tej ulicy. Nie zwróciliście uwagi na żaden podejrzany samochód?

Podeszła do drzwi, wycierając dłonie o różową ścierkę.

– Jak to, porwano chłopca? Jesteś z policji czy co?

Młody elektryk, z którym wcześniej rozmawialiśmy, także stał w kolejce i odparł szybko:

– Tak, on tu był z glinami. Dacie wiarę, że jakiś facet porwał dzieciaka gdzieś w tej okolicy? Właśnie go szukają.

Kobieta zeskoczyła z furgonetki na ulicę. Nazywała się Marisol Luna i była właścicielką firmy kateringowej. Opisałem jej stanowisko obserwacyjne tuż za zakrętem i zapytałem, czy nie zwróciła uwagi na jakieś auta parkujące w tym miejscu w ciągu ostatnich dwóch tygodni albo zachowującego się dziwnie człowieka.

– Nie, chyba nie.

– Zdarzało się, żeby na poboczu przed zakrętem stał tylko jeden samochód?

Wciąż wycierała dłonie w ścierkę, jakby tym sposobem chciała sobie odświeżyć pamięć.

– Widziałam hydraulika. Skończyliśmy wydawać śniadanie i odjechaliśmy w tamtą stronę. – Wskazała serpentynę. Szum w mojej głowie stawał się nieznośny. – Zauważyłam hydraulika, który poszedł w krzaki.

Zacząłem wypatrywać Cauleya w ekipie remontowej. Marisol była pierwszą osobą, która coś widziała.

– Skąd pani wie, że to był hydraulik? Pracował na tej budowie?

– Nie, tak było napisane na furgonetce. „Usługi Hydrauliczne Emilio". Zapamiętałam, bo mój mąż ma na imię Emilio. Dlatego wpadła mi w oko ta furgonetka. Uśmiechnęłam się wtedy szeroko, a wieczorem powiedziałam o tym mężowi. Ale on był niepodobny do mojego Emilia, czarny, z czymś takim na twarzy, co wyglądało na wielkie krosty.

Zwróciłem się do robotników stojących w kolejce:

– Gdzie jest Cauley? Czy ktoś mógłby go zawołać?

Pospiesznie zapytałem kobietę:

– Ten facet, który szedł w krzaki, był czarny?

– Nie, ten drugi, w samochodzie. Tamten był biały.

– A więc było ich dwóch?

Szum w głowie nadal przybierał na sile, jakbym rzeczywiście przedawkował kofeinę. Zza furgonetki wyłonił się młody elektryk w towarzystwie Cauleya, który spytał:

– No i jak? Dopisało wam szczęście?

– Czy zatrudniał pan hydraulika o imieniu Emilio albo ekipę z firmy o nazwie „Usługi Hydrauliczne Emilio" lub coś w tym rodzaju?

Pokręcił głową.

– Nie, nigdy. Zawsze korzystam z pomocy tej samej firmy. Jej właściciel nazywa się Donnelly.

– Ale na furgonetce było napisane „Usługi Hydrauliczne Emilio" – powtórzyła pani Luna.

– Zaraz, ja też widziałem ten samochód – odezwał się elektryk.

Szum w mojej głowie nagle ustał, przemęczenie zniknęło, jak ręką odjął. Czułem tylko wzmożone pulsowanie krwi w całym ciele. Wraz z podnieceniem wróciła cudowna klarowność myśli. Czułem się tak samo jak wtedy w dżungli przy ścieżce partyzantów, kiedy Wietnamczycy się zbliżali, a ja czekałem, aż Rod zacznie strzelać, mając absolutną pewność, że albo ja wytłukę żółtków, albo oni dopadną mnie, lecz tak czy inaczej ta krwawa jatka wkrótce musi się skończyć.

– Czy zechciałaby pani pójść ze mną? Policja musi usłyszeć pani relację. Patrol stoi tuż za zakrętem.

Marisol Luna bez sprzeciwu czy obiekcji wsiadła do mojego samochodu. Szkoda mi było czasu na zawracanie. Pojechałem tyłem.

czas od zaginięcia: 43 godziny, 50 minut

Słońce przesuwające się ku zachodowi na południowym nieboskłonie prażyło niemiłosiernie, nagrzewało niemal do wrzenia powietrze stojące w kanionie, które wędrowało w górę po zboczach. Lekki wiatr od strony miasta niósł ze sobą swąd siarki. Starkey osłoniła oczy dłonią przed oślepiającym słońcem.

– Rozumiem. Proszę mi opowiedzieć, co pani dokładnie widziała.

Marisol Luna, Starkey i ja staliśmy na poboczu na szczycie wirażu. Pani Luna machnęła ręką w stronę remontowanego domu i zaczęła mówić wolno, przypominając sobie tamto zdarzenie.

– Nadjechaliśmy stamtąd, zza zakrętu, a furgonetka hydraulików stała tutaj.

Wskazała miejsce, gdzie teraz się znajdowaliśmy. Nie było tu pobocza, zatem wóz porywaczy musiał parkować na skraju ulicy. Ale tutaj był niewidoczny zarówno z terenu budowy, jak i z okolicznych domów.

– Mój wóz jest duży, co nie? Bardzo szeroki. Aż powiedziałam Ramonowi, żeby patrzył na prawe lusterko, bo facet zatarasował przejazd na samym zakręcie.

– Ramon to jeden z pracowników pani Luny – wyjaśniłem.

– Daj jej mówić, Cole.

– No więc musieliśmy się zatrzymać, żeby zaczekać, aż ta furgonetka odjedzie – ciągnęła. – I wtedy przeczytałam napis na niej. Aż się uśmiechnęłam, jak już mówiłam panu Cole'owi. Wieczorem powiedziałam o tym mężowi. Zawołałam: „Hej, widziałam cię dzisiaj!".

– Kiedy to było? – zapytała Starkey.

– Tak jakoś... Ze trzy dni... Tak, trzy dni temu.

W przeddzień porwania Bena. Starkey wyjęła notatnik.

Pani Luna opisała białą, bardzo brudną furgonetkę, ale nie mogła sobie przypomnieć żadnych szczegółów poza tym napisem na boku. Oddaliłem się parę kroków, zadzwoniłem z telefonu komórkowego do informacji i zapytałem o numer „Usług Hydraulicznych Emilio". Nie było takiej firmy ani w Los Angeles, ani na terenie całej Doliny. Poprosiłem o sprawdzenie również w Santa Monica i Beverly Hills pod hasłami „hydraulika", „hydraulicy", „usługi hydrauliczne", „naprawy hydrauliczne", chociaż nie spodziewałem się zbyt wiele. Porywacze mogli ukraść tę furgonetkę w Arizonie bądź na własną rękę wymalować na niej nazwę fikcyjnej firmy.

– Na pewno było tam imię Emilio – wtrąciła pani Luna. – Jestem tego pewna.

– Proszę mi teraz opowiedzieć o tych dwóch mężczyznach – rzekła Starkey. – Wyjechaliście zza zakrętu i ujrzeliście furgonetkę tarasującą przejazd. W którą stronę była zwrócona?

– W tę, przodem do nas. Pamiętam, że widziałam ją od przodu. Dlatego zobaczyłam tego czarnego za kierownicą. A biały stał po tej stronie, jakoś tutaj. Rozmawiali przez otwarte okno. – Zeszła z asfaltu i obróciła się w kierunku budowy, pokazując usytuowanie auta. – Obaj popatrzyli na nas, gdy nadjechaliśmy. A ten czarny miał wielkie krosty na twarzy. Pomyślałam, że jest chory, bo wyglądały jak wrzody. – Kilka razy dotknęła palcem policzków i zmarszczyła nos. – Do tego był bardzo duży. Prawdziwy olbrzym.

– Wysiadł z samochodu? – zapytała Starkey.

– Nie, cały czas siedział za kierownicą.

– To skąd pani wie, że był bardzo wysoki?

Pani Luna uniosła obie ręce nad głowę.

– Bo przez szybę nie było widać czubka jego głowy. Taki był wielki.

Starkey zamyśliła się ze zmarszczonym czołem, ale ja chciałem jak najszybciej usłyszeć resztę.

– A ten biały? Nie przypomina pani sobie żadnych szczegółów? Nosił może tatuaże albo okulary?

– Nie przyglądałam mu się.

– Miał długie włosy czy krótkie? Jakiego koloru?

– Przykro mi, ale nie wiem. Zapatrzyłam się na tego czarnego olbrzyma za kierownicą. Przede wszystkim chcieliśmy przejechać obok nich, rozumie pan. Zjechałam na lewo, ale gdy koło spadło z asfaltu, mocno nas przechyliło. Trzeba było się cofnąć. Wtedy ten biały się odsunął, bo jego kolega musiał ruszyć furgonetkę, żeby nas przepuścić. Tu jest bardzo wąsko. Pamiętam, że gdy odjeżdżaliśmy, zapytałam Ramona: „Widziałeś te krosty na jego twarzy?”. Bo on też nie mógł oderwać wzroku od tego czarnego. Odparł, że to pewnie kurzajki.

– Jak Ramon ma na nazwisko? – zapytała Starkey.

– Sanchez.

– Jest teraz w pani wozie?

– Tak, proszę pani.

Starkey zapisała jego personalia w notesie.

– W porządku, chcielibyśmy z nim również porozmawiać.

– A więc ten czarny siedział za kierownicą, kiedy biały poszedł w krzaki? – spytałem, wracając do rzeczy. – A może czekał na powrót kolegi?

– Nie, został, a tamten poszedł. W ostatniej chwili pokazał mu brzydki znak. No, wie pan, taki nieprzyzwoity gest.

Wyglądała na zmieszaną. Starkey pospiesznie wyciągnęła przed siebie dłoń ze środkowym palcem wyprostowanym ku górze.

– Taki? To znaczy, że ten biały kazał się Murzynowi odpieprzyć?

– No właśnie. Ramon aż się zaśmiał. Cofałam wóz ostrożnie, żeby nie zahaczyć lusterkiem o skałę, więc wszystko dobrze widziałam. Pokazał ten gest i poszedł w dół zbocza. Myślałam, że wróci na budowę, ale on poszedł w tamtą stronę. Zaciekawiło mnie, po co idzie w te krzaki, lecz zaraz pomyślałam, że pewnie musi się załatwić.

– Widziała pani dokładnie, którędy schodził albo wracał na górę?

– Nie. Odjechaliśmy. Spieszyło nam się, bo musieliśmy dostarczyć śniadania jeszcze na jedną budowę, a potem zacząć przygotowania do lunchu.

Starkey zanotowała jej nazwisko, adres i numer telefonu, po czym dała swoją wizytówkę. Jej pager zaświergotał, ale go zignorowała.

– Dziękujemy. Bardzo nam pani pomogła. Prawdopodobnie będę chciała jeszcze z panią porozmawiać dziś wieczorem albo jutro. Nie ma pani nic przeciwko temu?

– Z przyjemnością pomogę.

– Gdyby coś sobie pani przypomniała, proszę od razu do mnie zadzwonić. Takie rozmowy często odświeżają ludziom pamięć. Zależy nam na każdej informacji o tej furgonetce i dwóch mężczyznach. Nawet jeśli uzna to pani za mało ważne, proszę dzwonić, bo każdy drobiazg może mieć olbrzymie znaczenie. W policyjnym dochodzeniu liczy się każdy szczegół.

Wyjęła telefon komórkowy, oddaliła się na drugi skraj zakrętu i przekazała informacje do centrali, by rozpoczęli sprawdzanie baz danych w poszukiwaniu podejrzanej furgonetki. Wiedziałem, że dyżurny z komendy w Hollywood od razu prześle ten opis do centralnej dyspozytorni w Centrum Parkera, skąd trafi do wszystkich wozów patrolowych na mieście z zaleceniem zwracania uwagi na wóz z napisem „Usługi Hydrauliczne Emilio" na boku.

Zaproponowałem pani Lunie, że ją odwiozę, ale nie zareagowała. Ze zmarszczonymi brwiami przyglądała się Starkey, jak gdyby zamiast niej miała przed oczyma całkiem inny obraz.

– To prawda, że pamięć się odświeża – mruknęła w końcu. – Teraz sobie przypominam. Trzymał takie dziwne cygaro. Stał tam, gdzie teraz pani policjant, i trzymał je w ręku.

Tytoń do żucia!

– Tak, zgadza się – dodała po chwili. – To było takie cygaro, którego się nie pali, tylko żuje. Odgryza małe kawałki, a po przeżuciu wypluwa.

Próbowałem ją jeszcze bardziej zdopingować, prosząc, żeby dokładnie przypomniała sobie miejsce, w którym stał tamten mężczyzna. Podeszliśmy do Starkey i dałem jej na migi znać, żeby posłuchała.

Pani Luna zapatrzyła się w głąb kanionu, potem obejrzała na zakręt ulicy, wracając myślami do tego momentu, gdy musieli się wycofać spod skały przed tarasującą drogę furgonetką.

– Wrzuciłam wsteczny bieg, żeby cofnąć wóz od skały, i wtedy popatrzyłam na niego. Stał z pochyloną głową i coś obracał w palcach, aż pomyślałam: „Co on tam robi?". A kiedy przesunęli furgonetkę, dodałam gazu, bo nam się spieszyło, ale spojrzałam jeszcze raz. Rozpakował to cygaro i wetknął je do ust, gdy go mijaliśmy. – Wskazała w dół zbocza. – I wtedy pomyślałam, że idzie w krzaki, bo pewnie musi się załatwić. Miał ciemne włosy. Tak, ciemne i krótkie. I był w zielonej koszulce. Teraz sobie przypominam. W ciemnozielonej i niezbyt czystej.

Starkey zerknęła na mnie.

– Rozpakowywał cygaro?

Pani Luna zademonstrowała to, poruszając palcami pod brzuchem.

– Stał tak i coś tu robił. A potem wetknął cygaro do ust. Nie widziałam, czy je rozpakowywał, ale co innego mógłby w ten sposób robić?

Domyśliłem się, o co Starkey chodzi.

– Opakowanie – powiedziałem. – Jeśli rzucił je na ziemię, można będzie zdjąć odciski palców.

Ruszyłem pospiesznie na skraj jezdni, ale Starkey zawołała:

– Stój, Cole! Natychmiast wracaj! Nie wolno ci ingerować w dochodzenie!

– Spróbuję znaleźć to opakowanie.

– Prędzej na nie wleziesz, kopniesz je pod liść albo przysypiesz ziemią, więc wracaj, do diabła! Sama wiem, co robić. Zostań na asfalcie.

Wzięła panią Lunę pod rękę i pociągnęła na ulicę. Kobieta popatrzyła na mnie niewidzącym wzrokiem.

– Proszę się za bardzo nie wysilać, niech wspomnienia same wrócą. Czy może mi pani wskazać miejsce, gdzie on stał, rozpakowując tytoń do żucia?

Marisol przeszła na drugą stronę jezdni, stanęła w miejscu, gdzie wycofywała swój wóz, i obejrzała się w naszym kierunku. Przesunęła się trochę w jedną, potem w drugą stronę, wreszcie wskazała palcem.

– Tam, trochę bardziej w prawo. Tylko troszeczkę. Stał właśnie tam.

Starkey zrobiła parę kroków i zaczęła się rozglądać po ziemi, mrużąc oczy od słońca.

– Tak, jestem pewna, że stał właśnie tam – potwierdziła pani Luna.

Policjantka kucnęła i oparła się jedną ręką o ziemię. Wodziła spojrzeniem wokół siebie.

– Która była wtedy godzina? – zapytałem półgłosem Marisol. – Ósma? Dziewiąta?

– Po dziewiątej, koło wpół do dziesiątej. Szykowaliśmy już wóz do wydawania lunchu.

O wpół do dziesiątej powietrze w kanionie było zapewne już silnie rozgrzane, tak jak teraz. I musiało unosić się ku górze po zboczach w takiej samej lekkiej bryzie z głębi doliny.

– Szukaj trochę bardziej na lewo, Starkey. Wiatr mógł unieść lekkie opakowanie nieco wyżej.

Zrobiła krok w lewo, potem przesunęła się nieco w dół zbocza i znów odbiła wyżej na lewo. Zaczęła ostrożnie rozchylać suche badyle zielska, wciąż rozglądając się uważnie. Poruszała się tak wolno, jakby była uwięziona w gęstym miodzie. Uniosła szczyptę pyłu i przepuściła go przez palce, przyglądając się, w którą stronę niesie go wiatr. Przesunęła się jeszcze trochę dalej i bardziej w lewo, aż nagle powoli się wyprostowała.

– Masz coś? – zapytałem.

Obaj z Marisol ruszyliśmy w jej kierunku. Z daleka dostrzegłem zgnieciony kawałek celofanu tkwiący między badylami uschniętego zielska. Był zakurzony, lekko żółtawy, z dwoma paskami, czerwonym i złotym. Wiatr mógł go tu przywiać nawet z daleka, mógł tu leżeć przed zjawieniem się podejrzanego hydraulika albo wylądować w trawie dopiero niedawno. Trzeba było jednak wierzyć, że to właśnie opakowanie po tytoniu do żucia.

Nawet się do niego nie zbliżyliśmy. Staliśmy tylko nad nim i spoglądaliśmy z obawą, jakby lada moment mógł się rozpłynąć w powietrzu. Wreszcie Starkey zaczęła przywoływać Chena.

czas od zaginięcia: 43 godziny, 56 minut

Rada Johna Chena dla stęsknionych miłości

Chen najpierw oznakował chorągiewkami odnalezione ślady butów, kolisty obszar wygniecionej trawy powyżej pnia karłowatego dębu i kilka większych skupisk brunatnych grudek przeżutego tytoniu. W ogóle nie czuł obrzydzenia, patrząc na nie. Dwa lata wcześniej brał udział w dochodzeniu obejmującym serię włamań do bogatych posiadłości w Hancock

Park, kiedy to włamywacz wcielał się w filmowego złodzieja-dżentelmena, granego przez Freda Astaire'a: zawsze pojawiał się we fraku, w lakierkach z białymi getrami i cylindrze na głowie. Ukryte kamery systemów antywłamaniowych zarejestrowały jego sylwetkę, gdy przemykał pędem z jednego pokoju do drugiego. Szerzone plotki uczyniły z niego postać tak barwną, że dziennikarz „Timesa" przedstawiał go jako ucznia Cary'ego Granta ze *Złodzieja w hotelu*. W rzeczywistości jednak Fred, bo takim określano go pseudonimem, w każdym okradzionym domu zostawiał swoją wizytówkę, o czym żadna z gazet nie raczyła nawet wspomnieć: robił kupę na środku dywanu w salonie. Trudno to było uznać za czarujący dowód fantazji dżentelmena-włamywacza. Chen jednak starannie zbierał te odchody w czternastu domach, starannie je segregował i opisywał, żeby później poddać analizie. Tak więc grudki przeżutego tytoniu nie robiły na nim żadnego wrażenia.

Po rozstawieniu chorągiewek zmierzył punkt obserwacyjny i naszkicował jego schematyczną mapkę. Zaczął przydzielać zbieranym dowodom kolejne numery i zaznaczać na mapce ich położenie, żeby prowadzący śledztwo, a później prokurator mieli jasny obraz zastanej tu sytuacji. Każdy dowód musiał być dokładnie zmierzony, zważony i zewidencjonowany. Była to żmudna robota, a tego dnia Chen musiał radzić sobie sam. Wezwał przez telefon innego kryminologa do pomocy, ale obiecano mu przysłać tę przeklętą sukę Lornę Bronstein, której nie znosił, bo uważała się za najlepszego fachowca w branży, podejrzewał więc, że zjawi się tu najwcześniej za parę godzin.

Starkey pomagała mu do czasu, gdy Cole zawołał ją na ulicę. John znał ją jeszcze z czasów jej służby w brygadzie saperów i nawet lubił, choć jak na jego gust była zdecydowanie za chuda i miała końską gębę.

Mimo to zastanawiał się wiele razy, czy nie umówić się z nią na randkę.

Bardzo często myślał o seksie, nie tylko ze Starkey. Prawdę powiedziawszy, nie mógł się opędzić od tych myśli ani w domu, ani w pracy, ani podczas jazdy samochodem. Każdą napotkaną kobietę automatycznie oceniał pod kątem atrakcyjności seksualnej i te, które wypadały poniżej przyjętych przez niego standardów, z wiekiem zdecydowanie malejących, zaliczał do „świń". Myślał o seksie zarówno na miejscach zabójstw i samobójstw, ulicznych strzelanin i napadów, włamań i groźnych wypadków drogowych, jak i w kostnicy. Budził się każdego ranka z obsesyjnym pragnieniem seksu i chcąc, jak to się mówi, dolać oliwy do ognia, przez jakiś czas oglądał w telewizji zgrabne, atletycznie zbudowane dziewczęta uprawiające gimnastykę. Później, gdy wyruszał na miasto, wciąż miał świadomość bliskiej obecności kobiet emanujących żądzą swoich świeżutkich bułeczek. A w mieście aż się od nich roiło, zarówno od jędrnych i krzepkich gospodyń domowych, jak też ogarniętych nimfomanią aktoreczek krążących po ulicach w poszukiwaniu męskiego łupu. Tymczasem on miał wrażenie, że jest jedynym facetem w Los Angeles, na którego nie zwracają uwagi. Pewnie, że jego srebrny boxster przyciągał zaciekawione spojrzenia – w końcu kupił go specjalnie na podryw i nazywał swoim wabikiem – ale ilekroć jakaś ślicznotka zdołała oderwać wzrok od szlachetnego niemieckiego kształtu nadwozia i przenieść go nieco wyżej, na widok tykowatego chudzielca mającego ponad sto dziewięćdziesiąt centymetrów wzrostu i ważącego niespełna sześćdziesiąt kilogramów, do tego skośnookiego brzydala w okularach, pospiesznie odwracała głowę. Nie wątpił, że w oczach kobiet uchodził za geja.

Tak często miewał fantazje seksualne, że aż nachodziły go obawy, iż powinien się skonsultować z seksuologiem. Ten pomysł napawał go jednak taką odrazą jak myśl o śmierci.

Starkey, rzecz jasna, nie było w pierwszej dziesiątce jego listy „obowiązkowych towarów do zaliczenia", ale nie zaliczał jej też do „świń". Zapytał ją kiedyś, czy ma ochotę przejechać się jego porsche'em, odparła jednak, że tylko wtedy, jeśli da jej poprowadzić. A na to nie mógł się zgodzić pod żadnym pozorem.

Teraz jednak zaczynał się zastanawiać, czy nie byłoby lepiej odstąpić jej miejsca za kierownicą.

Niemniej musiał porzucić te rozważania, gdy stanowczo kazała mu „ruszyć dupsko" i przyjść na górę.

– Pospiesz się! – wrzasnęła. – Chodź tutaj szybko, John!

Suka. W każdej sytuacji musiała rozkazywać.

Kiedy wdrapał się na szczyt wzniesienia, ujrzał, że Starkey i Cole pochylają się nad kępą trawy z podekscytowanymi minami, jak małe dzieci, które odnalazły zakopany skarb. Towarzyszyła im niska krępa Latynoska zbliżająca się do wieku emerytalnego. Natychmiast zaliczył ją do „świń".

– Czemu tak wrzeszczycie? Mam mnóstwo roboty.

– Przestań się wreszcie dąsać i popatrz na to – rzuciła Starkey.

Cole wskazał mu palcem coś leżącego między badylami.

– Starkey znalazła opakowanie po tytoniu do żucia. Podejrzewamy, że zostawił je porywacz.

Chen zdjął okulary, żeby lepiej się przyjrzeć. W takich momentach zawsze czuł się upokorzony, choć nie było innej rady. Wiedział, że bez okularów wygląda jak rasowy żółtek zmuszony do ciągania czubkiem nosa po ziemi, ale w nich nie zdołałby się przyjrzeć znalezisku. Był to złożony na pół kawałek celofanu, w środku znajdowała się typowa czerwono-złota opaska od cygara. Nieco przykurzony i pożółkły od słońca, nie stracił jeszcze całkiem połysku, a to oznaczało, że leżał tu dopiero parę dni. Czerwone barwniki bardzo szybko traciły kolor. Na celofanie ciągnęły się szarawe smugi kurzu.

Starkey pokrótce zrelacjonowała opowieść pani Luny o podejrzanym mężczyźnie, który właśnie w tym miejscu coś obracał w palcach, prawdopodobnie rozwijał prymkę tytoniu, chociaż nie widziała tego dokładnie, po czym rzucił opakowanie na ziemię.

Chen tylko udawał, że słucha uważnie, zwracając głównie uwagę na to, jak Starkey uśmiecha się do Cole'a i poklepuje go po ramieniu.

Po chwili burknął grobowym głosem:

– Dobra, zaraz to spakuję. Muszę tylko przynieść swoje rzeczy.

– Spakuj i opisz ten celofan, to będziesz mógł pojechać z nim od razu do Glendale. Muszę wiedzieć, czy nie ma na nim odcisków palców.

Chen zerknął na nią z ukosa, zastanawiając się, czy znów coś piła.

– Od razu?

– Tak, od razu.

– Bronstein jest już w drodze.

– Nie mam zamiaru czekać na tę cholerną Bronstein. To bardzo ważne znalezisko, John. Bierz je i ruszaj natychmiast do laboratorium.

Spojrzał na Cole'a w poszukiwaniu ratunku, ale prywatny detektyw zmierzył go wzrokiem psychopatycznego zabójcy. Czyżby oboje coś już sobie łyknęli?

– Wiesz, że nie mogę zostawić miejsca zbrodni w takim stanie. Nie wygłupiaj się. Jeśli teraz pojadę do laboratorium, nie dam rady właściwie zabezpieczyć znalezionych śladów. Prokurator nie potraktuje tego pobłażliwie.

– Biorę ryzyko na siebie.

– Gra nie jest warta świeczki. Gdyby nawet ta kobieta widziała, jak podejrzany wyrzuca opakowanie po tytoniu, nie ma żadnej pewności, że to właśnie to. Każdy mógł tutaj wyrzucić ten celofan.

Starkey złapała go za rękę i odciągnęła na bok, żeby pani Luna ich nie słyszała. Ale Cole podreptał za nimi jak jej piesek ciągnięty na smyczy. Pewnie już się bzykali.

– Nie będziemy nic wiedzieć, dopóki nie sprawdzisz odcisków palców – syknęła cicho.

– A jeśli wcale ich tam nie ma? Na oko widać tylko smugi kurzu, a to przecież nie to samo.

Ogarnęła go złość, że jego piskliwy głos brzmi tak żałośnie, domyślał się ponadto, że nic nie wskóra. Porzucenie niezabezpieczonego miejsca zbrodni było jawnym wykroczeniem przeciwko zaleceniom władz federalnych i komendanta policji.

– Tam nie ma nic ważniejszego niż to opakowanie – ciągnęła. – Wiem, że mógł je tu zostawić ktoś inny. Zrozum jednak, że gdybyś znalazł odciski palców, pomogłoby to nam zidentyfikować porywacza, a tym samym umożliwiło odnalezienie chłopca.

– Ale mnie prędzej by pomogło wylecieć z roboty.

Był naprawdę zaniepokojony. Dobrze wiedział, że po wyjściu ze szpitala Starkey zrobiła niemal wszystko, by doszczętnie zrujnować swoją karierę w brygadzie antyterrorystycznej. Potem została również wyrzucona z wydziału kryminalnego i znalazła spokojną przystań w sekcji nieletnich. Trudno było wykluczyć, że podjęła kolejną misję samobójczą. Może właśnie zależało jej na tym, by na dobre wylecieć z policji. Przysunął się bliżej, by poczuć zapach z jej ust, ale odsunęła go gwałtownie.

– Do cholery, nie piłam ani kropelki.

– John – mruknął Cole.

Chen skrzywił się z niechęcią. Już parę razy słyszał od niego pogróżki, że albo on, albo jego wspólnik Pike skopią mu tyłek. Nie ulegało wątpliwości, że ten prywatny wycieruch ją posuwał. A może i Pike'owi nie skąpiła.

– Nie ma mowy – odparł stanowczo.

– Gdyby na tym opakowaniu były odciski palców, możesz napisać w raporcie, że to ty je znalazłeś – rzekł Cole.

Starkey obejrzała się na niego i po chwili namysłu przytaknęła ruchem głowy.

– Jasne, jeśli zależy ci na zasługach, będziesz mógł je sobie przypisać. To może być przełomowy moment śledztwa, kolego. Murowany powód do tego, żeby zobaczyć swoje zdjęcie w wieczornych wiadomościach.

Chen zamyślił się głęboko. Do tej pory wskazówki Pike'a i Cole'a wychodziły mu tylko na dobre. Dostał awans i podwyżkę, dzięki której mógł sobie kupić swojego „wabika" i prawie poderwać szałową dziewczynę. Prawie. Zerknął jeszcze na Latynoskę, żeby się upewnić, czy nie słyszała tej rozmowy, ale stała w bezpiecznej odległości.

– Jesteście pewni, że mogę zostawić resztę dowodów na miejscu zbrodni? – zapytał.

Pager Starkey znowu zaświergotał, lecz nawet na niego nie spojrzała.

– Zależy mi wyłącznie na odnalezieniu porwanego chłopca. Tamte ślady nie będą miały najmniejszego znaczenia, jeśli się spóźnimy.

Cole obrzucił ją przeciągłym spojrzeniem, po czym zwrócił się do niego łagodnym tonem:

– Pomóż nam, John.

Chen jeszcze się wahał. Co prawda, był to strzał w ciemno, ale rzeczywiście żaden z dowodów rzeczowych pod karłowatym dębem nie wymagał natychmiastowej analizy, w przeciwieństwie do tego celofanowego opakowania. Szanse nie były zbyt wielkie, istniała jednak jakaś nadzieja. Ta zaś dla niego wiązała się nieodłącznie z możliwością wymienienia jego nazwiska w dzienniku telewizyjnym. Zresztą, perspektywa odnalezienia porwanego chłopca też zapowiadała się nieźle.

Pager Starkey zabrzęczał po raz kolejny. Wyłączyła go ze złością.

Chen w końcu podjął decyzję.

– Zbiorę tylko swoje rzeczy.

Przemknęło mu przez myśl, że jeszcze nigdy nie widział tak szerokiego uśmiechu na jej twarzy. Ale zaraz poklepała Cole'a po ramieniu, odwróciła się i odeszła. Ruszył w dół zbocza po swoją skrzynkę na dowody rzeczowe, powtarzając w duchu, że jeśli Starkey zacznie się jeszcze bardziej wdzięczyć do Cole'a, to niechybnie opluje go od stóp do głowy.

15

Świadek zdarzenia

Kiedy wnieśli go do środka po tym, jak złapali na chodniku za domem, Mike wyjął telefon komórkowy z zielonej płóciennej torby podróżnej i poszedł gdzieś w głąb budynku. Eric i Mazi posadzili go na podłodze w salonie. Gdy Mike wrócił, podetknął mu aparat w pewnej odległości od ust. Ben wyczuł, że na drugim końcu linii ktoś czeka, pilnie nasłuchując.

– Podaj swoje nazwisko i adres – rozkazał Mike.

Ale Ben wrzasnął, ile sił w płucach:

– Ratunku! Pomocy!

Eric pospiesznie zakrył mu dłonią usta. Obleciał go strach, że zrobią mu coś złego za to wezwanie pomocy, ale Mike tylko wyłączył telefon i zaśmiał się w głos.

– To było wspaniałe, chłopie.

Eric ściskał go mocno. Najwyraźniej był wściekły, że Ben o mało nie przysporzył mu poważnych problemów, bo jego policzki miały prawie taki sam odcień jak rude włosy.

– Przestań wrzeszczeć, bo ci oderżnę ten zasrany łeb.

– Sam go sobie oderżnij – burknął Mike. – Chłopak zachował się wspaniale, wzywając ratunku, więc przestań go tak ściskać.

– A co? Wolisz, żeby któryś z sąsiadów usłyszał jego wrzaski?

Mike wsunął telefon z powrotem do torby i wyjął cygaro. Rozerwał celofanowe opakowanie i spojrzał na Bena.

– Nie będziesz więcej krzyczał, prawda?

Ben przestał się wyrywać. Mimo strachu pokręcił głową i Eric go puścił.

– Kto był przy telefonie? – zapytał.

Mike nie odpowiedział, tylko zerknął na Erica.

– Przenieście go do pokoju. Gdyby zaczął krzyczeć, zapakujcie z powrotem do pudełka.

– Nie będę krzyczał – obiecał szybko Ben. – Kto to był? Moja mama?

Ale Mike najwyraźniej nie zamierzał odpowiadać na żadne pytania. Eric zamknął go w pustej sypialni o oknach zabitych wielkimi arkuszami dykty, nakazując się przespać, lecz on nie mógł zmrużyć oka. Próbował oderwać dyktę od ramy, ale była mocno przybita. Pół nocy przesiedział skulony przy drzwiach, usiłując cokolwiek przez nie podsłuchać. W którymś momencie doleciał go głośny śmiech Erica i Maziego. Nadstawił ucha, mając nadzieję poznać ich plany w stosunku do niego, lecz ani razu nie padło jego imię. Rozmawiali o Afryce i Afganistanie, wspominali, jak komuś odrąbali obie nogi. Po tym przestał nasłuchiwać, schował się w szafie i przesiedział w niej do rana.

O świcie Eric otworzył drzwi.

– Chodź. Zawieziemy cię do domu.

Aż nie chciało mu się wierzyć, że tak po prostu zamierzają go puścić. Nie ufał Ericowi, wietrzył w tym jakiś podstęp, ale tak bardzo chciał odzyskać wolność, że poszedł z nim. Eric zaprowadził go do łazienki, a później z powrotem przez cały budynek do garażu. Miał na sobie luźną flanelową koszulę wypuszczoną za pasek spodni. Kiedy otwierał drzwi garażu, podmuch wiatru uniósł mu koszulę z tyłu, odsłaniając kolbę pistoletu wetkniętego na plecach za pasek. Wczoraj na pewno nie był uzbrojony.

W garażu cuchnęło świeżą farbą. Furgonetka była teraz brązowa, napis na boku został zamalowany. Mazi już czekał za kierownicą. Mike'a nie było. Eric podprowadził go do tylnych drzwi auta.

– Pojedziemy razem z tyłu – powiedział. – Umowa jest taka: Nie zwiążę cię, jeśli będziesz siedział spokojnie i trzymał gębę na kłódkę. Gdybyś zaczął wrzeszczeć, kiedy zatrzymamy się na czerwonym świetle albo coś w tym rodzaju, uciszę cię na dobre, a potem zapakuję do pudła. Zrozumiano?

– Tak, proszę pana.

– Nie żartuję. Jeśli zdarzy się coś nieprzewidzianego, na przykład zatrzyma nas policja, masz się uśmiechać i udawać, że świetnie się bawisz. Jak będziesz posłuszny, odstawimy cię do domu. Jasne?

– Tak, proszę pana.

Gotów był zgodzić się na wszystko, byle tylko wrócić do domu.

Eric podsadził go na skrzynię, wskoczył za nim i zatrzasnął drzwi. Kiedy Mazi uruchomił silnik, włączył telefon komórkowy i rzucił krótko:

– Ruszamy.

Wyjechali tyłem na ulicę i skręcili w dół zbocza. Wnętrze furgonetki było całkiem puste, za dwoma przednimi fotelami nie było nic oprócz koła zapasowego, dużej rolki taśmy samoprzylepnej i sterty szmat. Eric usiadł na kole z telefonem w ręku i kazał mu zająć miejsce obok siebie. W przerwie między fotelami Ben widział tylko drobny wycinek ulicy, którą jechali, nic poza tym. Cały czas się zastanawiał, czy w nocy mówili prawdę o tym, że komuś odrąbali nogi.

– Dokąd jedziemy?

– Jak powiedziałem, do domu. Najpierw musimy się spotkać z pewnym człowiekiem, a później odwieziemy cię do domu.

Ben był przekonany, że Eric mówił o powrocie do domu tylko po to, żeby był grzeczny. Popatrzył na tylne drzwi auta, postanawiając uciec przy pierwszej nadarzającej się okazji. Kiedy znowu odwrócił głowę, dostrzegł, że Mazi przygląda mu się bacznie w lusterku. Po chwili Murzyn przeniósł wzrok na Erica.

– Chce uciekać.

– No i co? To dzielny chłopak.

– Jak znowu coś spieprzysz, Mike cię zabije.

– Chłopcy D zawsze biorą wszystko zbyt poważnie, ze wszystkiego robią pieprzony dramat. To naprawdę dzielny chłopak. Mam rację, mały?

Ben nie miał pojęcia, co może znaczyć określenie „chłopcy D", nie był nawet pewien, czy chodzi o Mike'a.

– Aha – mruknął.

Mazi znowu popatrzył na niego w lusterku, ale zaraz skupił się na prowadzeniu auta.

Jechali wąską krętą uliczką przez osiedle rozrzucone na wzgórzach, którego nie rozpoznawał, wreszcie wydostali się na autostradę. Był pogodny, słoneczny dzień, samochody poruszały się dość płynnie. Ben dostrzegł w oddali wieżowiec Capitol Records, później wielkie litery na zboczu tworzące napis Hollywood.

– Do mojego domu jedzie się w innym kierunku.

– Już ci mówiłem, że najpierw musimy się z kimś spotkać.

Ben zdobył się na odwagę i jeszcze raz zerknął w stronę drzwi. Oba skrzydła miały niezależne klamki, nie było widać niczego w rodzaju rygla. Obejrzał się, żeby sprawdzić, czy Mazi znów go obserwuje, lecz olbrzym był zajęty prowadzeniem furgonetki.

Za przednią szybą pojawiły się śródmiejskie drapacze chmur przypominające wyciągnięte szyje stada żyraf na afrykańskiej równinie. Kiedy Mazi uniósł dłoń z rozczapierzonymi palcami, Eric znowu włączył telefon komórkowy.

– Piątka za nami.

Zwolnili i skręcili na estakadę zjazdu z autostrady. Ben znowu spojrzał na drzwi. Podejrzewał, że wkrótce zatrzymają się przed znakiem stopu albo na czerwonym świetle przed skrzyżowaniem. Gdyby udało mu się wyskoczyć z furgonetki, kierowcy innych samochodów musieliby go zauważyć. Nie sądził, żeby Eric w takiej sytuacji sięgnął po broń. I nawet gdyby go złapał, istniała duża szansa, że ktoś wezwie policję. Bał się, ale powtarzał sobie w duchu, że musi zaryzykować. Przecież wystarczyło tylko nacisnąć klamkę, pchnąć drzwi i wyskoczyć.

Jeszcze bardziej zwolnili na końcu estakady. Przesunął się ostrożnie w stronę drzwi.

– Spokojnie – rzucił Eric.

Teraz obaj z Mazim utkwili w nim spojrzenia, a po chwili Eric złapał go za rękę.

– Nie jesteśmy tacy głupi, mały. Tamten Afrykanin potrafi czytać ludziom w myślach.

Mazi zapatrzył się z powrotem na drogę.

Wjechali między szeregi jakichś brudnych magazynów, potem minęli krótki most i znaleźli się wśród starych budynków mieszkalnych, pogrodzonych płotami z zardzewiałej siatki i pokrytych licznymi bohomazami graffiti. Barczysty Mazi przesłaniał widoczność, ale na pierwszy rzut oka budynki były puste, niezamieszkane. Furgonetka stanęła.

Eric rzucił przez telefon:

– Orzeł wylądował.

Słuchał przez chwilę, po czym odłożył aparat i pchnął Bena do wyjścia.

– Muszę otworzyć drzwi, ale ty tutaj nie wysiadasz, więc nie rób rabanu.

– Powiedział pan, że odwieziecie mnie do domu.

Tamten ścisnął go mocniej za rękę.

– Odwieziemy, ale jeszcze nie teraz. Kiedy otworzę drzwi, zobaczysz kilka samochodów. Mike czeka tu w towarzystwie innego faceta. Więc lepiej nie krzycz i nie próbuj uciekać, bo będę musiał ci przyłożyć. Tamten drugi facet chce cię tylko zobaczyć i przekonać się, że nic ci się nie stało. Jeśli będziesz grzeczny, zostawimy cię z nim, a on zabierze cię do domu. Jasne?

– Tak. Chcę wracać do domu.

– W porządku. W takim razie ruszamy.

Eric nacisnął klamkę i otworzył drzwi.

Ben zmrużył oczy od jaskrawego słońca, pozostał jednak na

miejscu. Nie dalej niż trzy metry od furgonetki, przy dwóch samochodach osobowych stał Mike z obcym zwalistym olbrzymem, który spojrzał na Bena i szybko skinął głową, jakby chciał dać mu do zrozumienia, że wszystko będzie w porządku. Mike trzymał przy uchu telefon.

– W porządku, już tu są – rzekł.

Obrócił aparat w kierunku olbrzyma, żeby ten mógł posłuchać, ale nie wypuścił go z ręki.

– Tak, widzę go – powiedział tamten. – Jest cały i zdrowy. Wygląda na to, że nic mu nie jest.

Mike z powrotem obrócił telefon.

– Słyszałeś?

Milczał przez chwilę, po czym rzekł:

– A teraz posłuchaj czegoś innego.

Podniósł rękę do głowy olbrzyma tak błyskawicznym ruchem, że Ben nie miał pojęcia, co się dzieje, nawet gdy padł już strzał. Dopiero niespodziewany huk sprawił, że podskoczył na miejscu. Grubas poleciał w bok na maskę samochodu i osunął się po niej na ziemię. Mike wyciągnął przed siebie zarówno pistolet, jak i telefon, wymierzył pospiesznie i drugi raz nacisnął spust. Ben jęknął cicho, serce podeszło mu do gardła. Eric trzymał go mocno za rękę.

Mike z powrotem przyłożył aparat do ucha i oznajmił spokojnie:

– Słyszałeś? Właśnie zabiłem tego kretyna, którego przysłałeś. Nie będzie żadnych negocjacji ani drugiej okazji. Czas upływa.

Wyłączył telefon, schował go do kieszeni i podszedł do furgonetki. Ben próbował się wyrwać, lecz Eric jeszcze mocniej zacisnął palce.

– Był spokojny?

– Tak. Widzę, że się nie patyczkujesz. Umiesz dbać o swoje interesy.

– Teraz i oni będą to wiedzieli.

W nieoczekiwanie przyjaznym geście Mike poczochrał włosy Bena, który rozszerzonymi ze strachu oczyma wpatrywał się w człowieka leżącego na ziemi w coraz większej kałuży krwi.

– Wszystko w porządku, synu – rzucił Mike.

Zdjął mu lewy but, a następnie Eric przeniósł go obok nieruchomych zwłok, wsadził na tylne siedzenie samochodu Mike'a i sam zajął miejsce obok niego. Mazi już siedział za kierownicą. Odjechali, zostawiając Mike'a stojącego nad zabitym mężczyzną.

CZĘŚĆ TRZECIA

Bieg przez dżunglę

16

czas od zaginięcia: 44 godziny, 17 minut

Dalsze szczegóły wyszły na jaw, kiedy odprowadziliśmy panią Lunę do jej furgonetki. Co prawda, Ramon Sanchez nie przypomniał sobie niczego poza tym, co już wiedzieliśmy, lecz jego pomocnik przy grillu, kilkunastoletni Hector Delarossa, pamiętał model i markę wozu hydraulików.

– Och, tak, to był czterodrzwiowy ford econoline, rocznik sześćdziesiąty siódmy, z oryginalnym nadwoziem. Przednia szyba była pęknięta w lewym dolnym rogu, obudowy reflektorów zardzewiałe i brakowało kołpaków na kołach.

Ta informacja była bardzo ważna.

Poprosiłem go, żeby opisał obu mężczyzn, ale nie mógł ich sobie przypomnieć.

– Zauważyłeś, że osłony reflektorów są zardzewiałe, a nie zwróciłeś uwagi na ludzi? – zdziwiłem się.

– To normalne, nie? Razem z bratem, Jesusem, zajmujemy się remontem tych wozów. Właśnie szykujemy jeszcze starszy model, rocznik sześćdziesiąty szósty. Mamy nawet własną stronę internetową. Powinniście na nią zajrzeć.

Starkey zadzwoniła po raz drugi, by uzupełnić informacje w centrali o markę i model furgonetki, później pojechałem za nią do Glendale. Chen wcześniej odjechał do laboratorium.

Wydział Naukowo-Badawczy komendy policji w Los Angeles mieści się razem z brygadą antyterrorystyczną w szybko rozrastającym się kompleksie zabudowań na północ od autostrady. Niskie pudełkowate budynki i rozległe parkingi kojarzą mi się ze szkołą średnią w małym prowincjonalnym miasteczku, tyle że przed nią nie stoją opancerzone wozy szturmowe i nie kręcą się policjanci w czarnych polowych mundurach. Przynajmniej nie tak często.

Furgonetka Chena stała przy wejściu wśród kilku innych, bliźniaczo podobnych. Zaparkowaliśmy tuż obok siebie po przeciwnej stronie i Starkey poprowadziła mnie do budynku, w którym mieściły się laboratoria. Machnęła odznaką w recepcji i weszliśmy do sali, w której znajdowało się cztery czy pięć stanowisk komputerowych pooddzielanych pleksiglasowymi przepierzeniami. Przy każdym na obrotowych stołkach siedzieli kryminolodzy i technicy. W powietrzu unosiła się jakaś kwaśna cierpka woń, oczy mnie zaszczypały jak od amoniaku.

Starkey pomaszerowała raźno w głąb sali, czując się tu jak u siebie. Powitały ją okrzyki:

– Wróciła córka marnotrawna! Patrzcie, kogo tu przyniosło!

Wszyscy uśmiechali się do niej przyjaźnie. Starkey pozdrawiała ich uniesioną ręką jak słynna persona powracająca po długiej nieobecności na stare śmieci. Jeszcze nigdy nie widziałem jej tak rozluźnionej i uradowanej.

Chen w białym fartuchu i gumowych rękawiczkach pracował przy wielkiej oszklonej komorze. Przygarbił się na nasz widok, jakby chciał wtulić głowę pod kołnierz fartucha, i machnął ręką do Starkey, żeby zaczekała.

– Jezu, czuję się tak, jakby mi ktoś wymalował na plecach tarczę strzelniczą. Od razu wszyscy będą wiedzieli, że już wróciliśmy.

– Ściany są przezroczyste, John. I tak już wszyscy wiedzą. Co znalazłeś?

Chen rozpostarł zgniecione opakowanie i przykleił je płasko na kartce papieru. Na blacie przed nim stał szereg słoiczków z różnokolorowymi proszkami i zakraplacze oraz buteleczki z jakimiś płynami, obok rolki bezbarwnej taśmy samoprzylepnej leżały trzy grube miękkie pędzelki kosmetyczne. Jeden koniec opakowania był już oprószony białym pyłem, spod którego wyłaniały się drobne brunatne plamki. Niewątpliwie układały się w odcisk palca, choć mało wyraźny, nieco zamazany. Dla mnie wyglądał obiecująco, lecz Starkey skrzywiła się, popatrzywszy na niego.

– Ten wygląda kiepsko. Pracujesz dalej, John, czy jesteś zbyt zajęty chowaniem się pod połą fartucha?

Chen przygarbił się jeszcze bardziej. Niewiele brakowało, a pewnie mógłby wetknąć głowę pod blat.

– Jestem tu dopiero od piętnastu minut. Nie zdążyłem nawet sprawdzić, czy wystarczy sam proszek aluminiowy, czy też trzeba użyć ninhydryny.

Zatem biały pył był proszkiem aluminiowym, a brązowe plamki resztkami ninhydryny, substancji dającej barwną reakcję z aminokwasami zawsze obecnymi na odsłoniętych częściach ciała.

Starkey pochyliła się nad stołem, żeby lepiej się przyjrzeć, po czym zmarszczyła brwi i obrzuciła Chena pogardliwym wzrokiem.

– Ten celofan leżał przez kilka dni na słońcu, a to wystarczy, żeby odcisków nie dało się zdjąć proszkiem.

– Ale to najszybsza metoda uzyskania obrazu linii papilarnych, dlatego pomyślałem, że mimo wszystko warto spróbować.

Mruknęła z dezaprobatą. Ale i jej zależało na jak najszybszym uzyskaniu wyników.

– Ninhydryna też nie daje czytelnego obrazu.

– Bo jest za dużo kurzu, a poza tym słońce musiało rozłożyć aminokwasy. Niestety, będę musiał pokryć celofan klejem.

– Cholera. Ile to potrwa?

– Co to znaczy, że będziesz musiał go pokryć klejem? – zapytałem.

Teraz z kolei Chen obrzucił mnie pogardliwym spojrzeniem. We trójkę tworzyliśmy swoisty łańcuch pokarmowy dyletanctwa, w którym bez wątpienia ja byłem najsłabszym ogniwem.

– Chyba wiesz, dlaczego powstają odciski palców?

– Nie musisz teraz robić wykładu. Lepiej zajmij się swoją robotą.

Fuknął ze złością, najwyraźniej niezadowolony, że nie może wykorzystać okazji do popisania się wiedzą. Pracując, zaczął jednak wyjaśniać, że ilekroć człowiek czegoś dotknie, zostawia niewidoczny ślad potu z palców, który składa się głównie z wody, ale zawiera też niewielkie ilości organiki, jak się wyraził, głównie aminokwasów, glukozy, kwasu mlekowego i peptydów. Dopóki te substancje zatrzymują wodę, odcisk można zdjąć najprostszą techniką proszkową, ponieważ pył przykleja się do śladu, ujawniając wzór linii papilarnych. Kiedy jednak woda odparuje, z odcisku pozostają tylko wyschnięte związki organiczne.

Odkleił celofan od kartki papieru i pęsetą przeniósł go do płytkiej szklanej szalki, układając wierzchnią stroną do góry, po czym ustawił szalkę w komorze.

– Podgrzewamy klej typu supercement, żeby próbka znalazła się w jego oparach, które obkleją osad substancji organicznych i pogrubią ślad zostawiony wzdłuż linii papilarnych.

– Te opary są trujące jak diabli – wtrąciła Starkey – dlatego trzeba to robić w szklanej komorze.

Mało mnie obchodziło, jakie reakcje zachodzą i dlaczego, byle tylko przyniosły spodziewane rezultaty.

– Ile to zajmie? – spytałem.

– Proces jest powolny. Normalnie podgrzewa się samą żywicę, ale można zwiększyć jej parowanie i przyspieszyć polimeryzację, dodając trochę wodorotlenku sodu.

Napełnił zlewkę wodą i ustawił ją na płytce grzejnej w pobliżu szalki z celofanem. Następnie do małej parowniczki odmierzył niewielką porcję gęstej cieczy z butelki oznakowanej „cyjanoakrylan metylu" i również ustawił ją na płytce. Wreszcie odszukał na blacie kolejną butelkę, w której znajdował się bezbarwny płyn.

– Ile to potrwa, John? – odezwała się Starkey.

Nie odpowiedział. Pipetą dolał parę kropli roztworu wodorotlenku sodu do żywicy i pospiesznie zamknął drzwiczki komory. Mieszanina w parowniczce zaczęła się burzyć, ale nie pryskała, nie strzelała i nie buchnęła płomieniem. Chen włączył jeszcze stojący w komorze mały wentylator i odsunął się na krok.

– Ile to potrwa?

– Godzinę, może trochę dłużej. Trzeba cały czas pilnować próbki, bo za duża ilość osadzonego kleju może całkowicie zatrzeć odcisk palca.

Musieliśmy więc cierpliwie czekać, a co gorsza, nie było żadnej pewności, co z tego wyjdzie. Wróciliśmy do recepcji. Kupiłem sobie w automacie dietetyczną coca-colę, a Starkey wybrała napój Mountain Dew. Wyszliśmy z puszkami przed budynek, bo chciała zapalić. W Glendale panowała zadziwiająca cisza i spokój, wschodni horyzont przesłaniała niewysoka ściana gór Verdugo, od strony oceanu widać było wierzchołki wzgórz Santa Monica. Znajdowaliśmy się w wydłużonej płytkiej niecce, którą rzeka Los Angeles spływała z gór do metropolii.

Starkey usiadła na krawężniku. Przysiadłem obok niej. Próbowałem przywołać w wyobraźni widok Bena, żywego, zdrowego i bezpiecznego, ale pojawiał się w niej tylko obraz oczu rozszerzonych z przerażenia.

– Zawiadomiłaś Gittamona? – spytałem w końcu.

– I co miałabym mu powiedzieć? Że opuściłam miejsce przestępstwa i przyjechałam tu z facetem, któremu zabronił ingerować w dochodzenie? Jeśli jeszcze to do ciebie nie dotarło, mówię o tobie. – Strząsnęła popiół z papierosa. – Zawiadomię go, jak już będziemy wiedzieli, co John znalazł. To on wydzwania na mój pager od dłuższego czasu, ale będzie musiał się jeszcze zdobyć na cierpliwość.

– Chyba powinienem ci podziękować.

– Nie musisz. Wykonuję tylko swoje obowiązki.

– Mnóstwo ludzi wykonuje tylko swoje obowiązki, ale mało kto naraża przy tym własny tyłek. Jestem ci za to wdzięczny. Niezależnie, jak to się skończy, będę twoim dłużnikiem.

Zaciągnęła się głęboko dymem i wyszczerzyła zęby do aut stojących na parkingu.

– Zabrzmiało to całkiem obiecująco, Cole. Tylko jaki rodzaj nadstawiania tyłka miałeś na myśli?

– Nie traktuj tego dosłownie.

– Szkoda.

Znowu połknęła białą tabletkę. Postanowiłem czym prędzej zmienić temat. Nie chciałem wyjść na głupka.

– Co tak ciągle łykasz? – zapytałem. – Miętówki na odświeżenie oddechu? A może jesteś uzależniona od prochów?

– To środek na zgagę. Od czasu, kiedy zostałam ranna, mam kłopoty z żołądkiem, więc muszę stale brać pigułki. Czasami piecze mnie tak, że trudno wytrzymać.

Ranna? Eksplozja bomby o mało nie wyprawiła jej na tamten świat, a ona używała określenia „ranna"? Poczułem się jak głupi gnojek.

– Przepraszam. To nie moja sprawa.

Wzruszyła ramionami i pstryknięciem posłała niedopałek na środek parkingu.

– Zapytałeś dziś rano, dlaczego sama nie przyniosłam ci kopii nagrania.

– To bez znaczenia. Po prostu zaciekawiło mnie, dlaczego poprosiłaś o to kogoś innego. Przecież powiedziałaś, że zaraz wracasz.

– W pojemniku telefaksu znalazłam twoje papiery z wojska, i to zarówno formularz dwieście czternaście, jak i akta dwieście jeden. Zaczęłam je czytać, czekając, aż nagranie się skopiuje. I dowiedziałam się, że też byłeś ranny.

– Ale nie w czasie akcji z oddziałem pięć-dwa. Kiedy indziej.

Przemknęło mi przez głowę, że powinienem zamieszkać w Kanadzie, wtedy nic takiego by się nie wydarzyło.

– Tak, wiem. Dostałeś odłamkiem podczas ostrzału moździerzowego. Po prostu zainteresowało mnie, co się z tobą działo w Wietnamie. Jeśli nie chcesz, nie musisz mi opowiadać, co się wtedy wydarzyło. W każdym razie wiem na pewno, że porwanie Bena nie może mieć nic wspólnego z tamtą akcją.

Wyjęła z paczki następnego papierosa, jakby musiała czymś zająć ręce, gdyż poczuła się zakłopotana dociekaniem prawdy. Odłamek pocisku moździerzowego, który mnie zranił przed laty, w jej pojęciu był odpowiednikiem odłamków bomby, przez którą wylądowała w szpitalu, a więc przynajmniej pod tym względem coś nas łączyło.

– Trudno porównywać te dwa zdarzenia – odparłem. – Moja rana nie była groźna. Pamiętam tylko wybuch za plecami, a potem się ocknąłem w wielkiej stercie liści. Założyli mi kilka szwów i to wszystko.

– W raporcie napisali, że wyciągnięto ci z pleców dwadzieścia sześć odłamków, przy czym o mało nie wykrwawiłeś się na śmierć.

Zmarszczyłem brwi, przekrzywiłem głowę na ramię i z uśmiechem Groucho Marksa zapytałem:

– Czyżbyś chciała zobaczyć moje rany, dziewczynko?

Zachichotała.

– Nieźle ci to wyszło.

– Umiem też naśladować Bogarta. Chcesz posłuchać? „Pragniesz ujrzeć moje rany? Mógłbym ci je pokazać. Mam takie, że na ich widok zzieleniejesz".

– Cóż za barwne słownictwo.

Uśmiechnęliśmy się oboje, ale mimo to zapadło niezręczne milczenie. Znaleźliśmy się blisko granicy błahej niewinnej pogawędki, co chyba obojgu wydało się niestosowne. W każdym razie moje odczucia na pewno odmalowały się na twarzy. Szybko odwróciłem głowę.

– Nie mogę mieć dzieci – mruknęła.

– Przykro mi.

– Jezu, sama nie wierzę, że ci to powiedziałam.

Do reszty prysnął pogodny nastrój. Siedzieliśmy na krawężniku, w milczeniu popijając swoje napoje. Starkey przypaliła papierosa. Z sąsiedniego budynku, będącego siedzibą brygady saperskiej, wyszło czworo techników, trzech mężczyzn i jedna kobieta. Ruszyli przez parking w kierunku zwalistego magazynu z czerwonej cegły. W czarnych mundurach i wysokich wojskowych butach przypominali komandosów z elitarnej jednostki, tyle że rozmawiali ze sobą i żartowali jak normalni ludzie. Pewnie jak normalni ludzie mieli także rodziny i przyjaciół, tylko w godzinach służby zajmowali się rozbrajaniem bomb, zostawieni sam na sam z przerażającym potworem uwięzionym w puszce, który mógł rozerwać ich na strzępy, podczas gdy wszyscy inni kryli się za murami. Zacząłem się zastanawiać, jacy ludzie wykonują taką czarną robotę.

Spojrzałem na Starkey. Odprowadzała ich wzrokiem.

– I właśnie dlatego znalazłaś się w sekcji do spraw nieletnich? – zapytałem.

Pokiwała głową.

Nie odzywaliśmy się już więcej, dopóki John Chen nie wyjrzał z budynku. Miał odcisk palca.

czas od zaginięcia: 47 godzin, 04 minuty

Na celofanie były teraz widoczne białe koncentryczne koła, miejscami rozmazane i nakładające się na siebie. Ludzie rzadko zostawiają bardzo wyraźne i czytelne odciski palców. Na wszystkim, czego dotykają – długopisach, szklankach, kierownicach samochodów, telefonach, opakowaniach po tytoniu do żucia – odciski zwykle są rozmazane i nakładają się na siebie na skutek poprawiania uchwytu, przesuwania palców i układania ich.

Chen umieścił celofan pod dużym szkłem powiększającym umocowanym na statywie.

– Większa część jest bezużyteczna, ale występuje parę charakterystycznych wzorów, które mogą posłużyć do identyfikacji.

– Tylko czy to wystarczy? – zapytałem.

– Zależy, na ile są typowe i czy komputer zdoła na ich podstawie przeprowadzić analizę porównawczą z bazą danych. Będą lepiej widoczne, jak trochę zabarwię odcisk.

Naniósł pędzelkiem nieco granatowego proszku na dwa wybrane miejsca na opakowaniu, po czym zdmuchnął jego nadmiar sprężonym powietrzem z ciśnieniowego pojemnika. Teraz oba odciski odcinały się wyraźnie od innych białych smug pokrywających opakowanie. Jeszcze raz spojrzał na nie przez szkło powiększające i aż mruknął z zadowolenia.

– Na jednym mamy bardzo wyraźną podwójną pętlę, a na drugim tentarch i parę wysepek. – Pokiwał głową do Starkey. – Wystarczy. Jeśli tylko odciski tego człowieka są w bazie danych, zidentyfikujemy go.

Starkey położyła mu dłoń na ramieniu i lekko ścisnęła.

– Wspaniała robota, John.

Miałem wrażenie, że zaraz zacznie mruczeć jak kocur.

Przykleił na odciskach skrawki przezroczystej taśmy samoprzylepnej, po czym przeniósł je na plastikową płytkę. Umieścił ją pod silną lampą i sfotografował oba odciski aparatem cyfrowym wysokiej rozdzielczości. Następnie przeniósł zdjęcia do komputera i w programie graficznym powiększył je i obrócił. Po chwili zaczął wpisywać wszelkie dane na arkuszu zgłoszeniowym Centrum Identyfikacji Daktyloskopijnej FBI, do którego trzeba było wprowadzić charakterystykę wzorów wykrytych na odciskach, mających posłużyć za kluczowe elementy analizy komputerowej. Miałem okazję się dowiedzieć, że początek linii papilarnej nazywany jest typiką, jej rozdwojenie bifurkacją, krótki poprzeczny odcinek między dwiema dłuższymi liniami to wysepka, a rozgałęzienie i połączenie z powrotem linii tworzy oczko.

W obu ośrodkach, zarówno w Krajowym Centrum Informacyjnym FBI, jak i Krajowej Centrali Teleinformatycznej Służb Porządku Publicznego, komputery nie porównują ze sobą rzeczywistych wzorów odcisków palców, a jedynie listy ich punktów charakterystycznych. Stąd też dokładność i precyzja ich opisu rzutuje na efekt przeszukiwania baz danych. Jeśli tylko, rzecz jasna, szukane odciski palców znajdują się w bazach.

Chen poświęcił prawie dwadzieścia minut na zaznaczanie właściwych pól w kwestionariuszu, opisujących układ i rozmieszczenie charakterystycznych punktów obu odcisków, zanim wreszcie wysłał wiadomość i odchylił się na oparcie krzesła.

– Co teraz? – zapytałem.

– Nic. Czekamy.

– Ile to potrwa?

– Spokojnie, człowieku. Przecież to szybkie komputery.

Pager Starkey znowu zaświergotał. Zerknęła na ekranik i szybko wsunęła go do kieszeni.

– To Gittamon.

– Chyba pilnie szuka z tobą kontaktu.

– Mam go gdzieś. Muszę zapalić.

Zaledwie odwróciła się do wyjścia, gdy komputer zasygnalizował pocztę elektroniczną.

– Zobaczmy, co tam mamy – mruknął Chen.

Plik otworzył się automatycznie, gdy tylko odebrał przekaz. W górnym rogu ekranu wyświetliły się emblematy Krajowego Centrum Informacyjnego FBI oraz Interpolu. Poniżej ukazało się zdjęcie mężczyzny o głęboko osadzonych oczach i byczym karku. Nazywał się Michael Fallon.

Chen wskazał szereg cyfr u dołu ekranu.

– Mamy dziewięćdziesiąt dziewięć i dziewięćdziesiąt dziewięć setnych procent zgodności w stosunku do wszystkich dwunastu punktów charakterystycznych. To on wyrzucił to opakowanie.

Starkey trąciła mnie łokciem.

– I co? Znasz go?

– Nigdy przedtem nie widziałem go na oczy.

Chen przewinął ekran, żebyśmy mogli się zapoznać z danymi personalnymi Fallona. Włosy ciemnoblond, oczy piwne, sto osiemdziesiąt trzy centymetry wzrostu, osiemdziesiąt sześć kilogramów wagi. Ostatnie znane miejsce zamieszkania to Amsterdam, obecne miejsce pobytu nieznane. Michael Fallon był poszukiwany za dwa niezwiązane ze sobą zabójstwa w Kolumbii i dwa inne w Salwadorze, ciążył na nim wyrok Trybunału ONZ do spraw Zbrodni Wojennych za udział w ludobójstwie, masowych egzekucjach i torturowaniu więźniów w Sierra Leone. Interpol ostrzegał, że to przestępca szczególnie groźny, zawsze uzbrojony.

– Matko Boska – jęknęła Starkey. – To jeden z tych porąbanych sadystów.

Chen przytaknął ruchem głowy.

– Psychopata. U takich zawsze wykrywa się jakieś zmiany w mózgu.

Fallon miał imponujące doświadczenie wojskowe. Przez dziewięć lat służył w Armii Stanów Zjednoczonych, najpierw w jednostce desantowej, potem jako Ranger. Później podpisał dodatkowy kontrakt na czteroletnią służbę, lecz jego warunki były objęte ścisłą tajemnicą. Nie wiadomo, co robił przez te lata.

– Co to może oznaczać, do cholery? – mruknęła Starkey.

Domyśliłem się, co to oznacza, i w sercu zakłuło mnie coś znacznie gorszego niż strach. Już wiedziałem, gdzie nauczył się polować na ludzi, poruszać w terenie tak, żeby nie zostawiać śladów. Sam byłem kiedyś zwiadowcą, i to niezłym. Ale Mike Fallon był lepszy ode mnie.

– Służył w oddziale Delta.

– Brygadzie antyterrorystycznej? – zdziwił się Chen.

Starkey zapatrzyła się na zdjęcie.

– Niech mnie...

Jednostka Delta. Chłopcy D. Operatorzy. Wyszkoleni w błyskawicznych akcjach bojowych przeciwko ugrupowaniom terrorystycznym. Można było do nich dołączyć tylko na specjalne zaproszenie. Stanowili grupę najlepiej wytrenowanych zabójców na świecie.

– Ma dość bogatą historię służby wojskowej – powiedziała Starkey. – Nie sądzisz, że mógł cię znienawidzić w czasie jej trwania?

– Nie może mnie znać. Był za młody, żeby walczyć w Wietnamie.

– Więc o co chodzi?

Nie miałem pojęcia.

Czytaliśmy dalej. Po zakończeniu służby Fallon wykorzystywał nabyte umiejętności, wykonując różne zlecenia w Nikaragui, Libanie, Somalii, Afganistanie, Kolumbii, Salwadorze, Bośni i Sierra Leone. Był najemnikiem. Nagle przypomniały mi się słowa Lucy: „To nie jest normalne. Takie rzeczy nie zdarzają się normalnym ludziom".

– Po prostu wspaniale, Cole – podsumowała Starkey. – Ty nie mógłbyś mieć za wroga zwykłego nawiedzonego maniaka. Musiałeś trafić na płatnego zabójcę.

– Przecież go nie znam. Nigdy o nim nie słyszałem. Nigdy wcześniej nie zetknąłem się nawet z nazwiskiem Fallon, a co dopiero z kimś takim.

– Ktoś jednak musi go znać, kolego, a nie ulega wątpliwości, że on bardzo dużo wie o tobie. John, mógłbyś mi wydrukować ten plik?

– Jasne. Zaraz to zrobię.

– Zrób także drugą kopię dla mnie. Chciałbym ją pokazać Lucy i porozmawiać z sąsiadami. A potem będziemy mogli wrócić na budowę. Łatwiej się będzie rozpytywało ludzi, pokazując im jego zdjęcie.

Starkey uśmiechnęła się krzywo.

– My? Czyżbyś uważał się już za mojego partnera?

Jakoś w tym krótkim okresie między rozmową na parkingu a oczekiwaniem na wynik identyfikacji odcisków rzeczywiście zacząłem myśleć o nas jak o partnerach, jakby ona nie służyła w policji, a ja nie próbowałbym desperacko odnaleźć zaginionego chłopca. Jakbyśmy działali wspólnie.

– Dobrze wiesz, o co mi chodzi. W końcu mamy wreszcie coś konkretnego. Trzeba pójść tym tropem, przyspieszyć dochodzenie.

Uśmiechnęła się jeszcze szerzej i znów poklepała mnie po plecach.

– Spokojnie, Cole. Na pewno podążymy tym tropem. Jeśli właściwie to rozegrasz, może nawet pozwolę, żebyś mi towarzyszył. Na razie zamierzam przekazać te informacje patrolom na mieście.

Połączyła się telefonicznie z dyspozytornią, prosząc na koniec o udostępnienie wszelkich możliwych danych na temat Fallona z miejscowego oddziału FBI, centrali amerykańskich służb specjalnych oraz wszystkich biur szeryfa. Później mogliśmy wreszcie pojechać do Lucy. Razem.

Na ulicy przed budynkiem stała cała kawalkada samochodów. Oprócz limuzyny Richarda był tam wóz patrolowy Gittamona, a za nim drugi, z emblematem Wydziału Osób Zaginionych na drzwiach. Kiedy zapukałem, drzwi otworzył nam Gittamon. W pierwszej chwili zaskoczył go nas widok, ale zaraz na jego twarzy odmalowała się złość. Zerknął przez ramię, przymknął nieco drzwi, żeby nie było nas widać z głębi mieszkania, i rzekł cicho:

– Gdzie byliście? Wydzwaniam po was od samego rana.

– Pracowałam – odparła Starkey. – Znaleźliśmy coś ważnego, Dave. Wiemy już, kto porwał chłopca.

– Powinnaś mnie o tym zawiadomić. Dlaczego nie odpowiadałaś na moje wezwania?

– Co tu się dzieje? Po co ściągnąłeś ludzi z Wydziału Osób Zaginionych?

Jeszcze raz spojrzał przez ramię i otworzył szerzej drzwi.

– Odstawili nas, Carol. Wydział przejmuje dochodzenie.

czas od zaginięcia: 47 godzin, 38 minut

Richard nerwowo przeczesywał włosy palcami. Ubranie miał jeszcze bardziej wymięte niż wczoraj, jakby w nim spał. Lucy siedziała na kanapie z nogą założoną na nogę, a Myers stał oparty ramieniem o ścianę. Jako jedyny wyglądał na wypoczętego i rześkiego. Wszyscy słuchali z uwagą wymuskanej kobiety w eleganckiej czarnej garsonce i jej męskiego odpowiednika, którzy siedzieli przed kanapą na krzesłach przyniesionych z jadalni. Lucy wpatrywała się w nich, tylko przelotnie zerknęła na mnie. W tym krótkim spojrzeniu wyczytałem wszystko: nie chciała, bym kontynuował poszukiwania Bena, a mimo to się zjawiłem. Pogarszałem tylko sytuację.

Gittamon odchrząknął i stanął na progu dużego pokoju ze spuszczoną głową jak uczniak przyjmujący reprymendę przed całą klasą.

– Proszę wybaczyć, pani porucznik. To jest detektyw Starkey i pan Cole. Carol, to detektyw porucznik Nora Lucas i detektyw sierżant Ray Alvarez z Wydziału Osób Zaginionych.

Lucas odznaczała się idealnie gładką, porcelanową cerą, jej nieskazitelnej twarzy nie mąciła ani jedna zmarszczka. Pewnie dlatego, że nigdy się nie uśmiechała. Alvarez przytrzymał dłużej moją rękę, spojrzał znacząco na Gittamona i rzekł z wyrzutem:

– Jeśli dobrze zrozumiałem, pan Cole miał zostać wykluczony z dochodzenia, sierżancie.

– Lepiej puść moją rękę, Alvarez, jeśli sam nie chcesz być wykluczony – odparłem.

Mimo to przytrzymał ją jeszcze przez chwilę, żeby mi udowodnić, że się nie boi.

– Porywacz przez telefon rzucił interesujące oskarżenia pod pańskim adresem. Porozmawiamy na ten temat, gdy będziemy omawiać dotychczasowe ustalenia.

Richard znowu przeciągnął dłonią po włosach i podszedł do okna. Sprawiał wrażenie poirytowanego. Obejrzał się na Lucas i Alvareza, po czym burknął:

– A cóż wy możecie zrobić innego ponad to, co zostało już zrobione?

– Zintensyfikować dochodzenie – odparł Myers.

Lucas przytaknęła ruchem głowy.

– Zgadza się. Zaangażujemy wszystkie dostępne siły i autorytet naszego wydziału w celu odnalezienia pańskiego syna, nie wspominając już o naszym niezaprzeczalnym wieloletnim doświadczeniu w takich sprawach. Przecież zajmujemy się wyłącznie odnajdywaniem zaginionych ludzi.

Alvarez pochylił się w stronę Richarda i dodał:

– Jesteśmy przodującym zespołem w wydziale, panie Chenier. Uporządkujemy śledztwo, sprawdzimy dotychczasowe ustalenia i odnajdziemy pańskiego syna. Poza tym, będziemy ściśle współpracowali z panami w poszukiwaniach prowadzonych przez pana Myersa.

Richard gwałtownie odwrócił się od okna i ruchem ręki dał znak Myersowi, żeby wreszcie oderwał się od ściany.

– Świetnie. Doskonale. Teraz jednak wolę wrócić do poszukiwań syna, zamiast o nich gadać. Chodźmy, Lee.

– Wiemy już, kto go porwał – rzuciłem.

Wszyscy popatrzyli na mnie, jakby nie dosłyszeli albo nie byli pewni, czemu coś podobnego wpadło mi do głowy. Lucy otworzyła usta i zapytała po chwili:

– Co powiedziałeś?

– Wiemy, kto porwał Bena. Zdobyliśmy opis samochodu i dwóch jeżdżących nim mężczyzn, jednego zdążyliśmy nawet zidentyfikować.

Myers wyprostował się powoli.

– Chrzanisz, Cole.

Starkey wyciągnęła przed siebie wydruk i pokazała Lucy pierwszą stronę ze zdjęciem Fallona.

– Proszę się dobrze przyjrzeć, pani Chenier, i spróbować sobie przypomnieć, czy kiedykolwiek widziała pani tego człowieka? Może w parku, gdy była pani na spacerze z synem, albo po szkole czy w drodze do pracy?

Lucy zapatrzyła się na odbitkę, jakby chciała ją spopielić wzrokiem. Richard podszedł szybko i także popatrzył na zdjęcie.

– Kto to jest? Co o nim wiecie?

Zignorowałem go. Na nikogo nie zwracałem uwagi, całkowicie pochłonięty reakcją Lucy.

– Zastanów się dobrze, Luce. Może w którymś momencie miałaś uczucie, że ktoś cię śledzi. Może odbierałaś szóstym zmysłem bliską obecność tego właśnie człowieka.

– Sama nie wiem... Chyba nie.

– Kto to jest? – zapytała Lucas.

Starkey spojrzała na nią, potem na Alvareza i przekazała wydruk Gittamonowi.

– Nazywa się Michael Fallon. Już zarządziłam jego poszukiwanie, dołączając opis furgonetki, której używa. W porwanie był zamieszany co najmniej jeszcze jeden mężczyzna, czarny, o rzucających się w oczy bliznach na twarzy. Nie znamy jeszcze jego personaliów. Pewnie dlatego, że nie jesteśmy przodującym zespołem.

Richard jeszcze raz spojrzał na zdjęcie Fallona. Westchnął głośno i znowu przeciągnął ręką po włosach. Wskazał palcem wydruk i zwrócił się do Myersa:

– No i widzisz? Mają cholernego podejrzanego.

Myers pokiwał głową, obrzucając zdjęcie wzrokiem karalucha.

– Tak, widzę. – Karalusze spojrzenie przeniosło się na mnie. – Skąd wiecie, że to właśnie on?

– Znaleźliśmy opakowanie po tytoniu do żucia na zboczu naprzeciwko mojego domu. Wokół pełno było śladów identycznych z odciskiem buta znalezionym w miejscu, gdzie Ben został uprowadzony.

W oczach Richarda pojawiły się złowrogie błyski.

– Z tym śladem, który widzieliśmy? Który wczoraj nam pokazałeś?

– Tak – odparła za mnie Starkey. – Identyfikacja w Krajowym Centrum Daktyloskopii dała pełną zgodność wszystkich dwunastu punktów charakterystycznych odcisku zdjętego z tego celofanu. Trudno o dokładniejsze trafienie.

Lucas i Alvarez wstali, żeby także popatrzeć na wydruk. Po chwili pani porucznik spojrzała na Gittamona.

– Nie mówiłeś nam o tym.

Sierżant pokręcił głową, jakby sam nie mógł w to uwierzyć.

– Bo o niczym nie wiedziałem. Od rana próbowałem się skontaktować ze Starkey, ale nie odpowiadała.

– Bo już wtedy znaleźliśmy to opakowanie. Identyfikacja odcisku palca nadeszła zaledwie parę minut temu. Przynajmniej wiecie, czym się z Cole'em zajmowaliśmy, gdy wy tutaj debatowaliście, jak nam wykraść dochodzenie.

– Spokojnie, pani detektyw.

– Lepiej zobaczcie, z kim mamy do czynienia. Fallon to

płatny zabójca! Był skazany za ludobójstwo w Afryce. Mordował ludzi na całym świecie!

– Pani detektyw! – powtórzyła z naciskiem Lucas, zerkając na Lucy.

Jej słowa zabrzmiały jak strzał z bicza.

To płatny zabójca! Mordował ludzi na całym świecie!

A teraz ma pani syna.

Starkey zaczerwieniła się, uzmysłowiwszy sobie, jaki popełniła nietakt.

– Bardzo przepraszam, pani Chenier. To było nie na miejscu.

Richard energicznym krokiem ruszył do wyjścia.

– Bierzmy się do roboty, Lee. Szkoda czasu na dalsze pogaduszki.

Myers nawet nie drgnął.

– To wcale nie jest strata czasu – rzekł. – Zastanawia mnie, skąd Cole zna tego człowieka. Wszystko, co do tej pory wyszło na jaw, świetnie pasuje do jego nagranych oskarżeń. Mają ze sobą wiele wspólnego. Skąd się znacie, Cole? Czego ten Fallon może od ciebie chcieć?

– Niczego nie chce. W ogóle go nie znam, nigdy go nie spotkałem. Nie mam pojęcia, dlaczego porwał Bena.

– Przez telefon mówił coś zupełnie innego.

– Odpieprz się, Myers.

Lucy zamyśliła się głęboko ze zmarszczonym czołem.

– Przecież to nie ma sensu. Musi być w jakiś sposób z tobą związany.

– Nie jest. Nic nas nie łączy.

Lucas szepnęła coś na ucho Alvarezowi i powiedziała stanowczym tonem:

– Skupmy się na rzeczach najważniejszych. To całkiem niezły punkt wyjścia, pani detektyw. Ray, skontaktuj się z centralą. Gdy potwierdzą tę identyfikację, niech zaczną rozsyłać zdjęcie podejrzanego do patroli na mieście.

Oficjalnie przejęła dochodzenie i bardzo jej zależało, żeby wszyscy o tym wiedzieli.

– Panie Chenier, proszę pani, musimy się teraz zająć porządkowaniem elementów śledztwa. To nie potrwa długo. Potem będziemy mogli przystąpić do sprawdzania tego tropu.

– Nie ma czego sprawdzać – mruknęła Starkey. – Już zidentyfikowaliśmy tego sukinsyna.

Gittamon położył jej rękę na ramieniu.

– Carol, proszę.

Richard wymamrotał coś pod nosem i oparł dłoń na klamce.

– Możecie sobie robić, co wam się podoba, ale ja wracam do poszukiwań syna. Lee, do diabła, chodźże wreszcie. Chcesz dostać kopię tych dokumentów?

– Nie będą mi potrzebne.

– W takim razie chodźmy stąd.

Wyszli.

Alvarez zwrócił się do Gittamona:

– Sierżancie, pan i Starkey musicie zaczekać na zewnątrz. Omówimy dotychczasowe ustalenia, kiedy skończymy rozmawiać z panią Chenier.

– Czyżbyście przespali kilka ostatnich minut? – rzuciła ze złością Starkey. – Dokonaliśmy właśnie przełomu w śledztwie. Nie ma nad czym dłużej deliberować.

– Proszę zaczekać na zewnątrz, aż skończymy – powtórzył Alvarez podniesionym tonem. – Pan również, Gittamon. Nie traćmy więcej czasu i bierzmy się do roboty.

Naburmuszona Starkey wyszła, Gittamon podreptał za nią przygarbiony, ciągając stopami po podłodze.

– Pan także niech zostanie w pobliżu, Cole – dodał Alvarez. – Musimy wiedzieć, dlaczego ten człowiek zawziął się na pana.

– Nic z tego. Ja też nie zamierzam tracić czasu. Muszę odnaleźć Bena. – Spojrzałem na Lucy. – Wiem, wolałabyś, żebym nie ingerował w dochodzenie, ale ja nie mogę tej sprawy tak po prostu zostawić. Zamierzam go odszukać, Luce, i przyprowadzić z powrotem do domu.

– Proszę iść już na dół, Cole. To nie prośba, tylko polecenie.

Alvarez chciał coś jeszcze dodać, ale wyszedłem pospiesznie, zatrzasnąwszy drzwi. Na chodniku przy wozie patrolowym Starkey i Gittamon o coś się spierali. Zignorowałem ich.

Ruszyłem do swego samochodu. Chciałem natychmiast wsiąść i odjechać, lecz nie miałem pojęcia, co dalej robić. Przystanąłem i popatrzyłem na zdjęcie Michaela Fallona, gorączkowo próbując obmyślić jakiś plan działania.

„Przecież to nie ma sensu. Musi być w jakiś sposób z tobą związany".

Wszystkie dochodzenia prowadzi się według jednego schematu. Podąża się tropem podejrzanego, szukając miejsca, gdzie jego ścieżki krzyżowały się z drogami innego człowieka. Obaj z Fallonem służyliśmy w wojsku, ale w innych okresach, i z tego, co było mi wiadomo, nasze drogi nigdy nie mogły się skrzyżować. Co więcej, ścieżki najemnika nie mogły się też skrzyżować z życiową drogą jakiegokolwiek człowieka, z którym razem służyłem. To po prostu było niemożliwe. Niemniej, miałem przeciwko sobie świetnie wyszkolonego zabójcę z oddziału Delta, zawodowego najemnika, ściganego za morderstwa w Salwadorze i zbrodnie wojenne w Afryce, który przyjechał do Los Angeles, żeby porwać Bena Cheniera. Jego obecne miejsce pobytu pozostawało nieznane.

Rozejrzałem się po ulicy w poszukiwaniu Pike'a. Powinien gdzieś tu być, obserwować dom z ukrycia, a ja w tej chwili go potrzebowałem.

– Joe!

Tacy ludzie jak Michael Fallon żyli i działali w świecie wiecznego cienia, o którym bardzo mało wiedziałem. Za wszystko płacili gotówką i zapłatę za swoje usługi też pobierali tylko w gotówce. Posługiwali się fikcyjnymi nazwiskami i obracali się w tak wąskich zamkniętych kręgach, że ich życie prywatne znało zaledwie parę osób.

– Joe!

Dłoń Pike'a spoczęła na moim ramieniu. Prawdopodobnie wyszedł z gęstej kępy krzaków rosnących przy rogu budynku. Jego ciemne okulary błyszczały w słońcu jak dobrze wypolerowana zbroja. Trzęsącymi się rękoma podałem mu wydruk.

– To ten facet porwał Bena. Wcześniej jeździł po całym świecie. Walczył jako najemnik i mordował na zlecenie. Nie mam pojęcia, jak go odnaleźć.

W odróżnieniu ode mnie Pike kiedyś żył i pracował w tym świecie wiecznego cienia. W milczeniu zaczął czytać wydruk, nie odzywając się, dopóki nie skończył. Złożył go wreszcie, oddał mi i rzekł:

– Tacy ludzie nie robią niczego dla kaprysu. Został zaangażowany, a więc ktoś musi wiedzieć, jak do niego dotrzeć. Wystarczy tylko namierzyć zleceniodawców.

– Chciałbym z nimi porozmawiać.

Pike przygryzł wargi i lekko pokręcił głową.

– Nie będą chcieli z tobą gadać, Elvis. Nawet nie pozwolą ci się do siebie zbliżyć.

Wbijał we mnie nieruchome spojrzenie, choć podejrzewałem, że wcale na mnie nie patrzy. Wiele bym dał, żeby poznać jego myśli.

– Nie chcę wracać do domu. Nie mogę czekać z założonymi rękami.

– I tak nic nie zdziałasz.

Odwrócił się i zniknął między budynkami, wciąż głęboko zamyślony, ale za bardzo przejmowałem się losem Bena, żeby zwrócić na to uwagę.

17

czas od zaginięcia: 47 godzin, 54 minuty

Pike

Joe pomyślał, że oczy Cole'a przypominają dwa mroczne tunele o ścianach w sinym kolorze. Widywał już takie oczy u wypalających się wewnętrznie gliniarzy oraz żołnierzy zbyt intensywnie wykorzystywanych w walkach. Cole był już wewnątrz Strefy; podminowany, wyżęty do ostatka, prący przed siebie jak Terminator zaprogramowany na wykonanie konkretnego zadania. Pike dobrze wiedział, że w Strefie nikt nie potrafi jasno myśleć, dlatego wielu ludzi w takim stanie ginie.

Pokonał truchtem trzy kwartały, żeby dotrzeć do swojego dżipa. Był zły, że mięśnie mu się zastały, kark bolał od zbyt długiego bezruchu, a lewa ręka zdrętwiała. W dodatku podczas biegu wzmagał się ból w rannym ramieniu, ale nie chciał zwalniać kroku.

Najemnicy nie pojawiają się sami z siebie w rejonie walk, żeby dopiero tu szukać zleceniodawców albo zająć się szkoleniem żołnierzy którejś ze stron. Zwykle są angażowani przez prywatne korporacje wojskowe, firmy ochroniarskie realizujące zagraniczne kontrakty albo „konsultantów". W dodatku rynek pracy był dość wąski, ci sami ludzie przez lata korzystali z usług tych samych najemników, podobnie jak właściciele firm z Doliny Krzemowej, którzy tylko wymieniali się nawzajem programistami. Jedyna różnica polegała na tym, że średnia długość życia najemników była zdecydowanie krótsza.

Znał kiedyś paru takich „konsultantów", nie wiedział jednak, czy nadal działają w branży. Nie miał też pojęcia, czy któryś z nich zechce mu pomóc, a jeśli nawet, czego będzie za to chciał i jak długo to potrwa. Nie orientował się nawet, czy ci ludzie jeszcze żyją. Od bardzo dawna nie miał z nimi do czynienia, w przeciwnym razie zadzwoniłby od razu z samochodu. Nie pamiętał nawet żadnego numeru telefonu.

Pojechał do swojego domu w Culver City. Po dotarciu na miejsce najpierw zdjął przepoconą koszulkę, potem wypił całą butelkę wody mineralnej i zażył aspirynę. Numery telefonów znanych sobie ludzi z tej branży trzymał w sejfie w sypialni. Nie były zapisane cyframi, lecz zakodowane w postaci oderwanych słów. Wyciągnął spis i usiadł przy aparacie.

Pierwsze cztery numery nie były już używane. Pod piątym odebrała jakaś kobieta o lekko chrapliwym głosie. Najwyraźniej został przydzielony innemu abonentowi. Szósty również został anulowany, a pod siódmym zgłosił się gabinet stomatologiczny. W tym światku wymiana kadr następowała bardzo szybko. Pike z ociąganiem wybrał ósmy numer ze swojej listy.

– Tak?

Natychmiast rozpoznał znajomy głos, jakby po raz ostatni rozmawiali nie dalej niż dzisiaj rano.

– Mówi Joe Pike. Pamiętasz mnie?

– Tak, jasne. Co u ciebie?

– Próbuję odnaleźć zawodowca o nazwisku Michael Fallen.

Na drugim końcu linii zapadła cisza. Wreszcie rozmówca rzekł spiętym głosem:

– Sądziłem, że wycofałeś się z działalności.

– Zgadza się. Skończyłem z tym.

Wyczuwał podejrzliwość znajomego. Nie rozmawiali prawie od dziesięciu lat, toteż za naturalne trzeba było uznać podejrzenia, że zaczął współpracować ze służbami federalnymi. Władze nie patrzyły przychylnym okiem na obywateli, którzy brali zlecenia od obcych rządów czy ugrupowań paramilitarnych. Było to sprzeczne z prawem.

Mężczyzna po chwili zaczął ostrożnie:

– Nie wiem, o co ci chodzi, Pike. Jestem konsultantem w zakresie ochrony. Zajmuję się weryfikacją osiągnięć i oceną umiejętności kandydatów w różnych specjalnościach wojskowych, ale nie załatwiam interesów z terrorystami, handlarzami narkotyków czy dyktatorami. Nie współpracuję z nikim, kto się tym zajmuje. Prowadzę całkowicie legalną działalność.

Było jasne, że mówi to na użytek federalnych. Niemniej Pike dobrze wiedział, że trudno by mu zarzucić cokolwiek niezgodnego z prawem.

– Rozumiem. Właśnie dlatego do ciebie dzwonię.

– W porządku. Zatem chcesz skorzystać z moich usług konsultanta, prawda?

– Zgadza się. Chodzi o człowieka nazwiskiem Fallon. Służył w oddziale Delta, potem został wolnym strzelcem. Przed dwoma laty mieszkał w Amsterdamie. Teraz jest w Los Angeles.

– Z oddziału Delta, powiadasz?

– Tak.

– Ci chłopcy pracują za najwyższe stawki.

– Chcę się z nim spotkać osobiście. To bardzo ważne. Musimy porozmawiać w cztery oczy.

– Aha. Powiedz mi jeszcze coś, co by mi odświeżyło pamięć.

Pike zaczął z pamięci cytować informacje z listu gończego Interpolu, wymieniając kolejno kraje, w których Fallon świadczył swoje usługi: Sierra Leone, Kolumbia, Salwador...

– Cholera, bywał prawie wszędzie – mruknął rozmówca. – Ale znam paru ludzi, którzy też tam pracowali. Naprawdę wyszedłeś z obiegu?

– Tak.

– Szkoda. Co będę z tego miał?

Świetnie zdawał sobie sprawę, że za każdą informację będzie musiał zapłacić, i był na to przygotowany. Tacy ludzie niczego nie robili za darmo. Ale zarazem miał świadomość, że nie będzie mógł o tym powiedzieć Elvisowi.

– Tysiąc dolarów.

Mężczyzna zaśmiał się krótko.

– Już wolałbym przydzielić ci jakąś robotę. Chyba wiesz, że wciąż mam różne oferty. Ze swoimi umiejętnościami dostałbyś niezłą stawkę. Na Bliskim Wschodzie jest wielki popyt na takich jak ty.

– Dwa tysiące.

– Może udałoby mi się znaleźć kogoś, kto zna tego faceta, ale musiałbym dzwonić po całym świecie. Szkoda mi marnować czasu za parę nędznych groszy. Mam olbrzymie koszty.

– Pięć tysięcy.

To była już astronomiczna cena, ale Pike wiedział, że tamtemu zależy wyłącznie na forsie. Miał nadzieję, że ta oferta okaże się wystarczająca.

– Prawdę mówiąc, nie chciałbym być w skórze Fallona, skoro chcesz się z nim spotkać osobiście. I mało mnie obchodzi, że służył w oddziale Delta. Ale spójrz na to z mojej strony. Jeśli cokolwiek mu się stanie, twoi przyjaciele ze służb federalnych wykorzystają naszą małą transakcję do tego, żeby mnie oskarżyć o handel poufnymi informacjami albo nawet współudział w przestępstwie. Nie mam przyjaciół po tamtej stronie.

– Nie bój się, nikt nas nie podsłuchuje.

– Ach tak, racja.

Joe nie odpowiedział. Nauczył się już dawno, że kiedy milczy, ludzie często wmawiają sobie to, co chcieliby usłyszeć.

– Coś ci powiem. Popytam w twojej sprawie, ale musisz się zgodzić, żebym wziął dla ciebie zlecenie. Nie wiem jeszcze jakie ani kiedy, ale któregoś dnia zadzwonię. To tyle. Taka jest moja cena. Jeśli znajdę kogoś, kto ci pomoże w zorganizowaniu tego spotkania, będziesz musiał przyjąć moją robotę. Nic mnie nie obchodzi, jak wykorzystasz ten kontakt. Po prostu jasno stawiam warunki.

Natychmiast pożałował, że zadzwonił pod ten numer i że

nie został on zlikwidowany jak inne. Przyszło mu na myśl, żeby spróbować szczęścia u kogoś innego. Ale pierwszych siedem numerów z listy było nieczynnych, a Ben czekał na szybką pomoc. No i Elvis na niego liczył. Poczucie obowiązku nie pozwoliło mu odłożyć słuchawki.

– Zdecyduj się, Pike. Przecież tu nie chodzi tylko o tę jedną sprawę. Nie mieliśmy ze sobą kontaktu przez dziesięć lat. Jeśli znajdę kogoś, kto zgodzi się zorganizować ci to spotkanie, będę musiał za ciebie poręczyć.

Na czarnym lakierowanym stoliku w kącie salonu stała fontanna zen, mała miseczka wypełniona wodą i kamykami. Woda spływała między nimi z pluskiem przypominającym odgłos leśnego strumienia. Zasłuchał się w ten plusk, który zawsze napawał go spokojem.

– Wiedziałeś, że wcześniej czy później do tego dojdzie, inaczej byś nie dzwonił. Jeśli nawet uznasz, że wymusiłem na tobie zgodę, to pomyśl, że sam się o to prosiłeś. Szukasz czegoś i nie chodzi ci tylko o Fallona. Obaj dobrze wiemy, czego ci brakuje.

Pike wciąż spoglądał na wodę spływającą po kamykach, zastanawiając się, czy rozmówca nie ma jednak racji.

– W porządku.

– Podaj mi swój numer. Oddzwonię, jak będę coś miał.

Podyktował numer swojego telefonu komórkowego, po czym rozebrał się do naga. Wziął aparat ze sobą do łazienki, żeby słyszeć dzwonek pod prysznicem. Wystawił obolały kark i ramię na ukłucia strumyków gorącej wody, za wszelką cenę próbując się uwolnić od natrętnych myśli.

Czterdzieści sześć minut później telefon zadzwonił. Mężczyzna podał mu nazwisko i adres, dodając przy tym, że został umówiony na rozmowę.

18

czas od zaginięcia: 48 godzin, 09 minut

Kiedy wróciłem do domu, na automatycznej sekretarce czekały dwie nagrane wiadomości. Miałem nadzieję, że dzwonił Joe lub Starkey albo nawet Ben, okazało się jednak, że pierwsza była od mojej sąsiadki, Grace Gonzalez, która chciała wiedzieć, czy nie potrzebuję jej pomocy, a druga od matki Croma Johnsona w odpowiedzi na mój wczorajszy telefon. Nie czułem się na siłach oddzwonić do żadnej z nich.

Zauważyłem z werandy, że furgonetka Chena znów stoi na wirażu po drugiej stronie kanionu. Tym razem był przy niej zaparkowany drugi samochód ekipy technicznej dochodzeniówki oraz radiowóz z komendy w Hollywood. Kilku robotników z budowy stało przy furgonetce, przyglądając się, jak Chen i jego koledzy zbierają dowody rzeczowe na zboczu przy drodze.

Normalni ludzie po powrocie z pracy do domu w pierwszej kolejności wyjmują pocztę ze skrzynki. Tak też zrobiłem. Potem wypijają szklankę mleka, biorą prysznic, przebierają się w świeże ciuchy. Poszedłem w ich ślady, mając wrażenie, że udaję kogoś innego.

Siedziałem przed telewizorem i jadłem kanapkę z pieczonym indykiem, kiedy zadzwonił telefon. Błyskawicznie chwyciłem słuchawkę, mając nadzieję, że to Joe.

– Mówi Bill Stivic z Wydziału Osobowego Armii w Saint Louis. Czy mógłbym rozmawiać z panem Elvisem Cole'em?

Od razu przypomniałem sobie emerytowanego starszego sierżanta Stivica, z którym rozmawiałem dziś rano, choć wydawało mi się, że od naszej rozmowy minął co najmniej tydzień.

Spojrzałem na zegarek. O tej porze wszystkie biura rządowe w Saint Louis były już zamknięte. Musiał dzwonić do mnie na własny koszt.

– Witam, sierżancie. Dziękuję, że tak szybko zajął się pan moją sprawą.

– Nic wielkiego. Wydawało mi się, że bardzo panu zależy na tych informacjach.

– To prawda.

– Oto co znalazłem... Jak mówiłem już rano, formularz dwieście czternaście jest ogólnie dostępny, ale pełnych akt dwieście jeden nie udostępniamy nikomu, jeśli nie ma prawomocnego wyroku sądowego lub nie jest to żądanie którejś z federalnych instytucji porządku publicznego.

– Tak, pamiętam.

– Według zestawienia w dokumentacji kopię pańskich akt wysłaliśmy faksem do detektyw Carol Starkey z policji w Los Angeles. Wczoraj.

– Zgadza się. Dziś rozmawiałem z nią na ten temat.

– W porządku. Jedyne wcześniejsze żądanie udostępnienia tych akt pochodzi sprzed trzech miesięcy. Na podstawie nakazu sądu stanowego ich kopia została wysłana do sędziego Rulona Lestera z Nowego Orleanu.

– Z Nowego Orleanu?

– Nie inaczej. Zarówno akta dwieście jeden, jak i formularz dwieście czternaście wysłaliśmy listownie pod adresem Stanowego Sądu Najwyższego Luizjany.

Kolejna ślepa uliczka. Przypomniałem sobie, jak Richard na komendzie policji rzucił na stół kartonowy skoroszyt. Ten łajdak kazał mnie sprawdzić na wszelkie możliwe sposoby.

– Tylko w tych dwóch przypadkach żądano dostępu do moich akt? Na pewno nie zwracał się o to nikt inny?

– Na pewno, przynajmniej w ciągu ostatnich ośmiu lat, bo tyle czasu przechowuje się dokumenty w archiwum.

– Ma pan może numer telefonu do tego sędziego, sierżancie?

– W dokumentach nie trzyma się pism z sądu, tylko wpisuje w zestawieniu datę i powód wysłania kopii akt. W tym wypadku jest jeszcze numer sprawy. Chce go pan?

– Tak, chętnie. Proszę zaczekać, tylko wezmę długopis.

Podyktował mi datę wystawienia nakazu oraz numer pisma, jak również datę wysłania akt do Luizjany. Podziękowałem mu za życzliwość i odłożyłem słuchawkę. Nowy Orlean leży w tej samej strefie czasowej co Saint Louis, sądy zatem były już zamknięte, lecz biura sędziów mogły jeszcze działać. Zadzwoniłem do tamtejszej informacji i poprosiłem o numery centrali Stanowego Sądu Najwyższego oraz biura sędziego Lestera. Nie przypadkiem dostępu do moich akt wojskowych zażądał sędzia z Nowego Orleanu, rodzinnego miasta Richarda. Chciałem się jednak upewnić, że to faktycznie on maczał w tym palce.

Już po pierwszym sygnale odezwała się kobieta ze śpiewnym południowym akcentem:

– Biuro sędziego Lestera, słucham.

Przerwałem połączenie. Lester nie miał żadnego uzasadnionego powodu do wystawienia pisemnego nakazu ujawnienia moich pełnych akt wojskowych. Zrobił to wyłącznie na prośbę Richarda, gdyż ten pewnie mu dobrze zapłacił za przysługę. Tak czy inaczej, złamał przepisy. Nie było szans, żeby w ogóle chciał ze mną o tym rozmawiać.

Przemyślałem sprawę i zadzwoniłem po raz drugi.

– Biuro sędziego Lestera, słucham.

Odezwałem się, udając starszego mężczyznę, także mówiącego z południowym akcentem:

– Mówi Bill Stivic z Wydziału Osobowego Armii w Saint Louis. Próbuję dotrzeć do akt, które wysłaliśmy sędziemu na podstawie pisemnego nakazu sądowego.

– Niestety, sędziego nie ma już w biurze.

– W takim razie jestem nieźle załatwiony, złociutka. Popełniłem straszliwy błąd, wysyłając do was te akta, bo wsadziłem do koperty oryginał, a to był nasz jedyny egzemplarz.

Bez większego trudu przyszło mi udawać zdesperowanego.
– Nie jestem pewna, czy będę mogła pomóc, panie Stivic. Jeśli te papiery zostały uznane za dowód rzeczowy albo włączone do akt, nie będziemy mogli ich zwrócić.
– Wcale nie chcę, żebyście je odsyłali. Powinienem zrobić kopię przed wysłaniem, ale... No cóż, sam nie wiem, o czym wtedy myślałem. Więc gdyby to było możliwe, chciałbym tylko dostać ich kopię. Zapłacę za to z własnej kieszeni.
Udawanie patosu też nie było trudne.
– Będę musiała to sprawdzić.
– Uratujesz mi życie, złociutka.
Podałem jej datę oraz numer pisma sędziego Lestera, nakazującego ujawnienie moich akt. Czekałem z niecierpliwością. Odezwała się po kilku minutach.
– Przykro mi, panie Stivic, ale nie mamy już tych papierów. Sędzia odesłał je panu Lelandowi Myersowi w ramach prowadzonego przez niego dochodzenia. Może z jego biura dostałby pan ich kopię?
Poprosiłem ją o numer telefonu biura Myersa i odłożyłem słuchawkę. Znów ujrzałem w wyobraźni kartonowy skoroszyt, który Richard rzucił na stół, gdy przesłuchiwaliśmy zapis rozmowy z porywaczem. Wszystko wskazywało na to, że owo „dochodzenie" Myers prowadził na jego rozkaz. Świadomość, że ten trop prowadzi donikąd, wprawiła mnie w przygnębienie. Pomyślałem, że Fallon zdobył podstawowe informacje, włamując się do mojego domu, bo reszty mógł się dowiedzieć z setek różnych źródeł. Stivic potwierdził tylko to, co już wiedziałem – Richard pałał do mnie nienawiścią.
Usiadłem z powrotem przed telewizorem i sięgnąłem po kanapkę z indykiem, ale po jednym kęsie wyrzuciłem ją do kosza. Ani trochę nie byłem głodny. Bolały mnie wszystkie mięśnie, a oczy piekły z niewyspania. Wydarzenia ostatnich dwóch dni przypominały mi rozpędzony pociąg towarowy mknący prosto na człowieka unieruchomionego na torach. Miałem ochotę wyciągnąć się na podłodze, lecz naszły mnie obawy, że nie dam rady się podnieść. Telefon zadzwonił po-

nownie, gdy stałem na środku kuchni. Nie miałem siły nawet na to, by go odebrać. Pragnąłem tak stać całe wieki i już nigdy nie być zmuszonym do kiwnięcia choćby jednym palcem. W końcu jednak podniosłem słuchawkę.

– Cole! – wykrzyknęła podniecona Starkey. – Znaleźliśmy furgonetkę! Wóz patrolowy namierzył ją w śródmieściu! Przed chwilą odebrałam meldunek!

Tak samo wykrzyczała mi adres, ale w jej głosie wyczułem dziwne napięcie, jakby już wiedziała, że nie jest to dobra wiadomość. Wszystkie moje dolegliwości nagle zniknęły, jakbym wcale ich nie odczuwał.

– Nie znaleźli Bena?

– Tego nie wiem. Jestem już w drodze. Inni również tam jadą. Zbieraj się, Cole. Jak się pospieszysz, dotrzesz na miejsce zaraz po mnie. Chyba chcesz tam być, prawda?

Ton jej głosu nasuwał mi najgorsze obawy.

– Do pioruna, Starkey. Wyduś wreszcie, o co chodzi!

– W furgonetce znaleźli zwłoki.

Telefon wysunął mi się z ręki i przekoziołkował w powietrzu, opadając jak na zwolnionym filmie. Zanim zetknął się z podłogą, byłem już przed domem.

czas od zaginięcia: 48 godzin, 25 minut

Mała rzeczka Los Angeles potrafi być bardzo groźna. Ludzie, którzy o tym nie wiedzą, często drwią sobie, że strumyk ciurkający szerokim wybetonowanym korytem przypomina krwiobieg anemika. Nie zdają sobie sprawy, że wybudowaliśmy to koryto dla własnego bezpieczeństwa, bo uśpiony strumień przynajmniej raz do roku budzi się do życia. Zanim skierowaliśmy go środkiem tej pozornie idiotycznie przepaścistej betonowej rynny o wysokich ścianach, po ulewnych deszczach przybierał do tego stopnia, że porywał drzewa, budynki i mosty, żłobił w brzegach wciąż nowe koryta, jakby szukał ludzi, żeby ich zabić. I wiele razy mu się to udawało. Nawet teraz, gdy budzi się do życia, często podchodzi tak wysoko betonowych umocnień, że jego mokre łapy wdzierają się na ulice i mosty, próbując zmyć przejeżdżający samochód bądź pochwycić nieuważnego przechodnia. Dlatego wzdłuż sztucznego koryta ciągną się siatkowe ogrodzenia zwieńczone drutem kolczastym, mające oddzielać ludzi od żywiołu uwięzionego między betonowymi ścianami. To swoiste więzienie rzeki, które przez większość czasu dobrze spełnia swoją funkcję.

Furgonetka została porzucona pod estakadą łączącą kolejowy plac przeładunkowy na jednym brzegu rzeki z więzieniem okręgowym na drugim. Starkey czekała w swoim samochodzie zaparkowanym przy bramie w ogrodzeniu z siatki i ujrzawszy mnie, otworzyła prawe drzwi. Zjechaliśmy po rampie na dno koryta i stanęliśmy za trzema wozami patrolowymi oraz dwoma nieoznakowanymi autami z Centrum Parkera. Gromada policjantów w cieniu masywnego filaru rozmawiała z dwoma dzieciakami. Detektywi z wydziału zabójstw ledwo co przyjechali, dwaj spisywali zeznania chłopców, a trzeci zaglądał ciekawie do kabiny furgonetki.

– Zaczekaj tutaj, Cole – poleciła Starkey. – Zobaczę, co tam jest.

– Nie wygłupiaj się.

Furgonetka została świeżo pomalowana, chciano zmienić jej wygląd, ale był to econoline rocznik sześćdziesiąty siódmy z pęknięciem w lewym dolnym rogu przedniej szyby i zardzewiałymi osłonami reflektorów. Zresztą farbę położono cienką warstwą, wyraźnie wyłaniały się spod niej litery „Em" z imienia Emilio. Drzwi od strony kierowcy i lewe tylne były otwarte na oścież. Gruby śledczy z połyskującą od potu łysiną zaglądał na skrzynię. Starkey przyspieszyła kroku, wyprzedziła mnie i pokazała mu swoją odznakę.

– Carol Starkey. To ja zarządziłam poszukiwania tego wozu. Słyszałam, że znaleźliście jakąś ofiarę.

– W mordę, co za widok... – mruknął gliniarz.

Minąłem go, żeby zajrzeć do środka, ale Starkey złapała mnie za rękę i zatrzymała. Wstrzymałem oddech.

– Stój. Najpierw sama zobaczę, co tam jest.

Wyszarpnąłem rękę i stanąłem przed otwartymi drzwiami. Na skrzyni leżał na brzuchu biały mężczyzna w luźnym sportowym płaszczu i mokasynach. Ręce miał nienaturalnie wyciągnięte wzdłuż ciała, a nogi skrzyżowane w kostkach, co pozwalało wnioskować, że został wrzucony albo wtoczony do środka. Ubranie i podłoga auta wokół niego były umazane krwią. Zabójca odrąbał mu głowę u nasady karku i ustawił ją opartą o koło zapasowe tuż za przednim siedzeniem. Twarz była stąd niewidoczna. Nad zwłokami kręciły się tłuste pustynne muchy podobne do roju pszczół krążących nad rozkwieconą łąką. Bena nie było w furgonetce.

– Matko Boska – jęknęła Starkey. – Odrąbali mu głowę.

Łysy policjant przytaknął z posępną miną.

– Mało osób jest zdolnych do czegoś takiego, co nie?

– Wiecie już, kto to?

– Och... Nie, jeszcze nie. Nazywam się Tims, z tutejszego wydziału rabunków i zabójstw. Dopiero co przyjechaliśmy, nie zdążyliśmy nawet zabezpieczyć miejsca zbrodni. Ludzie koronera już tu jadą.

Nie wolno było ruszyć zwłok do czasu przyjazdu patologa z biura koronera, który musiał określić przyczynę i czas zgonu. Wcześniej policja powinna jedynie zabezpieczyć teren.

– Szukamy małego chłopca – powiedziałem.

– Widzi pan, co tu mamy. Zwłoki dorosłego mężczyzny i żadnych ciepłych śladów. Dlaczego pyta pan o chłopca?

– Dwaj ludzie jeżdżący tą furgonetką przedwczoraj porwali dziesięciolatka. Do tej pory się nie odnalazł.

– Poważnie? Jeśli macie już podejrzanych w tej sprawie, chcielibyśmy znać ich nazwiska.

Starkey podała mu personalia i rysopis Fallona oraz pobieżny opis jego czarnego towarzysza. Kiedy spisywał dane, zapytałem go, kto otworzył drzwi furgonetki. Ruchem głowy wskazał dwóch nastolatków stojących w otoczeniu policjantów.

– Oni. Przyszli tu, żeby pojeździć po rampach zjazdowych. Zobaczyli krew skapującą ze skrzyni i zajrzeli do środka. Po tym, że do tej pory ścieka na ziemię, należy wnioskować, że do zabójstwa doszło nie dalej niż trzy, może cztery godziny temu.

– Sprawdziliście, czy ofiara nie ma przy sobie dokumentów? – zapytała Starkey.

– Nie musieliśmy. Widzi pani to wybrzuszenie na jego pośladku pod odwiniętą połą płaszcza? To na pewno portfel w tylnej kieszeni spodni.

– Starkey – mruknąłem.

– Tak, wiem. Posłuchaj, Tims. Gdybyśmy mogli ustalić adres właściciela furgonetki, łatwiej byłoby nam szukać Fallona, a tym samym porwanego chłopca. Niewykluczone, że ten bandyta miał coś wspólnego z tym zabójstwem. Musimy koniecznie znać nazwisko ofiary.

Tims pokręcił głową. Domyślił się, co im chodzi po głowie.

– Znacie przepisy równie dobrze, jak ja. Ludzie koronera są już w drodze. To nie potrwa długo.

Spojrzałem jeszcze raz na Starkey i ruszyłem do otwartych drzwi kabiny.

– Proszę niczego nie dotykać – rzucił za mną Tims.

Wokół fotela kierowcy na podłodze stała wielka kałuża krwi. Stąd widać było tylko nogi człowieka leżącego na skrzyni. Rozejrzałem się po kabinie i pod siedzeniami na tyle dokładnie, na ile było to możliwe bez dotykania czegokolwiek. Nie zauważyłem jednak niczego poza krwią, piaskiem i brudem zalegającym w kątach wszystkich starych samochodów.

Tims i Starkey wciąż stali przy tylnych drzwiach. Pozostali dwaj detektywi i gliniarze z patrolu rozmawiali z nastolatkami. Bez namysłu wdrapałem się do kabiny i przecisnąłem między fotelami na skrzynię. Śmierdziało w niej jak w sklepie rzeźnika w upalny dzień.

Kiedy Tims mnie zobaczył, dopadł otwartych drzwi, jakby chciał wskoczyć do furgonetki i siłą wywlec mnie na zewnątrz. Powstrzymał się jednak i tylko wrzasnął:

– Hej! Proszę stamtąd wyjść! Starkey, natychmiast wyciągnij z powrotem swojego partnera.

Wysunęła się przed niego, zaparła rękoma o karoserię w otwartych tylnych drzwiach i popatrzyła na mnie surowym wzrokiem. Domyśliłem się, że chce mnie zasłonić przed wzrokiem policjantów. Obaj detektywi z wydziału zabójstw i jeden mundurowy ruszyli truchtem w tym kierunku, zaniepokojeni okrzykiem Timsa.

– Czy byłbyś łaskaw się pospieszyć, Cole? – syknęła.

Muchy zakręciły się chmarą wokół mojej głowy, rozzłoszczone, że im przeszkadzam. Krew na podłodze była śliska jak rozgrzany olej. Błyskawicznie wyciągnąłem portfel zabitego i pobieżnie przeszukałem pozostałe kieszenie. Znalazłem komplet kluczyków, chusteczkę, dwie ćwierćdolarówki i kartę od magnetycznego zamka z hotelu „Baitland Swift" w Santa Monica. Miał na sobie szelki z podramienną kaburą. Była pusta. Rzuciłem wszystkie rzeczy na przednie siedzenie i zacząłem się przeciskać z powrotem do drzwi. Skóra na szyi trupa była sinopurpurowa i uwalana smarem. Wystający z ciała krąg szyjny przypominał marmurową gałkę od kranu. Włosy na głowie były posklejane galaretowatymi grudkami krwi. Widok był koszmarny i odrażający, aż ciarki przeszły mi po grzbiecie na myśl, że miałbym ich dotknąć. Tims dalej wrzeszczał, ale jego krzyki w moich uszach zlewały się z monotonnym bzyczeniem much. Sięgnąłem z powrotem po chusteczkę, złapałem przez nią odciętą głowę i obróciłem twarzą do siebie. W tym samym momencie zauważyłem, że została wetknięta w czarny sportowy but niewielkich rozmiarów. To był but dziecięcy.

– I kto to jest, Cole? Co tam masz?

– To DeNice. Starkey! Zostawili tu but Bena. Wetknęli odciętą głowę w jego but!

– Jest może jakaś wiadomość? Albo coś jeszcze?

– Nic takiego nie widzę. Tylko ten but.

Po rampie na dno koryta zjechał z włączonym migaczem wóz patrolowy z Wydziału Osób Zaginionych, tuż za nim podążała limuzyna Richarda.

– Wyskakuj stamtąd – rzuciła Starkey. – Tylko zabierz jego

rzeczy. Może będzie w nich coś, co pomoże nam ich odnaleźć. I nie dotykaj swojej twarzy.

– Dlaczego?

– Jesteś cały we krwi. Nie roznieś jej sobie do ust albo oczu.

– To but Bena.

Nie byłem w stanie wykrztusić nic więcej.

Starkey zawróciło szybko, żeby zatrzymać Lucas i Alvareza. Wyskoczyłem z kabiny furgonetki i rzuciłem wszystkie rzeczy na ziemię. Rzeczywiście miałem zakrwawione ręce. Portfel, but Bena i pozostałe rzeczy były nią uwalane. Jeden z mundurowych odsunął się ode mnie, jakbym był radioaktywny.

– Ale się upaćkałeś, chłopie – mruknął.

Lucas ominęła Starkey i energicznym krokiem podeszła do furgonetki. Zajrzała do środka i natychmiast odskoczyła, jakby dostała po buzi.

– Och, mój Boże... – jęknęła.

W portfelu były sześćdziesiąt dwa dolary, prawo jazdy z Luizjany wystawione na nazwisko Debulona R. DeNice'a, karty kredytowe, legitymacja członkowska Policyjnego Zakonu Braterskiego, także wystawiona w Luizjanie licencja myśliwska oraz zdjęcia dwóch nastoletnich dziewczynek, ale nic, co by wskazywało, jak wpadł na trop Fallona czy z jakiego powodu zginął w furgonetce. Kluczyki, chusteczka do nosa i ćwierćdolarówki także nie mogły nam pomóc w dochodzeniu.

Richard i Myers stanęli obok Alvareza. Richard zbladł jak ściana na widok krwi.

– Panie Chenier, proszę zaczekać w swoim samochodzie – powiedziała Lucas. – Ray, zabierz ich stąd, na miłość boską.

– Co tam jest w środku? – wymamrotał Richard. – Czy to...? Czy...

– To DeNice. Wetknęli jego odrąbaną głowę w but Bena.

Richard i Myers rzucili się do otwartych tylnych drzwi furgonetki, zanim Alvarez zdążył ich powstrzymać. Richard dziwnie sapnął, jakby jakaś siła nagle wypchnęła mu całe powietrze z płuc.

– Dobry Boże!

Złapał ochroniarza pod ramię, żeby się przytrzymać, po czym szybko odwrócił głowę. Myers wpatrywał się jak urzeczony w głąb furgonetki. Tylko mięśnie dolnej szczęki rytmicznie pulsowały mu pod skórą, reszta ciała sprawiała wrażenie woskowej figury. Wielka czarna mucha usiadła mu na policzku, ale on chyba tego nawet nie poczuł.

– Zostawili w środku but Bena – powtórzyłem. – Jego but tam był.

Richard przeciągnął palcami po włosach i zaczął desperacko krążyć po ciasnym okręgu. Przypomniałem sobie słowa Pike, że tacy ludzie jak Fallon wszystko robią za pieniądze. Kiedy skojarzyłem zwłoki DeNice'a w kałuży krwi na skrzyni furgonetki i jego odrąbaną głowę wetkniętą w but Bena, uświadomiłem sobie nagle, że na pewno nie zrobili tego z nienawiści do mnie. Zrobili to dla Cheniera.

– Oni nie tylko go zabili, Richard! – powiedziałem z naciskiem. – Odrąbali mu głowę!

Richard zwymiotował. Starkey popatrzyła na mnie z ukosa, ale pewnie tylko dlatego, że podniosłem głos.

– Spokojnie, Cole – mruknęła. – Cały się trzęsiesz. Oddychaj głęboko.

Richardem wstrząsały gwałtowne torsje. Był blady jak ściana i roztrzęsiony.

– Zgłosili się do ciebie po okup, prawda? – zapytałem. – Zażądali forsy, a ty wysłałeś na spotkanie DeNice'a?

Starkey i Lucas patrzyły na mnie z uwagą. Richard wyprostował się, ale zaraz ponownie zgięło go wpół.

– O czym ty gadasz? – wymamrotał. – To nieprawda!

– Chyba ci się we łbie pomieszało, Cole – odparł Myers. – Robimy wszystko, żeby odnaleźć tych łobuzów.

– Przecież zamordowali DeNice'a po to, żeby kogoś przestraszyć. Nie chcesz mi wmówić, że postanowili przestraszyć mnie!

Richard popatrzył na mnie z twarzą wykrzywioną wściekłością.

– Odpierdol się! – ryknął.

– Jak może pan tak mówić? – odezwała się Lucas.

– Fallon to najemnik. Nie kiwnie nawet palcem, jeśli nie będzie mógł na tym zarobić, a Richard ma pieniądze. Na pewno szykuje okup.

Chenier zatrząsł się jak galareta i skoczył w moją stronę, jakby chciał mnie pobić, ale Myers złapał go za rękę.

– To wszystko przez ciebie, łobuzie! Nie będę stał i wysłuchiwał bzdur, kiedy nadal nie wiadomo, gdzie jest mój syn. Musimy go szukać, a nie zajmować się jakimiś idiotyzmami.

Odwrócił się i ruszył w kierunku limuzyny. Ostatnich parę metrów przebiegł, oparł się łokciem o bagażnik i znów zaczął wymiotować. Ochroniarz popatrzył za nim. Jego oczy już nie były tak pozbawione wyrazu jak dotąd.

– Co się dzieje, Myers? – zapytałem.

Odwrócił się bez słowa i poszedł za swoim pracodawcą.

– On kłamie – oznajmiłem stanowczo. – Obaj kłamią.

Starkey zerknęła w ich kierunku i popatrzyła z powrotem na furgonetkę.

– Przecież tu chodzi o jego syna, Cole. Gdyby porywacze faktycznie zażądali od niego okupu, dlaczego miałby to przed nami ukrywać?

– Nie wiem. Jest przerażony. Spójrz sama, jak załatwili DeNice'a.

– Więc dlaczego wiązali porwanie z tobą?

– Nie mam pojęcia. Może na początku faktycznie chodziło im o mnie albo o coś innego, ale jak pojawił się Richard, zwietrzyli forsę.

Nadal patrzyła na mnie z powątpiewaniem.

– A może po prostu DeNice wpadł na ich trop.

– Nie był wystarczająco dobry, żeby ich odnaleźć. Jestem pewien, że umówili się na spotkanie w sprawie przekazania okupu i zamordowali DeNice'a, żeby mieć pewność, że Richard im zapłaci.

Tylko takie wytłumaczenie trzymało się kupy.

Lucas nerwowo oblizała wargi, jakby poczuła się zakłopotana.

– Lepiej porozmawiam z panem Chenierem. Może dowiem się też czegoś od pana Myersa.

– Spróbujmy prześledzić poczynania DeNice'a od wczorajszego wieczoru – zaproponowała Starkey. – Warto by porozmawiać przede wszystkim z tym drugim ochroniarzem, Fontenotem. Może on coś wie.

Lucas w zamyśleniu pokiwała głową i jeszcze raz spojrzała na furgonetkę, jakby chciała odgadnąć ukryte w niej mroczne sekrety.

– To już nie jest typowa sprawa związana z zaginięciem dziecka.

– Nie była nią od początku – odparła Starkey.

Lucas spojrzała na zakrwawiony but Bena i podniosła wzrok na mnie.

– Mam w samochodzie papierowe chusteczki i trochę alkoholu. Powinien się pan umyć.

Starkey poszła razem z nią i Alvarezem, żeby wyciągnąć prawdę z Richarda i Myersa. Wziąłem chusteczki oraz buteleczkę spirytusu kosmetycznego i wróciłem do swojego samochodu. Zdjąłem koszulę i buty, polałem spirytusem ręce i zacząłem chusteczkami ścierać z nich krew. Oczyściłem je na tyle, na ile było to możliwe w tych warunkach. Włożyłem bawełnianą koszulkę z krótkimi rękawami i stare buty do biegania, które trzymałem pod przednim fotelem, po czym usiadłem za kierownicą i przyglądałem się przez szybę gromadzie policjantów. Do Lucas i Alvareza rozmawiających z Chenierem i Myersem dołączyli detektywi z Centrum Parkera. Aż tutaj dolatywały dzikie wrzaski Richarda, że nie wiedzą, o czym mówią. W przeciwieństwie do niego Myers był spokojny i opanowany, spoglądał na wszystko chłodnym wzrokiem pająka czyhającego na skraju pajęczyny na ofiarę. Później popatrzyłem na stojącą trzydzieści metrów dalej furgonetkę. Wciąż miałem przed oczyma żywy obraz tego, co zastaliśmy w środku. Wiedziałem, że na zawsze zostanie mi w pamięci. Od takich widoków nigdy nie można się uwolnić. Rozmyślałem o tym, że zabitemu odrąbano głowę, a człowiek, który to zrobił, przetrzymywał Bena.

Zadzwonił mój telefon komórkowy. Spojrzałem na numer rozmówcy. Dzwonił Pike. Zacząłem mu opisywać zwłoki De-Nice'a, opowiadać szczegółowo o tym, jak wkradłem się do furgonetki. Mój głos brzmiał dziwnie matowo, jakby tłumiły go wiatr i gęsta mgła. Mówiłem i mówiłem, dopóki Joe nie wrzasnął, żebym się wreszcie zamknął.

– Dotarłem do człowieka, który może nam pomóc – rzekł.

Uruchomiłem silnik i odjechałem.

19

Ben

Po zabiciu przez Mike'a obcego mężczyzny Eric i Mazi zaczęli go traktować inaczej. W drodze powrotnej zajechali do baru dla zmotoryzowanych i kupili dla wszystkich po hamburgerze (z podwójną porcją mięsa i podwójnym serem) oraz prażoną cebulę z frytkami. Kiedy wrócili do domu, nie związali go i nie zamknęli w oddzielnym pokoju, lecz pozwolili siedzieć ze sobą w saloniku, gdy podczas posiłku grali w karty. Poczęstowali go też oranginą. Zachowywali się dużo bardziej swobodnie. Mazi śmiał się nawet głośno. Jak gdyby zabójstwo uwolniło ich od stresu.

Kiedy skończyli jeść, Eric skrzywił się i mruknął:

– Rety, niepotrzebnie skusiłem się na prażoną cebulę.

– Dlaczego? – zdziwił się Mazi.

Eric głośno pierdnął.

– Twoje ciało się psuje – orzekł jego kolega.

Siedzieli na podłodze. Ben zerkał na pistolet, którego kolba wypychała koszulę Erica nad paskiem spodni, zachodząc w głowę, jak go zdobyć. Przez całe popołudnie rozmyślał, że gdyby miał broń, zabiłby ich obu, a później pobiegł do domu po drugiej stronie ulicy. Gdyby Mike wrócił przed czasem, jego także by zastrzelił.

Kiedy oderwał wzrok od kolby pistoletu, zauważył, że Mazi znowu gapi się na niego. Aż ciarki przeszły mu po plecach.

– On myśli o tym, żeby ci zabrać pistolet – odezwał się Murzyn.

– Też mi nowina. Od samego początku jest bardzo dzielny. To urodzony zabójca.

– Umiem strzelać – wtrącił Ben.

Eric uniósł brwi i spojrzał na niego znad kart.

– Tak myślałem. Tacy kajuni jak ty uczą się polować, jeszcze zanim zaczną chodzić. Z czego strzelałeś?

– Ze strzelby dwudziestki i pistoletu dwudziestkidwójki. Polowałem na kaczki z moim dziadkiem i wujkami, a na strzelnicy ćwiczyłem z pistoletu mamy.

– No i proszę.

– Co to znaczy: kajuni? – spytał Mazi.

– Tak się nazywa Francuzów z Luizjany.

Ericowi wyraźnie się spodobało, że zaczęli rozmawiać o broni. Sięgnął pod koszulę i wyciągnął zza paska pistolet, wielki i ciężki, z kolbą nacinaną w szachownicę i nieco zatartym wygrawerowanym napisem na boku.

– Chcesz go potrzymać?

– Przestań – rzekł ostro Murzyn. – Odłóż broń.

– Odwal się. Co ci przeszkadza?

Zaczął obracać nim na boki, pokazując Benowi ze wszystkich stron.

– To jest kolt czterdziestkapiątka, model tysiąc dziewięćset jedenaście. Kiedyś był standardową bronią osobistą w wojsku, dopóki ktoś w armii nie dostał świra na punkcie tego dziewięciomilimetrowego szmelcu. Co prawda, dziewiątka ma pojemniejszy magazynek, ale jest gówno warta. Po co więcej kul, jak trudno nimi trafić do celu? – Machnął bronią w kierunku Maziego. – Weź takiego wielkiego czarnucha jak Mazi. Jest silny jak byk i dziesięć razy groźniejszy. Z dziewiątki mógłbyś strzelać do niego przez cały dzień, a on dalej by chodził. Ale wpakuj w niego tylko jedną taką kulkę, a od razu klapnie dupą o ziemię. Taka broń zatrzyma w miejscu każdego. – Znowu podsunął pistolet Benowi. – No jak? Chcesz potrzymać?

– Tak.

Nacisnął jakiś guzik i magazynek wysunął mu się na dłoń. Energicznie odciągnął zamek i gdy nabój z komory wyskoczył w górę, złapał go w powietrzu. Podał pistolet chłopakowi.

– Gdyby Mike to zobaczył, skopałby ci tyłek – rzekł Mazi.

– Nieźle się zabawia, gdy my tu pilnujemy małego, więc mam go gdzieś.

Ben wziął ostrożnie pistolet. Był bardzo ciężki i za duży dla niego, nie mieścił mu się w ręku. Eric położył magazynek na podłodze i pokazał mu, jak się odciąga zamek i zabezpiecza broń, po czym oddał mu, żeby mógł sam spróbować. Chłopiec ledwie zdołał napiąć mocną sprężynę zamka.

Kurczowo zaciskając palce na kolbie, zdołał w końcu odsunąć popychacz, a potem przestawić go z powrotem. Myślał, że wystarczyłoby tylko załadować magazynek, odbezpieczyć i pistolet byłby gotów do strzału. Pełny magazynek leżał tuż przy jego kolanie.

Eric wyjął mu broń z ręki.

– Wystarczy.

Włożył z powrotem magazynek, szczęknął zamkiem i wsunął pojedynczy nabój do komory. Sprawdził położenie bezpiecznika i położył pistolet na podłodze przed sobą.

– Nigdy się nie przejmowałem gadaniem, że nie wolno trzymać broni z nabojem w komorze. Musi tam być, żeby pistolet był zawsze gotów do użytku. Może się przecież zdarzyć, że musisz go użyć natychmiast i nie będzie czasu, żeby załadowywać.

Przez całe popołudnie grali w karty niczym trójka dobrych przyjaciół. Ben siedział blisko Erica, nie przestając myśleć o tym, że pistolet jest załadowany, gotów do użycia. Wystarczyło go tylko odbezpieczyć. W myślach powtarzał tę czynność setki razy. Przecież gdyby tylko nadarzyła się okazja, na pewno nie miałby czasu, żeby przeładowywać.

Eric poszedł do łazienki, ale zabrał pistolet ze sobą. Kiedy wrócił, broń znów tkwiła za paskiem spodni, ale już z drugiej strony, poza zasięgiem Bena. Chłopiec powiedział więc, że i on musi iść do łazienki. Towarzyszył mu Mazi. A kiedy wrócili, Ben usiadł po przeciwnej stronie Erica, bliżej pistoletu.

Mike przyszedł dopiero o zmierzchu.

Już od progu oznajmił:

– W porządku, wszystko załatwione.

– Znalazłeś miejsce?

– Przecież jestem Delta, człowieku. Wszystko dopięte na ostatni guzik. Nawet się nie domyślą, co dla nich przygotowałem.

– Przestań chrzanić – syknął ze złością Eric. – Lepiej powiedz, czy dostaniemy forsę.

– Jak zobaczą, co im zostawiłem w furgonetce, na pewno.

Eric zachichotał.

– Uwielbiam to.

– Idę pod prysznic. Pozbierajcie swoje graty. Po wyjeździe już tu nie wrócimy.

Ben nadal trzymał się blisko Erica. Jeśli wciąż obowiązywał ten sam podział zadań, Mike powinien się zająć własnymi sprawami, zostawiając go pod opieką tych dwóch. Dlatego wolał siedzieć jak najbliżej pistoletu. Zastanawiał się, czy lepiej będzie zwymiotować, żeby Eric odwrócił głowę, czy może coś upuścić na podłogę, żeby musiał po to sięgnąć. Przychodziły mu też do głowy uwagi w rodzaju: „Hej, koleś, but ci się rozwiązał". Liczył na to, że wcześniej czy później nadarzy się okazja, i pragnął ją wykorzystać bez wahania. Stąd też musiał się trzymać Erica jak przestraszony mazgaj sukienki mamusi.

Mama tłumaczyła mu kiedyś, na czym polega wizualizacja, którą stosują wszyscy najlepsi gracze w tenisa. Trzeba było sobie ciągle wyobrażać, że serwuje się najwspanialszego asa, odbija zabójczego smecza i wygrywa mecz. Powtarzanie w myślach na okrągło tych samych czynności bardzo pomagało je potem wykonać.

Toteż Ben wyobrażał sobie wszelkie możliwe scenariusze odebrania Ericowi pistoletu – podczas wsiadania do samochodu albo wysiadania, kiedy tamten się schyli po ćwierćdolarówkę albo będzie ganiał pająka. Potrzebował tylko paru sekund, kiedy Eric będzie zwrócony do niego tyłem. Musiał lewą ręką unieść mu połę koszuli, prawą złapać za kolbę pistoletu, wyszarpnąć go i odskoczyć, jednocześnie odbezpieczając broń, kiedy tamten się będzie odwracał. A potem krzyknąć: „Stój, bo będę strzelał!”, albo coś równie głupiego. Był gotów bez wahania nacisnąć spust. Nawet więcej, naciskać go raz za razem, dopóki nie zabije wszystkich. Dokładnie to widział w wyobraźni: Bach! Bach! Bach! Ta broń przecież każdego zatrzymywała na miejscu.

Nadeszła jednak pora na co innego. Mike wrócił niespodziewanie z głębi domu, niosąc półautomatyczną strzelbę o krótkiej lufie i lornetkę.

– Szanowni państwo – oznajmił podniosłym tonem. – Pora zaczynać przedstawienie.

Eric skoczył na równe nogi, jakby już nie mógł się doczekać. Pociągnął Bena za rękę.

– Nareszcie. Do roboty.

Zgarnęli płócienne torby i ruszyli do wyjścia. Bena ogarnęło takie przerażenie, że aż szumiało mu w uszach, lecz nadal trzymał się blisko Erica. W garażu obok sedana, którym tu przyjechali, stało poobijane granatowe kombi. Widział je po raz pierwszy. Eric pchnął go w stronę tylnych drzwi i rzucił:

– Wskakuj, mały. Z życiem.

– Zaczekaj – odezwał się z tyłu Mike. Kiedy stanęli, rzekł: – Chłopak pojedzie ze mną.

Wziął Bena za rękę i pociągnął do sedana. Eric sam zajął miejsce na tylnym siedzeniu za Mazim. Ben odsunął się od Mike’a najdalej, jak tylko mógł.

– Nie chcę z tobą jechać. Wolę z Erikiem.

– Gówno mnie to obchodzi. Wsiadaj.

Otworzył drzwi i wepchnął go na prawy fotel, a sam usiadł za kierownicą i położył sobie strzelbę na kolanach. Kiedy drzwi garażu się otworzyły, Mazi i Eric ruszyli przodem. Ben odprowadził ich smutnym spojrzeniem, wciąż myśląc o pistolecie, z nabojem w komorze, gotowym do użycia. Czuł się jak tonący na morzu, od którego fale coraz dalej odpychają łódź ratunkową.

Mike uruchomił silnik.

– Tylko siedź spokojnie i bądź cicho, a wszystko dobrze się skończy.

Ułożył karabin na podłodze między nogami. Ben popatrzył na niego. Jego ojciec miał w domu identyczną strzelbę dwudziestkę marki Ithaca, raz udało mu się z niej zastrzelić kaczkę krzyżówkę.

Po chwili przeniósł wzrok na Mike'a.

– Umiem się posługiwać bronią – rzekł z dumą w głosie.

– Ja też – burknął tamten, wyprowadzając samochód tyłem z garażu.

20

czas od zaginięcia: 49 godzin, 28 minut

Pike czekał niedaleko lotniska, przed jednym z tych szarych niepozornych biurowców, które ciągną się kilometrami przez całe Downey aż po City of Industry. W tej okolicy dominowały obskurne budynki stawiane tanim kosztem przez towarzystwa lotnicze na fali zimnowojennego boomu budowlanego w latach sześćdziesiątych, otoczone przepastnymi parkingami, na których stały stłoczone wielkie stare gruchoty, służące od lat urzędnikom w źle dopasowanych ciemnych garniturach.

Kiedy tylko wysiadłem, obrzucił mnie swoim charakterystycznym taksującym spojrzeniem.

– O co chodzi? – zapytałem.

– Mają tu łazienkę – mruknął.

Wprowadził mnie do holu. Poszedłem od razu do toalety, odkręciłem ciepłą wodę i myłem pod nią ręce, dopóki lustro całkiem nie zaparowało. Wciąż miałem krew DeNice'a w fałdach skóry i za paznokciami. Dlatego raz za razem mydliłem dłonie kostką zielonego mydła i spłukiwałem je pod gorącą wodą. Zaczerwieniły się tak, że przybrały niemal ten sam kolor co pokrywające je plamy, ja jednak wciąż podtykałem je pod strumień wody, jakbym liczył na to, że wrzątek je odkazi. Potem zdjąłem koszulkę i wymyłem twarz oraz szyję. Na koniec wziąłem kilka łyków zimnej wody i dopiero wtedy wyprostowałem się, żeby popatrzyć na swoje odbicie w lustrze. Na szczęście nic nie widziałem, bo lustro zaparowało. Wróciłem do holu.

Trzema ciągami schodów weszliśmy na górę, do poczekalni śmierdzącej nowiutką wykładziną. Wypolerowane do połysku stalowe litery na ścianie układały się w nazwę firmy: THE RESNICK RESOURCE GROUP, pod którą widniało wyjaśnienie: „Rozwiązywanie problemów i konsultacje".

Rzeczywiście mieliśmy problem do rozwiązania.

Młoda ślicznotka siedząca za biurkiem wbudowanym w ścianę powitała nas szerokim uśmiechem.

– Czym mogę służyć?

Mówiła z brytyjskim akcentem.

– Joe Pike do pana Resnicka. A to jest Elvis Cole.

– Ach, tak. Pan Resnick oczekuje panów.

W drzwiach za recepcją pojawił się młody mężczyzna w trzyczęściowym garniturze. Trzymał w ręku czarną skórzaną teczkę.

– Dzień dobry. Panowie pozwolą za mną.

Weszliśmy za nim do korytarza. Gdy tylko zamknęły się za nami drzwi od poczekalni, otworzył teczkę. Był nie tylko elegancko ubrany, ale i nadzwyczaj uprzejmy, co dobrze rokowało jego dalszej karierze. Zauważyłem, że na prawym ręku nosi sygnet absolwenta akademii z Annapolis.

– Nazywam się Dale Rudolph i jestem asystentem pana Resnicka. Muszą panowie złożyć tutaj broń, zostanie zwrócona przy wyjściu.

– Nie jestem uzbrojony – odparłem.

– Doskonale.

Pike włożył do teczki swój rewolwer, damski pistolecik, krótką pałkę oraz dwustronny nóż wojskowy. Rudolph nawet przez chwilę nie przestał się uśmiechać, jakby widok rozbrajających się ludzi należał tutaj do codziennej rutyny biurowej. Witajcie w Innym Świecie.

– To wszystko?

– Tak – odparł Joe.

– W porządku. Teraz proszę stanąć prosto i podnieść ręce do góry. Dotyczy to obu panów, jeśli łaska.

Ciekaw byłem, czy takich manier również uczą w Annapolis.

Rudolph sprawdził nas wykrywaczem metalu, po czym jego także włożył do teczki.

– W porządku. Możemy iść dalej.

Wprowadził nas do przestronnego gabinetu, który mógłby należeć do agenta sprzedającego polisy ubezpieczeniowe, gdyby nie wiszące na ścianach zdjęcia samobieżnych wyrzutni rakietowych, sowieckich śmigłowców szturmowych i wozów opancerzonych. Naprzeciw nam wyszedł zza biurka mężczyzna koło sześćdziesiątki o krótko ostrzyżonych siwych włosach i czerstwej cerze. Wyglądał na emerytowanego admirała lub generała mającego liczne koneksje w Pentagonie, jak większość ludzi w tej branży.

– John Resnick. Dziękuję, Dale. Bądź łaskaw zaczekać na zewnątrz.

– Tak jest.

Gospodarz przysiadł na skraju biurka, nie zaproponował nam miejsc w fotelach.

– Który z panów to Pike?

– Ja – odparł Joe.

Resnick zmierzył go wzrokiem.

– Nasz wspólny przyjaciel bardzo dobrze się o panu wyraża. Gdyby nie zaręczył za pana, nigdy bym się nie zgodził na to spotkanie.

Pike skinął głową.

– Ale nie wspominał o drugim rozmówcy.

Chciałem się przedstawić jako jego pomocnik, ale czasami miewam przebłyski zdrowego rozsądku. Zostawiłem to Pike'owi.

– Jeśli nasz wspólny przyjaciel dobrze się o mnie wyrażał, to powinno wystarczyć. Albo jestem dobry, albo nie.

Resnickowi chyba się spodobała ta odpowiedź.

– Niech będzie i tak. Może zyska pan okazję, by mi to udowodnić, ale o tym porozmawiamy przy innej okazji. – Wiedział, o co nam chodzi, i od razu przeszedł do rzeczy: – Prowadziłem kiedyś biuro w Londynie i raz zaangażowałem Fallona, ale później już wolałem nie korzystać z jego usług. Jeśli myślicie o tym, by go nająć, stanowczo to odradzam.

– Nie chcemy go nająć, tylko odnaleźć – wtrąciłem. – Fallon z pomocą co najmniej jednego wspólnika uprowadził syna mojej przyjaciółki.

Resnickowi dziwnie zadrgała lewa powieka. Spojrzał na mnie takim wzrokiem, jakby nie mógł ustalić, czy na pewno wiem, co mówię. Poprawił się na brzegu biurka.

– Fallon jest teraz w Los Angeles?

Znów nie wytrzymałem.

– Tak. Porwał syna mojej przyjaciółki.

Lewa powieka gospodarza zadrgała po raz drugi, jakby pozostawał w stanie silnego napięcia nerwowego. Po chwili jednak wzruszył ramionami i rzekł:

– Fallon to niebezpieczny człowiek. Aż nie chce mi się wierzyć, że miał odwagę przyjechać tutaj czy w ogóle przekroczyć granicę Stanów Zjednoczonych, jeśli chodzi o ścisłość. Lecz jeśli faktycznie dopuścił się porwania, jak pan powiada, powinniście zawiadomić policję.

– Już to zrobiliśmy. Policja także próbuje go odnaleźć.

– Ale nie ma odpowiednich dojść – odezwał się Pike. – Pan go zna. Stąd pomysł, że mógłby pan wiedzieć, jak go odszukać, albo przynajmniej zna ludzi, którzy mogliby w tym pomóc.

Resnick w zamyśleniu popatrzył na Joego, zsunął się z biurka i wrócił na swoje miejsce. Słońce chyliło się ku zachodowi, odbijało w dachach aut stojących na parkingu. Z niezbyt odległego lotniska wzbił się samolot i wykręcił na zachód, nad morze. Gospodarz odprowadził go wzrokiem.

– Minęło wiele lat. Michael Fallon jest oskarżony o udział w zbrodni ludobójstwa, do którego doszło w Sierra Leone. Kiedy słyszałem o nim po raz ostatni, mieszkał gdzieś w Ameryce Południowej, chyba w Brazylii albo w Kolumbii. Gdybym wiedział, jak go odnaleźć, natychmiast powiadomiłbym o tym Departament Sprawiedliwości. Jezu, wciąż nie mogę uwierzyć, że miał odwagę wrócić do kraju. – Spojrzał na Pike'a i zapytał: – Zamierzacie go zabić, gdy go odnajdziecie?

Powiedział to takim tonem, jakby był ciekaw, czy Joe lubi piłkę nożną.

Pike nie odpowiedział, więc zrobiłem to za niego.

– Tak. Jeśli taka jest pańska cena za informacje, to zginie.

Joe położył mi rękę na ramieniu i pokręcił głową, nakazując mi zamilknąć.

– Jeśli zależy panu na jego śmierci, to zginie – dodałem. – A jeśli nie, to będzie żył. Obchodzi mnie tylko los porwanego chłopca. Gotów jestem na wszystko, żeby go ratować.

Pike uciszył mnie po raz drugi.

– Wierzę w niezłomne zasady, panie Cole – odparł Resnick. – W tym interesie tylko żelazne zasady odróżniają nas od zwierząt.

Znów popatrzył na startujące samoloty za oknem. Miałem wrażenie, że odprowadza je stęsknionym wzrokiem, jakby marzył o tym, by znaleźć się na pokładzie któregoś z nich i uciec od tego, co go tu trzyma.

– Kiedy pracowałem w Londynie, zaangażowaliśmy Mike'a Fallona i wysłaliśmy do Sierra Leone. Na mocy kontraktu z tamtejszym rządem miał strzec kopalni diamentów, ale przeszedł na stronę rebeliantów. Do dziś nie wiem dlaczego. Pewnie dla pieniędzy. Wraz z kolegami robił takie rzeczy, które w głowie się nie mieszczą. Gdybym wam opowiedział, uznalibyście, że zmyślam.

Opowiedziałem mu, w jakim stanie znaleźliśmy zwłoki porzucone w furgonetce w korycie rzeki. Resnick odwrócił się od okna i słuchał z uwagą. Zapewne ten opis brzmiał dla niego znajomo. Gdy skończyłem, pokręcił głową.

– Cholerny dzikus. Nie może już działać jako najemnik, ponieważ ciążą na nim zbyt poważne oskarżenia. Nikt go nie zaangażuje. Myślicie, że porwał tego chłopaka dla okupu?

– Chyba tak. Jego ojciec jest bogaty.

– Sam nie wiem, co miałbym wam poradzić. Jak już mówiłem, kiedy ostatni raz o nim słyszałem, mieszkał w Rio, chociaż i to nie jest pewne. W grę musi wchodzić duża forsa, skoro zdecydował się wrócić do kraju.

– Ma wspólnika – rzekł Pike. – To czarnoskóry olbrzym z licznymi wrzodami albo bliznami na twarzy.

Resnick wyprostował się w fotelu i wskazując palcem na swojej twarzy, zapytał:

– Na czole i pod oczami?

– Zgadza się.

Pochylił się i oparł łokcie na biurku. Nie ulegało wątpliwości, że zna i jego.

– To rytualne okaleczenia. Jednym z zaufanych ludzi Fallona w Sierra Leone był wojownik z plemienia Benté, niejaki Mazi Ibo. Ma na twarzy właśnie takie blizny. – Zmarszczył czoło i zapytał z ożywieniem: – W porwaniu nie brał udziału jeszcze ktoś trzeci?

– Niewykluczone. Nie wiemy na pewno.

– W porządku, w tym świetle powrót Fallona do Los Angeles staje się prawdopodobny. Ibo był blisko związany z innym najemnikiem, Erikiem Schillingiem. Mniej więcej rok temu Schilling skontaktował się z nami, szukał roboty. Pochodzi stąd, z Los Angeles, więc zapewne Ibo wciągnął go do tej akcji. Może znajdę coś na jego temat.

Obrócił się do komputera i zaczął coś wpisywać na klawiaturze, najpewniej przeglądając bazę danych.

– On także był zaangażowany w Sierra Leone? – zapytałem.

– Chyba tak, chociaż jego nazwiska nie wymieniono w oskarżeniach. Tylko dlatego wciąż może pracować w branży. Ale był jednym z ludzi Fallona. Z tego powodu wolałem go nie angażować, gdy się z nami skontaktował. Nie chcę mieć nic wspólnego z ludźmi Fallona, nawet jeśli nie brali razem z nim udziału w rzezi. O, już mam. – Spisał z ekranu adres i podał mi kartkę. – Korzysta ze skrytki pocztowej w San Gabriel na nazwisko Gene'a Jeanie. Ci ludzie zawsze używają fałszywych nazwisk. Nie wiem, czy ten adres jest wciąż aktualny, ale nie mam nic więcej.

– Nie zna pan numeru telefonu?

– Oni nigdy nie podają numerów telefonów. Zazwyczaj kontakt utrzymywany jest przez skrytkę pocztową wynajętą na fałszywe nazwisko. To jeden z podstawowych środków bezpieczeństwa.

Zerknąłem na adres i podałem kartkę Pike'owi. Czułem, że nogi mam jak z waty. Resnick wstał i znowu obszedł biurko.

– Ci ludzie są bardzo groźni – rzekł. – Lepiej nie traktujcie ich jak zwykłych, żałosnych kryminalistów. Przed laty Fallon nie miał sobie równych i sam wyszkolił swoich ludzi. Nikt nie potrafi zabijać tak jak on.

– Niedźwiedzie grizli – odparł Pike.

Obaj popatrzyliśmy na niego, ale stał ze wzrokiem utkwionym w kartce. Resnick uścisnął mi dłoń i przytrzymał ją dłużej. Spojrzał mi w oczy, jakby chciał coś z nich wyczytać.

– Wierzy pan w Boga, panie Cole?

– Owszem. Kiedy czuję strach.

– Ja modlę się każdego wieczoru. Modlę się, ponieważ to ja wysłałem Mike'a Fallona do Sierra Leone, dlatego uważam, że część jego grzechów obciąża także mnie. Mam nadzieję, że go znajdziecie i że porwanemu chłopcu nic się nie stało.

Na odległość biła od niego desperacja, równie silna jak moja. Było to takie uczucie, jakie musi ogarniać ćmę lecącą prosto w ogień. Nie powinienem był o to pytać, ale nie zdołałem się powstrzymać.

– Co tam się właściwie stało? Jakiej zbrodni dopuścił się Fallon?

Resnick jeszcze przez dłuższą chwilę patrzył mi prosto w oczy, wreszcie zaczął opowiadać.

Sierra Leone, Afryka
1995 rok

Skalny Ogród

Tego ranka Ahbeba Danku usłyszała strzelaninę, a zaraz potem ścieżką łączącą ich wioskę z kopalnią przybiegł z wrzaskiem chłopak. Ahbeba była bardzo ładną dziewczyną, tego lata skończyła dwanaście lat, miała kształtne stopy i dłonie oraz długą szyję jak księżniczka. Jej matka powtarzała, że jest córką króla plemienia Mende, i modliła się każdego wieczoru, żeby wreszcie zjawił się książę i wziął jej najstarszą córkę za swą wybrankę. Rodzina mogła zaofiarować jej w posagu aż sześć kóz, więc tak bogata panna powinna bez trudu uciec z terenów objętych niekończącymi się walkami między rebeliantami ze Zjednoczonego Frontu Rewolucyjnego a wojskami rządowymi o panowanie nad kopalniami diamentów.

Ahbeba uważała, że matce miesza się w głowie od zbyt częstego palenia liści *majijo*. Dużo bardziej było prawdopodobne, że weźmie ją za żonę jeden z południowoafrykańskich najemników, którzy strzegli kopalni i wioski przed rebeliantami. Byli to silni i przystojni chłopcy z karabinami, palący papierosy i uśmiechający się przyjaźnie do dziewcząt, które bezwstydnie z nimi flirtowały.

Większą część dnia spędziła z matką, siostrami i innymi kobietami z wioski na mało urodzajnych kamienistych poletkach nad rzeką Pampana. Kobiety pasły tam stado kóz, uprawiały pataty i twardy groch znany jako *kaiya*, podczas gdy mężczyźni, a wśród nich również ojciec Ahbeby, rozkopywali łachę żwiru w poszukiwaniu diamentów. Zarówno kopacze, jak i płukacze dostawali po osiemdziesiąt centów dziennie oraz dwie miski ryżu zaprawionego pieprzem i miętą, nie licząc drobnych premii za każdy znaleziony diament. Była to ciężka i brudna robota, bo żwir musieli rozgarniać gołymi rękami i przenosić go do spłuczek, gdzie był rozdzielany według wielkości. Płukacze wymywali z niego drobiny złotego piasku, a sortownicy szukali diamentów. Rzadko który nosił koszulę, większość pracowała w samych szortach. Tylko pył osiadający na skórze chronił ich przed palącym słońcem, podczas gdy najemnicy z RPA strzegli ich przed rebeliantami. Żadnych książąt w tej okolicy nie było.

Tego ranka Ahbeba została przydzielona do mielenia grochu, jej siostry zaś okopywały i podlewały uprawy. Nie miała nic przeciwko temu zajęciu, tym bardziej że mogła do woli plotkować ze swoją najlepszą przyjaciółką, Ramal Momoh (która była dwa lata starsza i miała piersi jak balony), i flirtować ze strażnikami. Obie, pokryte od stóp do głów niebieskawą mąką grochową, co i rusz zerkały w kierunku najemnika trzymającego posterunek na skraju wioski. Był wysoki i szczupły, odznaczał się dziewczęcą urodą, często puszczał do nich oko i przywoływał do siebie ruchem ręki. Ahbeba i Ramal reagowały na to chichotem, żadna nie miała śmiałości podejść jako pierwsza. Spierały się o to, gdy nagle wśród pobliskich wzgórz padły strzały.

Strażnik aż podskoczył na miejscu niczym lalka na sznurkach na bazarze we Freetown. Przestraszona Ramal poderwała się tak gwałtownie, że omal nie zwaliła górnego kamienia żaren.

– Strzelają w kopalni.

Ahbeba nieraz już słyszała dobiegające stamtąd pojedyncze strzały, gdy strażnicy polowali na szczury, ale ten terkot był zupełnie inny. Starsze kobiety zaczęły wychodzić z chat, dzieci przerywały zabawy. Młody najemnik z RPA zawołał coś do swojego kolegi stojącego na drugim końcu wioski i zdjął karabin z ramienia. W jego oczach pojawiły się błyski strachu.

Serie z broni maszynowej jeszcze przez jakiś czas krzyżowały się z furią w powietrzu, wreszcie ucichły równie niespodziewanie, jak się rozległy. W dolinie zapadła cisza.

– Dlaczego strażnicy strzelali? Co tam się dzieje?

– To nie byli strażnicy. Posłuchaj!

Dziki wrzask spadł na wioskę niczym piorun i chwilę później mały chłopak wbiegł między chaty. Ahbeba z daleka rozpoznała ośmioletniego Juliusa Saibu Bio, który mieszkał na północnym krańcu wioski.

– To Julius!

Chłopak stanął gwałtownie, zanosząc się płaczem, i zamachał rękoma w powietrzu, jakby polał je sobie wrzątkiem.

– Rebelianci zabijają strażników! Zabili mojego ojca!

Południowoafrykański najemnik przebiegł parę metrów w jego kierunku, ale nagle przystanął i obrócił się w stronę białego mężczyzny o włosach koloru płomieni, który niespodziewanie wyłonił się spomiędzy drzew i szybko strzelił strażnikowi dwa razy prosto w twarz.

W wiosce wybuchła panika. Kobiety zaczęły łapać dzieci i z niemowlętami w ramionach uciekać w krzaki. Rozległ się chóralny płacz. Ramal również rzuciła się do ucieczki.

– Ramal! Co się dzieje? Co mamy robić?

– Uciekaj! Biegiem!

Spomiędzy chat wybiegło dwóch następnych strażników z RPA. Płomiennowłosy biały przyklęknął na jedno kolano, wycelował i zaczął strzelać – bach! bach! bach! – tak szybko, że odgłosy wystrzałów niemal zlewały się w jeden przeciągły huk. Obaj najemnicy zwalili się na ziemię.

Ramal zniknęła w dżungli.

Ahbeba ruszyła najpierw w kierunku swojej chaty, ale zaraz skręciła po Juliusa. Złapała go za rękę.

– Chodź ze mną! Musimy się ukryć!

Na skraju wioski z rykiem klaksonu wyłoniła się odkryta ciężarówka wyładowana mężczyznami, którzy zaczęli zeskakiwać z niej dwójkami oraz trójkami i wbiegać między chaty. Płomiennowłosy biały zaczął im wydawać rozkazy w języku krio, łamaną kreolską angielszczyzną powszechnie znaną w Sierra Leone.

Rebelianci zaczęli strzelać w powietrze i tłuc uciekające kobiety i dzieci kolbami karabinów. Ahbeba ponagliła Juliusa do szybszego biegu, ale ciężarówka, z której tamci wciąż zeskakiwali, szybko ich doganiała. Chudy nastolatek z karabinem większym od niego wyciągnął Ramal z krzaków, przewrócił na ziemię i zaczął kopać w brzuch. Inny mężczyzna, mający na sobie oprócz szortów odblaskową różową kamizelkę, zabawiał się strzelaniem do wioskowych psów, wybuchając gromkim śmiechem, ilekroć któryś kundel zawył donośnie i zaczął się kręcić w kółko.

Julius wrzasnął histerycznie.

– Każ im przestać! Każ im przestać!

Ciężarówka zatrzymała się wreszcie pośrodku wioski. Rebelianci zajęli ją jeszcze szybciej niż kopalnię. Południowoafrykańscy strażnicy zginęli. Nie został nikt, kto mógłby ich bronić. Ahbeba rzuciła się na ziemię, żeby zasypać siebie i Juliusa miałkim pyłem. Coś takiego nie miało prawa się przydarzyć księżniczce czekającej na przyjazd księcia.

Potężnie zbudowany mężczyzna w ciemnych okularach na gumce i podartej czarnej koszulce wdrapał się na pustą skrzynię ciężarówki, żeby z góry popatrzyć na mieszkańców wioski. Nosił kościany naszyjnik, który przy każdym ruchu głośno podzwaniał o przewieszony przez ramię pas z nabojami. Inni rebelianci zebrali się za jego plecami. Jeden miał na czole opaskę zrobioną z pustych łusek, drugi był ubrany w samodziałową lnianą koszulę z naszytymi kieszeniami zrobionymi z wysuszonych worków mosznowych guźców. Byli zaciętymi, groźnymi wojownikami. Ahbebę obleciał strach.

Człowiek z kościanym naszyjnikiem potrząsnął nad głową smukłym czarnym karabinem i zawołał:

– Jestem kapitan Blood! Dobrze zapamiętajcie to imię szerzące przerażenie. Jesteśmy bojownikami wolności ze Zjednoczonego Frontu Rewolucyjnego, a wy zdrajcami ludu Sierra Leone! Kopiecie diamenty dla obcych, którzy trzymają w garści marionetkowy rząd z Freetown! I za to umrzecie! Zabijemy was wszystkich!

Wypalił ponad głowami stłoczonych mieszkańców wioski i kazał swoim ludziom ustawić ich w szeregu do rozstrzelania.

Płomiennowłosy w towarzystwie innego białego podszedł do ciężarówki. Drugi był wyższy od niego i starszy, ubrany w oliwkowozielone spodnie i czarną koszulkę z krótkimi rękawami. Skórę miał mocno zaczerwienioną od słońca.

– Nikt nie będzie nikogo zabijał – powiedział głośno. – Są lepsze sposoby załatwienia tej sprawy.

Mówił w języku krio, podobnie jak jego płomiennowłosy kolega.

Obaj stali na ziemi, podczas gdy kapitan Blood był na skrzyni ciężarówki. Na ich słowa doskoczył jak rozwścieczony lew do burty, obrzucił ich z góry wściekłym spojrzeniem i znowu strzelił w powietrze.

– Wydałem rozkaz! Zabijemy tych zdrajców, żeby wieść o tym rozniosła się po innych kopalniach diamentów. Kopacze muszą się nas bać! Ustawić ich w szeregu! Natychmiast!

Biały w czarnej koszulce błyskawicznie zatoczył ręką łuk, jakby wyprowadzał szeroki cios, i zwalił z nóg kapitana Blooda, który z hukiem grzmotnął tyłkiem o skrzynię ciężarówki. Biały złapał go za nogi, ściągnął na ziemię i przydeptał butem jego głowę. Trzech rebeliantów skoczyło swojemu dowódcy na pomoc. Ahbeba jeszcze nigdy nie widziała tak zaciętej i tak krótkiej walki. Biali pokonali ich i powalili na ziemię w ciągu paru sekund, choć było ich tylko dwóch przeciwko czterem. Jeden z rebeliantów zwijał się z bólu i głośno krzyczał, dwaj pozostali leżeli bez ruchu, nieprzytomni albo zabici.

Ramal pochyliła się ku niej i szepnęła:

– To demony. Spójrz, że ten jeden ma na ręku znak przeklętych.

Kiedy biały w czarnej koszulce podnosił za kark kapitana Blooda, Ahbeba ujrzała trójkąt wytatuowany na wierzchu jego dłoni. Ogarnęło ją jeszcze większe przerażenie. Ramal była mądra, znała się na tych sprawach.

Demon postawił kapitana Blooda na nogi, po czym rozkazał powrzucać ciała zabitych południowoafrykańskich najemników do studni pośrodku wioski. Osłupiały kapitan był niezwykle potulny, nie sprzeciwił się ani jednym słowem. Tymczasem płomiennowłosy zaczął rozmawiać przez małe przenośne radio.

Ahbeba czekała z niecierpliwością, co będzie dalej. Tuliła Juliusa do siebie, żeby go uspokoić, gdyż obawiała się, że jego płacz przyciągnie uwagę rebeliantów. Dwa razy dostrzegła szansę ucieczki, nie chciała jednak zostawiać chłopca na pastwę losu. Powtarzała sobie, że w grupie są bezpieczni, że ani jej, ani Juliusowi nic nie będzie groziło, jeśli pozostaną z resztą mieszkańców wioski.

Kiedy rebelianci zrzucili ciała zabitych strażników na stos przy studni, do wioski wtoczyła się druga ciężarówka. Była bardziej poobijana i zniszczona, pokryta grubą warstwą czarnego pyłu. Jej masywne koła osłaniały wielkie odstające błotniki, a powybijane reflektory po bokach żelaznej kratownicy przypominały mętne ślepia i wyszczerzone kły hieny, pokryte rdzą w kolorze zakrzepłej krwi. Na skrzyni siedziało kilkunastu młodych mężczyzn o szklistych półprzytomnych oczach. Wielu miało ręce i ramiona poowijane zakrwawionymi bandażami, u innych w tych samych miejscach widniały głębokie rany.

Ramal, która bywała we Freetown i słyszała o takich rzeczach, szepnęła:

– Widzisz ich ręce? Specjalnie nacinają sobie skórę, żeby kokaina i amfetamina łatwiej wniknęły do ciała. Robią to, żeby doprowadzić się do szaleństwa.

– Po co?

– Bo wtedy stają się lepszymi wojownikami. Nie czują bólu.

Ze skrzyni wozu zeskoczył bardzo wysoki czarnoskóry wojownik i podszedł do dwóch białych. Był ubrany w płócienną tunikę i workowate spodnie, lecz to nie jego strój przykuł wzrok Ahbeby. Twarz miał rzeźbioną i formowaną jak szlifowany diament. Jego przedramiona były tak samo pocięte jak u pozostałych, ale dodatkowo nosił podobne znamiona na twarzy, po trzy duże koliste blizny na policzkach niczym dodatkowe oczy i szereg nieco mniejszych na czole. Oczy płonęły mu dziwnym blaskiem, którego nie rozumiała, ale wydał jej się tak piękny jak książę. Ahbeba jeszcze nigdy nie widziała tak pięknego wojownika, na jego widok dech zaparło jej w piersi. Nawet nosił się po królewsku.

Biały w czarnej koszulce pchnął kapitana Blooda w kierunku sterty zabitych najemników z RPA.

– Właśnie tak się szerzy strach – powiedział.

Tylko spojrzał na czarnego wojownika i ten od razu dał znak swoim ludziom, żeby schodzili z ciężarówki. Zaczęli zeskakiwać z wyciem i dzikimi wrzaskami jak nawiedzeni przez upiory. W odróżnieniu od pierwszej grupy rebeliantów nie mieli karabinów, byli uzbrojeni w zardzewiałe maczety i siekiery.

Rzucili się gromadą na trupy strażników, żeby z szaleńczym zapałem odrąbywać im głowy i wrzucać je do studni.

Ahbeba zaszlochała, a Ramal zasłoniła oczy ręką. Wszyscy

dookoła, kobiety, dzieci i starcy, zaczęli zawodzić żałośnie. Ishina Kotay, silna młoda matka mająca już dwójkę dzieci, która za młodu wygrywała biegi nawet z chłopcami, skoczyła na nogi i rzuciła się w stronę dżungli. Płomiennowłosy biały strzelił jej w plecy.

Ahbeba poczuła szum w głowie, jakby dopiero co wypaliła fajkę z liśćmi *majijo*. Zachwiała się i zwymiotowała. Świat przed jej oczami zaszedł mgłą, wypełniła go pustka przerywana krótkimi okresami przytomności. W jej pamięci odżyły pierwsze pocałunki słońca na szczytach wzgórz okalających wioskę, placki pieczone na śniadanie i powtarzane przez matkę opowieści o księciu.

Kapitan Blood znowu wystrzelił w powietrze, po czym zaczął skakać i wyć jak świeżo przybyli. Reszta rebeliantów natychmiast poszła w jego ślady, ogarnięta zbiorowym szałem radości.

– Teraz już znacie smak zemsty Zjednoczonego Frontu Rewolucyjnego! Znacie cenę, jaką trzeba zapłacić za zdradę! Wypełnimy całą tę studnię waszymi głowami!

Biały demon i czarny wojownik z bliznami na twarzy odwrócili się w stronę stłoczonych mieszkańców wioski. Kiedy ich wzrok prześliznął się po Ahbebie, odniosła wrażenie, jakby na jej ramionach spoczął olbrzymi ciężar.

Demon pokręcił głową.

– Przestańcie skakać jak szympansy. Jeśli zabijecie tych ludzi, nie będzie komu opowiadać, co się tu wydarzyło. Tylko żywi mogą się was bać. Rozumiecie?

Kapitan Blood znieruchomiał.

– No to musimy zostawić jakiś dowód.

– Zgadza się. I to taki, który innych kopaczy diamentów napełni śmiertelnym przerażeniem. Dowód, którego wasi wrogowie nie będą mogli zlekceważyć.

Kapitan Blood stanął nad stertą bezgłowych ciał pomordowanych najemników południowoafrykańskich.

– Co może być bardziej przerażające niż to, co z nimi zrobiliśmy?

– Zaraz się przekonasz.

Biały demon zamienił parę zdań z czarnym wojownikiem w nieznanym Ahbebie języku i ten wydał rozkaz, po którym gromada oszołomionych narkotykami rebeliantów uzbrojonych w maczety i siekiery rzuciła się na mieszkańców wioski i zaczęła kolejno wszystkim mężczyznom, kobietom i dzieciom odrąbywać ręce.

Ahbeba Danku wraz ze swoimi ziomkami pozostała przy życiu, żeby opowiedzieć innym swoją historię. I tak też uczyniła.

CZĘŚĆ CZWARTA

Ostatnie dochodzenie

21

czas od zaginięcia: 49 godzin, 58 minut

Z parkingu zadzwoniłem do Starkey, a Pike połączył się z informacją telefoniczną w San Gabriel. Policjantka odebrała dopiero po szóstym sygnale.

– Znam już nazwiska dwóch pozostałych porywaczy, wspólników Fallona – powiedziałem. – Wciąż jesteś nad rzeką?

– Pewnie będziemy siedzieli przez całą noc w tym bałaganie. Zaczekaj, tylko wyjmę długopis i notatnik.

– Ten czarny, którego pani Luna widziała z Fallonem, to Mazi Ibo... M-a-z-i I-b-o. Działali razem w Afryce.

– Powoli, Cole, nie tak szybko. Skąd to wiesz?

– Pike dotarł do człowieka, który zidentyfikował go po opisie. Będziesz mogła wyciągnąć jego zdjęcie z centralnej kartoteki policyjnej, żeby uzyskać potwierdzenie pani Luny. Richard szykuje okup?

– Wciąż zaprzecza temu, że porywacze się z nim skontaktowali. Odjechał stąd jakąś godzinę temu. Moim prywatnym zdaniem siedzi w tym po uszy, Cole. Biedny idiota sra po nogach.

Pike wyłączył telefon i pokręcił głową. Schilling nie figurował w książce telefonicznej San Gabriel.

– W porządku. Mam jeszcze trzecie nazwisko. Nie wiem, czy i on jest zaangażowany w porwanie, ale prawdopodobnie pełnił rolę łącznika.

Podałem jej personalia Schillinga i wyjaśniłem, co go łączy z Ibo i Fallonem.

– Zaczekaj – rzuciła. – Muszę iść do wozu i połączyć się przez radio. Chcę od razu dodać te nazwiska do nakazu poszukiwania.

– Kontakt z nim jest utrzymywany za pośrednictwem skrytki pocztowej w San Gabriel. Już sprawdzaliśmy w informacji telefonicznej, ale nie ma go w książce. Możesz go sprawdzić w urzędzie meldunkowym?

– Tak. Chwileczkę.

Popatrzyłem na Pike'a, który znowu pokręcił głową.

– Nie będzie go tam pod żadnym ze znanych nam nazwisk.

– Nic nie wiadomo. A może dopisze nam szczęście?

Joe popatrzył na kartkę z adresem skrytki pocztowej i przygryzł wargi w zamyśleniu. Podniósł głowę w tej samej chwili, kiedy odezwała się Starkey.

– Mają nakaz eksmisji Erica Schillinga z bezprawnie zajmowanego lokalu. Jaki jest adres jego skrytki pocztowej?

Wyciągnąłem rękę po kartkę, lecz Pike schował ją do kieszeni, wziął ode mnie telefon i przerwał połączenie.

– Co robisz? – zapytałem zdziwiony.

– Schilling musiał podpisać umowę wynajmu skrytki pocztowej, lecz Starkey bez nakazu sądowego nie uzyska do niej wglądu. Zanim ktokolwiek tam dotrze, już dawno zamkną biuro. Trzeba będzie szukać właściciela lokalu, dowieźć go na miejsce. Potrwa to całą wieczność. Sami załatwimy to dużo szybciej.

Od razu pojąłem, co ma na myśli, i zgodziłem się bez wahania, jakby nasze prawo do takiej akcji było oczywiste i poza wszelką dyskusją. W ogóle nie musiałem się nad tym zastanawiać. Trzeba było wziąć sprawy w swoje ręce, jeśli zależało nam na odnalezieniu Bena.

Pike ruszył do dżipa, a ja do swojego samochodu. Nie potrafiłem zapomnieć o bestialstwie opisanym przez Resnicka. Wciąż miałem w uszach głośne bzyczenie much w furgonetce, niemalże czułem, jak obijają mi się o twarz, wabione zapachem świeżej krwi. Uprzytomniłem sobie, że jestem bez broni. Przez cały czas pobytu Bena w moim domu trzymałem ją zamkniętą w sejfie. Ale nagle zapragnąłem mieć ją przy sobie.

– Joe! – zawołałem. – Zostawiłem rewolwer w domu.

Pike otworzył prawe drzwi i sięgnął pod deskę rozdzielczą. Wymacał to, czego szukał, wyjął i ruszył w moim kierunku, trzymając to coś po wewnętrznej stronie ręki, żeby nikt z przechodniów tego nie zauważył. Podał mi i bez słowa zawrócił do dżipa. Był to dziewięciomilimetrowy sig sauer w czarnej kaburze. Przypiąłem ją do paska na prawym biodrze i zakryłem wypuszczoną na zewnątrz koszulą. Miałem nadzieję, że poczuję się bezpieczniejszy, ale było to złudne wrażenie.

Autostrada międzystanowa numer 10 przecina Los Angeles niczym opasująca miasto gumka rozciągnięta do granic wytrzymałości. Biegnie od morza do pustyni i dalej na wschód. Panował na niej dość duży tłok, który nasilał się z minuty na minutę, ale przebijaliśmy się w miarę szybko, niemal bez przerwy używając klaksonów i nie stroniąc od jazdy prawym poboczem dla wozów ratunkowych.

Eric Schilling korzystał ze skrytki w prywatnej agencji pocztowej o nazwie „Stars & Stripes Mail Boxes", mieszczącej się w pawilonie handlowym w dzielnicy zamieszkanej głównie przez ludność pochodzenia chińskiego. Po sąsiedzku znajdowały się aż trzy chińskie restauracje, apteka i sklep zoologiczny. Po parkingu kręciło się wiele rodzin zmierzających na obiad do którejś restauracji, a przed wystawą sklepu zoologicznego stał spory tłumek. Zaparkowaliśmy obaj w bocznej uliczce i cofnęliśmy się pieszo do agencji pocztowej. Była zamknięta.

Zajmowała lokal w samym środku pawilonu, między sklepem zoologicznym i apteką, doskonale widoczny z ulicy i parkingu. Na szybach witryny i drzwi były przyklejone metalowe paski systemu alarmowego. W tylną ścianę głównego pomieszczenia wpuszczono skrytki pocztowe, od zaplecza oddzielał je kontuar stanowiska obsługi, a przed nim od podłogi do sufitu ciągnęła się masywna krata, dzięki czemu klienci mogli korzystać ze swoich skrytek po godzinach pracy agencji, lecz nie mieli dostępu do listów i paczek przechowywanych na zapleczu. Krata wyglądała na wystarczająco solidną, by powstrzymać szarżującego nosorożca.

Schilling wynajmował skrytkę numer 205, ale o tym, czy nadal z niej korzysta, mogliśmy się przekonać dopiero po wejściu do środka. Widziałem ją przez szybę, nie mogłem jednak dostrzec, czy jest w niej jakaś poczta. Oczyma wyobraźni widziałem sporządzoną przez Fallona mapę ukrycia skarbu, jakim był dla nich i dla mnie Ben Chenier.

– Umowy o najem skrytek muszą trzymać w biurze – powiedział Pike. – Sprawdźmy, czy nie będzie łatwiej dostać się do środka od tyłu.

Obeszliśmy pawilon i skręciliśmy w alejkę biegnącą na jego tyłach. Tu również parkowało sporo samochodów, przed tylnymi drzwiami lokali ciągnął się szereg pojemników na śmieci. Przy otwartych drzwiach restauracji na odwróconych drewnianych skrzynkach siedziało dwóch mężczyzn w białych fartuchach. Pochyleni nad wielką blaszaną miską obierali ziemniaki i marchew.

Nad każdym wejściem wisiała tabliczka z nazwą lokalu, poniżej znajdowały się inne w rodzaju „Wstęp wzbroniony" albo „Nie parkować. Miejsca tylko dla samochodów dostawczych". Drzwi agencji pocztowej były wzmocnione stalową blachą, zaopatrzone w dwie masywne zasuwy i umocowane na grubych zawiasach antywłamaniowych. Potrzeba by ciągnika i solidnych łańcuchów, żeby wyrwać je z futryny.

– Umiesz otwierać zamki wytrychem? – zapytał Pike.

– Owszem, ale to będzie długo trwało. Te zasuwy nie tak łatwo otworzyć, w dodatku na oczach tamtych kuchcików.

Obejrzeliśmy się równocześnie na dwóch mężczyzn obierających jarzyny, którzy udawali, że nie zwracają na nas uwagi. Zdecydowanie szybciej można się było dostać do środka od frontu.

Wróciliśmy na parking. Przed sklepem zoologicznym wciąż

stała chińska rodzina z trójką dzieci obserwująca szczenięta i kociaki w klatkach. Ojciec trzymał najmłodszą latorośl na ręku, wskazywał witrynę i pytał:

– A co powiesz na tamtego? Widzisz, jaki zabawny? Ten z ciemną plamką na nosku.

Kobieta uśmiechnęła się do nas przyjaźnie, gdy ich mijaliśmy. Odpowiedziałem takim samym uśmiechem. Pełna kultura i grzeczność na co dzień.

Zatrzymaliśmy się znowu przed szklanymi drzwiami agencji. Mogliśmy zaczekać, aż ktoś je otworzy, żeby zabrać pocztę, i wejść razem z nim do środka, ale wystawanie przed zamkniętą agencją mogło się wydać ludziom podejrzane. Gdyby nikt się nie zjawił do północy, zawsze mogliśmy wymusić na Starkey, żeby zdobyła nakaz sędziego, ściągnęła właściciela i kazała mu otworzyć.

– Jeśli się włamiemy, alarm narobi jazgotu na całe osiedle. Niewykluczone też, że ma bezpośrednie połączenie z siedzibą ochrony, a ta natychmiast zawiadomi policję. Poza tym, musielibyśmy wyłamać drzwiczki skrytki pocztowej i sforsować kratę, żeby się dostać na zaplecze. Wszyscy z parkingu z pewnością by to widzieli, na pewno ktoś zadzwoniłby na policję. Zostałoby nam bardzo mało czasu. Trzeba by uciekać pełnym gazem, lekceważąc ryzyko, że ktoś zapisał nasze numery rejestracyjne.

– Próbujesz mnie odwieść od tego?

Przedwieczorne niebo ciemniało, przybierało ciemnogranatowy odcień, ale uliczne latarnie jeszcze się nie zapaliły. Wąskim chodnikiem mijały nas kolejne rodziny, jedne wychodziły z restauracji, inne czekały przed wejściem, aż zwolni się stolik. Z apteki, kuśtykając, wyszedł przygarbiony staruszek. Samochody jeździły w kółko po parkingu, kierowcy wypatrywali wolnego miejsca. My zaś planowaliśmy się włamać do agencji obsługującej tę spokojną, uczciwą społeczność. Musieliśmy zniszczyć czyjąś własność i narazić ludzi na koszty, a do tego złamać prawo, czego nie były w stanie pokryć żadne pieniądze. Musieliśmy napędzić strachu naocznym świadkom, zapewne gotowym zeznawać przeciwko nam w sądzie, gdyby kiedyś doszło do rozprawy.

– Tak, chyba tak – odparłem. – Wolałbym to zrobić sam. Może zaczekasz w samochodzie?

– Każdy chłystek mógłby zaczekać w samochodzie – odparł dumnie. – Ja nie jestem chłystkiem.

– Pewnie, że nie. W takim razie przestawmy nasze auta na tyły. Wejdziemy od frontu, ale uciekniemy tylnymi drzwiami.

Podjechaliśmy obaj z drugiej strony pawilonu i znów wróciliśmy przed agencję. Tym razem Pike wziął ze sobą łom, a ja łyżkę do opon i śrubokręt.

Rodzina z trójką dzieci przeniosła się spod sklepu zoologicznego przed witrynę agencji. Małżonkowie spierali się, w której restauracji zostaną szybciej obsłużeni i dzieci nie będą musiały długo czekać.

– Stoicie za blisko drzwi – powiedziałem. – Proszę się odsunąć.

– Słucham? – mruknęła zdumiona kobieta. – O co chodzi?

Łyżką do opon wskazałem szklane drzwi.

– Posypie się mnóstwo odłamków. Lepiej się odsuńcie.

Pike stanął nad Chińczykiem, przy którym wyglądał jak Goliat.

– Jazda stąd.

Nagle zrozumieli, co zamierzamy, i w pośpiechu odciągnęli dzieci, trajkocząc coś do siebie po chińsku.

Huknąłem łyżką w sam środek drzwi. Odłamki szkła poleciały na boki. Zawył alarm, którego monotonne buczenie rozniosło się daleko nad parkingiem i pobliskim skrzyżowaniem niczym syrena przeciwlotnicza. Wszyscy ludzie kręcący się między samochodami i przechodzący ulicą zwrócili głowy w tym kierunku. Paroma kopniakami wybiłem resztkę szyby z drzwi i wskoczyłem do środka. Nawet nie poczułem, jak rozorałem sobie ramię o ostry odłamek wystający z ramy. Pike wybił go i wkroczył za mną.

Skierował się wprost do kraty. Ja podszedłem do skrytek. Wyglądały dość solidnie, mosiężne drzwiczki były dokładnie wpasowane w ramę obudowy i wyposażone w mocny zamek. Zaopatrzono je jednak w małe oszklone okienka, przez które można było sprawdzić, czy coś jest w środku. W skrytce Schillinga leżało pełno korespondencji.

Wetknąłem śrubokręt w szparę pod drzwiczkami, odchyliłem je i wyważyłem łyżką do opon. Żaden list nie był zaadresowany do Erica Schillinga ani Gene'a Jeaniego, odbiorcą był niejaki Eric Shear.

– To on! Wynajął skrytkę na jeszcze inne fikcyjne nazwisko!

Alarm wył tak donośnie, że musiałem krzyczeć.

Wetknąłem listy do kieszeni i ruszyłem na pomoc Joemu.

Krata składała się w harmonijkę i przesuwała na kółkach po prowadnicach wpuszczonych w sufit i podłogę, więc nie było mowy, żeby przedostać się pod nią lub nad nią. Po bokach ograniczały ją grube metalowe słupy wchodzące w mur. Pracując równocześnie łomem i łyżką do opon, wybiliśmy w ścianie sporą jamę za jednym z nich, podważyliśmy słup i wyrwaliśmy go z mocowań. Dał się odchylić pod niewielkim kątem, otwierając drogę na zaplecze.

Z zewnątrz ktoś zawołał:

– Hej! Co się tam dzieje?!

Na parkingu gromadzili się gapie. Kryli się za samochodami i zbierali w grupkach, wyciągając szyje i usiłując dojrzeć przez witrynę, co robimy. Dwóch mężczyzn zajrzało do środka przez wybite drzwi, po czym oddaliło się w pośpiechu. Nie miałem pojęcia, ile czasu minęło od włamania się do agencji, wiedziałem jednak, że trzeba się spieszyć, mogliśmy mieć jeszcze jakieś czterdzieści sekund, najwyżej minutę. Tu, w środku, ryk syreny alarmowej był tak ogłuszający, że z pewnością nie byliśmy w stanie usłyszeć syren nadjeżdżających wozów policyjnych.

Wskoczyliśmy pod odgiętym słupem na zaplecze. Pod ścianą ciągnęły się sterty paczek, spod sufitu zwisał olbrzymi worek z białymi styropianowymi wytłoczkami do zabezpieczania kruchych przesyłek. W rogu, za niewielkim biurkiem zawalonym stosami nieposortowanych listów, pokwitowań i zawiadomień, stała blaszana szafka na dokumenty. Pike skierował się do tylnych drzwi, ja zacząłem przeglądać papiery w jej szufladach.

Po chwili zawołał, że mamy drogę wolną.

– Nie będzie kłopotu! Od środka zasuwy można otworzyć bez klucza!

W górnej szufladzie szafki zamiast teczek z papierami znajdowały się materiały biurowe. To samo było w drugiej i trzeciej. Joe wyjrzał zza załomu ściany do sali od frontu, żeby sprawdzić, czy nikt nie nadchodzi. Nasz czas dobiegał końca.

– Pospiesz się!

– Przecież szukam!

Zacząłem zrzucać z biurka gazety, czasopisma i listy, wreszcie wyciągnąłem szufladę. W niej pokładałem całą nadzieję, już nigdzie indziej na zapleczu nie mogły być przechowywane umowy najmu skrytek. Ale ujrzałem tylko sterty formularzy, rozmaite druki i bloczki kwitów, nie było tam niczego, co mogłoby zawierać nazwiska i adresy klientów agencji.

Pike poklepał mnie po ramieniu, wymownie zerkając w stronę parkingu.

– Mamy problem!

Przed agencją stał jakiś wysoki grubas w żółtej koszuli, otaczający go wianuszkiem Chińczycy wskazywali palcami wybite drzwi i tłumaczyli coś z ożywieniem. Facet chyba nie był w stanie kupić ciuchów na swój rozmiar, wielkie brzuszysko wypływało mu nad paskiem spodni niczym pęcherz wypełniony galaretą. Ale na kieszonce żółtej koszuli miał duży napis: OCHRONA. A w czarnej nylonowej kaburze przy pasku nosił broń, choć trzeba się było dobrze przyjrzeć, żeby ją wypatrzyć pod wielkim wałkiem tłuszczu. Teraz jednak trzymał rękę opartą na kolbie pistoletu. Wyglądał na przestraszonego.

– Matko Boska, skąd on się tu wziął?!

– Szukaj dalej!

Pike prześlizgnął się obok mnie, wyciągając broń. Złapałem go za rękę.

– Tylko nie to, Joe!

– Nie zamierzam go skrzywdzić! Szukaj dalej!

Ochroniarz uklęknął za najbliższym autem i zaczął ostrożnie wyglądać znad bagażnika. Pike podszedł do drzwi, żeby tamten mógł go widzieć. To wystarczyło. Grubas rozpłaszczył się na asfalcie i przetoczył za osłonę koła samochodu. Na szczęście nie zaczął od razu strzelać. Na pewno pracował za minimalną stawkę, dlatego nigdy nie zapominał o powiedzeniu, że strzeżonego Pan Bóg strzeże.

Ale równocześnie z zewnątrz doleciało zawodzenie policyjnych syren. Pike obejrzał się na mnie i przywołałem go ruchem ręki. Nie było już czasu.

– Wiejemy!

– Znalazłeś?!

– Nie!

Przecisnął się z powrotem pod odgiętym słupem kraty i ruszył do tylnych drzwi, rzuciwszy przez ramię:

– Szukaj dalej! Mamy jeszcze parę sekund!

– Nie znajdziemy porywaczy, jak wylądujemy w więzieniu!

– Szukaj!

I właśnie wtedy dostrzegłem kartonowe pudło stojące pod biurkiem. Było dokładnie takich rozmiarów, żeby pomieścić dokumenty najmu skrytek. Wysunąłem je błyskawicznie i zdjąłem górną część. Cienkie teczki stały poupychane, na grzbietach miały numery od jednego do sześciuset. Od razu pojąłem, że to numery skrytek. Wyszarpnąłem teczkę z numerem 205 i krzyknąłem:

– Już mam! Spadamy!

Pike otworzył drzwi. Wyskoczyliśmy na świeże powietrze, gdzie wycie alarmu nie było aż tak ogłuszające. Dwaj mężczyźni w białych fartuchach na nasz widok zaczęli coś wołać przez otwarte drzwi do kuchni restauracji. Kiedy ruszaliśmy, wysypała się przez nie gromadka Chińczyków. Ujechaliśmy kilkaset metrów i skręciliśmy w wąską osiedlową uliczkę na tyłach wielkiego kompleksu kinowego, żeby przejrzeć dokumenty w teczce. Była tam umowa najmu skrytki pocztowej wystawiona na nazwisko Erica Sheara. Zawierała między innymi jego adres i numer telefonu.

czas od zaginięcia: 50 godzin, 37 minut

Shear mieszkał w czteropiętrowym bloku na osiedlu Casitas Arms na zachodnim skraju San Gabriel, niespełna dziesięć minut drogi od agencji pocztowej. Był to masywny, zwalisty budynek z niewielkim dziedzińcem pośrodku, mieszczący co najmniej sto mieszkań, bez wątpienia reklamowanych jako „bezpieczne luksusowe apartamenty". Wiedziałem z doświadczenia, że do takich najłatwiej się włamać.

Zaparkowaliśmy w zastrzeżonej strefie na ulicy naprzeciwko domu, po czym Pike przesiadł się do mojego wozu. Gdy włączyłem telefon, odebrałem aż trzy wiadomości od Starkey, ale je zlekceważyłem. Co miałem jej powiedzieć? Że następny nakaz zatrzymania może dotyczyć mnie? Wybrałem numer Schillinga. Po drugim sygnale włączyła się automatyczna sekretarka, usłyszałem męski głos:

– Zostaw wiadomość po sygnale.

Przerwałem połączenie i wyjaśniłem Joemu, że zgłosiła się sekretarka.

– W takim razie chodźmy – rzekł.

Znów zabrał ze sobą łom. Obeszliśmy blok od tyłu i znaleźliśmy awaryjną klatkę schodową. Wejście przegradzały siatkowe drzwi zamknięte na klucz, ale Pike poradził sobie z nimi bez trudu, łomem wyważył cały zamek. Wśliznęliśmy się do środka i weszliśmy na trzecie piętro. Według dokumentów Eric Shear mieszkał pod numerem 313. Główny korytarz prowadził dookoła dziedzińca, odchodziły od niego boczne korytarze każdego skrzydła budynku. Lokal 313 znajdował się po przeciwnej stronie klatki schodowej.

Był wczesny wieczór, krótko po zachodzie słońca. Z mieszkań dobiegała stłumiona muzyka i zapachy kuchenne, czasami przez drzwi słychać było czyjś głos. Wyraźnie doleciał donośny kobiecy śmiech. Ci ludzie, którzy wiedli spokojne monotonne życie, nie mieli pojęcia, że ich sąsiad, Eric Shear, w rzeczywistości nazywa się Eric Schilling. Pewnie witali go uśmiechami w windzie albo pozdrawiali w podziemnym parkingu, nie domyślając się nawet, kim był i czym się zajmował. „Cześć! Co słychać? Miłego dnia!”.

Za zakrętem korytarza minęliśmy windy. Na ścianie wymalowane były strzałki kierujące w lewo i prawo do lokali o podanych numerach. Mieszkanie 313 znajdowało się w bocznym korytarzu odchodzącym w lewo.

– Zaczekaj – mruknąłem.

Podkradłem się do rogu i wyjrzałem zza niego ostrożnie. Drzwi oznaczone tym numerem były na samym końcu korytarza, na wprost przejścia prowadzącego zapewne na taką samą awaryjną klatkę schodową jak ta, którą dostaliśmy się do środka. W szparze drzwi tuż nad klamką wetknięto jakieś dwie złożone na pół kartki.

Zakradliśmy się na palcach, zajęliśmy pozycje po obu stronach drzwi i zaczęliśmy nasłuchiwać. W mieszkaniu Schillinga panowała cisza. Kartki w drzwiach okazały się wiadomościami od administratora, pierwsza przypominała, że czynsz należy opłacać pierwszego każdego miesiąca, a druga informowała o dwugodzinnej przerwie w dostawie wody w ubiegły czwartek.

– Od dłuższego czasu nikt tu nie zaglądał – rzekł Pike.

Rzeczywiście, skoro kartki do tej pory siedziały w drzwiach, mogliśmy mieć pewność, że mieszkanie Schillinga stoi puste od co najmniej sześciu dni.

Zatkałem palcem wizjer i zapukałem. Nikt nie odpowiedział. Zapukałem po raz drugi, trzymając w opuszczonym ręku przy nodze pistolet.

– Proszę otworzyć! – zawołałem cicho.

Joe wsunął koniec łomu w szczelinę drzwi na wysokości zamka i pchnął energicznie. Z głośnym trzaskiem odpadł duży kawał framugi. Szarpnięciem otworzyłem drzwi i wyciągając przed siebie broń, wskoczyłem prosto do dużego pokoju. Na jego drugim końcu znajdowała się kuchnia i jadalnia. Z krótkiego korytarzyka prowadzącego na lewo wchodziło się do trzech dalszych pomieszczeń. Słaba żarówka paliła się w sufitowym kasetonie tuż nad wyważonymi drzwiami, reszta mieszkania tonęła w ciemnościach. Pike zajrzał do kuchni, po czym z bronią gotową do strzału ruszył za mną korytarzykiem. Stanąłem przed pierwszymi drzwiami, a on przed drugimi. Otworzyliśmy je równocześnie.

– I co? – zapytałem.

– Czysto.

Wróciliśmy do przedpokoju, zamknęliśmy drzwi wyjściowe i zapaliliśmy więcej świateł. Duży pokój był bardzo skąpo umeblowany, poza kanapą i stolikiem do kart w przeciwległym kącie stał jeszcze gigantyczny telewizor marki Sony. Nadzwyczaj ubogie wyposażenie nasuwało oczywisty wniosek, że Schilling nie traktował tego lokalu jak stałego miejsca zamieszkania, był gotów uciec stąd w każdej chwili, nie zabierając ze sobą prawie niczego. Przypominało to bardziej obóz przejściowy niż prawdziwe mieszkanie. Na kontuarze oddzielającym kuchnię od pokoju stał mały telefon bezprzewodowy, ale nie było przy nim automatycznej sekretarki. Zacząłem się za nią rozglądać, mając nadzieję, że zostały zapisane jakieś ważne wiadomości.

– Automatyczna sekretarka jest gdzie indziej – powiedziałem.

Pike ruszył z powrotem w głąb korytarzyka.

– Widziałem ją w sypialni. Sprawdzę wiadomości, a ty rozejrzyj się tutaj.

Na blacie kuchennym stała tak olbrzymia bateria pustych butelek po oranginie i soku pomarańczowym firmy Corona, że aż naszły mnie podejrzenia, iż nie mógł ich opróżnić jeden człowiek. W zlewie piętrzył się stos brudnych talerzy, z kosza na śmieci wywalały się pojemniki po gotowych daniach barowych. Zalatywało od nich zgnilizną, zatem musiały tu leżeć dość długo. Wysypałem wszystko z kosza na podłogę i zacząłem się rozglądać za paragonami. Najświeższy także pochodził sprzed sześciu dni. Obejmował bardzo duże zamówienie, w sam raz na obiad dla trzech mężczyzn.

– Byli tu wszyscy, Joe! – zawołałem.

– Tak, wiem! – odkrzyknął. – Chodź, coś zobaczysz!

Wszedłem do sypialni.

Pike klęczał na podłodze przy rozłożonej kanapie zawalonej skopaną pościelą. Tu też, poza kanapą, nie było innych mebli. Otwarte szeroko drzwi szafy ukazywały puste półki, tylko na dnie leżało parę zmiętych brudnych koszul i trochę bielizny. Podobnie jak reszta mieszkania, i sypialnia raziła pustką, nasuwając nieodparte wrażenie, że to tylko kryjówka, a nie właściwe mieszkanie Schillinga. Na podłodze przy łóżku stało przenośne radio z budzikiem, a przy nim drugi telefon bezprzewodowy z automatyczną sekretarką w podstawce.

– Są nagrane jakieś wiadomości?

– Nie, wszystkie wykasowane. Znalazłem kilka listów, ale chciałem, żebyś zobaczył to.

Wskazał szereg zdjęć poprzypinanych pinezkami do ściany nad kanapą. Przedstawiały trupy różnych ras i kolorów skóry, niektóre w strzępach wojskowych mundurów, inne całkiem nagie. Większość nosiła rany po kulach, parę ciał było porozrywanych wybuchami, a jedno spalone prawie na popiół. Na kilku fotografiach przy trupach pozował rudowłosy chłopak, szczerzący zęby w szerokim uśmiechu jak przysłowiowy amerykański głupek, któremu całkiem odbiła szajba. Na dwóch zdjęciach u jego boku stał bardzo wysoki czarnoskóry z licznymi kolistymi bliznami na twarzy.

Pike postukał palcem w jedno z nich.

– To Ibo, a ten rudy to z pewnością Schilling. Poza tym nie wszystkie zdjęcia pochodzą z Sierra Leone. Przyjrzyj się roślinności. To zostało zrobione gdzieś w Ameryce Środkowej, a to chyba w Bośni.

Na jednej fotografii rudy trzymał za dłoń uniesioną w górę odrąbaną ludzką rękę, jakby pozował z myśliwskim trofeum. Aż mnie ścisnęło w dołku na ten widok.

– Całkiem zwariowali.

Pike pokiwał głową.

– Jak mówił Resnick: porzucili żelazne zasady i upodobnili się do dzikich zwierząt.

– Ale nie widzę nikogo, kto by wyglądał jak Fallon.

– Nie zapominaj, że służył w oddziale Delta. Nawet w stanie szaleństwa musiał zachować tyle zdrowego rozsądku, żeby nigdy się nie pojawiać przed obiektywem.

Odwróciłem się do niego.

– Pokaż te listy.

Podał mi kilka ściśniętych gumką kopert. Wszystkie zostały zaadresowane do Erica Sheara i wysłane do skrytki pod adresem agencji pocztowej. Wyciąg bankowy dołączony do kilku unieważnionych czeków wskazywał, że na koncie znajduje się kwota 6123 dolarów i 18 centów. W drugim liście znalazłem billing telefoniczny za ostatnie dwa miesiące. Niemal wszystkie połączenia były miejscowe, z abonentami mieszkającymi w rejonie Los Angeles, tylko sześć wyróżniało się już na pierwszy rzut oka. Przed trzema tygodniami Eric Schilling sześć razy w ciągu czterech dni łączył się za pośrednictwem centrali międzynarodowej z San Miguel w Salwadorze.

Podniosłem wzrok na Pike'a.

– Myślisz, że to numer Fallona? Resnick wspominał, że osiedlił się gdzieś w Ameryce Południowej.

– Zadzwoń, to się przekonasz.

Spojrzałem na aparat Schillinga stojący przy łóżku i bez namysłu wcisnąłem klawisz ponownego wybierania numeru, ale w słuchawce rozległ się stanowczy kobiecy głos działu zamówień z lokalnej pizzerii. Przerwałem połączenie i dokładniej przyjrzałem się telefonowi. Niektóre nowoczesne aparaty są wyposażone w elektroniczną pamięć numerów, lecz ten jej nie miał. Wybrałem więc numer z Salwadoru, odczytując go z billingu. Doleciały mnie trzaski i szumy łączy satelitarnych, wreszcie usłyszałem sygnał. Zabrzmiał raz i drugi, po czym usłyszałem lekko zniekształcony głos z nagrania na automatycznej sekretarce:

– Znasz procedurę. Gadaj.

Po plecach przeszedł mi taki sam dreszcz jak tamtego pierwszego dnia po porwaniu Bena, ale teraz wściekłość niemalże przesłoniła mi wzrok. Szybko przerwałem połączenie. Był to głos tego samego mężczyzny, który najpierw zadzwonił do mnie, a potem został utrwalony w nagraniu rozmowy z Lucy.

– To on. Poznałem go po głosie.

Pike uśmiechnął się lekko.

– Starkey bardzo się to spodoba. Będzie miała okazję przyskrzynić zbrodniarza wojennego.

Jeszcze raz popatrzyłem na zdjęcia. Nigdy dotąd nie spotkałem ani Schillinga, ani Fallona czy też kogokolwiek z ich kompanii uwiecznionego na tych fotografiach. Nikt z nich nie żywił do mnie żadnej urazy. Nie mieli żadnego powodu, żeby specjalnie dla mnie przyjeżdżać do Los Angeles bądź też zbierać o mnie informacje. Były tysiące dzieci, których rodzice mieli więcej pieniędzy niż Richard, ci jednak porwali właśnie Bena. Starali się przy tym stworzyć pozory, że zrobili to z chęci zemsty na mnie, a postanowili zapewne zdobyć okup od Richarda, chociaż on temu uparcie zaprzeczał. Wszyscy porywacze stanowczo nakazują swoim ofiarom, by nie zawiadamiali policji, mogłem więc zrozumieć przyczynę strachu Cheniera, ale tylko ten jeden element pasował do całej układanki. Reszta nie chciała się ułożyć w logiczną całość, jakbym miał przed sobą kawałki z różnych puzzli, które mimo wszelkich moich starań nie dawały się do siebie dopasować.

Przerzuciliśmy pościel na łóżku, ale nie znaleźliśmy niczego więcej. Później zajrzałem do łazienki. Przy toalecie leżał stosik kolorowych czasopism. Kosz na śmieci był pełen pomiętych papierowych chusteczek, wacików kosmetycznych i kartonowych tutek od papieru toaletowego, ale przy samym brzegu dostrzegłem rogi kilku kartek. Wywaliłem całą zawartość kosza na podłogę i ujrzałem kopię moich akt wojskowych.

– Joe! Schilling zdobył moje akta! – zawołałem.

Pike stanął w drzwiach i spojrzał ponad moim ramieniem.

Podniosłem papiery, przerzuciłem je i podałem Joemu. Ogarniało mnie dziwne odrętwienie.

– Tylko dwie osoby miały dostęp do tych akt – powiedziałem. – Starkey i Myers. Widocznie Richard jakoś nakłonił sędziego z Nowego Orleanu, by wystawił oficjalny nakaz udostępnienia tych akt. Nikt inny nie mógł wejść w ich posiadanie.

Nagle kawałki puzzli zaczęły się układać w całość jak suche liście powoli osiadające na dnie kałuży. Wyłaniał się jeszcze niezbyt wyraźny, zamazany obraz, ale stopniowo stawał się coraz czytelniejszy.

Pike wciąż gapił się na moje akta.

– Mówisz, że miał je Myers?

– Tak. Myers i Starkey.

Przekrzywił głowę na ramię i zmarszczył czoło.

– Skąd Myers mógłby znać tych trzech?

– Kieruje działem ochrony w firmie Richarda. Resnick powiedział, że Schilling dzwonił do niego jakiś czas temu i szukał pracy ochroniarskiej. Może Myers go zatrudnił. A jeśli znał Schillinga, ten bez trudu mógłby ściągnąć swoich kompanów do brudnej roboty.

Pike zerknął jeszcze raz na moje papiery i pokręcił głową, jakby coś nadal mu nie pasowało.

– Tylko po co miałby im przekazywać twoje akta?

– Może to on wpadł na pomysł porwania Bena?

– Jezu... – mruknął Pike.

– Prywatne życie Richarda nie stanowi dla niego żadnej tajemnicy. Wiedział, że Lucy związała się ze mną i przeniosła tutaj razem z Benem, wiedział też, jak bardzo Richard się o nich niepokoi. Fallon i Schilling chyba nie mieli o tym pojęcia, ale Myers musiał o wszystkim wiedzieć. Chenier pewnie wściekał się po całych dniach, że przeze mnie Lucy i Ben są narażeni na śmiertelne niebezpieczeństwo, więc Myers mógł wpaść na pomysł, żeby wykorzystać paranoiczny strach swojego szefa do oskubania go z forsy.

– Zorganizował porwanie dzieciaka, żeby później mieć całkowity nadzór nad przekazywaniem okupu.

– No właśnie.

Pike znowu pokręcił głową.

– Trochę to naciągane.

– Więc jak inaczej moje akta mogły się tutaj znaleźć? Dlaczego porwali właśnie Bena, stwarzając przy tym pozory, że zrobili to, żeby się na mnie odegrać?

– Chcesz zadzwonić do Starkey?

– A co niby mam jej powiedzieć? W czym może nam teraz pomóc? Myers do niczego się nie przyzna, dopóki nie zdobędziemy dowodów przeciwko niemu.

Wróciliśmy do sypialni, żeby jeszcze raz sprawdzić na bilingu, czy Schilling nie dzwonił do Luizjany. Ale nie było na nim żadnych rozmów międzymiastowych, nie licząc połączeń z Salwadorem. Zaczęliśmy więc od nowa przeszukiwać całe mieszkanie, tym razem wypatrując czegokolwiek, co dowodziłoby powiązania Schillinga z Myersem czy raczej Myersa z Schillingiem, lecz nic takiego nie znaleźliśmy. W końcu przyszło mi do głowy, że powinniśmy poszukać na to dowodów gdzie indziej.

– Musimy uzyskać dostęp do biura Myersa. Chodźmy.

Ruszyłem do wyjścia, lecz Pike nawet nie drgnął. Popatrzył na mnie takim wzrokiem, jakby podejrzewał, że mi rozum odjęło.

– Coś ty wykombinował? Przecież biuro Myersa jest w Nowym Orleanie.

– Lucy nam pomoże. Stąd będzie miała do niego dostęp.

Kiedy wyjaśniłem, o co mi chodzi, wybiegł za mną na korytarz.

22

czas od zaginięcia: 51 godzin, 36 minut

Lucy spojrzała na mnie zza uchylonych drzwi, jakby chciała się przede mną ukryć. Jej twarz skrywał głęboki cień, który nie był tylko wynikiem słabego oświetlenia. Od razu się domyśliłem, że już wie o śmierci DeNice'a.

– Jeden z detektywów Richarda... – zaczęła.

– Tak, wiem. Joe jest na dole. Wpuść mnie, Luce, musimy porozmawiać.

Pchnąłem drzwi i wszedłem do środka, nie czekając na jej reakcję. W ręku wciąż trzymała telefon. Chyba w ogóle nie rozstawała się z nim od wczorajszego wieczoru.

Wyglądała na wycieńczoną, jakby koszmarne przeżycia do reszty wyczerpały jej zapas życiowej energii. Wróciła na kanapę chwiejnym krokiem, ledwie trzymając się na nogach.

– Odrąbali mu głowę. Śledczy z komendy głównej powiedział, że zostawili w samochodzie but Bena w kałuży krwi.

– Odnajdziemy go, Luce. Zobaczysz, że go znajdziemy. Rozmawiałaś z Lucas albo Starkey?

– Były tu niedawno obie razem z tym śledczym.

– Timsem?

– Tak. Powiedzieli mi o furgonetce. Uprzedzili, że będzie o tym mowa w dzienniku telewizyjnym, żebym lepiej nie oglądała. I znowu pytali o Fallona i dwóch jego kumpli, jednego Murzyna z Afryki i drugiego białego o nazwisku Schilling. Pokazywali ich zdjęcia.

– A co z Richardem? Nic nie mówili na jego temat?

– Dlaczego mieliby pytać o Richarda?

– Rozmawiałaś z nim dzisiaj wieczorem?

– Nie, tylko dzwoniłam. Zostawiłam wiadomość, ale do tej pory nie oddzwonił. – Zmarszczyła brwi, w jej oczach pojawiła się jeszcze głębsza troska. – Dlaczego mieliby pytać o Richarda? Jemu też coś się stało?

– Wygląda na to, że Fallon skontaktował się z nim i zażądał okupu. Pewnie dlatego później zamordował DeNice'a i zostawił go w takim stanie, żeby strachem wymusić na Richardzie zapłacenie okupu.

– Nic mi o tym nie mówili. – Wciąż marszcząc brwi, pokręciła głową. – Richard też nic o tym nie mówił.

– Jeśli rzeczywiście przestraszył się Fallona, będzie milczał jak grób, a sama rozumiesz, że jest się czego bać. Fallon wzbudza powszechny strach. Posłuchaj, Lucy, podejrzewam, że w sprawę zamieszany jest Myers. To z jego inicjatywy porwali Bena i dzięki niemu dowiedzieli się o mnie tak dużo. To wszystko sprawka Myersa.

– Jak to?...

Włożyłem jej w ręce kopię moich akt. Obrzuciła ją zdumionym spojrzeniem.

– To moje wojskowe akta. Ściśle tajne. Ich kopię można zdobyć z archiwum jedynie na podstawie nakazu sądowego. Sprawdziłem, że były kopiowane tylko dwukrotnie, raz na żądanie Starkey już po rozpoczęciu tego dochodzenia, a wcześniej przed trzema miesiącami na polecenie pewnego sędziego z Nowego Orleanu, który przesłał je do biura Lelanda Myersa.

Lucy jeszcze raz spojrzała na papiery. Domyśliłem się po jej minie, że pamięta, jak w sali przesłuchań na komendzie Chenier rzucił na stół kartonowy skoroszyt.

– To Richard kazał zbadać twoją przeszłość.

– Myers jest szefem jego ochrony, więc to on się tym zajął. Ale zarazem nadzoruje ochronę wszystkich przedsiębiorstw

Richarda. Rozmawiałem dzisiaj z człowiekiem, który twierdzi, że Schilling niedawno szukał zatrudnienia w służbach ochrony gdzieś w Ameryce Środkowej.

– Richard ma kilka spółek w Salwadorze.

Podniosła na mnie wzrok, lecz w jej oczach nie było już wcześniejszej ospałości. Po sposobie, w jaki przechyliła głowę, domyśliłem się, że ogarnia ją wściekłość.

– Jak się nazywał ten sędzia z Nowego Orleanu?

– Rulon Lester. Znasz go?

Zamyśliła się, szukając w pamięci jego nazwiska, po chwili pokręciła głową i odparła:

– Nie, chyba nie.

– Rozmawiałem z jego sekretarką, od niej wiem, że przesłał moje akta do biura Myersa. Zatem nie licząc Starkey, tylko on miał dostęp do tych dokumentów. Razem z Joem znaleźliśmy tę kopię w San Gabriel, w mieszkaniu Erica Schillinga. Dzwonił co najmniej sześć razy pod numer w San Miguel w Salwadorze, który należy do Michaela Fallona. To właśnie Fallon do ciebie dzwonił, Lucy, to jego nagrałaś na taśmie. Zadzwoniłem pod ten sam numer i poznałem go po głosie.

Wyjąłem zestawienie rozmów telefonicznych Schillinga i wskazałem jej połączenia z Salwadorem. Spojrzała na numer i pospiesznie wybrała go na swoim aparacie. Przyglądałem jej się uważnie. Zmarszczyła brwi, kiedy w słuchawce rozległo się nagranie z automatycznej sekretarki, po czym gwałtownie wcisnęła klawisz, przerywając połączenie, i rzuciła słuchawkę o poręcz kanapy. Nawet nie próbowałem jej powstrzymać. Czekałem cierpliwie.

– Mogli zdobyć kopię moich akt tylko od Myersa – powiedziałem w końcu. – Zatem prawdopodobnie to on nakręcił całą sprawę. Jako motyw podali chęć zemsty na mnie, żeby ukryć prawdę, zresztą to bardziej przemawiało do wyobraźni Richarda. Moim zdaniem to również Myers namówił go do przyjazdu tutaj, zabrania swoich ludzi i rozpoczęcia poszukiwań na własną rękę. W ten sposób mógł kontrolować rozwój wydarzeń, a jednocześnie wpływać na poczynania Richarda. Pewnie tylko dla niepoznaki zorganizował własne dochodzenie, a gdy nadszedł odpowiedni moment, przedstawił Richardowi żądanie okupu i zaczął go namawiać, by poddał się woli porywaczy.

Lucy poderwała się na nogi.

– Richard jest w hotelu Beverly Hills. Zawieź mnie do niego.

Nie ruszyłem się ani na krok.

– Co chcesz mu powiedzieć? Mamy tylko te akta, nie możemy udowodnić, że Myers zna porywaczy. Jeśli nie zdobędziemy przekonującego dowodu, wszystkiemu zaprzeczy i tyle z tego będzie. Co gorsza, gdy się przekona, że znamy prawdę, jedynym wyjściem z tej sytuacji będzie dla niego pozbycie się wszelkich dowodów współudziału w porwaniu.

Oczywiście miałem na myśli Bena.

Lucy usiadła z powrotem i popatrzyła na mnie.

– Powiedziałeś, że potrzebujesz mojej pomocy, zatem już wiesz, jak zdobyć dowód jego winy, tylko sam nie możesz się tym zająć, bo inaczej już byś go miał.

– Jeśli Myers zaangażował tych ludzi, jeszcze zanim obmyślił porwanie, na pewno zatrudnił ich w ochronie, a więc w firmie Richarda powinien zostać jakiś ślad po tym. Mamy numer telefonu Fallona z Salwadoru i numer Schillinga z San Gabriel. Jeśli Myers dzwonił do któregoś z nich ze służbowego aparatu, będzie ślad w wykazach rozmów telefonicznych.

– I wolisz nie rozmawiać o tym z Richardem, żeby on przypadkiem nie wygadał się przed Myersem?

– Zgadza się. Myers nie może o niczym wiedzieć.

Lucy odchyliła się na oparcie, w zamyśleniu przygryzła wargi, wreszcie spojrzała na zegarek.

– W Luizjanie dochodzi już dziesiąta. W biurze nikogo nie ma, wszyscy są już w domu.

Poszła do sypialni i po chwili wróciła z kalendarzykiem w powycieranej skórzanej obwolucie. Zaczęła go kartkować.

– Przed rozwodem miałam kilku przyjaciół w firmie Richarda, niektórych nawet bardzo bliskich. Wszyscy wiedzieli, jak mnie traktuje, zwłaszcza ci, którzy byli najbliżej niego.

Usiadła z powrotem, założyła nogę na nogę, wzięła telefon i wybrała jakiś numer z kalendarzyka.

– Halo! Sondra? Mówi Lucy... Tak, dzwonię z Los Angeles. Co u ciebie słychać?

Sondra Burkhardt była od szesnastu lat główną księgową Richarda, kierowała sekcją rachuby odpowiedzialną za płacenie rachunków firmy, ściąganie należności i nadzorowanie przepływu pieniędzy. Oczywiście wszystko to robiła za pomocą komputera. Poznały się wcześniej na korcie tenisowym i to właśnie Lucy załatwiła jej tę pracę. Sondra miała trójkę dzieci, z których najmłodsze, sześcioletnie, było synem chrzestnym Lucy.

– Muszę cię prosić o pomoc. Moja prośba może ci się wydać dziwna, a nie mam czasu tłumaczyć... – Lucy zamilkła i przez chwilę słuchała, kiwając głową. – Dzięki, skarbie. A więc podam ci trzy nazwiska i chciałabym wiedzieć, czy ci ludzie byli kiedykolwiek zatrudnieni w firmie. Możesz to sprawdzić na komputerze w domu?

Trąciłem ją w ramię i podsunąłem:

– Tylko Ameryka Środkowa. Ubiegły rok.

Lucy przytaknęła ruchem głowy.

– Chodzi o pracowników zagranicznych, chyba z Ameryki Środkowej, przyjętych w ubiegłym roku. Aha, prawdopodobnie zaangażował ich Myers... Nie, nie znam numerów ubezpieczenia społecznego... Tak, rozumiem, że będzie trudno. Zdaję sobie z tego sprawę.

Lucy podyktowała nazwiska porywaczy, a następnie zapytała, czy mogłaby dostać wykaz wszystkich połączeń telefonicznych Myersa z Los Angeles i Salwadorem. Zmarszczyła brwi, słuchając odpowiedzi, wreszcie poprosiła Sondrę, by zaczekała chwilę, zakryła mikrofon dłonią i spojrzała na mnie.

– Jeśli nie podamy jej okresu, w jakim ma szukać tych połączeń telefonicznych, będzie musiała przeglądać wszystkie wykazy. W firmie prowadzi się setki rozmów międzynarodowych dziennie.

– Zapytaj, czy mogłaby sprawdzić konkretne numery.

Lucy powtórzyła moje pytanie i znów zakryła mikrofon.

– Tak, to możliwe, ale i tak musi przeszukiwać konkretne okresy rozliczeniowe. To wynika pewnie ze struktury bazy danych.

Sprawdziłem na billingu, w których dniach Schilling dzwonił do Salwadoru. Moim zdaniem Myers musiał uczestniczyć w planowaniu akcji.

– Niech sprawdzi okres rozrachunkowy obejmujący te cztery dni. Jeśli niczego nie znajdzie, będzie musiała przeszukiwać poprzedni.

Lucy podyktowała numer telefonu Schillinga, numer Fallona w San Miguel oraz interesujące nas daty, po czym usiadła wygodniej z aparatem przy uchu, czekając na odpowiedź.

– Szuka – wyjaśniła mi szeptem.

– Rozumiem.

Kiedy nasze spojrzenia się zetknęły, uśmiechnęła się blado. Odpowiedziałem nieco śmielszym uśmiechem. Miałem wrażenie, że wspólne działania zmierzające do odnalezienia Bena znów nas do siebie odrobinę zbliżyły, jakbyśmy znowu zaczynali myśleć w tych samych kategoriach. Serce zabiło mi mocniej. Nagle jednak zmarszczyła brwi i gwałtownie się pochyliła, niemal zgięła wpół.

– Przepraszam, Sondra – mruknęła. – Możesz powtórzyć?

– Co się stało? – zapytałem.

Uciszyła mnie ruchem ręki. Jeszcze przez chwilę słuchała w skupieniu, wreszcie pokręciła głową, jakby nie mogła zrozumieć. Dopiero po pewnym czasie dotarło do mnie, że nie może się pogodzić z tym, co słyszy.

– Co się stało? – zapytałem po raz drugi.

– Znalazła jedenaście połączeń z podanym numerem w San Miguel, lecz ani jednego z Los Angeles, przy czym Myers prowadził tylko cztery z tych rozmów. Pozostałych siedem to rozmowy Richarda.

– Niemożliwe. Widocznie Myers się pod niego podszywał, korzystał z telefonu w jego gabinecie.

Lucy ospale pokręciła głową, jakby w oszołomieniu.

– Nie były prowadzone z gabinetu Richarda. Linia domowa jest opłacana razem z rachunkami firmy. Richard dzwonił do San Miguel z domu.

– Czy Sondra może wydrukować zestawienie tych połączeń?

Lucy powtórzyła moje pytanie monotonnym, matowym głosem.

– Tak.

– Poproś ją też, żeby zrobiła kopię zestawienia na dyskietce.

Przekazała prośbę.

– Niech prześle nam wydruk telefaksem.

Lucy podyktowała swój numer i poprosiła o przefaksowanie spisu. Mówiła coraz ciszej, wydawało mi się, że słyszę milknące nawoływania dziewczynki, która zgubiła drogę w lesie.

Kilka minut później telefaks zaczął drukować zestawienie. Stanęliśmy nad nim oboje, zapatrzeni jak w kryształową kulę, w której ma się pojawić obraz przyszłości.

Lucy zaczęła odczytywać kolejne zapisy, tak mocno ściskając mnie za rękę, że jej paznokcie wbijały mi się głęboko w skórę. Nie musiałem nic mówić. Jak automat wyrecytowała na głos domowy numer Richarda.

– Co on narobił? Mój Boże! Co on narobił?!

Myliłem się od początku do końca. To Richard tak bardzo się bał, że przeze mnie coś się stanie Lucy i Benowi, iż postanowił wziąć sprawy w swoje ręce. Zaaranżował fikcyjne porwanie, żeby obarczyć mnie odpowiedzialnością. Zależało mu na tym, by Lucy przejrzała na oczy. Chciał nas rozdzielić dla jej dobra, dlatego wynajął ludzi gotowych na wszystko: Fallona, Schillinga oraz Ibo. Zapewne nie miał pojęcia, kim naprawdę są i co mają na sumieniu, dopóki ze Starkey nie dotarliśmy do listu gończego Interpolu. Myers zapewne tylko mu pomagał w realizacji jego planu. Lecz gdy Fallon porwał już Bena, postanowił zerwać umowę i przyprzeć Richarda do muru.

„Mój Boże! Co on narobił?!”.

Richard sam naraził swego syna na śmiertelne niebezpieczeństwo.

Wyjąłem kartkę z szuflady telefaksu, zebrałem resztę swoich rzeczy i wziąłem Lucy za rękę.

– Pora zobaczyć się z Richardem. Odnajdę go, Luce. Obiecuję, że odnajdę Bena i sprowadzę go z powrotem do domu.

Wyszliśmy razem z domu i pojechaliśmy do hotelu.

czas od zaginięcia: 52 godziny, 21 minut

Hotel Beverly Hills to olbrzymia różowa budowla przy Sunset Boulevard u wylotu Kanionu Benedicta, a więc w tej części miasta, gdzie mieszkają najbogatsi ludzie świata. Przynajmniej pod tym względem „Różowy Pałac” doskonale pasuje do otoczenia i na szczycie niewielkiego wzgórza przypomina prawdziwy klejnot koronny. Gwiazdy filmowe czy naftowi szejkowie z Bliskiego Wschodu mają w nim zapewnione wszelkie wygody. Podejrzewałem, że Richard również czuł się tu nieźle. Zajmował skromny bungalow, który kosztował dwa tysiące dolarów za dobę.

Lucy wiedziała, w którym domku mieszka, zresztą sprawiała wrażenie jedynej osoby z naszej trójki, która czuje się tu jak u siebie. Ja musiałem wyglądać jak nawiedzony maniak, a Pike... No cóż, Pike wyglądał tak samo jak zawsze.

Przeszliśmy przez lobby i ruszyliśmy krętą ścieżką wśród bujnej zieleni przepełnionej zapachem kwitnących nocą jaśminów. Ben mógł przebywać gdziekolwiek, ale Richard był w domu. Telefon odebrał Myers, co oznaczało, że Fallon nadal przetrzymywał chłopaka, a jego ojciec wciąż próbował go wykupić.

– Jak zamierzasz to rozegrać? – zapytał Pike.

– Chyba wiesz, jak zamierzam to rozegrać.

– W obecności Lucy?

– Nie ma wyboru – odparła.

Domki stojące przy ścieżce były tak piekielnie drogie, ponieważ zapewniały gościom prywatność. Nie tylko były oddalone od siebie, ale w dodatku skryte wśród roślinności. Czułem się jak w dżungli zaprojektowanej przez zdolnego architekta.

Najpierw zobaczyliśmy Fontenota stojącego na straży przy rozwidleniu ścieżek. Palił papierosa, nerwowo przestępując z nogi na nogę. Nawet bardzo nerwowo. Myers wyszedł z domu, zamienił z nim parę słów i poszedł dalej ścieżką. Fontenot odwrócił się i zniknął w drzwiach, z których tamten wyszedł.

– To pokój Richarda?

– Nie, tu się rozlokował Myers. Nie dostał całego domku, tylko jeden pokój. Richard mieszka naprzeciwko.

– Zaczekaj tutaj.

– Chyba całkiem ci rozum odebrało, skoro myślisz, że zostanę przed drzwiami.

– Zaczekaj. Chcę najpierw porozmawiać z Fontenotem, później pójdziemy razem do Richarda. Fontenot może coś wiedzieć, co nam ułatwi sprawę, a będzie szybciej, jeśli pójdę tam sam.

– Fontenot z pewnością nam pomoże – podchwycił Pike. – Obiecuję.

Lucy spojrzała na niego i przytaknęła ruchem głowy. Na pewno się domyśliła, o co mu chodzi. W końcu rzeczywiście nie mieliśmy czasu do stracenia.

Została na ścieżce, ukryta pod baldachimem zieleni, a Joe i ja podeszliśmy do drzwi. Nawet nie przyszło mi do głowy, żeby zapukać albo podać się za obsługę hotelową czy coś w tym rodzaju. Kopnąłem je tak mocno, że klamka wbiła się w ścianę. To były już trzecie wyważone drzwi tego dnia, ale kto by sobie zaprzątał tym głowę.

Fontenot siedział z nogami na łóżku i oglądał telewizję. Pistolet leżał na podłodze obok, lecz obaj z Pikiem dopadliśmy go, nim zdążył po niego sięgnąć. Zawahał się, ujrzawszy broń w naszych rękach. Tylko oblizał wargi.

– Widziałeś DeNice'a? – zapytałem. – Widziałeś, co z nim zrobili?

Nogi wyraźnie mu się zatrzęsły, gdy wstawał z krzesła. Miał rozbiegany wzrok człowieka, który przez cały dzień był w stanie najwyższego napięcia nerwowego, a teraz dopadł go jeszcze silniejszy stres. W pokoju unosił się zapach burbonu.

– Co jest? – warknął. – Czego chcecie?

Kopniakiem posłałem jego pistolet pod łóżko.

– Czy Richard jest w swoim pokoju?

– Nie wiem, gdzie jest Richard. Wynocha stąd. Nie macie prawa tu włazić.

Pike błyskawicznym ruchem zdzielił go lufą pistoletu po nosie. Fontenot poleciał w bok i padł na łóżko. Joe wetknął mu lufę w ucho.

– Wszystko wiemy – powiedziałem. – To Richard ich zaangażował. Wiemy, że to mnie chciał narobić smrodu, tylko sprawa wymknęła mu się z rąk. Czy nadal jest w kontakcie z tymi ludźmi? Dogadał się z nimi w końcu?

Fontenot zamknął oczy.

– Czy Ben jeszcze żyje?!

Chciał coś powiedzieć, lecz dolna warga mu tylko zadrgała. Mocniej zacisnął powieki, jakby nie chciał na nas patrzeć.

– Odrąbali Debbiemu głowę – wymamrotał.

Wrzasnąłem mu prosto w twarz:

– Czy Ben jeszcze żyje?!

– Richardowi zabrakło pieniędzy. Domagają się okupu w gotówce, a on nie jest w stanie zebrać całej sumy. Dali mu tylko parę godzin. Mamy część forsy, ale za mało. Dlatego Debbie pojechał na spotkanie z nimi i sami wiecie, jak to się skończyło. Przez cały dzień próbowaliśmy się z nimi dogadać, ale bez rezultatu.

Kątem oka dostrzegłem jakiś ruch. W otwartych drzwiach stała Lucy.

– Ile zażądali za mojego syna? – zapytała.

– Pięć milionów. Chcą pięciu milionów w gotówce, ale Richard nie jest w stanie zebrać aż tyle. Ściągał forsę przez cały dzień, ale wciąż ma za mało.

Machnął ręką w stronę szafy, ledwie powstrzymując się od płaczu.

Stała w niej duża płócienna torba podróżna, wyładowana paczkami banknotów studolarowych. A i tak było tego za mało na okup.

czas od zaginięcia: 52 godziny, 29 minut

Gdy tylko Myers otworzył drzwi, mocno pchnąłem Fontenota do środka. Richard spojrzał na nas przekrwionymi, podkrążonymi oczami. Włosy sterczały mu na wszystkie strony, jakby przez cały dzień bez przerwy przeczesywał je palcami. Oburącz ściskał telefon komórkowy niczym Pismo Święte. Nawet Myers sprawiał wrażenie przygnębionego.

– Wynocha stąd! Lee, każ im natychmiast wyjść!

Pike z hukiem postawił płócienną torbę na środku pokoju.

– Znacie to skądś?

Po wargach Myersa przemknął ledwie zauważalny uśmieszek. Pewnie poczuł ogromną ulgę.

– Rzekłbym, że mają nasze pieniądze i raczej wiedzą, co robią.

Lucy wyłoniła się zza pleców Pike'a. Oczy Richarda rozszerzyły się na jej widok, natychmiast przeciągnął palcami po włosach. Widocznie miał taki tik nerwowy.

– Nic nie wiedzą, więc lepiej trzymaj gębę na kłódkę.

Myers obejrzał się na niego.

– Oprzytomniej, Richard. Pora skończyć tę komedię, zanim sytuacja jeszcze bardziej się pogorszy. Sprawy wymknęły nam się z rąk. Na miłość boską, przejrzyj wreszcie na oczy.

Lucy stała bez ruchu z dumnie uniesioną głową, niczym statua – wyprężona jak struna, z zaciśniętymi wargami i tak ściągniętymi brwiami, że ledwie było spod nich widać oczy.

– Ty samolubny sukinsynu! Gdzie jest mój syn?

Powieki Richarda zatrzepotały jak ćmy schwytane w pułapkę. Szczęka mu opadła. Sprawiał wrażenie, jakby od wczoraj postarzał się o tysiąc lat. Nawet nie czułem do niego żalu, tylko wielką pustkę w sercu. I niepokój o życie Bena.

Richard był tak przerażony, że zapytałem Myersa:

– Co Fallon zamierza? Jak chce to rozegrać?

Chenier wrzasnął jak opętany:

– Nic nie mów!

Myers zareagował szybciej, niż można by się po nim spodziewać. Dopadł Richarda, złapał go za koszulę pod szyją i pchnął do tyłu, o mało nie przewracając na łóżko.

– Oni wiedzą o wszystkim. Weź się w garść! Już wiedzą! Lepiej przejdźmy do rzeczy. Twój syn czeka. – Puścił go, odwrócił się i popatrzył na torbę. – Mamy trzy miliony dwieście tysięcy dolarów, ale oni żądają pięciu milionów. Próbowaliśmy się z nimi dogadać, ale... Nie uwierzyli, że nie zdołamy zebrać więcej. DeNice był ich odpowiedzią. – Obszedł torbę, stanął przede mną i spojrzał mi w oczy. – Fallon wie, co robi, Cole. Przez cały dzień nękał nas telefonami, żeby jeszcze bardziej wyprowadzić z równowagi. Aż do dzisiejszego ranka w ogóle nie mieliśmy pojęcia, co kombinuje. Wszystko rozegrało się bardzo szybko, w ciągu jednego dnia. Dopiero dziś rano zażądał okupu.

– Na jakim etapie są rozmowy?

– Kazał nam do końca dnia zebrać forsę, to wszystko. Dał nam tylko jeden dzień. Richard ma do niego zadzwonić o dziewiątej. To znaczy za osiem minut. Fallon powiedział, że po tym terminie już nie będzie o czym gadać. Sami się domyślacie, co chce zrobić.

– Powinniście byli o wszystkim zawiadomić policję – rzekł Pike.

Myers zerknął na Richarda i wzruszył ramionami.

– Mieli go tylko wywieźć w ustronne miejsce na parę dni – odezwał się Chenier. – Oglądałby filmy wideo i jadł pizzę do czasu naszego przyjazdu. Tak to miało wyglądać.

Lucy zbliżyła się do niego na krok.

– Kazałeś go wykraść, kretynie! Sam zorganizowałeś porwanie własnego syna! I widocznie za mało go kochasz, żeby teraz szukać pomocy!

– Przepraszam. To nie tak miało wyglądać. Przepraszam.

Lucy wymierzyła mu policzek, a następnie huknęła go pięścią w twarz. Nawet nie drgnął, nie próbował się zasłonić. Zaczęła go więc okładać raz za razem, pojękując cicho z wysiłku, jak przy mocnych uderzeniach podczas gry w tenisa.

– Luce!

Delikatnie złapałem ją za ręce i odciągnąłem do tyłu.

Richard wymamrotał coś jak małe dziecko, krew pociekła mu z nosa. Po chwili osunął się na brzeg łóżka, spuścił głowę i zaczął nią rytmicznie kręcić.

– Nie mam pieniędzy. Nie zdążę na czas. To nie tak miało wyglądać. Nie tak.

– Zostały tylko cztery minuty – powiedział Myers.

Fontenot też pokręcił głową.

– Jeśli tak bardzo zależy im na forsie, to zaczekają. Poprośmy, żeby dali nam jeszcze godzinę, bo pieniądze są już w drodze. Na pewno się zgodzą.

– Nie zgodzą się – odparł cicho Pike. – Fallon bez przerwy naciska, bo tylko w ten sposób może zachować panowanie nad sytuacją. Skoro przez cały dzień wyprowadzał was z równowagi, teraz na pewno nie zostawi czasu do namysłu. Zależy mu na forsie, ale tak samo zależy mu na wyjściu z tego cało, a to oznacza, że nie zgodzi się na żadną zwłokę. Dokładnie zaplanował całą akcję i nie zaakceptuje odstępstw od tego planu. Spełni swoje groźby i zniknie bez śladu.

– Jezu... – syknął Fontenot. – Zabrzmiało to tak, jakbyśmy brali udział w jakiejś wojnie.

Richard potarł dłońmi twarz i przeczesał włosy palcami. Powoli odzyskiwał spokój, choć nadal był bardzo zdenerwowany.

– Sam nie wiem, co robić. Nie mam dość pieniędzy.

Spojrzałem na Myersa.

– Jak macie przekazać okup, gdy będziecie dysponowali całą sumą?

– Powie nam przez telefon, gdzie się spotkamy. Chce po prostu wymienić Bena na forsę.

Spojrzałem na płócienną torbę. Była bardzo duża, bo trzy miliony dolarów w gotówce zajmują sporo miejsca. Ale na pięć milionów potrzebne byłyby dwie takie torby.

Podszedłem do łóżka i usiadłem obok Richarda. Spojrzał mi w oczy, ale zaraz odwrócił głowę.

– Czy ty go naprawdę kochasz? – zapytałem.

Przytaknął.

– Ja też go kocham.

Zamrugał szybko i znów spojrzał na mnie smutnym wzrokiem. Po chwili odparł chrapliwym głosem:

– Nawet nie wiesz, jak bardzo cię nienawidzę.

– Domyślam się, ale na razie musimy razem ratować Bena.

– Nie słyszałeś? Już im zaproponowałem trzy miliony, ale się nie zgodzili. Żądają pięciu. Powiedzieli, że wezmą pięć milionów albo nic, a ja tyle nie mam. Nie jestem w stanie zdobyć tyle gotówki. Nie wiem, co im teraz powiedzieć.

Wetknąłem mu w dłoń słuchawkę hotelowego telefonu.

– Weź się w garść, Richard. Musisz kłamać. Powiedz, że masz dla nich pięć milionów i jesteś gotów wykupić za nie syna.

Popatrzył bez przekonania na słuchawkę, zaczął jednak wybierać numer.

23

czas od zaginięcia: 52 godziny, 38 minut

Richard zadzwonił punktualnie o dziewiątej i mówił przekonująco. Myers i ja przysłuchiwaliśmy się tej rozmowie przez dodatkowe aparaty. Fallon kazał Chenierowi przywieźć pieniądze na zachodni skraj lotniska w Santa Monica. Miał pojechać sam.

Obaj z Myersem pokręciliśmy głowami, lecz Richard odrzekł stanowczo, nieco roztrzęsionym głosem:

– Nic z tego. Myers przyjedzie ze mną. Będziemy we dwóch. I lepiej zabierzcie ze sobą Bena, bo jeśli go tam nie będzie, od razu zawiadomię policję. Powinienem był to zrobić dużo wcześniej.

– Czy Myers nas słucha?

– Tak, słucham, kutasie.

– Macie się stawić w zachodnim rogu terenu lotniska po stronie południowej. Dojedźcie do końca szeregu hangarów i zatrzymajcie się. Wysiądźcie z samochodu, lecz się nie oddalajcie. Czekajcie przy nim.

– Jak nie będzie chłopca, nie dostaniecie forsy – odparł Myers. – Nawet jej nie powąchacie, jeśli nie będziemy go widzieli.

– Spokojnie, chcę dostać tę forsę. Zatrzymacie się, wysiądziecie z samochodu i po pewnym czasie mnie zobaczycie. Będę dość daleko, ale na pewno mnie zobaczycie. Wtedy zadzwońcie znowu pod ten sam numer. Zrozumiano?

– Zadzwonię, jak cię zobaczę.
– Chyba wiecie, co się stanie, jak ujrzę kogoś oprócz was?
– Nietrudno się domyślić.
– No właśnie. Więc lepiej nic nie kombinujcie. Macie piętnaście minut.

Fallon przerwał połączenie.

Richard odłożył słuchawkę i popatrzył na mnie.

– Co zrobimy?
– Dokładnie to, co powiedział. My zajmiemy się resztą.

Obaj z Pikiem wybiegliśmy z domku. Wiedzieliśmy, że Fallon prawdopodobnie już jest na lotnisku i będzie z ukrycia obserwował samochód Richarda, wypatrując jednocześnie policji. Nie było czasu do stracenia. Musieliśmy się dostać na lotnisko przed Richardem, gdzieś się przyczaić i dopaść Fallona, gdy niczego nie będzie się spodziewał.

Ruszyliśmy pełnym gazem przez miasto.

Sunset Boulevard połyskiwał fioletowoniebiesko od blasku neonów, który odbijał się w masce mojej corvetty. Można było odnieść wrażenie, że mijamy samochody stojące w miejscu. Ich tylne światła zlewały się przed oczami w długie czerwone strumyki. Chyba jeszcze nigdy nie gnałem tak szybko po ulicach. Z piskiem opon skręciliśmy z Westwood w Brentwood i pojechaliśmy w stronę morza.

Lotnisko w Santa Monica, położone na północ od międzynarodowego molocha i na zachód od szosy 405, jest bardzo ładne, mimo że zabudowania wzdłuż pojedynczego pasa startowego powstały w czasach, kiedy na terenie obecnego Santa Monica rozciągały się pastwiska porośnięte bujną koniczyną. Od tamtej pory miasto się rozrosło, osaczyło lotnisko ze wszystkich stron, a ludzie mieszkający lub pracujący w jego sąsiedztwie stale narzekali na huk silników i żyli w strachu przed wielką katastrofą lotniczą. Można tu było kupić dobre hamburgery, usiąść na ławce w parku naprzeciwko wieży kontrolnej i godzinami przyglądać się startującym i lądującym samolotom. Robiliśmy to z Benem kilkakrotnie.

Wzdłuż północnego ogrodzenia lotniska stoją głównie biurowce, jest tam również Muzeum Lotnictwa. Wzdłuż południowego ciągną się stare hangary i rampy przeładunkowe. Część hangarów przebudowano i wynajęto różnym firmom i wytwórniom, część stoi pusta. Podejrzewam, że nie opłaca się nawet inwestować w ich remont.

Kiedy dotarliśmy w pobliże, zadzwoniłem z telefonu komórkowego do Myersa.

– Jesteśmy prawie na miejscu. A wy?

– Dopiero wyjechaliśmy z hotelu. Dotrzemy na lotnisko za jakieś dwanaście minut. Nie będziemy się specjalnie spieszyć.

– Ty prowadzisz?

– Tak. Richard siedzi z tyłu.

– Kiedy wjedziesz na teren, zwolnij. Jedź tak wolno, żebyśmy z Pikiem ani na chwilę nie stracili was z oczu.

– Ale nie możemy się spóźnić, Cole.

– Na pewno namierzą was przy wjeździe na lotnisko, a więc będą wiedzieli, że już jesteście. Czas nie odgrywa większej roli. Spróbuj udawać, że po skręcie z zatłoczonej ulicy czujesz się trochę zdezorientowany na tak rozległym otwartym terenie.

– Cholera, niczego nie będę udawał. Już jestem zdezorientowany.

Skwitowałem to uśmiechem.

– Zadzwonię jeszcze raz, jak tu dojedziecie.

Podczas przejazdu przez całe Bundy prawie nie zdejmowałem dłoni z klaksonu, a na czerwonych światłach tylko zwalniałem, wcale się nie zatrzymując, a mimo to tylko dwa razy dostrzegłem w przodzie dżipa Pike'a. Wjeżdżałem na krawężniki, żeby z prawej strony ominąć zawalidrogi, przeciskałem się tuż przy nich i zaraz za skrzyżowaniem na pustej jezdni wciskałem gaz do dechy. Na Olympic Boulevard przewróciłem kosz na śmieci, a skręcając pod estakadę wjazdu na autostradę, zawadziłem o znak drogowy i stłukłem prawy reflektor.

Z dymem idącym spod opon ponownie skręciłem w stronę morza i sięgnąłem po telefon.

– Myers?
– Tak, słyszę cię.
– Dwie minuty!

Dwie przecznice na północ od lotniska pognaliśmy wzdłuż szeregu biur podróży i prywatnych hangarów. W oddali widać już było wieżę kontrolną, ciemną o tej porze. Tylko na jej szczycie rytmicznie migały białe i zielone światła.

Pike zatrzymał się w zatoczce na wysokości końca pasa startowego, ja jednak pojechałem dalej. Za ciągiem biurowców znajdowało się boisko piłkarskie, a dalej osiedle domków jednorodzinnych. Zostawiłem wóz u wylotu osiedlowej uliczki i pobiegłem wzdłuż starych hangarów otaczających lotnisko od południa niczym sznur gigantycznych cieni.

Fallon zapewne rozstawił swoich ludzi, jednego gdzieś na dachach hangarów, drugiego przy wąskiej alejce dojazdowej, którą miał nadjechać Richard. Stało przy niej kilka samochodów, lecz z daleka nikogo w nich nie zauważyłem, a nie miałem czasu, żeby kolejno do nich zaglądać. Z dachu także nikt nie obserwował alejki.

Dotarłem do ostatniego hangaru i ostrożnie wyjrzałem zza rogu. Na bocznym pasie stało kilka awionetek, za nimi były zaparkowane cysterny. Dalej ciągnęło się tylko szczere pole.

Wyjąłem telefon i szepnąłem do mikrofonu:

– Myers?
– Jesteśmy przy wschodniej bramie.
– Nie widzę was.
– Nic mnie to nie obchodzi. Ważne, czy widzisz ich.
– Na razie nie. Jedź powoli. Rozglądam się dalej.

Pike skradał się w tę stronę od północy. Jego też nie widziałem, ale nawet nie próbowałem dojrzeć. Gdybym go ujrzał, oznaczałoby to, że tamci również mogą go zobaczyć, a to byłoby fatalne. Między hangarami stała przyczepa mieszkalna przekształcona w tymczasowe biuro. Przecisnąłem się między nią a ścianą, żeby mieć szersze pole widzenia. Jeszcze raz rozejrzałem się po dachach hangarów, mrocznych zakamarkach między nimi i wśród samobieżnych cystern, ale nigdzie nie dostrzegłem nawet najdrobniejszego poruszenia. Zamieniłem się w słuch. Dokoła panowała cisza. Wypatrywałem jakiegokolwiek cienia, który wydałby się podejrzany, lecz wszystko tu wyglądało normalnie. Z tej strony nie stały żadne samochody osobowe. Wrota hangarów były zamknięte. Fallon musiał zatem czekać gdzieś dalej, jeśli w ogóle tu był.

Znów połączyłem się i szepnąłem:

– Nikogo nie widzę, Myers.

– Na pewno nie wychylą nosa, dopóki nie podjedziemy, ale w końcu będą musieli się ujawnić. Na pewno ich zobaczycie.

Powiedziałem mu, gdzie się ukryłem.

– W porządku. Już widzę tę alejkę dojazdową. Skręcam.

Na końcu hangarów przesunęły się snopy świateł z reflektorów, zza rogu wyłoniła się limuzyna i skręciła w tę stronę. Była pięćdziesiąt, najwyżej sześćdziesiąt metrów ode mnie.

Zatrzymała się.

– Jestem przed wami.

– Zrozumiałem. Wysiadamy. Będę musiał teraz znów do niego zadzwonić.

– Nie spiesz się. Powoli.

Nie wyłączył silnika i nie zgasił świateł. Zza przyczepy widziałem całą długość bocznego pasa dojazdowego i dużą część alejki technicznej biegnącej wzdłuż południowego ogrodzenia lotniska. Wszędzie panował spokój.

– Wysiadamy. Podłączyłem do aparatu słuchawkę, żebyśmy przez cały czas byli w kontakcie. Jak tylko coś zobaczysz, alarmuj, do cholery.

Otworzyły się drzwi limuzyny. Myers wysiadł, stanął przy nich i rozejrzał się dookoła.

Spojrzałem wzdłuż alejki technicznej i znowu zapatrzyłem się na linię dachów, wypatrując choćby czubka głowy czy łokcia przyczajonego tam człowieka, ale niczego nie zauważyłem. Skoncentrowałem się więc na cieniach zalegających pod hangarami, ale tam również nic nie dostrzegłem.

Nagle trzecia cysterna od końca mrugnęła światłami.

Podniosłem telefon.

– Myers.

– Widziałem – odpowiedział półgłosem. – Richard właśnie dzwoni.

Wytężyłem wzrok, usiłując dojrzeć człowieka w kabinie cysterny, ale stała za daleko, do tego w głębokim cieniu. Wyciągnąłem pistolet i wymierzyłem w maskę ciężarówki. Byłem gotów odrzucić telefon, jak tylko zobaczę Bena. Musiałem oburącz chwycić kolbę, żeby dokładnie wycelować.

– Powiedz mu, żeby wysiadł z Benem. Zmuś go, żeby pokazał chłopca.

Pike powinien już się zbliżyć do cysterny z przeciwnej strony. Miał bliżej niż ja i musiał ją lepiej widzieć. Poza tym był lepszym strzelcem.

W słuchawce rozległ się szept Myersa:

– Richard wciąż z nim rozmawia. Fallon kazał mu wysiąść i pokazać pieniądze. Chce zobaczyć torby.

– Nie róbcie tego. Najpierw niech on pokaże Bena.

– Richard się boi.

– Myers, każcie mu pokazać Bena. Muszę widzieć chłopca.

– Ben jest właśnie przy telefonie.

– To nie wystarczy. Przekonajcie go, że musicie zobaczyć dzieciaka.

– Nie spuszczaj z oka tej pieprzonej cysterny. Richard wysiada z forsą.

Otworzyły się tylne drzwi limuzyny i Myers pomógł Chenierowi wytaszczyć dwie torby. Ustawili się na wprost cysterny. Trzy miliony dolarów w gotówce sporo waży, pięć milionów musiałoby ważyć jeszcze więcej.

– No, wyłaź wreszcie, skurwysynu – doleciał mnie szept Myersa.

Cysterna po raz drugi mignęła światłami. Wszyscy czekaliśmy w napięciu, zapatrzeni w nią.

Kilka metrów za plecami Richarda i Myersa coś się poruszyło za stertą beczek po oleju zrzuconych w kącie pod ścianą hangaru. Dostrzegłem ten ruch w tej samej chwili, kiedy Myers zaczął się odwracać. Z zaułka wyskoczyli Schilling i Mazi z bronią gotową do strzału. Nie mogłem zrozumieć, jak to się stało. Przecież kilka razy spoglądałem na te beczki i niczego nie spostrzegłem.

– Myers! – krzyknąłem.

Zaczęli strzelać równocześnie. Z oddali wyglądało to tak, jakby na końcach ich dłoni rozbłyskały miniaturowe słońca, oblewając ich twarze czerwonawą poświatą. Myers zwalił się na ziemię. Wciąż mierzyli do niego, dopóki nie podeszli do toreb wyładowanych pieniędzmi. Dopiero wtedy strzelili do Richarda, który poleciał do tyłu i przez otwarte drzwi wpadł do limuzyny.

Oddałem dwa szybkie strzały, po czym odwróciłem się w kierunku cysterny i z wrzaskiem ruszyłem przed siebie. Spodziewałem się, że lada chwila ożyje silnik wozu albo zza maski padną strzały w moją stronę, ale nic takiego się nie wydarzyło. Pognałem, ile sił w nogach, wykrzykując imię Bena.

Za moimi plecami Schilling i Mazi wrzucili torby z pieniędzmi na tylne siedzenie i wskoczyli do auta.

Na alejce po drugiej stronie szeregu cystern pojawił się Pike, który strzelał do odjeżdżającej limuzyny. Jakimś sposobem zakładaliśmy, że porywacze przybędą tu i odjadą swoim samochodem, tymczasem uciekali wozem Cheniera. Dokładnie tak, jak to sobie zaplanowali.

Nadal biegłem nisko pochylony w kierunku cysterny, chociaż już wiedziałem, że nikogo w niej nie ma i nie było od początku. Fallon zdalnie migał jej światłami. Był gdzie indziej i miał ze sobą Bena.

Kiedy zawróciłem, limuzyny już nie było przed hangarem.

Pike

Przechytrzyli nas – przemknęło Pike'owi przez głowę. Są tak dobrzy, że nas przechytrzyli.

Ibo i Schilling wyłonili się zza sterty beczek, niemalże jakby wyszli spod ziemi. Wcześniej w ogóle nie było ich widać, a tu nagle od razu zaczęli strzelać, atakując ze skutecznością jadowitego węża. Kilka razy przyglądał się tej stercie beczek, ale niczego nie zauważył. Atak nastąpił tak niespodziewanie, że nie było nawet jak ostrzec Myersa. Wszystko rozegrało się błyskawicznie. A on w tym czasie znajdował się tak daleko, że mógł jedynie być świadkiem brutalnej egzekucji.

Pike do tej pory nie spotkał się jeszcze z tak wytrawnymi przeciwnikami.

Rzucił się biegiem w tym samym momencie, kiedy Cole krzyknął. I obaj prawie równocześnie zaczęli strzelać. On jednak wiedział z góry, że jest już za późno. Jedna kula roztrzaskała lewy reflektor limuzyny, druga odbiła się rykoszetem od jej dachu. Samochód zaczął już zawracać, gdy Elvis pognał pędem do cysterny. On nawet nie zwrócił na nią uwagi, bo od razu się domyślił, co przyjaciel zastanie w kabinie wozu.

Zwolnił jednak i zaczął się rozglądać, wypatrując najlżejszego poruszenia. Ktoś, kto zdalnie sterował światłami cysterny, niewątpliwie Fallon, musiał być gdzieś w pobliżu i obserwować całą akcję. Teraz, gdy Ibo i Schilling mieli już forsę, powinien także zacząć się wycofywać.

Nagle coś donośnie strzeliło po stronie północnej i Joe błyskawicznie obrócił się w tamtym kierunku. Nie był to odgłos wystrzału z pistoletu, ale znacznie głośniejszy huk. Zapaliły się światła jednego z zaparkowanych tam aut, chwilę później rozległ się drugi taki sam huk.

Pike dostrzegł ciemne sylwetki ludzi w samochodzie, dorosłego mężczyzny i chłopca.

Krzyknął na Cole'a, odprowadzając spojrzeniem ruszający wóz, po czym rzucił się między hangary, w kierunku swojego samochodu. Znów poczuł przeszywający ból w rannym ramieniu, jak zawsze podczas szybkiego biegu.

I uświadomił sobie, że się boi.

Mike był zupełnie inny niż Eric czy Mazi. Nie lubił żartować, nie słuchał radia, nie oglądał się za dziewczynami na San Vicente Boulevard. Jeśli w ogóle się odzywał, to wydawał polecenia. Spoglądał na niego tylko po to, żeby się upewnić, czy Ben zrozumiał rozkaz. Nic poza tym.

Wjechali na parking na terenie lotniska i stanęli z włączonym silnikiem. Mike nigdy go nie gasił, jakby się bał, że nie zapali, kiedy będzie trzeba. Po kilku minutach podniósł do oczu lornetkę i zaczął przez nią obserwować teren przed hangarami. Ben nie wiedział, co się tam dzieje, bo stali za daleko.

Karabin stał lufą na podłodze, oparty kolbą o kolano Mike'a. Nie była to typowa dwudziestka marki Ithaca, jaką dostał od dziadka pod choinkę. Miała bardzo krótką lufę i czarną obudowę zamka, zauważył jednak niewielki przełącznik u nasady osłony spustu, więc bezpiecznik miała w tym samym miejscu co jego strzelba. I była zabezpieczona. Ben był gotów się założyć, że podobnie jak w pistolecie Erica jeden nabój tkwi w komorze, żeby karabin był w każdej chwili gotów do użycia.

Spojrzał na Mike'a, lecz ten był zajęty obserwowaniem terenu przez lornetkę.

Bał się go. Eric i Mazi także budzili w nim strach, ale gdyby to Eric siedział za kierownicą i patrzył przez lornetkę, Ben na pewno sięgnąłby po broń. Przecież wystarczyło odbezpieczyć karabin i nacisnąć spust, żeby padł strzał. Ale Mike był zupełnie inny niż Eric. Przypominał mu kobrę wygrzewającą się na słońcu, zwiniętą w spiralę i gotową w każdej chwili zaatakować. Tylko pozornie wyglądała na uśpioną.

Mike opuścił na chwilę lornetkę, tylko po to, żeby wyciągnąć ze skrytki w desce rozdzielczej coś, co przypominało małą krótkofalówkę, i szybko uniósł ją z powrotem do oczu. Po omacku wcisnął guzik na obudowie radia i po przeciwnej stronie pasa startowego mignęły światła jakiegoś samochodu. Później rzucił parę słów do telefonu komórkowego i przystawił aparat Benowi do ucha.

– To twój tata. Powiedz coś.

Ben gwałtownie złapał telefon.

– Tata?

Jego ojciec szlochał. Wyraźnie było słychać chlipanie i ciąganie nosem.

– Chcę wracać do domu!

Mike wyrwał mu telefon z dłoni. Ben wyciągnął po niego rękę, lecz Mike odsunął go aż do szyby. Zaczął więc okładać go pięściami i kopać, ale tamten był jak skała. Po chwili zacisnął palce na ramieniu Bena tak mocno, jakby chciał mu zmiażdżyć kości.

– Przestaniesz wreszcie? – zapytał.

Ben znów odsunął się od niego najdalej, jak tylko mógł, zmieszany i zawstydzony. I on nie zdołał powstrzymać łez.

Mike w końcu odłożył telefon i ponownie uniósł lornetkę. Jeszcze raz wcisnął guzik na obudowie krótkofalówki i znowu mignęły światła samochodu po przeciwnej stronie pasa.

Spod hangarów doleciały nagle stłumione wystrzały. Mike wyprostował się szybko i pochylił nad kierownicą, w takim napięciu obserwując przez lornetkę, co się tam dzieje, że Ben pomyślał: Teraz!

Rzucił się przez fotel. Wymacał osłonę spustu, zanim Mike zdążył złapać go za rękę. Było jednak za późno. Huk wystrzału przypominał eksplozję bomby. Karabin podskoczył i huknął kolbą o kierownicę. Ben bez namysłu pociągnął drugi raz za spust. Padł drugi strzał i w podłodze auta kula wybiła drugą dziurę.

Mike oderwał jego dłoń od karabinu z taką łatwością, jakby rozdzierał kartkę papieru, i pchnął go z powrotem w głąb fotela. Ben natychmiast zasłonił głowę rękami, pewien, że Mike go zaraz zabije, ale tamten tylko odłożył karabin na miejsce, wrzucił wsteczny bieg i spokojnie zaczął wycofywać wóz z parkingu.

Kiedy już wyjechali na ulicę, spojrzał na niego i mruknął:

– Kawał twardziela z ciebie.

Szkoda, że nie trafiłem, pomyślał Ben.

24

czas od zaginięcia: 53 godziny, 32 minuty

Samochód Fallona wyjechał z północnego parkingu i ruszył do bramy, nabierając prędkości. Musiał przejechać wzdłuż boiska piłkarskiego, Muzeum Lotnictwa i ciągu biurowców, żeby skręcić w Ocean Boulevard. Dopiero wtedy miał szansę zniknąć im z oczu.

Ręce mi się tak trzęsły, że ledwie trafiłem w klawisz automatycznego wybierania numeru Pike'a.

– No, dalej, Joe... Odezwij się...

Wóz Fallona wydostał się na ulicę na wysokości boiska, skręcił i zaczął przyspieszać. Było to białe coupé średniej wielkości, chyba dwudrzwiowe. Bez wątpienia udawał się na spotkanie z Ibo i Schillingiem. Wielka czarna limuzyna za bardzo rzucała się w oczy, zwłaszcza teraz, ze stłuczonym reflektorem. Na pewno musieli ją szybko porzucić.

Pike odebrał niespodziewanie.

– Biegnę do auta.

– Jadą na wschód, są na końcu boiska piłkarskiego. To białe dwudrzwiowe coupé. Teraz jest przed muzeum. Zaraz skręci w Ocean Boulevard i stracę go z oczu.

Przerwałem połączenie i ruszyłem biegiem do samochodu. Gnałem wzdłuż hangarów ile sił w nogach, z telefonem w jednym ręku i pistoletem w drugim. Pike musiał pobiec na północ, w stronę Ocean Boulevard, dopiero gdzieś dalej skręcić na wschód. Nie miałem pewności, czy zauważył samochód Fallona wyjeżdżający z terenu lotniska.

Przez ulicę przechodziła starsza kobieta z małym rudym pieskiem na smyczy. Kiedy mnie ujrzała pędzącego wprost na nią z pistoletem w dłoni, wcale nie uskoczyła mi z drogi i nie rzuciła się do ucieczki, tylko zaczęła podskakiwać w miejscu i wołać: „Aj! Aj! Aj!", a jej piesek zakręcił się w kółko. Przemknęło mi przez myśl, że jeśli spróbuje mnie zatrzymać, z pewnością zastrzelę na miejscu i ją, i tego kundla. Dopiero po chwili oprzytomniałem. Nie byłem już sobą. Przestraszyłem kobietę, która zwyczajnie wyszła z pieskiem na spacer, i odruchowo uznałem ją za swego wroga. Nigdy dotąd nie reagowałem w ten sposób. Musiałem przekroczyć granicę szaleństwa.

Wskoczyłem do auta i ruszyłem od krawężnika z takim impetem, że aż mnie zarzuciło. Wskazówka obrotomierza znalazła się na czerwonym polu.

– Joe?!

– Jadę Ocean Boulevard na wschód.

– A on?!

– Przestań się tak wydzierać. Widzę go przed sobą... Zaczekaj, skręca na południe w Centinela Street. Mam go jak na dłoni. Jest sześć wozów przede mną.

Wylot Centinela Street zostawiłem już za sobą. Pociągnąłem dźwignię ręcznego hamulca i jednocześnie zakręciłem kierownicą, wprowadzając wóz w poślizg. Z dymem idącym spod kół obróciłem go o sto osiemdziesiąt stopni. Dokoła rozległy się klaksony, lecz prawie ich nie słyszałem.

Znów podniosłem telefon i wykrzyczałem do mikrofonu:

– Myers nie żyje! Do Richarda też strzelali! Widziałem, jak poleciał do tyłu i wpadł przez tylne drzwi limuzyny do środka! Nie wiem, czy jeszcze żyje!

– Uspokój się. Nadal jedziemy bez pośpiechu na południe. Fallon nie ma pojęcia, że siedzę mu na ogonie.

To było do przewidzenia, że będzie jechał dość wolno, żeby przypadkiem nie zatrzymał go policyjny patrol, ale mnie zależało tylko na tym, by go dopaść. Z prędkością stu czterdziestu kilometrów na godzinę przemknąłem boczną uliczką, skręciłem w równoległą do Centinela Street i jeszcze przyspieszyłem do stu sześćdziesięciu.

– Gdzie on jest? Jaką przecznicę teraz mija?

Wysoko podskakiwałem na wybojach, ale nie zważałem na to. Pike zaczął odczytywać na głos nazwy mijanych przecznic. Wyczekałem, aż będę przecinał te same ulice, jadąc równolegle do nich, i dopiero wtedy nacisnąłem hamulec. Znów zakręciłem w poślizgu, a wychodząc z niego, zawadziłem o krawężnik. Musiałem urwać tłumik, bo silnik mojego auta zaczął nagle dudnić, a z tyłu pojawiły się kłęby spalin.

– Zaczyna przyspieszać – rzekł Pike.

Byłem już blisko Centinela Street, trzy przecznice od niej, potem dwie. Zdążyłem zgasić światła i dojechać do krawężnika, gdy ujrzałem wóz Fallona przecinający skrzyżowanie, zmierzający w kierunku autostrady. Ben siedział na prawym przednim fotelu i wyglądał przez okno.

– To on! Widzę go, Joe!

– Zostań na razie z tyłu. Poczekaj, aż skręcę za nim.

Już się nie bałem, że Fallon nam ucieknie. Nie miał na to szans. Niemniej doskonale zaplanował całą akcję. Nie wątpiłem, że na pewnym etapie przesiądą się do innego auta, później pozbędą się Bena, jak również Richarda, jeśli ten jeszcze żył. Porwania z reguły kończą się w ten sposób.

– Teraz zwalnia – zakomunikował Pike.

Białe coupé przejechało pod estakadą i skręciło z ulicy.

Pike nie pojechał za nim. Tak samo zgasił światła i tuż za rogiem zatrzymał się przy krawężniku. Obaj czekaliśmy cierpliwie. Dopiero po pewnym czasie dżip powoli podtoczył się dalej i skręcił w tę samą uliczkę. Ruszyłem za nim. Minęliśmy skład materiałów budowlanych i klinikę dla zwierząt, dalej zaczynało się osiedle małych domków jednorodzinnych. Z gabinetu weterynarza doleciało żałosne skamlenie cierpiącego psa.

Pike wjechał na parking, zatrzymał wóz i wysiadł. Poszedłem w jego ślady. Nie zamykałem drzwi auta, tylko je po cichu przymknąłem. Joe ruchem głowy wskazał domek po drugiej stronie ulicy, przed którym stała tablica z napisem „Na sprzedaż", i mruknął:

– To tutaj.

Limuzyna nie zmieściła się na tylnym podwórku, jej bagażnik wystawał zza rogu, a białe coupé stało na samym końcu podjazdu. Przed frontowym wejściem stał jeszcze duży granatowy sedan. Prawdopodobnie zamierzali nim uciekać dalej. W domu dopiero zapalały się światła. Fallon i Ben byli w środku najwyżej od dwóch minut, Ibo i Schilling niewiele dłużej. Ciekaw byłem, czy zostawili w limuzynie martwego Richarda. A może dobili go po drodze? Z kliniki dla zwierząt znów doleciało skamlenie psa.

Ruszyłem przez ulicę, ale Pike złapał mnie za rękę.

– Masz jakiś plan działania czy chcesz po prostu wyważyć drzwi i wejść do środka?

– Dobrze wiesz, co planują. Nie mamy czasu.

Popatrzył mi głęboko w oczy. Nadal był spokojny jak toń oczka wodnego w głębi starego lasu, wyczuwałem jednak, że w koronach drzew zaczyna już szaleć nawałnica z piorunami.

Odsunąłem się od niego, ale mnie nie puścił. Złapał mnie za kark i pochylił się w moją stronę.

– Tylko nie daj się zabić na moich oczach.

– Tam jest Ben.

Nadal nie puszczał.

– Na lotnisku schowali się tuż pod naszym nosem i żaden z nas ich nie zauważył. Przechytrzyli nas. Wiesz, jak to się skończy, jeśli znów nas przechytrzą.

Wziąłem głęboki oddech. Pike miał rację. Niemal zawsze miał rację. Za oknem domu przesunął się cień. Cierpiący pies zaskowyczał jeszcze głośniej.

– Pilnuj okien od tyłu – powiedziałem. – Ja zakradnę się podjazdem. Spotkamy się na tylnym podwórku. Na pewno wchodzą do domu kuchennymi drzwiami. Spieszyło im się, więc może zostawili je otwarte.

– Tylko nie szarżuj – ostrzegł Joe. – Może uda się któregoś

wyeliminować strzałem przez okno, lecz jeśli będziemy musieli wejść do środka, zrobimy to razem.

– Tak, wiem. Będę się pilnował.

– W takim razie chodźmy.

Rozdzieliliśmy się, przechodząc przez ulicę. Pike skręcił, żeby obejść dom od tyłu, ja skierowałem się prosto na podjazd. Okna były zasłonięte, lecz przez szpary między zasłonkami zdołałem zajrzeć do środka. Za dwoma pierwszymi oknami znajdował się pogrążony w ciemności salon, ale w przyległym korytarzu paliło się światło. Następne było okno pustej jadalni. Zostały mi tylko dwa ostatnie po tej stronie domu. Oba jasno oświetlone. Odsunąłem się trochę od ściany, żeby ominąć smugę padającego na zewnątrz blasku, i zza tonących w mroku krzaków oddzielających sąsiednie podwórko zajrzałem w pierwsze z okien. Mazi Ibo i Eric Schilling byli w kuchni. Ibo po chwili dokądś wyszedł, natomiast Schilling ruszył w stronę kuchennych drzwi. Niósł przewieszone przez ramiona dwa duże płócienne worki żeglarskie.

Stare przysłowie mówi, że nawet najlepszy plan bitwy staje się bezwartościowy w chwili pierwszego kontaktu z wrogiem.

Schilling zatrzymał się przy limuzynie, żeby oswoić wzrok z półmrokiem na dworze. Był nie więcej niż sześć metrów ode mnie. Zastygłem w bezruchu. Nie miałem odwagi choćby mrugnąć powieką. Wstrzymałem nawet oddech i tylko serce waliło mi jak młotem.

Zrobił krok do przodu i znowu przystanął, jakby wyczuł moją obecność. Przekrzywił głowę na ramię, nadstawiając ucha. Po drugiej stronie ulicy zaskomlał pies.

Schilling poprawił sobie worki na ramionach, minął białe coupé stojące na podjeździe i ruszył w kierunku frontowego podwórka, zapewne niosąc pieniądze do granatowego sedana. Wyłoniłem się zza krzaków na palcach i błyskawicznie nabrałem prędkości. Usłyszał mnie, gdy był mniej więcej w połowie drogi. Natychmiast przykucnął i odwrócił się błyskawicznie, ale było za późno. Z całej siły zdzieliłem go między oczy kolbą pistoletu, po czym złapałem za kark, żeby nie narobił hałasu, waląc się na ziemię, i przyłożyłem jeszcze dwa razy.

Opuściłem go powoli, wymacałem mu pod koszulą pistolet i wetknąłem go sobie za pasek spodni. Ruszyłem w pośpiechu do tylnego wyjścia. Drzwi były otwarte, w kuchni nikogo. Z głębi domu nie dolatywały żadne hałasy i ta cisza wydała mi się przerażająca. Ibo i Fallon mogli pojawić się w każdej chwili z kolejnymi workami wyładowanymi gotówką, ale cisza napawała mnie strachem z całkiem innego powodu. Bałem się, że najgorsze już się stało, że zrealizowali kolejny punkt swego planu. W końcu prawie wszystkie porwania dla ofiar kończą się tak samo.

Powinienem był zaczekać na Pike'a, ale pod wpływem lęku wszedłem do kuchni i ruszyłem w kierunku korytarza. W głowie mi szumiało, a serce waliło jak oszalałe. Pewnie dlatego usłyszałem za sobą kroki Fallona, kiedy było już za późno.

Ben

Mike skręcił w wąski podjazd biegnący wzdłuż niewielkiego, pogrążonego w ciemności domu.

– Gdzie jesteśmy? – zapytał Ben.

– Na końcu drogi.

Mike wyciągnął go z auta od strony kierowcy i popchnął do wejścia. Eric czekał na nich w obskurnej, pokrytej zaciekami różowej kuchni z wielką dziurą w ścianie po wymontowanej lodówce. Na środku podłogi stały dwa wypchane worki marynarskie z zielonego płótna. W kątach zalegały kłęby zbitego kurzu wielkości kota.

– Pojawił się drobny problem. Spójrz.

– Z pieniędzmi?

– Nie, z tym tępakiem.

Przeszli za nim do małej sypialni. Ben najpierw zobaczył Maziego przekładającego paczki banknotów z torby podróżnej do kolejnego worka, a dopiero później ujrzał swojego ojca.

Richard Chenier leżał na podłodze pod ścianą i przyciskał ręce do brzucha. Całe spodnie z przodu i rękaw koszuli miał zakrwawione.

– Tato! – wykrzyknął chłopak.

Podbiegł do ojca, przez nikogo niezatrzymywany. Ale ten tylko głośno jęknął, kiedy go uściskał, toteż Ben zaczął płakać. Kiedy poczuł pod palcami świeżą lepką krew, zalał się łzami.

– Hej, spokojnie, kolego.

Ojciec uniósł dłoń, pogłaskał go po policzku i też zaczął szlochać. Ben był przerażony, że ojciec umiera.

– Strasznie mi przykro, kolego. Naprawdę. To wszystko przeze mnie.

– Wyzdrowiejesz tato, prawda? Nic ci nie będzie?

W oczach ojca było tyle smutku, że Ben zaczął chlipać jeszcze głośniej. Z trudem łapał oddech.

– Bardzo cię kocham – rzekł cicho Chenier. – Chyba o tym wiesz, prawda? Kocham się.

Benowi głos uwiązł w gardle.

Mike i Eric zaczęli coś mówić, ale ich nie słyszał. Po chwili Mike kucnął przy nim, żeby obejrzeć ranę jego ojca.

– Niedobrze. Wygląda na to, że dostałeś w wątrobę. Nie chce przestać krwawić. Możesz swobodnie oddychać?

Ojciec wycedził przez zęby:

– Ty łajdaku, zdradziecki sukinsynu.

– Aha, możesz oddychać.

Eric także podszedł i stanął obok Mike'a.

– Wpadł z powrotem do samochodu. Co mieliśmy robić? Musieliśmy jak najszybciej się stamtąd wynosić, z tym kretynem na tylnym siedzeniu.

Mike wstał i popatrzył na stertę pieniędzy.

– Nie ma się czym martwić. Robimy dalej swoje. Przepakujcie forsę i załadujcie ją do samochodu. Na razie wszystko idzie zgodnie z planem. Zajmiemy się nim tuż przed wyjazdem.

– Ktoś jeszcze był na lotnisku.

– Nie ma o czym mówić. To był Cole. Do tej pory tam jest, kręci się wokół własnego ogona.

Mike i Eric wyszli, zostawiając Maziego zajętego przepakowywaniem pieniędzy.

Ben przysunął się bliżej ojca i szepnął:

– Elvis nas uratuje.

Chenier uniósł się na łokciu i usiadł pod ścianą, krzywiąc się z bólu. Mazi tylko zerknął w jego kierunku i wrócił do swojej roboty.

Ojciec popatrzył na ręce zalane krwią, jakby to był keczup, a po chwili uniósł wzrok i spojrzał synowi w oczy.

– To moja wina. Wszystko, co się wydarzyło, twój kontakt z tymi zwierzętami, całe porwanie, to moja wina. Jestem największym durniem na świecie.

Ben nie rozumiał, o co mu chodzi. Nie miał pojęcia, dlaczego ojciec wygaduje takie rzeczy. Ale ogarnął go jeszcze większy strach i znów zaczął szlochać.

– Wcale nie. Nie jesteś durniem.

Ojciec znów musnął palcami jego policzek.

– Tak bardzo chciałem cię odzyskać.

– Nie umieraj.

– Może nigdy tego nie zrozumiesz i na zawsze pozostanie to dla ciebie zagadką, ale chcę, żebyś pamiętał, że bardzo cię kocham.

– Nie umieraj!

– Nie umieram. I ty też nie umrzesz.

Ojciec zerknął na Maziego i popatrzył Benowi w oczy. Poczochrał mu włosy, po czym przyciągnął go do siebie i pocałował w policzek.

A następnie szepnął na ucho:

– Kocham cię, synu. Ale teraz musisz uciekać. Biegnij co sił i nie zatrzymuj się.

Smutek w głosie ojca był przerażający. Ben zarzucił mu ręce na szyję i przytulił się mocno.

Usłyszał jego chrapliwy oddech, a potem szept:

– Wybacz mi.

Ojciec pocałował go jeszcze raz, gdy nagle w drugim pokoju rozległ się głośny huk. Mazi skoczył na równe nogi, wciąż trzymając w rękach paczki banknotów, lecz w tej samej chwili Mike wepchnął do pokoju Cole'a. Elvis opadł na jedno kolano i przewrócił oczami. Miał zakrwawioną głowę. Mike przystawił mu lufę karabinu do karku, spojrzał na Maziego i rzekł:

– Weź go do łazienki i zrób użytek ze swojego noża. Strzał mógłby przyciągnąć czyjąś uwagę. A potem zajmiesz się nimi.

Nie wiadomo skąd w ręku Afrykanina pojawił się długi wąski nóż o ostrzu mieniącym się barwami tęczy, jak plama oleju na wodzie.

Ojciec Bena powtórzył, ale tym razem głośno i wyraźnie:

– Uciekaj!

Niespodziewanie poderwał się z podłogi i rzucił w kierunku Maziego z furią, jakiej Ben jeszcze nigdy u ojca nie widział. Złapał Ibo za kark i razem z nim poleciał z impetem w kierunku Elvisa i Mike'a. W tej samej chwili huknął strzał, który rozniósł się echem po całym domu.

Ben rzucił się do ucieczki.

Pike

Pike skradał się bezgłośnie przez krzaki rosnące wzdłuż budynku. Najpierw zajrzał w okno pustej i ciemnej sypialni, skąd przez otwarte drzwi wpadało światło z głębi domu. Doleciały go stamtąd stłumione męskie głosy, ale nie był w stanie rozpoznać, kto i co mówił.

W korytarzu przed sypialnią na krótko pojawił się Schilling, który z dwoma płóciennymi workami marynarskimi skierował się do kuchennych drzwi. Gdy tylko zniknął mu z oczu, Joe wyciągnął swój pistolet.

W następnych dwóch oknach paliły się światła. Podkradł się nieco bliżej, ale musiał szerokim łukiem obejść smugę blasku padającego na ziemię. Dostrzegł w pokoju Ibo oraz Richarda z Benem, ale nie było Fallona i Schillinga. Zdziwił się trochę, że Chenier i chłopak jeszcze żyją, pomyślał jednak, że Fallon chce ich użyć jako zakładników. W idealnej sytuacji powinni być razem w jednym pokoju. Wtedy zastrzeliłby wszystkich przez okno i byłoby po kłopocie. Gdyby teraz zabił tylko Afrykanina, wobec pozostałych dwóch utraciłby wszelką przewagę wynikającą z zaskoczenia.

Wiedział, że Cole jest prawdopodobnie po drugiej stronie domu, dlatego postanowił zaczekać. Schilling i Fallon w każdej chwili mogli się pojawić z powrotem w pokoju, umożliwiając mu zakończenie całej sprawy. Wolał, żeby Cole nie musiał się z nimi mierzyć, na pewno nie w takim stanie, w jakim się teraz znajdował, poza tym byłoby to bezpieczniejsze dla Bena i Richarda. Oparł się ramieniem o pień akacji, żeby lepiej wycelować, i czekał spokojnie.

Nagle ujrzał, jak Fallon wpycha Cole'a do pokoju. Nie było czasu do stracenia. W paru susach przemknął na tylne podwórko i zaczął się skradać do drzwi kuchennych.

25

czas od zaginięcia: 54 godziny, 12 minut

Pokryta zaciekami kuchnia zafalowała mi przed oczami, a pod czaszką zahuczało, gdy Fallon trafił mnie w głowę. Próbowałem utrzymać się na nogach, ale świat zakołysał się gwałtownie i runąłem na podłogę. Usiłowałem szybko wstać, lecz moje ręce i nogi poruszały się jak w morzu oleistej cieczy.

Ben!

Jakiś odległy głos rzucił stanowczo:

– Wstawaj, dupku!

Kuchnia zafalowała i znów padłem. Przypomniałem sobie, że trzymam w ręku pistolet, ale gdy popatrzyłem w dół, już go tam nie było. Podniosłem głowę i spojrzałem przed siebie. Nie leżał nigdzie na podłodze. Nade mną zamajaczyła rozmazana czarna wieża, dwa mroczne cienie kuliły się w kącie pod ścianą. Poleciałem do przodu, ale tym razem zdołałem się oprzeć na ręce, powolutku odzyskując ostrość widzenia. Chyba nawet uśmiechnąłem się z tego powodu, ale może mi się tylko tak wydawało.

– Odnalazłem cię.

Tak, trzy metry przede mną znajdował się Ben.

Z tyłu Fallon rzucił dwa pistolety na stertę pieniędzy i rzekł do Ibo:

– Miał broń Erica. Muszę zobaczyć, co tam się stało.

Ibo obrzucił mnie wściekłym spojrzeniem.

– Zabił Erica?

– Nie wiem. Weź go do łazienki i zrób użytek ze swojego noża. Strzał mógłby przyciągnąć czyjąś uwagę. A potem zajmiesz się nimi.

Afrykanin wyjął długi nóż o lekko zakrzywionym ostrzu, a w mojej głowie nagle zaczęły się przekrzykiwać różne głosy. Roy Abbott wrzeszczał, żeby go wyciągnąć. Crom Johnson wołał, by się nie zatrzymywać. Przyzywała mnie moja matka. Ale dla mnie liczył się tylko Ben. Pragnąłem sprowadzić go do domu, nawet gdybym miał zginąć.

Kiedy Ibo ruszył w moim kierunku, Chenier spojrzał mi w oczy takim wzrokiem, jakby widział mnie po raz pierwszy i ostatni w życiu, po czym zerwał się z podłogi. Nie był specjalnie szybki ani sprawny, ale rzucił się na porywaczy z pełną determinacją ojca pragnącego ratować swoje dziecko. Karabin huknął tuż nad moim uchem. Richard natarł na Afrykanina ramieniem, zanim pierwsza kula trafiła go w bok. Pchnął Ibo na mnie i na Fallona, gdy drugi strzał trafił go w udo. Rzuciłem się desperacko na lufę strzelby, widząc, że czarny olbrzym zamierza się nożem w Richarda. Trzeci strzał poszedł w sufit. W tym samym momencie Ben zerwał się do biegu.

Wyciągnąłem rękę, lecz Fallon odepchnął ją bez trudu i kolbą karabinu wymierzył mi cios w głowę. Zdążyłem ją jednak złapać i szarpnąłem do siebie, ale Fallon nie puszczał. Polecieliśmy obaj pod ścianę w oszalałym tańcu dwóch demonów zaciskających palce na karabinie. Trafiłem go łokciem w nos. Od razu zalał się krwią. Jeszcze mocniej pociągnął karabin do siebie i nagle go puścił. Straciłem równowagę i zwaliłem się do tyłu. Kątem oka dostrzegłem, że Fallon skacze po pistolet Schillinga leżący na stercie banknotów. Wszystko to trwało zaledwie ułamki sekundy. Powietrze przeszył histeryczny krzyk Bena.

Pike wyskoczył zza rogu, oburącz ściskając kolbę pistoletu, gotów do oddania strzału. Na tylnym podwórku nikogo nie było. Podkradł się do kuchennych drzwi i zajrzał do środka. Spodziewał się ujrzeć Schillinga, ale w kuchni go nie było. Nie spodobało mu się, że nie wie, gdzie on jest, musiał jednak działać szybko, zdając sobie sprawę, że w każdej chwili Fallon może zabić Cole'a.

Wbiegł do środka i zatrzymał się przed drzwiami prowadzącymi do korytarza. Coraz bardziej kurczowo zaciskał obie dłonie na kolbie pistoletu, gdyż nasilający się ból w rannym ramieniu nasuwał obawy co do jego strzeleckiej skuteczności. Deski podłogi zatrzeszczały, lecz teraz nie miało to już żadnego znaczenia. Obejrzał się na tylne wyjście, żeby sprawdzić, czy Schilling przypadkiem nie wraca, gdy nagle w głębi domu padły dwa szybkie strzały z karabinu Fallona. Huk rozniósł się echem po całym budynku.

Pike skoczył przed siebie, w paru susach pokonał korytarz i wpadł do sypialni, działając odruchowo, ponieważ myślenie tylko by spowolniło jego reakcję. Fallon i Cole mocowali się pod ścianą. Elvis nagle poleciał do tyłu, ściskając w rękach karabin. Joe natychmiast wymierzył w Fallona, zacisnął palec na spuście, gotów położyć go trupem od strzału w głowę, gdy doleciał go wrzask Ibo:

– Mam chłopaka!

Afrykanin trzymał Bena przed sobą i zasłaniał się nim jak tarczą, przyłożywszy mu nóż do gardła.

Pike natychmiast wymierzył w niego, ale nie widział dobrze celu, poza tym ręce zaczęły mu się trząść. Równocześnie Fallon zauważył go w drzwiach. Z nadludzką szybkością wycelował w niego z pistoletu. Joe odruchowo obrócił się w tamtą stronę, biorąc go na cel, ale w ostatniej chwili przemknęła mu przez głowę myśl, że tamten nie może chybić i zaraz dostanie kulę. Jednakże Fallon się zawahał, bo Cole wymierzył w niego z karabinu i wrzasnął głośno, chcąc przyciągnąć jego uwagę. Wszyscy w pokoju na mgnienie oka zastygli w bezruchu.

Schilling

Huk wystrzałów i głośne okrzyki napełniły Erica przeświadczeniem, że zaraz zginie. Wydawało mu się, że ocknął się w Afryce i wojska rządowe strzelają do śpiących rebeliantów. Odruchowo wyciągnął rękę po swój karabin, chcąc odtoczyć się z nim w zarośla, ale broni nie było tam, gdzie zawsze. Zamrugał szybko i zobaczył, że leży na podjeździe jednorodzinnego domu. Szybko przeczołgał się pod osłonę krzaków oddzielających sąsiednie podwórko.

Szlag by to trafił! – przemknęło mu przez myśl.

Zwymiotował.

Powoli odzyskiwał przytomność, chociaż w głowie mu się kręciło, jakby był pijany. Uzmysłowił sobie, że Ibo i Fallon zostali w domu, a krzyczy Cole. Wcale nie był w Afryce, tylko w Los Angeles. A w domu zostały też pieniądze.

Zaczął się rozglądać dookoła w poszukiwaniu swego pistoletu, ale nigdzie go nie dostrzegł. Do diabła! Dźwignął się z ziemi i na czworakach popełznął w kierunku drzwi.

Cole

Trzy lufy kołysały się w powietrzu niczym żmije gotowe do ataku. Kiedy wymierzyłem w Ibo, Fallon natychmiast obrócił pistolet w moim kierunku, ale zaraz znów wycelował w Pike'a, który tak samo obracał broń między Fallonem i Afrykaninem. Ten trzymał Bena wysoko, zasłaniając nim pierś i głowę. Pierwszy strzał musiał zapoczątkować istną kanonadę, wszyscy byliśmy narażeni na trafienie.

Kryjąc się za chłopcem, bezskutecznie wierzgającym nogami w powietrzu, Ibo krzyknął po raz drugi:

– Mam chłopaka!

Richard głośno jęknął.

Ben próbował się wyrwać z uścisku. Albo nie zdawał sobie sprawy z niebezpieczeństwa, albo po prostu nie zważał na to, że ma nóż przystawiony do gardła. Nie spuszczał oczu ze swego ojca.

Wycelowałem w nogi Ibo. Z obrzynka mógłbym mu je poucinać, ale to by go nie powstrzymało przed poderżnięciem chłopcu gardła. Przesunąłem się nieco, żeby mieć lepszy kąt do strzału. Afrykanin cofnął się jeszcze bardziej w róg i podniósł Bena wyżej, ostrożnie wyglądając ponad jego ramieniem.

– Zabiję go!

Pike i Fallon wciąż tak samo mierzyli do siebie, oburącz ściskając kolby pistoletów wyciągniętych daleko do przodu.

– Popatrz na jego nóż – mruknął Fallon. – Jak mnie zastrzelisz, bez wahania zarżnie dzieciaka.

– Ale ty już tego nie zobaczysz. On też.

– Joe? – odezwałem się.

– Jestem gotów.

– Zrobię to!

– Dasz radę go zdjąć, Joe?

– Jeszcze nie teraz.

Wymierzyłem w Fallona, a następnie znów w Ibo. W niewielkim pomieszczeniu panował zaduch, czuć było kwaśny odór potu. Czułem się jak w krypcie. Krzyknąłem do Afrykanina:

– Puść go! Jeśli go postawisz, wyjdziesz stąd wolny.

Fallon przesunął się bliżej sterty banknotów, a Pike zrobił krok w stronę Ibo. Stał pod ścianą, ja pod drugą. Afrykanin wciskał się w kąt pomiędzy nami. Ben szamotał się coraz mocniej. Sięgnął do kieszeni.

– Nam zależy na forsie, wam na dzieciaku – powiedział Fallon. – Możemy wszyscy mieć to, czego chcemy.

Znów wymierzyłem w niego.

– Jasne, Fallon. To dobry pomysł. Zróbmy tak. Ty i Ibo pierwsi odłóżcie broń, wtedy my odłożymy swoją.

Fallon uśmiechnął się ironicznie i obrócił pistolet w kierunku Pike'a.

– On powinien to zrobić pierwszy.

Richard próbował się dźwignąć na kolana, ale poślizgnął się w kałuży własnej krwi. Trudno było ocenić, jak długo jeszcze wytrzyma.

Ben wrzasnął histerycznie, aż ciarki przeszły mi po plecach:

– Tato!

Przesunąłem się o krok bliżej Ibo.

– Nie podchodź!

Ben znowu wierzgnął i wyszarpnął rękę z kieszeni. Kiedy ujrzałem, co trzyma w dłoni, od razu się domyśliłem, co zamierza.

Fallon z powrotem wymierzył we mnie. Z czoła pot skapywał mu na podłogę.

– On nie żartuje. Zrobi to. A wtedy i ja pociągnę za spust. Dajcie nam tę cholerną forsę, a dostaniecie z powrotem dzieciaka.

– I tak go zabijecie.

Wszystko stało się w ułamku sekundy, może nawet szybciej. Nawzajem trzymaliśmy się w szachu, a chłopiec był mimowolną ofiarą tej sytuacji.

– Ben?

Spojrzał na mnie oczyma szeroko rozwartymi ze strachu.

– Zabieram cię do domu. Słyszysz, kolego? Wracamy do domu. Joe, pilnujesz Fallona?

– Tak.

Powoli opuściłem karabin.

Fallon z powrotem wymierzył w Pike'a i zerknął na mnie. Nie był pewien, co chcę zrobić, i ta niepewność nasilała jego strach.

– Mazi!

– Zabiję go!

Obróciłem karabin lufą do góry, żeby im pokazać, że nie zamierzam strzelać, i wolno położyłem go na podłodze. Wyprostowałem się, nie spuszczając oka z Afrykanina, po czym zrobiłem kolejny krok w jego kierunku. Fallon znowu na krótko skierował pistolet we mnie i krzyknął:

– Zabijemy go, Cole! I ciebie też wykończymy, do cholery!

Zrobiłem następny krok.

Ibo wrzasnął:

– Zarżnę go!

– Tak, wiem. Obaj z Fallonem bylibyście gotowi zabijać bez namysłu. Jesteście jak zwierzęta.

Mówiłem cicho i spokojnie, jakbym rzucał luźną uwagę na temat ulubionego gatunku kawy. Byłem już na wyciągnięcie ręki od Bena. Fallona zostawiłem za sobą, więc nie widziałem, co robi. Widziałem jednak Pike'a. Uśmiechnąłem się do chłopca, chcąc dać mu do zrozumienia, że musi mi bezgranicznie zaufać, tak samo, jak ja ufam Joemu, i że wszystko będzie dobrze, ponieważ przyjechałem tu specjalnie po to, by go stąd zabrać.

– Jak tylko będziesz gotowy, kolego – powiedziałem – wracamy do domu.

Jednym słowem, dałem mu pozwolenie, jakbym rzekł: „Rób śmiało to, co ci chodzi po głowie, a ja się do ciebie dostosuję".

I Ben uniósł wysoko trzymaną w ręku Srebrną Gwiazdę, wykręcił się i z całej siły wbił medal w oko Afrykanina. Ibo wpatrywał się we mnie, toteż cios Bena całkowicie go zaskoczył. Odruchowo szarpnął głową do tyłu, a wtedy ja wkroczyłem do akcji. Błyskawicznie wsunąłem palce pod ostrze noża i szarpnięciem odciągnąłem je od gardła Bena. Jednocześnie za moimi plecami padły strzały. Ostrze wbiło mi się głęboko w rękę, ale go nie puściłem, tylko wykręciłem dłoń Ibo do tyłu, obracając czubek noża w kierunku jego gardła. Ben wyswobodził się z uścisku. Padł kolejny strzał, potem jeszcze jeden. Nie miałem pojęcia, co tam się dzieje. Nie mogłem nawet na chwilę się obejrzeć.

Kiedy Cole odłożył karabin i ruszył w stronę Ibo, Fallon zyskał nagle przewagę. Pike nie mógł strzelać, dopóki Ben był w niebezpieczeństwie. Gdyby strzelił do Fallona, Afrykanin natychmiast spełniłby swoją groźbę, a Fallon w tej samej chwili strzeliłby do niego, po czym wymierzył Elvisowi w plecy. Dlatego postanowił zaczekać, aż trafi się dogodny moment na unieszkodliwienie Murzyna. Gotów był do niego strzelić, nawet gdyby miał stracić życie z ręki Fallona. Nie wątpił bowiem, że zaraz po oddaniu strzału do niego Fallon wymierzy w Cole'a, a Elvis będzie miał przynajmniej ułamek sekundy, by sięgnąć z powrotem po karabin. Tyle że Ibo nie był głupi, zachowywał się tak, jakby czytał w jego myślach. Szczelnie zasłaniał się Benem jak tarczą, chowając głowę za jego plecami. Stanowił bardzo trudny cel. Dlatego Pike znowu wymierzył broń w Fallona.

Przyglądał się uważnie, jak najemnik zerka to w jedną, to w drugą stronę, oceniając swoje szanse. Mógł zaczekać i zobaczyć, co zrobi Cole, albo też strzelić do niego, zostawiając rozprawę z Elvisem na później. Pierwsze rozwiązanie wymagało bierności, ale stwarzało większe nadzieje na wyjście cało z opresji; drugie wiązało się z przejęciem inicjatywy i dawało perspektywę choćby częściowego odzyskania kontroli nad sytuacją. Na zakrwawionej twarzy Elvisa wyraźnie odcinały się oczy miotające dzikie błyski. To także musiało Fallonowi dać do myślenia. Rozważał zapewne, że ranny Cole będzie łatwiejszym przeciwnikiem, powinien więc najpierw unieszkodliwić Pike'a. Ale może wiedział też, że Pike ma nie w pełni sprawne ramię. W końcu służył w oddziale Delta. Musiał błyskawicznie ocenić ich najsłabsze punkty, by je wykorzystać na swoją korzyść.

Na pewno zacznie strzelać pierwszy – przemknęło Pike'owi przez myśl.

Czubek jego głowy widział tuż nad muszką pistoletu, która jednak zaczynała wyraźnie dygotać. Serce zabiło mu mocniej, poczuł krople potu spływające z czoła. Fallon mierzył teraz do niego bez przerwy, tyle że jego broń tkwiła bez ruchu w jednym miejscu. Na pewno musiał spostrzec drżenie ręki Pike'a. Joe wyczuwał, jak Fallona ogarnia poczucie triumfu. Zatem odgadł jego słabość. Ich pistolety dzieliło zaledwie kilkadziesiąt centymetrów.

W końcu broń Fallona uniosła się nieco ku górze. Najemnik doszedł do wniosku, że wygra w tym pojedynku. Szykował się do oddania strzału.

Niedźwiedź kłapnął paszczą, gotów w każdej chwili ruszyć do szarży.

Pike zerknął na Elvisa, potem na Bena. Drewniana kolba pistoletu ślizgała się w spoconej dłoni. Oddech stał się szybki i urywany. W gruncie rzeczy ta sytuacja nie miała nic wspólnego z polowaniem na niedźwiedzia. Kojarzyła się z czymś zupełnie innym.

Zakrwawiona matka z płaczem wczołgiwała się pod stół kuchenny, a ojciec nadal ją kopał. Ośmioletni Joe wciąż był bezradny w takich chwilach. Kiedy próbował się wtrącać, ojciec doganiał go szybko, pięścią rozkwaszał nos, a potem tłukł pasem bez opamiętania. To samo powtarzało się prawie każdego wieczoru.

Chodziło o obronę ukochanych najbliższych, bez względu na cenę. Nie było nic gorszego od bezczynności, nawet śmierć. Niedźwiedź mógł zaatakować, lecz mimo to trzeba było śmiało stawić mu czoło. Joe Pike był na to przygotowany.

Szykując się podświadomie na uderzenie kuli z pistoletu Fallona, jeszcze raz zerknął na Ibo, mając nadzieję zyskać okazję do czystego strzału, lecz Afrykanin wciąż tak samo szczelnie zasłaniał się Benem. Obrócił więc z powrotem wzrok i mocniej zacisnął palce na kolbie broni, chcąc powstrzymać jej drżenie.

Zabiję cię, nim umrę, pomyślał.

Nagle Ibo jęknął gardłowo. Nikt się tego nie spodziewał. Pike złowił kątem oka szybki ruch, gdy Cole złapał Murzyna za rękę i odciągnął ją do tyłu. Fallon również zerknął w tamtym kierunku i Pike zyskał niepowtarzalną okazję. Nacisnął spust w tej samej chwili, gdy z korytarza wypadł Eric Schilling. Natarł na niego od tyłu i pchnął na Fallona. Ramię Joego przeszył dotkliwy ból. Padł strzał, lecz kula tylko świsnęła najemnikowi koło ucha. Fallon znów zareagował z nieludzką szybkością. Złapał Pike'a za rękę, odsuwając od siebie jego pistolet, po czym uniósł broń, by strzelić mu w głowę. Ale Joe zrobił błyskawiczny unik i zablokował rękę przeciwnika. Odskoczyłby w bok, gdyby Schilling nie huknął go łokciem najpierw w kark, a potem w zranione ramię. Przeszył go tak wielki ból, że ledwie zdołał złapać oddech. Szybko opadł na kolana, żeby zejść z linii ciosów Schillinga, po czym sięgnął lewą ręką do tyłu, złapał go za nogi i szarpnął do siebie. Schilling zwalił się jak kłoda. Jednakże w tej samej chwili Fallon wymierzył mu cios kolbą pistoletu w twarz, a później drugi, w to samo obolałe ramię. Był bardzo szybki, ale w walce wręcz Joe nie ustępował mu zwinnością. Znowu złapał najemnika za rękę w chwili, kiedy ten naciskał spust. Huknął strzał. Zacisnął palce na jego przegubie, choć zdawał sobie sprawę, że lewą ręką nie utrzyma go długo. Dostał cios łokciem w twarz, następnie kopniaka kolanem między nogi. Ten ból był jednak do zniesienia. Dostrzegł kątem oka, że w drugim końcu pokoju Cole i Afrykanin mocują się w podobnym zwarciu, ale Ben jest już bezpieczny i klęczy przy ojcu. Dostrzegł też, że Schilling dźwignął się na kolana i sięga po pistolet leżący na stercie pieniędzy. Fallon chciał go ponownie kopnąć, lecz tym razem Pike złapał go pod kolano i szarpnął ku górze, jednocześnie podcinając drugą nogę. Najemnik poleciał do tyłu, pistolet wypadł mu z ręki i obaj runęli na podłogę. Metr dalej Schilling prostował się już i odwracał w ich stronę. Joe przetoczył się przez Fallona, uwalniając swoją rękę z jego uścisku, i natychmiast strzelił dwa razy. Obie kule trafiły Schillinga w pierś. Wrzasnął i wytrącony impetem trafienia z równowagi strzelił w ścianę. Pike ponownie nacisnął spust i trzeci pocisk oderwał Schillingowi niemal pół głowy. Przetoczył się błyskawicznie, żeby wymierzyć w Fallona, ten jednak zdołał oburącz złapać go za rękę i wykręcić w bok. Mimo to Joe nie puścił pistoletu, ale musiał sobie radzić tylko lewą, słabszą ręką przeciwko dwóm zdrowym przeciwnika. Obaj z twarzami zakrwawionymi i zlanymi potem znowu zaczęli się mocować, każdy chciał obrócić pistolet w przeciwnym kierunku. Pike odczuwał coraz dotkliwszy ból, wiedział, że wkrótce ręka mu osłabnie. Fallon postękiwał z wysiłku, jeszcze bardziej upodabniając się do dzikiego niedźwiedzia. I mimo wszelkich starań Joego lufa pistoletu powoli wykręcała się w jego stronę.

Znowu przemknęła mu przez głowę myśl, że zaraz zginie. Ale natychmiast odegnał ją od siebie. Jeśli miał zginąć, to tylko w walce.

I jeszcze nie teraz.

Powędrował wyobraźnią do najgłębszych zakamarków swojej duszy, do świata cudownej zieleni i wiecznego spokoju. Tylko w takich dzikich ostępach mógł się czuć naprawdę wolny, całkowicie bezpieczny w swojej samotności, zupełnie opanowany. I tylko w takich miejscach szybko nabierał siły.

Spojrzał prosto w zwierzęce oczy najemnika. Fallon musiał wyczuć dokonującą się w nim przemianę, bo pojawiły się w nich wyraźne błyski strachu.

Pike uśmiechnął się lekko.

Pistolet zaczął się obracać w przeciwnym kierunku.

Cole

Blizny na twarzy Ibo stały się fioletowe od wysiłku, z jakim próbował odwrócić od siebie ostrze noża. Był wysoki i mocno zbudowany, na pewno nie chciał się też rozstawać z życiem, ale przyciskałem jego rękę tak mocno, że aż pociemniało mi w oczach i zatańczyły przed nimi kolorowe plamy. Po chwili rozległ się nieprzyjemny trzask i Murzyn stęknął głośniej, gdy jego nadgarstek wygiął się pod nienaturalnym kątem. Za moimi plecami znów rozległy się strzały, miałem jednak wrażenie, że pochodzą z innego świata, nie z tego, w którym się obecnie znajdowałem.

Czubek noża dotknął skóry w zagłębieniu pod krtanią Afrykanina. Ibo szarpnął się w bok, ale ze wszystkich sił ściskałem jego wyraźnie już zwiotczałą rękę. Pchnąłem mocniej. Tylko syknął, gdy ostrze zagłębiło się w jego ciele. Pchnąłem drugi raz. Weszło głębiej. Oczy Ibo rozszerzyły się z przerażenia. Bezgłośnie otworzył i zamknął usta. Pchnąłem ponownie, aż ostrze zatrzymało się na czymś twardym. Ibo zacharczał, oczy mu zmętniały.

Puściłem go i popatrzyłem, jak wali się na podłogę. Padał sztywno, niczym kłoda drewna, i bardzo powoli, jak na zwolnionym filmie.

Odwróciłem się, nogi miałem jak z waty. Eric Schilling leżał martwy na stercie pieniędzy. Pike i Fallon mocowali się zwarci w drugim końcu pokoju. Podniosłem karabin i podszedłem do nich chwiejnym krokiem. Podetknąłem lufę najemnikowi pod nos.

– To koniec – mruknąłem.

Fallon popatrzył na mnie.

– Zgadza się, sukinsynu. To koniec.

Zajrzał w mroczną czeluść lufy i znów popatrzył na mnie. Obaj trzymali między sobą pistolet. Walczyli o niego.

Uniosłem karabin do ramienia.

– Puszczaj, Fallon. Poddaj się.

Zerknął na Pike'a, po czym skinął głową.

Pistolet wypalił, a huk wystrzału zabrzmiał tym razem w moich uszach jak uderzenie pioruna. W pierwszej chwili pomyślałem, że dostał Joe, ale to Fallon odchylił się do tyłu i oparł plecami o ścianę. Pike natychmiast odskoczył i wymierzył w niego, gotów zacząć strzelać, gdyby najemnik rzucił się jeszcze do ataku. Ten jednak tylko zamrugał szybko, spuścił głowę i popatrzył na dziurę w swojej koszulce na piersi. Wydawał się zdumiony jej widokiem, choć przecież sam do siebie strzelił. Po chwili podniósł głowę, popatrzył na nas i martwy osunął się na podłogę.

– Ben? – zawołałem.

Chciałem się odwrócić, lecz osunąłem się na kolana. Dopiero teraz poczułem przenikliwy ból w nodze. Popatrzyłem na swoją zakrwawioną rękę, która także piekielnie bolała.

– Ben?

Chłopak próbował podnieść ojca z podłogi, lecz Richard tylko pojękiwał głucho. Zatem jeszcze żył. Pike przytrzymał mnie, żebym nie runął na twarz, i podał chusteczkę do zawinięcia rozciętej ręki.

– Spróbuj zatamować krew i zajmij się Benem. Ja zadzwonię po karetkę.

Usiłowałem się podnieść, lecz było to ponad moje siły. Doczołgałem się więc do chłopca, objąłem go i przytuliłem.

– Odnalazłem cię, Ben. Odnalazłem. Zaprowadzę cię z powrotem do domu.

Trząsł się cały, jakby przemarzł. Wymamrotał coś przez łzy, czego nie zrozumiałem. Pike wrócił po chwili i kazał nam się odsunąć. Paskiem od spodni ścisnął Richardowi udo powyżej rany i z koszuli Schillinga zrobił gruby kompres na jego wciąż krwawiący postrzał w brzuch. Przez cały czas obejmowałem i tuliłem Bena do siebie, w ogóle nie mając zamiaru go puścić.

– Mam cię – powtarzałem. – Odnalazłem cię.

Zasłuchany w dźwięk zbliżającej się syreny poczułem, jak moja koszula przesiąka jego łzami.

CZĘŚĆ PIĄTA

Odnaleziony

26

Karetka zjawiła się tuż przed pierwszym radiowozem. Ben chciał jechać z ojcem do szpitala, ale sanitariusze grzecznie acz stanowczo się temu sprzeciwili. Z ulicy dolatywało już zawodzenie kolejnej syreny, nadjeżdżała policja.

– Ja tu zaczekam – zaofiarował się Pike. – Ty zajmij się chłopcem.

Ruszyliśmy z Benem przez ulicę do mojego samochodu. W klinice weterynaryjnej cierpiący pies wciąż tak samo skowyczał, aż przyszło mi na myśl, że został tam sam, zdany na łaskę losu. Mieszkańcy sąsiednich domów wychodzili na ganki, zaciekawieni przyjazdem karetki. Oto coś gwałtownie zaburzyło codzienną monotonię życia na tym spokojnym osiedlu.

Kiedy wsiadaliśmy do auta, w ulicę skręcił wóz patrolowy. Wcale nie podjechał na pełnym gazie i nie zahamował z piskiem opon, jak to pokazują w telewizji. Powoli wtoczył się na osiedle, gdyż policjanci nie wiedzieli, co tu zastaną. Ciężko klapnąłem na fotel za kierownicą.

– Zadzwonimy do twojej mamy – powiedziałem.

Kiedy tylko Lucy mnie poznała, zawołała roztrzęsionym głosem:

– Benowi nic się nie stało?! Proszę, na Boga, powiedz, że nic mu nie jest!

– Jest cały i zdrów. Ale było bardzo ciężko, Luce. Okropnie.

– Och, dzięki Bogu! Jezu, nawet nie wiesz, jaka jestem ci wdzięczna! A co z Richardem?

Ben słuchał w milczeniu, gdy pokrótce relacjonowałem jej wydarzenia, musiałem więc uważać na to, co mówię. Nie miałem pojęcia, czy wiedział już o zaangażowaniu ojca w jego porwanie, a nie chciałem, żeby dowiedział się ode mnie. Lucy i Richard powinni mu sami o tym powiedzieć albo może lepiej pozostawić tę sprawę w tajemnicy. Gdyby zażyczyła sobie, bym udawał, że nic się nie stało, też bym na to przystał. Byłem gotów nawet już nigdy nie widywać się z Benem. Co więcej, mogłem kłamać na policji i przed sądem, żeby kryć Cheniera, gdyby taka była jej wola.

Powiedziałem jej, że zabierają Richarda karetką, i zaproponowałem, iż albo odwiozę Bena do domu, albo spotkamy się w szpitalu. Odparła szybko, że spotkamy się na izbie przyjęć, i poprosiła, bym pozwolił jej porozmawiać z synem.

Podałem telefon Benowi.

– To twoja mama.

Nie odezwał się ani jednym słowem przez całą drogę do szpitala, tylko trzymał mnie za rękę. A gdy nie musiałem zmieniać biegów albo zakręcać, tuliłem go do siebie.

Dojechaliśmy na miejsce pierwsi. Usiedliśmy na ławce w poczekalni izby przyjęć, żeby zaczekać, aż lekarze opatrzą jego ojca. Przez cały czas obejmowałem go ramieniem i tuliłem do siebie.

Potem okazało się, że Richard Chenier był na sali operacyjnej przez osiemnaście godzin. To bardzo długo.

Po pewnym czasie zjawili się dwaj śledczy z Zachodniego Los Angeles w towarzystwie umundurowanego sierżanta. Zapytali dyżurną pielęgniarkę o ofiarę strzelaniny, po czym starszy z nich podszedł do nas. Nosił krótko ostrzyżone blond włosy i okulary.

– Przepraszam. To pan przyjechał z tym postrzelonym mężczyzną?

– Nie.

– A co pan ma na spodniach?

– Sos barbeque.

Poszedł dalej w głąb poczekalni.

– Dlaczego skłamałeś? – zapytał Ben.

– Twoja mama niedługo tu będzie. Nie chcę, żeby teraz policja zaczęła nas przesłuchiwać.

Chyba to zrozumiał.

Przyglądałem się gliniarzom, a gdy wrócili do stanowiska dyżurnej, pochyliłem się nad Benem. Miałem przed sobą dziesięciolatka, małego i bezbronnego chłopca, który sprawiał wrażenie zagubionego.

– Jak się czujesz?

– W porządku.

– Widziałeś dzisiaj okropne rzeczy. Byłeś świadkiem wstrząsających wydarzeń. Miałeś pełne prawo się bać. Jeśli chcesz, porozmawiamy o tym.

– Wcale się nie bałem.

– Nie? A ja tak. Naprawdę bardzo się bałem. Do tej pory czuję strach.

Spojrzał na mnie i zmarszczył brwi.

– No, może i ja się trochę bałem.

– Chcesz coca-coli albo czegoś innego?

– Tak. Sprawdźmy, czy mają Mountain Dew.

Rozglądaliśmy się za automatem do sprzedaży napojów, kiedy do środka wpadła Lucy. Szła bardzo szybko, prawie biegła. Pierwsi ją zauważyliśmy.

– Lucy! – zawołałem.

Ben rzucił się w jej kierunku.

– Mamo!

Lucy zalała się łzami. Uściskała syna tak mocno, jakby chciała mu połamać wszystkie kości, a następnie zasypała pocałunkami, rozmazując swoje łzy na jego policzkach. Ale Ben nie zwrócił na to uwagi. Każdy chłopak pragnie takich dowodów miłości ze strony matki, nawet jeśli nie chce się do tego przyznać. Zwłaszcza w takich sytuacjach. Tego jestem całkowicie pewien. Bez dwóch zdań.

Podszedłem bliżej, ale zatrzymałem się w pewnej odległości. Jeśli policjanci zwrócili na nas uwagę, to zachowali tyle taktu, żeby się nie wtrącać.

W końcu Lucy otworzyła oczy i zobaczyła mnie. Z płaczem rzuciła mi się na szyję.

– Jak widzisz, przyprowadziłem go do domu.

– Tak. Miałeś rację.

Uścisnąłem mocno ich oboje, żałując, że nie mogę dobitniej okazać swej radości.

27

Szesnaście dni później Lucy przyjechała do mnie, żeby się pożegnać. Było piękne, słoneczne popołudnie. Jastrzębie nadal nie pojawiały się nad kanionem, od dawna nie słyszałem wieczorami wycia kojotów, ale sowa wróciła do swojej dziupli w starej sośnie. Poprzedniego wieczoru pohukiwała na mnie.

Lucy już wcześniej zrezygnowała z wynajmowanego mieszkania w Beverly Hills. Rzuciła też pracę. Zamierzała przeprowadzić się z powrotem do Baton Rouge w Luizjanie. Ben był już u dziadków. Świetnie ją rozumiałem. Naprawdę. Takie rzeczy nie przydarzają się normalnym ludziom. A w każdym razie nie powinny.

Nie zamierzała jednak wrócić do Richarda.

– Po tym, co go spotkało – wyjaśniła – Benowi bardzo się przyda powrót do znajomych miejsc i kolegów. Musi znów poczuć się bezpieczny. Wciąż mamy ten dom, w którym kiedyś mieszkaliśmy. Będzie mógł się bawić ze starymi przyjaciółmi.

Staliśmy obok siebie przy balustradce na werandzie. Często rozmawialiśmy w ciągu tych minionych szesnastu dni. Omawialiśmy wspólnie jej plany na przyszłość i motywy takiej decyzji, lecz mimo to Lucy czuła się niezręcznie. W końcu rozstawaliśmy się na dobre. Nie zamierzała tu wracać. Co prawda, już niedługo mieliśmy się spotkać, bo Richard został oskarżony o uprowadzenie własnego syna.

Tego popołudnia niewiele rozmawialiśmy, bo prawie wszystko między nami zostało już powiedziane. Było mi z nią bardzo dobrze. Uważałem, że to, co nas łączyło, było zbyt wspaniałe i zanadto niecodzienne, by przy rozstaniu wyciągać nieprzyjemne chwile i podsycać w sobie złe uczucia. Ja tego nie chciałem.

Uśmiechnąłem się do niej najmilej, jak umiałem, zawadiacko puściłem oko i trąciłem biodrem jej biodro, mając nadzieję, że nie odgadnie, na ile ta brawura jest udawana.

– Luce, powtarzałaś mi to już setki razy. Nie musisz się tłumaczyć po raz kolejny. Naprawdę rozumiem. I myślę, że faktycznie tak będzie lepiej dla Bena.

Pokiwała głową, ale nie poprawiło to jej nastroju. Możliwe, że nic nie mogło go poprawić.

– Będę za tobą tęsknił – dodałem. – I będę tęsknił za Benem. Już mi was brakuje.

Zamrugała szybko, wpatrując się tępo w głąb kanionu, a po chwili wychyliła się jeszcze bardziej za balustradkę. Może liczyła na to, że niczego nie zauważę, a ja wolałem myśleć, iż zobaczyła coś ciekawego i chciała się lepiej przyjrzeć.

– Boże, jak ja nie cierpię takich chwil – mruknęła.

– Robisz to nie tylko dla Bena, ale i dla siebie. Bo dla ciebie również tak będzie lepiej. W pełni to rozumiem.

Wyprostowała się gwałtownie i obróciła w moją stronę. Ja też ledwie mogłem powstrzymać łzy cisnące się do oczu.

– Nic nie mów – odezwałem się chrapliwym szeptem. – Lepiej nic nie mów.

– Przecież i tak wiesz.

Odwróciła się na pięcie i wbiegła do domu, a chwilę później stuknęły frontowe drzwi. Wskoczyła do samochodu i odjechała.

– Do widzenia – rzuciłem za nią.

28

Telefon zadzwonił dwa dni po wyjeździe Lucy. Starkey rzuciła szybko:

– Jesteś chyba największym szczęściarzem, jakiego znam.

– Kto mówi?

– Cha, cha. Bardzo zabawne.

– O co chodzi?

Razem z Pikiem malowaliśmy werandę. Później chcieliśmy pomalować cały dom, a potem jeszcze umyć samochód.

– Nie gniewaj się, ale czekam na telefon od mojego adwokata – dodałem. – Jak pewnie wiesz, ciąży na mnie oskarżenie o włamanie i rabunek.

Na końcu werandy Joe podniósł głowę i popatrzył na mnie. Ręce aż do łokci miał szare od przesiewania pigmentu i wyrabiania kitu szpachlowego. Właściciel zniszczonej przez nas agencji pocztowej, pan Fadhim Gerella, z radością przyjął ode mnie pieniądze na pokrycie wyrządzonych szkód wraz z rekompensatą utraconych zysków z powodu koniecznego remontu i wycofał oskarżenie, ale prokurator okręgowy z San Gabriel był nieugięty.

– Nie bój się, na pewno niedługo zadzwoni, ale ja chciałam ci to przekazać pierwsza.

– Co?

Pike znowu spojrzał na mnie.

– Przed chwilą rozmawiałam na twój temat ze znajomym

z Centrum Parkera. Zostaliście oczyszczeni z zarzutów, Cole. Ty i twój serdeczny przyjaciel w ciemnych okularach. Rządy Sierra Leone, Angoli i Salwadoru wystąpiły w waszej obronie. Wyobrażasz to sobie? Poręczyły za was rządy aż trzech krajów! Unieszkodliwiliście trzech bandytów ściganych za zbrodnie ludobójstwa! Pewnie nawet dostaniesz za to jakiś medal!

Usiadłem na brzegu werandy.

– Czemu nic nie mówisz, Cole? Jesteś tam jeszcze?

– Zaczekaj chwilę.

Zakryłem ręką mikrofon i przekazałem nowinę Joemu. Nawet na chwilę nie przerwał zdzierania starej farby.

– Nie sądzisz, że należałoby to jakoś uczcić? – zapytała Starkey. – Co byś powiedział na dobre sushi i jakieś osiem, może dziesięć drinków? Pozwoliłabym ci nawet zapłacić. Tanio wychodzę, bo w ogóle nie piję.

– Chcesz nas wyciągnąć do lokalu?

– Nie was, tępaku, tylko ciebie.

– Starkey, czy ty przypadkiem nie proponujesz mi randki?

– Tylko nie bądź zbyt pewny siebie.

Otarłem pot z czoła i kurz z oczu, po czym zapatrzyłem się w głąb kanionu.

– Cole? Czyżbyś zemdlał z wrażenia?

– Nie zrozum mnie źle, bardzo mi pochlebia to zaproszenie, ale to dla mnie nie najlepsza pora na randki.

– W porządku. Rozumiem.

– Trochę ostatnio przeżyłem.

– Naprawdę rozumiem, Cole. Nie ma o czym mówić. Zadzwonię kiedy indziej.

Przerwała połączenie. Odłożyłem telefon i znów zapatrzyłem się na kanion. Po przeciwległym zboczu przesunął się cień, chwilę później dostrzegłem drugi. Wstałem szybko, podszedłem do balustradki i spojrzałem w górę. Uśmiechnąłem się szeroko. Jastrzębie także wróciły.

– Zadzwoń do niej – powiedział Pike.

Podniosłem telefon, wszedłem do środka i po krótkim namyśle zadzwoniłem.

* * *

Teraz już bardzo często miewam ten sen, prawie codziennie, czasami nawet po kilka razy jednej nocy. Niebo ciemnieje, porośnięte mchem konary starego dębu chwieją się na wietrze, który niesie ze sobą złość i strach. Znowu jestem w tym obcym miejscu pełnym mogił i nagrobków. Spoglądam na prostokątny blok z czarnego kamienia, palony ciekawością, kto pod nim spoczywa, ale nie ma na nim wykutego żadnego napisu. Przez całe życie tropiłem tajemnice, które wciąż pozostają nieodgadnięte.

Ziemia woła moje imię.

Pochylam się, opieram dłońmi o bryłę czarnego marmuru i aż dech mi zapiera od bijącego z niej zimna. Chłód rozlewa się po moich rękach niczym dreszcze na skórze. Podrywam się, żeby stamtąd uciec, ale nogi odmawiają mi posłuszeństwa. Wiatr wzmaga się w koronach drzew. Na skraju oświetlonego terenu pojawiają się cienie, słychać szepty.

Z mgły wyłania się moja matka. Jest młoda, taka, jak ją pamiętam, drobna i krucha niczym małe dziecko.

– Mamo! Mamo! Pomóż mi!

Unosi się na wietrze jak zjawa.

– Proszę! Musisz mi pomóc!

Wyciągam do niej rękę, modląc się, by ją złapała, lecz nie reaguje, jakby w ogóle mnie nie widziała. Chcę, by ocaliła mnie przed tajemnicą, jaką kryje ten grób, ochroniła mnie przed prawdą.

– Boję się. Chcę stąd uciec. Ale nie wiem, jak odejść. Nie wiem, co robić.

Tęsknię za jej ciepłem, poczuciem bezpieczeństwa, jakie znajdowałem w jej ramionach. Próbuję jej dosięgnąć, lecz moje nogi jak gdyby zapuściły korzenie w ziemię.

– Nie mogę się ruszyć. Pomóż mi, mamo.

Widzi mnie. Jestem tego pewien, ponieważ jej oczy napełniają się smutkiem. Wyciągam ręce z całych sił, niemal wyrywając je z barków, ale jest za daleko. Wpadam w szał. Ogarnia mnie nienawiść do niej, choć zarazem bardzo ją kocham.

– Do diabła! Nie chcę dłużej być sam. Nigdy nie lubiłem samotności.

Wiatr świszcze coraz mocniej. Jej fragmenty rozpływają się w powietrzu jak dym.

– Mamo, proszę! Nie odchodź znów ode mnie!

W jej sylwetce pojawiają się pęknięcia, jakby była złożona z kawałków układanki. I znikają porwane wiatrem. Jeden po drugim.

– Mamo!

Wreszcie ulatują ostatnie fragmenty. Nie zostaje nawet cień. Nawet najdrobniejszy ślad.

Odeszła. Zostawiła mnie.

Z bolącym sercem spoglądam znowu na grób. Jakimś dziwnym sposobem w moich rękach pojawia się łopata. Jeśli rozkopię grób, dowiem się wszystkiego, a gdy poznam prawdę, będę ją znał na zawsze.

Otwiera się mroczna jama w ziemi.

Ukazuje się trumna.

Natrętny głos w mojej głowie każe mi natychmiast przestać, odwrócić wzrok, ratować się przed tajemnicą strzeżoną przez nagrobek, ale ja go nie słucham. Jestem sam. I chcę znać prawdę.

Wtykam ręce w lodowatą ziemię i wbijam palce pod krawędź wieka trumny. Jej drzazgi kaleczą mi palce. Wieko otwiera się z głośnym skrzypieniem.

Spoglądam na drobne, dziecięce ciało. Patrzę na siebie.

Spoczywające tu dziecko to ja.

Otwiera oczy. Zaczyna szlochać z radości, gdy wyciągam je z grobu. Obejmuje mnie mocno za szyję. Tulimy się do siebie.

– Już dobrze – mówię. – Odnalazłem cię i nigdy nie zostawię.

Wiatr szaleje. Suche liście wirują nad grobami, lodowata mgła wdziera się pod ubranie, ale dla mnie liczy się tylko to, że go odnalazłem.

Jego śmiech dźwięczy w ciemności. Mój też.

– Nie jesteś sam – mówię. – I już nigdy nie zaznasz samotności.